VLADIMIR NABOKOV

The Stories of Vladimir Nabokov

纳博科夫短篇小说全集 [上]

弗拉基米尔·纳博科夫

逢珍 译

上海译文出版社

图书在版编目（CIP）数据
纳博科夫短篇小说全集/(美)纳博科夫（Vladimir Nabokov）著；
逢珍译.—上海：上海译文出版社，2018.1（2018.3 重印）
(纳博科夫作品系列)
ISBN 978-7-5327-7557-6

Ⅰ.①纳… Ⅱ.①纳… ②逢… Ⅲ.①短篇小说-小
说集-美国-现代 Ⅳ.①I712.45

中国版本图书馆CIP数据核字（2017）第153383号

Vladimir Nabokov
THE STORIES OF VLADIMIR NABOKOV

图字：09-2008-038号

纳博科夫短篇小说全集
The Stories of
Vladimir Nabokov

Vladimir Nabokov
弗拉基米尔·纳博科夫 著
逢 珍 译

出版统筹 赵武平
责任编辑 邹 滢
装帧设计 @broussaille私制

上海译文出版社有限公司出版、发行
网址：www.yiwen.com.cn
200001 上海福建中路193号 www.ewen.co
上海信老印刷厂印刷

开本890×1240 1/32 印张26.25 插页4 字数567,000
2018年1月第1版 2018年3月第2次印刷

ISBN 978-7-5327-7557-6/I·4621
定价：98.00元（上、下册）

献给薇拉

目录

前　言

纳博科夫的五十二篇短篇小说先是在报刊上发表，后来收入各种不同的选集，最终在作者生前纳入四部英文定本选集中。这四部选集包括《纳博科夫的"一打"》[①]和其他三部收有十三篇短篇小说的"一打"：《俄罗斯美女及其他故事》、《被摧毁的暴君及其他故事》、《落日详情及其他故事》。

纳博科夫很早以前就说过想出版最后一批短篇小说，但不能确定有没有足够的故事能符合他的标准，好编出第五部纳博科夫式的——或是数字上的——"一打"。他的创作生涯太丰富，终止得也太突然，无法让他自己编出一部最后的选集。他曾经手拟了一份他认为值得出版的短篇小说的简明清单，把这单子标注为"木桶的底"。他对我解释，其含义并不是说这些短篇小说的质量是垫底的，而是说根据当时能够收集到的材料来看，这些就是值得出版的最后一批短篇小说了。尽管如此，在我们将作品全部归档整理并彻底检查过后，薇拉·纳博科夫和我又兴致勃勃地提出整整十三篇来。这十三篇经过我们的谨慎评估，认为纳博科夫可能会考虑收入。这么一来，纳博科夫的"木桶的底"篇目单（复印件附在《前言》之后），就该视为一个收集不全的初步单子了；其中只列了十三篇新收短篇中的八篇，还列了《魔法师》。实际上《魔法师》并没有出现在目前这部新编全集里，而是作为较短的长篇小说出了英文单行本（纽约普特南出版社，一九八六年；纽约文塔基国际出版公司，一九九一年）。作者手拟的篇名和最终决定收入这部全集的篇名也不完全是一一对应的。

在题为“用英语写的故事”的手拟单子中（同样参见《前言》后面的复印件），纳博科夫略去了《初恋》（最初以“科莱特”为篇名发表在《纽约客》杂志上）。略去的原因要么是出于疏忽，要么是因为它变成了《说吧，记忆》（原书名《确证》）中的一章。单子左上方标有一些说明——虽然是用俄语标出的，表明这是为打字而誊写的篇目单。两份誊写的清单有个别不准确之处，比如《瓦内姐妹》实际上是写于一九五一年的。

前述四种“定本”选集由纳博科夫本人煞费苦心地进行了分类整理，用了各种评判标准——主题方面的，时代方面的，气氛方面的，一致性方面的，多样化方面的。恰当的做法是使四部选集的每一部在重版时都保持原有的“书”的特征。新编十三篇在法国和意大利出版的书名分别是*La Venitienne*和*La Veneziana*（《威尼斯女郎》），也许也有资格出一部英文单行本。这十三篇还在欧洲以其他语言独立发表或是结集出版。先前的四种选集已经在世界各地广为流传了，有时候收入的篇目不太相同，如最近在以色列出版的*Russkaya Dyuzhena*（《俄文“一打”》）。我就不提在经济重建后的俄罗斯出版的纳博科夫短篇小说选集了，几乎毫无例外都是上百万册的盗版。尽管改进的曙光已经露出地平线，但到如今从各方面讲还是盗版横行。

当前的这部全集，在不打算遮蔽以前各种选集特点的同时，特意按照创作的时间顺序做了安排，也就是说以最有可能的大致创作时间为序。出于这样的目的，以前各种选本里使用的篇目排序会有所变化，新收的篇目也插在合适的地方，以求与创作时间的顺序相一致。按创作日期排序是基本标准，如果具体日期不详，或不可靠，就以最初发表的日期或别处提到的日期为准。新收十三篇中有十一篇

① 原书书名为*Nabokov's Dozen*，戏仿习语“a baker's dozen”（面包师的一打），指十三，而非常规的十二。因此《纳博科夫的“一打”》收入了十三篇短篇小说。

以前从来没有翻译成英文，有五篇从来没有发表过，直到最近才出现在几种欧洲文字的新编“十三篇”中。篇目题解和其他有关的信息放在了卷末。

新排序有一个好处，就是可以方便地了解纳博科夫小说创作的发展历程。有趣的是，其创作并非总是呈线性发展，年轻时代写的简单一些的故事中会突然展现出短篇小说艺术的惊人成熟。在展示创作演变过程的同时，还可让读者饶有兴味地深入体察作家后来所使用的，尤其是在长篇小说中使用的主题与技巧——从这个意义上讲，弗拉基米尔·纳博科夫的短篇小说可以归入最能直接体现这一切的作品之列。虽说有些短篇以某种方式和长篇小说相联系，但它们都可以单独成篇。它们可以从不同的层次解读，但读它们不需要先读文学入门书。读者不论是否接触过纳博科夫比较复杂的大部头作品，也不论是否研究过纳博科夫的个人历史，只要看了这些短篇，就会立刻心满意足的。

新收入的十三篇中我翻译的部分由我个人负责。以前出版过的俄文短篇的翻译大多是父子之间通力合作的结果，但父亲是原作者，有权改变他自己的行文。有时候只要他认为合适，译好的行文也可以改变。由此可以想见，他那些新近翻译过来的短篇小说也有可能在一些地方被他改动过。不用说，我作为独立的译者，能享有的自主权限仅仅是改正以往文本中明显的排版错漏和编辑失误。其中最为严重的要数《助理制片人》的所有英译本中都整整漏掉了精彩的最后一页，好像是第一个译本漏掉了，后面的也都跟着漏掉了。顺便一提，在故事中两次提到的那首歌里，把新娘扔进伏尔加河的那位顿河哥萨克人是斯捷潘·拉辛[1]。

我承认，在这部全集长久的孕育过程中，我得益于目光锐利的译者和编辑的质疑与评论，他们都在最近，或与我同时，把这些短篇翻

① Stenka Razin（约1630—1671），顿河哥萨克人，俄国民间传奇英雄，于十七世纪六十年代末组织领导了俄国较大的一次农民起义。

译成其他文字或是编辑这些译文；也得益于一些出版商缜密的审稿意见，他们正在各自准备出版这些短篇中少量几则的英文版本。校对工作不管做得多么认真规范，总会有一条或几条漏网之鱼。不过，日后的编辑和译者应该明白，目前这个选集，一旦出版问世，足以代表这些短篇英文版本的最精准水平，尤其是新编的十三篇，还有原文是俄语的几篇。（这几篇俄文原作往往很难译解，其中的疏漏之处，有可能是作者的，也有可能是抄稿人的，甄别起来相当困难。另外，这几篇俄文原作偶尔还有一种或多种不同的版本。）

公平地说，我要感谢自发送上的两则短篇的英文初译。一篇来自查尔斯·尼科尔，另一篇来自吉恩·巴拉布塔洛。两篇都得到了认可，两人都不要报酬。不过，为求写作风格大体一致，我基本上保持了我自己的英文行文习惯。我要感谢布莱恩·博伊德、迪特尔·齐默、米歇尔·尤利亚，感谢他们做出宝贵的书目文献研究。最为重要的是，要感谢薇拉·纳博科夫，感谢她无穷的智慧、高超的判断力、坚韧的毅力。凭着这毅力，她在生命的最后几天里，靠着越来越弱的目力和虚软的双手，记下了好几段《众神》的最初译文。

这些短篇中交织着纳博科夫小说的主题、手法、形象及其发展，也反映着纳博科夫在俄国的青年时代、在英国的大学岁月、在德国和法国的流亡时期，还反映着，按他的话说，在创作了欧洲之后又开始创作的美洲。要把这一切追根溯源，远非一个简短前言所能做到。从十三篇新收短篇中随便挑几篇看，《威尼斯女郎》离奇曲折，反映着纳博科夫对绘画的喜爱（小时候曾有志于终生画画），并且背景与网球有关，他本人就打网球，而且人们都说他是个网球奇才。另外十二篇也风格各异，有寓言（《龙》），有政治阴谋（《这里说俄语》），还有富于诗意和个人风格的印象主义（《声音》和《众神》）。

纳博科夫在他自己作的注释（附在书后）中就原先收编的短篇讲了一些情况。情况很多，另外还可以加上一条，那就是一些怪诞的时空重叠（在《未知的领域》和《博物馆之行》中）。同样的手法还出现在《爱达或爱欲》和《微暗的火》中，《透明》和《看，那些小丑！》一定程度上也是如此。纳博科夫对蝴蝶的偏爱是《昆虫采集家》的中心主题，也闪现在很多其他短篇中。不过更为奇特的是，他对音乐从来没有特殊爱好，可音乐经常突出地表现在他的作品中（《声音》、《巴赫曼》、《音乐》、《助理制片人》）。

令我个人特别感动的是那种登临极目的升华感，在《兰斯》中有所反映（如我父亲所言），当年爬山时我的父母有此体会。不过最深刻、最重要的主题，不管是显是隐，依然是纳博科夫对残暴的藐视——人间的残暴，命运的残暴——这方面的例子真是数不胜数了。

德米特里·纳博科夫
俄国圣彼得堡，瑞士蒙特勒
一九九五年六月

汉堡罗沃尔特出版社编辑主任乔治·黑普写来一注，说明新收入该集的《复活节之雨》的发现经过，兹录如下：

> 一九八七至一九八八年间，我们正在准备出版第一本德语的纳博科夫短篇小说全集，纳博科夫学者迪特尔·齐默遍访所有能访到的图书馆，寻找俄国移民杂志《俄罗斯回声》一九二五年四月的那一期。不管找不找得到，他都去找了，因为他知道那一期上登有《复活节之雨》。他甚至在只有一天许可的情况下去了一趟当时的东柏林，也想到了莱比锡的德语图书馆。可是当时机会渺茫，官僚主义的办事程序令人寸步难行。此外还有别的问题，即使去了莱比锡，那里很可能还没有复印机。
>
> 于是我们出版了短篇小说集，没有收入《复活节之雨》。书出来后他才听到传言纷纷，说住在瑞典的一位学者在莱比锡找到了《复活节之雨》。当时铁幕已经抬起，他便过去查看。果

然是它：一套完整的《俄罗斯回声》杂志。现在那里也有复印机了。

这样《复活节之雨》就于二〇〇二年加入到我父亲的美国版短篇小说全集之中——其第一位发现者是斯韦特兰娜·波利斯基，我们则是多年之后才听闻其大名的。

德米特里·纳博科夫

瑞士沃韦

二〇〇二年五月

二〇〇五年，《词语》的一种俄语文本引起我的注意，故事哀婉深情，令人震惊，以至于我不得不压下对其真实性的怀疑。第二年夏天，俄国学者安德烈·巴比科夫劝我说纳博科夫当年有一篇没有发表的短篇小说，交给华盛顿特区的国会图书馆档案室保存，现在可以让它自由了。于是这两篇小说—— 一篇是特别年轻的《娜塔莎》，一个极富洞察力的幻想故事，一九二一年写于柏林，另一篇就是《词语》——现在都收入这部全集中了。

《词语》是我父亲出版的第二则短篇小说，也是他父亲一九二二年遭暗杀后他发表的第一个作品。它写于柏林，登在一九二三年一月的《方向报》[①]上。《方向报》是柏林的一种俄国流亡者报纸，他父亲曾参与其出版工作。和十年后发表的《极北之国》一样，《词语》包含着一个人人可解却永远解不透的秘密。和《木精灵》与《娜塔莎》一样，《词语》投射了一个世外桃源般的美好世界，以对抗残酷的现实。它在《方向报》上排得不是地方，令人伤心：前边是已故老纳博科夫的一篇未竟之作，紧挨着的就是《词语》。

① *Rul'*，二十世纪二十年代流亡国外的俄罗斯人在柏林办的一份俄文报纸，又译《舵》。

《词语》也是弗拉基米尔·纳博科夫很少几篇有天使加入的短篇小说之一。其笔下的天使，当然是很有个性的人之化身，更贴近寓言、幻想故事和壁画里的天使，倒不像俄国东正教的标准天使。他父亲死后，纳博科夫小说中的宗教信仰方面的象征特点出现得越来越少（《振翅一击》中是一种颇不一样的天使），这也是实际情况。《词语》中独创的喜悦情绪在我父亲后来的作品中也有表现，不过只是一晃而过，在纳博科夫只能暗示的想象世界之中。然而他解释说，他知道的要比他能用言辞表达的更多；要是他知道的不多，他所能表达的那部分也会无从表达。

德米特里·纳博科夫

佛罗里达州棕榈滩

二〇〇七年十一月

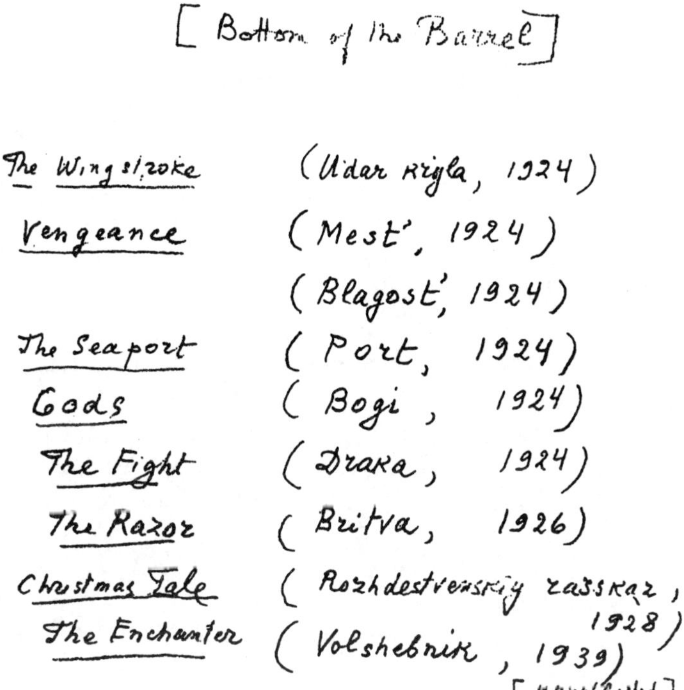

[Bottom of the Barrel]

The Wingstroke (Udar kryla, 1924)
Vengeance (Mest', 1924)
(Blagost', 1924)
The Seaport (Port, 1924)
Gods (Bogi, 1924)
The Fight (Draka, 1924)
The Razor (Britva, 1926)
Christmas Tale (Rozhdestvenskiy rasskaz, 1928)
The Enchanter (Volshebnik, 1939) [unpublished]

纳博科夫手拟的短篇小说篇目单,标注为“木桶的底”。

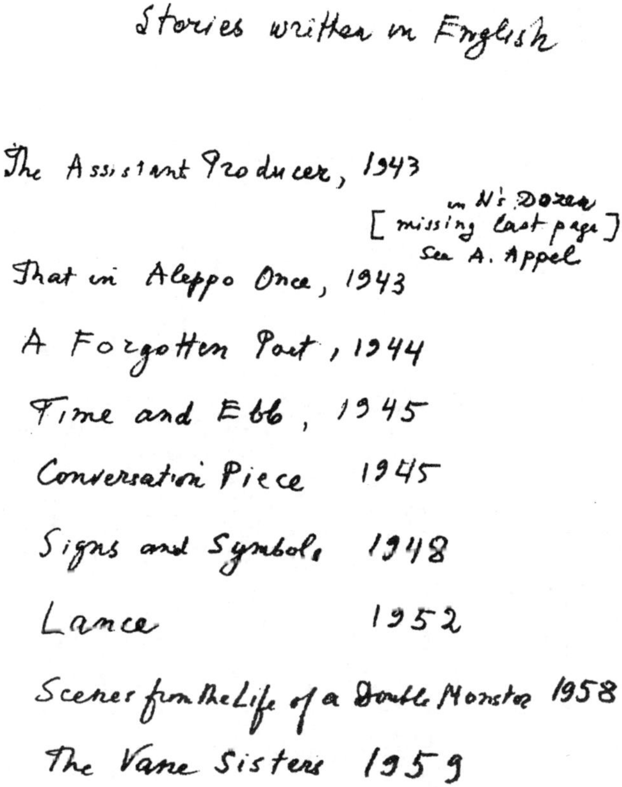
Stories written in English

The Assistant Producer, 1943

That in Aleppo Once, 1943

A Forgotten Poet, 1944

Time and Ebb, 1945

Conversation Piece 1945

Signs and Symbols 1948

Lance 1952

Scenes from the Life of a Double Monster 1958

The Vane Sisters 1959

in N's Dozen
[missing last page]
See A. Appel

纳博科夫手拟的短篇小说篇目单，标注为“用英语写的故事”。

纳博科夫短篇小说全集

木精灵

墨水瓶投下一个抖动的圆形影子，我正在专心致志地描画它的轮廓。远处的一间屋里时钟在打点，我呢，又是一个精神恍惚、老像做梦一般的人，还以为是有人在敲门，先是轻轻地敲，接着敲得越来越响。来人敲了十二下，停下来等候。

“是的，我在家，请进……”

门把手怯生生地转动一下，满身流汁的蜡烛斜了一下烛光。来人往旁边一闪，站在了长方形的阴影之外，只见他弯腰弓背，灰衣上披着星夜的霜尘。

我认得这张脸——认识他已经好久好久了啊！

他的右眼仍然隐在阴影里，左眼怯生生地偷偷瞅我，眼睛拉长了，隐隐发绿。眼珠子像一块铁锈在忽闪……两鬓灰白，如青苔丛生，银眉很淡，不注意看几乎看不出来，没有胡须，嘴周围的皱纹显得很可笑——这一切像是和我的记忆开玩笑，让我隐隐恼火。

我站起来，他上前一步。

他的破旧上衣显得太小，好像穿得不大对——衣襟错了位。他手里握着一顶帽子——不能叫帽子，是一个松松垮垮的深色包袱，根本没有帽子的样儿……

对，我当然认得他——也许从前还喜欢过他，只是眼下实在想不起来是在何时何地遇上他的。我们肯定经常见面，否则我不会对他的相貌有如此深刻的印象：那莓红色的嘴唇，那对尖楞楞的耳朵，还有那个滑稽的喉结……

我含糊不清地咕哝了一句欢迎的话，握了握他轻飘飘、冷冰冰的手，拍拍一只破旧的扶手椅的椅背。他在椅子上悬悬地坐下来，像一只乌鸦蹲在一截树桩上，然后急匆匆地说起来。

“街上乱得可怕，所以我就躲进来了。不请自来，来看看你。你认出我了吗？你我二人过去常在一起玩，追逐打闹，一玩就是好几天。如今故地重游。你难道要说全忘了？”

他的声音实实在在地迷惑了我。我觉得头晕目眩——依稀记起了当年的快乐，无穷的、无可替代的快乐，至今萦绕心头……

不，这不可能：我是一个人来的……怕是什么精神迷乱症，说犯就犯了吧。然而我身旁的的确确坐着个人，瘦得不像个真实的人，穿着带长穗的德国短靴，声如铜铃，闪动着金黄色和碧绿色，好熟悉——说出来的话却又如此简单，和真人一模一样……

“好啦——你记得的。对，我是从前的森林精灵，一个淘气鬼。如今我在这里，和大家一样，迫不得已逃亡啊。”

他发出一声低沉的叹息，我又一次产生了幻觉，好像看到如波似浪的滚滚灵气，高大茂密的枝叶汹涌奔腾，明亮的桦树皮一闪一闪，宛如海浪飞溅，伴着一种连绵不断的悦耳轰鸣……他朝我俯过身来，亲切地盯住我的眼睛。“还记得我们的森林吗？冷杉黑漆漆，桦树白茫茫？如今全被砍光了。说来痛心，令人难以忍受——我亲眼看着我心爱的白桦树噼里啪啦地倒下，我又有什么办法呢？他们把我赶进沼泽地里，我哭泣，我怒吼，像只麻鳽一样狂叫着，飞快地逃走，去了邻近的一片松树林。

“我在松树林里伤心，止不住哭泣。我从小到大都不习惯松树林，再说，瞧瞧，这哪里还是松树林呀，只是一摊蓝瓦瓦的煤渣。还得再走些路。不知不觉到了一片树林——真是一片好林子，茂密，幽深，凉爽。然而不知为何，这林子和以前的林子不完全一样。想当年我经常从早玩到晚，猛烈地打呼哨，使劲地拍手，惊吓路人。你还记得你自己的事吧——有一次你在我森林里的一个昏暗地方迷了路，你穿着小小的白裙子，我不停地把林中小路弄得错综复杂，让树干乱转，闪现在枝叶丛间。一整夜都在恶作剧。不过那时就是到处鬼混，开开玩笑，大家怎么骂我都行。可如今我清醒了，因为我的新住处实在不好玩。白天黑夜周围都有奇怪的噼里啪啦响声。起初我以为是个精灵同伴，在这一带出没。我呼唤着，又听听回音，还是噼里啪啦声，还有轰隆隆声。不过不对啊，那不是我们精灵发出的声音。有一次天快黑的时候，我悄悄溜到了一片林间空地上，你知道我看见什么了吗？到处躺着人，有的仰面躺着，有的脸朝下躺着。好吧，我心想，待我吵醒他们，让他们动起来！于是我开始摇晃树枝，用松球当炸弹轰炸他们，发出沙沙响声，像猫头鹰一样尖叫……我拼命干了整整一个钟头，却一点不管用。于是我走近一看，惊得目瞪口呆。这里一个人，脑袋悬在一根深红色的细线上；那里一个人，肚子上一堆粗壮的蛆……我无法忍受，发出一声尖叫，跳到空中，一溜烟逃走了……

“我久久流浪，穿过不同的树林，却找不到安宁。要么是死寂，荒凉，了无生趣，令人窒息；要么是恐怖，令人不敢去想。最后我下定决心，变成一个乡巴佬，背个背包出发，永远离去。别了，俄罗斯！一个同类精灵，是个水妖，帮了我一把。可怜的家伙也在逃亡。他见什么都觉得惊奇，嘴里不停地说——我们过的是什么日子啊，真正是一场灾难！想当年他也有快乐的时光，常诱人落水（他是一个好客的精灵）。作为回报，他在金色的水底多么宠溺地亲抚他们，唱着多么动听的歌将他们迷倒！而如今，他常说，水上漂过去的只有死人，一批一批地漂过去，多得不计其数，连河水里冒出的湿气也充满血腥，像血一般稠，像血一般温暖，像血一般黏腻，致使他没有办法呼吸……于是他带着我走了。

“他逃到远方，在某个遥远的海面游荡，在一处雾蒙蒙的海边把我放到岸上——去吧，兄弟，自己找一片能和睦相处的绿林吧。可我什么都没找到，最后落脚在了这个陌生的、可怕的石头城。于是我变成了一个人，戴着浆过的硬领，穿着短靴，完全一副人样，甚至还学会了人的话语……”

他陷入了沉默。眼睛像湿润的树叶一般闪闪发亮，胳膊交叉起来。蜡烛淹没在烛泪中。摇曳的烛光下，他梳向左边的几缕灰白的头发很奇怪地闪着微光。

“我知道你也在苦苦寻找，”他的声音又幽幽传来，“不过你的寻找比起我的来，比起我狂风暴雨般的寻找来，不过是熟睡之人均匀的呼吸罢了。你不妨想想：我们部落里没有一个人留在俄罗斯。有一些像丝丝烟雾一般绕着圈飘走了，另一些流落到世界各地。家乡的河水变得忧伤，再没有欢快的手在河面上击溅月华。偶有没被收割的风信子，成了孤儿，默然无语。淡蓝色的古斯里琴也不再弹响，它曾为我的对手、轻盈的田野精灵服务，为他的歌声伴奏。那个头发蓬乱、热情友好的家居精灵，含着眼泪放弃了你那蒙羞受辱、又脏又乱的家，也放弃了枯萎的小树林。想当年那些小树林，明亮处楚楚动人，幽暗处又神秘莫测……

“这就是当年的我们，当年的俄罗斯，曾是你的灵感，曾是你风月无边的美丽，曾是你青春永驻的魔力！如今我们全都走了，走了，被一个发了疯的检查员赶出家园，亡命天涯。

“我的朋友，我不久就要死去，对我说点什么吧，告诉我你爱我，一个无家可归的孤魂。过来坐近点，把手给我……”

蜡烛扑扑闪了几下，熄灭了。冰冷的手指摸摸我的手掌。那熟悉的忧郁笑声如钟震响，然后消失了。

当我打开灯的时候，扶手椅上并没有人……没有人！什么东西也没有留下，只有一股淡淡的香气，桦树的香气，湿苔的香气，飘荡在屋子里……

这里说俄语

马丁·马丁尼奇烟草店位于一座大楼的拐角上。怪不得烟草店都爱开在楼角上，原来马丁的生意越来越红火。橱窗不大，但布置得很好。小镜子把窗子里展示的东西照得栩栩如生。橱窗底部铺着天蓝色的绒布，起起伏伏形成沟沟壑壑，里面摆着五颜六色的香烟盒，烟牌子都用国际通用语亮闪闪地标出来。大楼是座旅馆，名称也是亮闪闪的国际通用语。橱窗靠上面一些，摆着一排排轻便烟盒，里面的香烟像人笑而露齿一般露出盒外。

马丁年轻的时候是个富有的地主。在我的儿时记忆中，他因拥有一辆气势不凡的拖拉机而很有名气，当时他儿子彼佳和我同时读梅恩·里德[1]的冒险小说，也同时患上了猩红热。到如今过去了风风雨雨的十五个春秋，我还是喜欢到那个热闹角落看看马丁的烟草店。

还有一点，就是去年以来我们之间已不仅仅是一同回首追忆往昔了。马丁有了个秘密，我则是那个秘密的合谋之人。“这么说，诸事如常？”我低声问他，他则回头一瞥，同样轻声回答：“是的，感谢上苍，平平静静。”那个秘密可不是个寻常秘密。记得当年我去巴黎时，前一天就待在马丁的铺子里，一直待到傍晚时分。人的灵魂可以比作一个百货商店，眼睛可比作一对展示橱窗。一看马丁的眼睛，就知道那是一双热情的黄褐色眼睛。根据这样的眼睛判断，他灵魂深处的货物也是优质产品。一把大胡子，闪动着俄罗斯人特有的刚劲灰色。身材高大，胸膛宽阔，风度翩翩……曾有一时，大家都说他能挥剑断帕——那是英国古时候狮心王理查的能耐之一。如今一起的流亡人士常怀着羡慕说："此人从不服输！"

他的妻子是个文静的胖老太太，左边鼻孔旁长着个胎记。自革命考验之时起，她的脸就开始痉挛，看了令人同情。只要一发病，总是快快地斜眼望天。彼佳长得和他父亲一样高大魁梧，给人印象深刻。他表情忧郁，却为人谦和，还动不动来点幽默，这些我都很喜欢。他长着一张大脸，软塌塌缺乏生气，他父亲老拿这张脸开玩笑，说："好大一张脸——绕它航行一圈三天也不够。"头发红棕色，永远乱糟糟的。彼佳在城里一个人烟稀少的地区开了一家小型电影院，收入还相当不错。这一家人我们就算都说到了。

那天我在铺子里坐了一天才走，就坐在柜台旁，观察马丁招呼顾客。他一般是先轻轻往前靠靠，伸出两根食指拄在柜台上，然后走向货架，拿出一盒装饰华丽的香烟，一面用拇指指甲打开烟盒，一面问道："Einen Rauchen[②]？"我至今记得那一天是有个特殊原因的：彼佳突然从街上回来，披头散发，脸气得铁青。马丁的侄女决定回莫斯科她母亲那里去，彼佳就到外事部门办手续。外事部门里的一个外交官给他交代办事程序，另一个显然是官方政治机构的外交官说了一句话，声音低得几乎听不见："附近到处都是白军的残渣余孽。"

"我恨不得把他剁成碎块，"彼佳说，一拳砸到手心里，"但说来不幸，我不能忘了我姑妈还在莫斯科。"

"你出于良心已经犯事一两次了。"马丁好心地低声说他。他说的犯事是指一桩极其可笑的事情。不久以前，在他的命名纪念日那天，彼佳去了一家苏联书店。好好一条柏林的繁华街道，有了这家书店，算是有了一块污点。他们不光卖书，还卖各种各样的手工制作的小古董。彼佳挑了一柄小锤，刻有罂粟花饰纹和表明此乃布尔什维

---

① 参见书末《注释》，第781页。
② 德语，来一支。

克小锤的特殊铭文。店员问他还要不要别的东西，彼佳说“要”，朝一尊乌里扬诺夫[①]先生的石膏半身小塑像点点头。半身像和小锤加在一起付了十五马克，然后就在柜台上，他一句话也没说，挥起刚买下的小锤砰的一声砸了刚买下的半身像，用力之狠，致使乌里扬诺夫先生变成了一堆碎片。

我很喜欢这段故事，就像喜欢难忘的童年学下的一些可爱的幼稚话一样，一想起来就暖人心扉。一听马丁那么说彼佳，我不由得笑着看了看他。可是彼佳却阴沉着脸，又是耸肩，又是皱眉。马丁在抽屉里翻腾，给了他店里最高档的烟。不过这也没有驱散彼佳的一脸阴沉。

半年后，我返回柏林。一个周日早晨，我觉得要去见见马丁。如果是工作日，我可以从店铺里直接穿过去，因为他的寓所——三间屋子和一个厨房——就在店铺的后面。可是周日早上商店当然是关门的，窗户外面的防盗栏也放了下来。我透过防盗窗的间隙迅速瞥了一眼：大红金黄相间的烟盒，黑黝黝的雪茄，角落里一块中等大小的标牌，上面写着“这里说俄语”。我注意到，展柜布置得比以往更好看。我绕到后面从院子里进了马丁家。奇怪的是，看马丁的样子，好像他也比以往更高兴、更得意，容光焕发。彼佳则让我彻底认不出来了：油亮浓密的头发整整齐齐梳向脑后，一丝略显羞涩的微笑未曾离开张开的双唇。他好像不说话也挺高兴的，像是遇上了什么奇特的开心事，又像是怀里揣着一件宝物，一举一动都要轻柔。只有彼佳的母亲和平时一样面色苍白，脸上也和平时一样，一抽一抽地动，像夏天打的微弱闪电，好生可怜。我们坐在整洁的起居室中，一看就知道另外两个房间——彼佳的卧室和他父母的卧室——也和这里一样干净舒适。我发现这样想的话，心里也愉快。我慢慢抿着柠檬茶，听着马丁悦耳的话语，实在摆不脱这样的印象：他们家里一定出了什

① 编者德米特里·纳博科夫原注：列宁的真实姓。

么事，出了什么快乐而又神秘的事，令人静不下心来。比方说哪一家有人要做妈妈了，就是这么欢天喜地的样子。有那么一两次，马丁早有准备地看儿子一眼，儿子一见便立即站起身来，走出房间，回来时小心地冲父亲点了点头，好像说一切都进展得极好似的。

老人的谈话中还有别的新奇事儿，我觉得不好理解。我们说到巴黎和法国人，他忽然问我："我的朋友，告诉我，巴黎最大的监狱是哪一所？"我说不知道，然后就跟他讲起了一出写狱中女性的法国讽刺剧。

"那有什么了不起的，"马丁插嘴道，"举个例子，人们都说监狱里的女人把墙上的石膏刮下来，当做粉底抹在脸上、脖子上等地方。"为了证实他的说法，他跑进卧室，拿来一本大部头的书，是一位德国犯罪学家写的。他翻到其中一章，专写监狱里的日常生活。我试图转换话题，但无论我选什么话题，马丁都能巧妙地把它转回来，于是我们不知不觉地讨论开了终身监禁是否和立即处决一样人道，罪犯们为越狱逃往自由世界都能想出哪些妙法。

我越看越糊涂了。彼佳是个爱拨弄机械东西的人，这会儿正用小折刀拨弄他的手表发条，边拨边暗自发笑。他母亲在做针线活，时不时用胳膊肘把面包和果酱推到我面前。马丁五指紧攥着腮下凌乱的胡须，黄褐色的眼睛朝我侧目一闪，突然间藏在心里的话涌了出来。他朝桌上猛击一掌，转眼对着儿子："我再也忍不住了，彼佳，我要在崩溃之前全都告诉他。"彼佳默默地点点头。马丁的妻子站起来，准备去厨房。"瞧你那张碎嘴。"她说，一个劲地直摇头。马丁一只手按住我的肩膀，使劲摇了我一下。假如我是园中的一棵苹果树，他这么一摇，苹果也就悉数从我身上掉下来了。他盯着我的脸，说："我有言在先。我马上要给你说一桩秘密，一桩天大的秘密……我不知该如何开口。记住了——听了一定守口如瓶！明白吗？"

他欠身靠向我，把我浸在烟草味和他身上特有的老年人气味之中。不过他讲的故事的确不同寻常。[①]

“事情就发生在那天你离开后不久，”马丁开始说起来，“一位顾客走了进来。他显然没有注意到窗子里面的告示牌，因为他用德语跟我打招呼。我要强调一下：他要是看见了告示牌的话，就不会踏进一个流亡人士开的小店了。我一听他的发音，马上认出他是个俄国人。那张脸也是俄国人的脸。我当然说起了俄语，问他要什么价位、什么种类的烟。他瞅我一眼，好像觉得又意外，又不高兴。‘您凭什么认为我是俄国人？’我记得我给了他一个十分友好的回答，然后开始给他数烟卷。正在这时候，彼佳走了进来。他看见我的这位顾客后，十分平静地说了句：‘可真是相见恨晚啊！’话音未落，我的彼佳迈步走近那人，砰地一拳砸在那人脸上。那人僵住了。彼佳之后跟我解释，说刚才发生的一幕并不是一拳将人击倒在地，那是一种特殊的攻击：后来证明彼佳这一击的威力稍后才显露出来。那人爬起来，走了出去，看上去就像站着睡着了一般。接着他开始像座斜塔似的缓缓向后倾倒。彼佳绕到他后面，从腋下托住了他。这实在是太过意外的事情。彼佳说：‘爸，来帮我一把。’我问他这是要干什么，彼佳只又说道：‘帮我一把。’我深知我的彼佳——傻笑什么，彼佳——深知他有他的道理，做任何事都经过深思熟虑，不会无缘无故将人打昏。我们把那个不省人事的家伙从店里拖进走廊，再拖到彼佳的房间里。就在这时候，我听见一声铃响——有人进了铺子。当然，所幸早些时候还没人进来。我返回店里，做完买卖。这时好巧，我妻子也上街采购回来，我立即把她推到柜台上守候，自己则没说一句话，迅速返回彼佳的房间。那人躺在地上，两眼紧闭，彼佳坐在桌旁，沉思着翻检一些东西：一个很大的皮革香烟盒，五六张色情明信片，一个钱包，一本护照，一把老式的但分明很好使的手枪。他立即

① 作者弗拉基米尔·纳博科夫原注：该篇故事中凡与马丁的真实身份有关的标识或蛛丝马迹自然都特意作了处理。我之所以注明这一点，就是为了猎奇之人不去白费气力地寻找“大楼拐角处的烟草店”。

解释道：我知道你肯定胡思乱想了，这些东西都是从此人衣袋里拿出来的。他不是别人，正是那个外交官——你记得彼佳的故事——就是他说过白军的残渣余孽之类的怪话，对，对，正是同一个人！再说，从某些文件看，他还是一个格伯乌[①]，这种人我以前见过的。'说得好，'我对彼佳说，'就凭这你就打人专打脸。他该不该受你这一拳暂且不论，可请给我解释，眼下你打算怎么办？显然你忘了你姑妈还在莫斯科。''是呀，这我倒是忘了，'彼佳说，'我们必须想点办法。'

"我们想了办法。首先，我们找来一根粗绳，然后在他嘴里塞了一块毛巾。我们正在捆他时，他苏醒过来，睁开了一只眼。我挨近瞅瞅，让我告诉你，那张脸看上去不但难看，也很蠢笨——前额上，小胡子一带，还有蒜头鼻子上，长满了癞疥疮。彼佳和我让他躺在地板上，我舒舒服服地坐在旁边，开始了一场司法讯问。怎么问我们讨论了好一阵。我们关心的倒不是他那句侮辱言词——那当然是小事一桩——我们想更多地了解他的整个职业，也就是说，要了解他在俄国做过的事情。被告准予得知我们的最后决定。我们除去他嘴里的毛巾，他呻吟一声，噎了一口气，什么也没讲，只口口声声说：'你等着，你等着……'毛巾又塞进他嘴里了，司法程序又开始了。最初我们的意见有分歧。彼佳要判他死刑。我则认为他是该死，但建议判为终身监禁。彼佳想了想，同意了。我又补充说，虽然他肯定做了坏事，但我们无法给他定罪。他从事的工作本身就是一种犯罪，那么我们的任务只限于让他不能再害人，也就到此为止。后来如何，且听我马上道来。

"我家门廊尽头有一间浴室，很黑很黑的一个小房间，里面有一个涂了彩釉的铁浴缸。水经常罢工。偶尔也有蟑螂。房间之所以很黑，是因为窗户极其窄小，又正好开在天花板下方。除此之外，窗户

① 参见书末《注释》，第781页。

正对面，三英尺开外，就是一堵坚固的砖墙。我们决定就把囚犯关在这个隐蔽之处。这是彼佳的主意——对，对，是彼佳，我实事求是。要关人，这囚室自然得收拾一番。我们开始把那人拖进走廊，这样我们工作的时候，他就在我们眼皮底下。我的妻子也来了。快到晚上了，她刚刚锁好了铺子，往厨房走时路过这里，看见了我们。她非常惊讶，甚至来了气，但听了我们的解释，也就理解了。真是个乖女孩。彼佳开始把我们放在厨房的一张结实的桌子拆开——卸下了桌脚，剩下桌面一块平板，用锤子打进浴室的窗户堵上。然后他旋下水龙头，移走了圆柱形热水器，在浴室地板上放了一个床垫。当然第二天我们又做了多种改进：换了把锁，装了一个固定插销，还把堵窗户的板用钉子钉牢——做所有这些事，当然不能弄出太大动静。你知道的，我们没有左邻右舍，但还是应该小心谨慎。结果就做成了一间真正的囚室，把这个格伯乌家伙带了进去。我们解开绳子，松开毛巾，警告他要是喊叫，就再次捆起来，捆上好久。看他也明白浴缸里放的床垫是为谁准备的，我们也就放心了，便锁好门，然后一整夜轮流值班看守。

“此时此刻标志着我们开始了新的生活。我不再单单是马丁·马丁尼奇，也是看守长马丁·马丁尼奇。起初关在里面的人对所发生的事摸不着头脑，所以没有过激的反应。然而，没过多久，他恢复到了正常状态，当我们给他送来晚饭时，他狂风暴雨般地破口大骂起来。他骂的那些脏话我不能重复，我只能说他大骂我亲爱的已故母亲，给她扣上种种奇怪的罪名。我们决定让他彻底明白他现在处在什么样的法定地位上。我解释说，他将会被一直这么关下去，一直关到死。我要是死在他前头，就把他当作一笔遗赠交给彼佳，我的儿子又会相继把他传给我未来的孙子，一直这样传下去，把他变成一个家族传统，一个传家宝。我顺便提到，万一我们不得不搬家，搬到另一所柏林的公寓房里，那也会把他五花大绑，装进一个特殊的大箱子里，轻轻松松地和我们一起搬走。我继续给他解释，他只会在一种情况下得到大赦，那就是，布尔什维克像泡泡一样破灭之日，也就是他获释之时。最后我承诺给他好吃好喝——比我被契卡[①]关起来的时候好得多。还有，给他一点特权，有书可读。事实上，直到今天为止，我认为他对饭菜不曾抱怨过一次。不错，最初彼佳曾建议给他吃干鱼就行了，可是他找来找去，柏林就是找不到苏维埃的鱼。我们不得不给他吃资产阶级的饭。每天早晨准八点，我和彼佳就进来，在他的浴缸旁边放一碗热肉汤，一长条全麦面包。与此同时，我们订购了一把夜壶，是一件专门为他所用的灵巧设备。下午三点钟，送给他一杯茶，七点钟将会再送些汤。这套食谱是按照当时欧洲最好的监狱里使用的一套食谱制定的。

“书就多了点问题。我们召开了一次家庭会议，讨论让他从哪些书开始读，最后定出三本书：《谢列勃良内公爵》、《克雷洛夫寓言集》、《环游地球八十天》。[②]他声明他不会读这些‘白军小册子’，但我们还是把书留给了他，而且我们很有理由相信他会高高兴兴地读这几本书的。

“他情绪不稳定，后来慢慢安静下来了，显然在谋算什么。也许他希望警察开始寻找他。我们查看报纸，但没有一个字提到这个失踪了的契卡特务。极有可能其他官员已经确定此人叛逃了，由此倾向于将此事深埋地下。这段若有所思的时间就是他企图逃跑之时，或者说他至少想给外界送个消息出去。他在囚室里拖着脚走来走去，兴许还够着了窗户，也可能想把木板撬松，还‘通通通’地猛撞。我们给了他点威胁，他也就不再撞了。有一回，彼佳一个人进去，那人突然朝他猛扑过来。彼佳给他来了个熊抱，卡住他，让他坐回浴缸里。经过这次事件后，他又变成另一副模样，脾气变得非常好，还经常开玩笑，最后竟然想收买我们。他提出给我们一大笔钱，说找某某人拿钱就行。看这一招也不管用，他就开始抽抽搭搭地哭，退回到破

①② 参见书末《注释》，第781页。

口大骂的境地，骂得比先前更凶。目前，他到了逆来顺受的阶段，正处于一个完全顺从的阶段，这恐怕不是个好兆头。

“我们每天带他到走廊里散步，一周打开窗户两次，让他呼吸新鲜空气。为了防止他喊叫，我们自然采取了各种防范措施。每个星期六让他洗一次澡。我们自己就只好到厨房里洗澡。每个星期天我给他做些简短演讲，让他抽三支香烟——当然，我在场看着他抽。我那些演讲都讲什么呢？各种各样的事情都讲。比如讲普希金，或者古希腊。只有一个话题避而不谈，那就是政治。他被完全剥夺了谈政治的权利，就好像政治这东西在地球表面压根不存在似的。你可明白？自从我关了一个苏联特务，我就是为祖国效力了，我完全变成了另一个人。我得意，我快乐。生意也在转好，养着他也没什么大问题。他一个月花我二十马克左右，包括电费：那里头黑咕隆咚的，所以从早八点到晚八点，一个昏暗的电灯泡总是亮着的。

“你问他是个什么背景？这个嘛，我怎么说呢……他今年二十四岁，是个乡下人，不大可能念完乡村小学。他就是大家说的那种‘老老实实的共产党员’，只在政治上扫个盲。这样的教育，按我们书上所讲，也就是把笨蛋教成傻瓜——我知道就是这么个结果。噢，你想看看的话，我就带你去看看。只要记着，不要说话！”

马丁走进了走廊，我和彼佳跟在后面。老人穿着舒适的居家外衣，看上去倒真像个监狱长。他边走边掏出钥匙，往锁孔里插钥匙的动作颇为专业。那锁嘎吱嘎吱响了两声，马丁推开了门。里头远不是一个灯光昏黄的暗洞，而是明亮宽敞的浴室，这样的浴室在舒适的德国人家里随处可见。电灯明亮，但不刺眼，遮在一个华丽的灯罩后面。靠左手的墙上闪着一面镜子，浴缸旁的小桌上放着几本书，一只光面的瓷盘里放着一个剥了皮的橙子，还有一瓶没有打开的啤酒。白色的浴缸里，床垫上铺着干净的被单，上面躺着一个吃饱喝足、双目明亮的人。他身穿浴袍（是主人的半新浴袍），脚蹬轻柔暖和的拖鞋，脑后垫着一个大枕头，颔下一把长髯。

“喂，你有什么话说？”马丁问我。

我觉得眼前的场景很滑稽，不知道如何回答他。“那里就是原来开窗子的地方。”马丁用指头指指说。果然，窗户被木板盖了个严严实实。

那囚犯打了个哈欠，朝墙转过脸去。我们走了出来。马丁笑着摸摸门闩。“他要逃跑那是没门的事，”他说，接着又若有所思地补了一句，“不过自关了他以来，我就一直很想知道，他将在那里边度过多少年呢……”

声　音

有必要关上窗子：雨敲打着窗台，溅在镶木地板和扶手椅上。伴随着一声清脆滑溜的声响，巨大的银色幽灵迅速穿过花园，穿过树丛，沿着橙色的沙地走来。排水管咯咯作响，阻塞了。你正在演奏巴赫的曲子。钢琴已经抬起了喷漆涂盖的侧翼，侧翼下面摆着里拉琴，小音锤正在琴弦上跳动。织锦小挂毯扭曲出粗糙的褶皱，从钢琴的尾部滑落了一半，把一曲打开的乐谱碰落在了地板上。每时每刻，透过赋格曲的狂乱，你的戒指老在键盘上发出叮当声，伴着六月的雨，持续地、壮观地打在窗玻璃上。你没有停下弹奏，轻轻扬起头来，合着节拍惊呼：“雨啊雨……我的琴声要盖过你……”

可是你盖不过它。

影集摆在桌上，像一口口天鹅绒棺材，我扔开它们，注视着你，听你弹奏赋格曲，听着雨声。一种清新的感觉涌上我的心头，像康乃馨带露的清香。那清香飘散在每一个地方：架子上，钢琴的侧翼上，枝形吊灯的长方形金刚石上。

每当你手指压向波光闪闪的琴键，你的斜肩就会轻轻抖动，我就会感觉到你抖动的斜肩和银色的雨神之间存在的音乐联系，这时我会产生一种平静的喜悦感。每当我深深地陷入沉思，整个世界也似乎是这个样子——单一，和谐，遵循着协调一致的规律。我自己，你，还有康乃馨，在这一刻都成了五线谱中垂直的音符。我意识到，世界上的一切事物，都是由包含了不同声音的相同颗粒相互作用而成的，如树木，水，你……一切都是统一的，相等的，神圣的。你站起身来。雨仍然在杀伤阳光。昏暗的沙地上，小水坑看上去如同一个个洞——自地下升出的另一片天空上钻出的一些小孔。一条长凳，像丹麦瓷器那样闪闪发亮，上面放着你的球拍。球拍的网绳因雨变成了褐色，球拍的框架也扭曲成了一个“8”字形。

我们走进那条小巷，巷子里阴影杂乱，还有蘑菇腐烂的气味，我觉得有点发晕。

我记得你碰巧走在一小块阳光之中。你的双肘很尖，眼睛苍白，灰蒙蒙地没有光彩。你说话的时候，瘦削的小手边缘总是凌空挥舞，细手腕上闪着一只镯子。闪着阳光的空气在你的头发周围抖动，你的头发和空气融在了一起。你抽烟抽得很厉害，神经质一般地抽。你从鼻孔里往外喷烟，手一歪弹掉烟灰。你的鸽灰色庄园离我们的庄园五俄里。庄园里面空旷，豪华，凉爽。庄园的一张照片登在了一家光面的都市时尚杂志上。几乎每天早晨，我都会跳上我的皮革自行车车座，沿着小路沙沙地前行，穿过树林，再沿着公路，穿过小村子，然后沿着另一条小路朝你家骑去。你盼着你的丈夫九月不回来，这样我们就什么也不担心了，就你和我——不担心你家仆人们的流言蜚语，不担心我家里人的怀疑。我俩都信命，方式不同而已。

你的爱有点沉默，就像你的声音不那么响亮一样。有人会说你爱得不真，你也是从不谈情说爱。你属于那种不善言谈的女人，和你交往，马上就会习惯了你的沉默。不过有些心里话倒是经常听你脱口而出。然后你那架贝克斯坦大钢琴会发出雷鸣般的声音。要么你会两眼迷茫，直视前方，把你从你丈夫或他的伙伴那里听来的轶闻趣事讲给我听。我记得你那双手——修长的、苍白的手，布满青筋。

在那愉快的一天，雨如鞭抽，你弹奏得出人意料地好，我也下决心解决我们相恋最初几周后隐隐约约出现在我们之间的讲不明白的事情。我意识到你没有能力控制我，也意识到我爱的并非只有你一个，我也爱整个大地。就好像我的灵魂延伸出了无数的敏感触角，我生活在每一样事物中，看到了尼亚加拉大瀑布远隔重洋发出震耳欲聋的轰鸣声，又同时看到了眼前巷子里细长的金色雨滴刷刷落下，滴答有声。瞥一眼白桦树闪亮的树皮，我突然觉得它那斜垂的枝变成了我的胳膊，枝头上小树叶还带着雨滴；又觉得它那数以千计的细根变成了我的双腿，深深扎入大地，吸取大地的养分。我多想将自己像树一样融入大自然之中，去感受做一株有海绵般黄色底部的牛肝菌老蘑菇会是怎样的情景。要么做一只蜻蜓，要么做一会儿太阳系。我想得痛快，突然间大笑起来，亲吻你的锁骨和脖颈。要不是你讨厌诗歌，我甚至会对你吟诵一首。

你淡淡一笑，说道："这里雨后很舒服。"接着你沉思片刻，又说："你看，我刚想起来——今天有人请我喝茶……地方叫什么来着……帕尔·帕里奇家。他是个很无聊的人，但你知道，我不得不去。"

帕尔·帕里奇是我的一个老熟人了。我们经常一起钓鱼，他还动不动就突然扬起他带点男高音的破嗓子唱起《晚钟》[①]来。我倒是很喜欢他。这时树叶上一滴热腾腾的雨珠正好落在了我的唇上。我说我陪你去。

你有点为难地耸耸肩。"我们会在那儿闷死的。太可怕了！"你瞥了瞥手腕上的表，叹了口气，"到时间了。我得换鞋去。"

你的卧室光线朦胧，阳光从拉下来的软百叶窗透入，在地板上形成了两道金色的梯子。你压低声音说了点什么。窗外的树滴着雨水低语，舒畅地沙沙作响。我冲着这沙沙响声微微一笑，轻轻地、很节制地拥抱了你。

事情就是这样。你家的花园和草场在河的这一边，小村子在河

① *The Evening Bells*，原是爱尔兰诗歌，由俄罗斯诗人科兹洛夫翻译成俄语，遂成为一首动人的俄罗斯民歌，流传很广。

对岸。公路上到处是深深的车辙。路上的泥是深红色的，坑洼里是冒泡的牛奶咖啡色的水。黑色的小木屋投下斜斜的影子，格外清晰。

我们沿着一条已有很多人踏踩过的小径往前走，走在阴凉里。走过了一个杂货店，走过了一个挂着翠绿色招牌的小旅馆，走过了几处洒满阳光的庭院，院子里散发着粪便和新鲜干草混合在一起的气味。

学校是新建的石头房，周围种着枫树。校门口一个农妇正把一块抹布拧干放进桶里，她的两条白色小腿肚闪现在门槛上。

你在问："帕尔·帕里奇在吗？"这个长着雀斑、扎着许多小辫的女人迎着阳光眯着眼睛说："他在，他在。"说着用脚后跟推推水桶，水桶叮当作响，"进来吧，太太。他们都要到工作室去。"

我们沿着一道昏暗的走廊走过去，又走过了一间宽敞的大教室。

路过那个教室的时候，我瞥见了一幅蔚蓝色的地图，心想俄国就是这样的——阳光灿烂，幅员辽阔……教室的一角散落着一支碾碎了的粉笔。

再往前去，就到了那间小小的工作室。里面有木工胶水和锯末的气味，很好闻。帕尔·帕里奇没穿外衣，气喘吁吁，汗流浃背，伸出左腿压在一块呻吟的白色木板上，正对着白板津津有味地作规划。汗津津的秃脑袋在一道扬着灰尘的阳光中来回摇晃。他的工作凳子下面散落着刨花，卷卷曲曲像轻薄的鬈发。

我大声说："帕尔·帕里奇，你有客人！"

帕尔·帕里奇吃了一惊，随即手忙脚乱起来。你打了个熟悉的手势，无精打采地向他伸出一只手，他礼节性地在手背上拍了拍，紧接着马上把他的潮湿手指塞进我的手里，握手问候。他留着柔软的八字胡，脸上布满未老先衰的皱纹，看上去整张脸像是油腻子制作出来的一般。

"不好意思——你看我这么衣衫不整的。"他带着一丝歉疚笑着说道。说罢抓起一对衬衫袖套，匆匆戴上。这对袖套刚才一直放在窗台上,像两个圆筒一般并排放着。

“你这是在做什么啊?”你问道,你的手镯闪了一下。帕尔·帕里奇挣扎着穿上他的夹克衫,动作幅度很大。“没什么,混时间罢,”帕尔·帕里奇急急忙忙地说,发唇辅音的时候有点结巴,“在做个小架子之类的东西。还没做好。还得打磨上漆。不过看看这个——我称它为‘飞翔’……”他两手一并,一边摩擦,一边旋转,一架木制小型直升机发射了出去,嗡嗡响着向上飞,撞在天花板上,掉了下来。

一个礼节性的微笑影子一般掠过你的脸面。“啊,我好糊涂,”帕尔·帕里奇又是一惊,“我的朋友们,刚才就要请你们上楼……这个门总是吱吱响。不好意思。请允许我先上去。上面恐怕很乱……”

我们开始沿着吱吱作响的楼梯上楼时,你用英语说道:“我觉得他忘了是他请我来的。”

我走在你后面,看着你的背,看着衬衣上的丝织小方格。楼下什么地方,可能是院子里,传来了一个农妇洪亮的声音:“杰罗西姆!喂!杰罗西姆!”突然间我头脑里豁然开朗,数百年来,世界一直在花开花落,旋转变化,目的只是为了现在,在此刻,将刚才楼下的那声喊叫,将你柔软光滑的肩头动作,还有松木板的香味,组合起来,化成一个垂直的音符。

帕尔·帕里奇的房间洒满阳光,多少有点狭小。床头上方的墙上钉着一条深红色的壁毯,正中央绣着一头大黄狮。另一面墙上挂着一幅装裱好的《安娜·卡列尼娜》的选段,做得很讲究,一行行的文字安排巧妙,在明暗光线的相互作用下,构成了托尔斯泰的脸部轮廓。

主人搓着手请你坐下,他的夹克衫将桌子上的那张唱片打翻在地,他将它捡了起来。茶、酸奶和一些淡而无味的饼干被端了上来。帕尔·帕里奇从餐柜的抽屉里拿出一罐水果硬糖,糖罐上画着花。他一弯腰,衣领后面一褶肿泡的皮肤凸了出来。窗台上挂着一张蜘蛛网，网丝上粘着一只已经死去的大黄蜂。你无精打采地从椅子上拿起一张报纸，刷刷地翻，突然问道："萨拉热窝在哪里？"正忙着倒茶的帕尔·帕里奇回答道："在塞尔维亚。"

这时他伸出一只抖抖索索的手，小心翼翼地用银茶托托着一杯滚烫的茶，递给你。

"茶来了。我可以给你拿点饼干吗？……他们为什么要扔炸弹呢？"这是在问我，肩头耸了一下。

我正在把玩一方厚实的玻璃镇纸，已经把玩一百遍了。这方镇纸透着雪青色，里面是点缀着金色沙粒的圣以撒大教堂[①]。你笑着大声读道："昨日，一位第二行会的商人，名叫叶罗欣，在魁希萨纳饭店被捕。结果那位叶罗欣，借口说……"你又笑了起来，"算了，下面的话太不文雅了。"

帕尔·帕里奇变得慌乱起来，脸上飞起一阵褐色的红晕，手里的勺子也掉了。窗下的枫叶刷刷闪亮。一辆马车扎扎驶过。不知从哪里传来一阵哀伤柔弱的叫卖声："冰淇淋！……"

他开始谈论学校，谈论醉酒，谈论河里出现过的鳟鱼。我开始仔细地观察他，觉得我现在才是第一次真正看他，尽管我们已是老熟人了。我们初次见面时，他的形象想必在我的脑海里留下了深刻的印象，永远不变了，好像是先入为主，已成习惯了。一想到要说说帕尔·帕里奇，我不知为何就有这样的印象：他不光留着一撮黑黄色的八字胡，也留着一缕黑黄色的长胡子。这缕长胡子是我假想的，不过它是许多俄罗斯面孔的特点吧。现在，对他进行了一番所谓的仔细观察后，我定睛一看，他的下巴其实很圆，光秃秃没有胡子，[②]还有

---

① Saint Isaac's Cathedral，位于圣彼得堡，始建于一八一八年，历四十载而成，用了四百多公斤的黄金做装饰。

② 编者德米特里·纳博科夫原注：熟悉俄语原文的双语读者，眼尖的话，可能注意到这里是用"hairless"（光秃秃没有胡子）替换了"irresolute"（优柔寡断）。俄语里这两个词意思相近，"irresolute"几乎可以肯定是抄写员疏忽所致。

一点轻微的凹槽。他长着一个肥厚的鼻子。我还注意到他的左眼皮上有一颗粉刺一般的痣，换了我，情愿把它割掉——可是割了说不定会要命。那个小颗粒牵制着他，全面地、绝对地牵制着他。我对他进行了全面观察。看清这一切后，我做了个极其轻微的动作，仿佛抬肘轻推一下我的灵魂，让它向下滑行，滑进帕尔·帕里奇的体内，让我自己在他体内安营扎寨，宛如以他之心来感受长在皱巴巴眼皮上的东西，也感受一下他的硬领侧翼，还有那只爬过他秃下巴的苍蝇。我两眼转来转去，目光犀利，把他的一切都看在眼里。床头的那头黄狮子现在仿佛也成了我的老朋友，好像从孩提时代起它就一直挂在我的墙上似的。装在凸面玻璃里的彩色明信片显得十分特别，雅致好看。我坐在低矮的柳条扶手椅里，脊背已经习惯了椅背，但坐在我对面的人不是你，而是学校的女赞助人，一位沉默寡言的女士，我不大认识。这时我和刚才一样轻轻一动，又立刻滑进了你的身体，感受你膝盖上方的吊袜丝带，再往上一点，是细棉布毛织物引起的痒痒。又换成你的想法，觉得很枯燥，很热，想抽烟。就在此刻，你从你的小包里摸出了一个金盒子，往烟嘴里装了一支香烟。我便钻进了各样东西里——钻进了你，钻进了香烟，钻进了烟嘴，钻进了笨手笨脚摸索着火柴的帕尔·帕里奇，钻进了玻璃镇纸，钻进了窗台上死去的大黄蜂。

许多年过去了，我不知道他现在在哪里，那个腼腆、臃肿的帕尔·帕里奇。有时候，尽管他是我最不愿意想起的人，我居然会在梦里见到他，就在我现在生活的环境里。他迈着紧张的步子，微笑着走进一个房间，手里拿着褪了色的巴拿马草帽。他弓着背走路，拿着一块大手帕擦拭他光秃秃的下巴和红润的脖子。我梦见他的时候，你总是从头至尾出现在我的梦里，懒懒的样子，穿着一件低腰丝绸上衣。

在那美妙愉快的一天，我没有多说话。我吞下了滑滑的凝乳，用心听每一种声音。当帕尔·帕里奇陷入沉默时，我能听见他的胃在低语—— 一阵轻微的吱吱声，随后是一阵细细的汩汩声。这么响了一阵后，他装模作样地清清嗓子，匆匆开讲了。找不到合适的字眼时，他就会打结巴，一打结巴便眉头紧皱，指尖像打鼓一般敲击桌子。你斜倚在低矮的扶手椅子里，面无表情，沉默不语。你一偏头，抬起你瘦削的胳膊肘，整理你脑后的发卡时，会透过眼睫毛瞥我一眼。你以为我会因为和你一起来而在帕尔・帕里奇前面感到尴尬，他也可能对我们的关系有所耳闻。你这样认为的话，我就觉得可笑了。我还觉得可笑的是，当你故意提起你的丈夫及其工作时，帕尔・帕里奇脸红了。

学校前面，太阳的赭石色热力泼溅在枫树下。帕尔・帕里奇站在门槛边向我们鞠躬，感谢我们顺便来访。他退到门庭里，再次鞠躬。屋外墙上的一个温度计闪着玻璃的白光。

我们离开了村庄，过了桥，爬上了通向你家的小路。我从胳膊肘下扶着你，你侧目一笑很特别，等于告诉我你很快乐。突然间，我想给你讲讲帕尔・帕里奇的小皱纹，讲讲金光闪闪的圣以撒大教堂。可是我刚开始说，就觉得要说出错话了，说出怪话了。你亲切地说“颓废”，我就换了话题。我知道你需要什么：简单的感觉，简单的话语。你的沉默不费气力，风平浪静，像云彩或植物的沉默。所有的沉默都可以认为是神秘的，你身上似乎就有很多神秘之处。

一位穿着蓬松上衣的工匠，喘着粗气，稳稳地磨他的大镰刀。蝴蝶飞舞在尚未收割的山萝卜花丛中。一个年轻姑娘沿着小路朝我们走来，肩上披着一块淡绿色的方巾，黑头发中戴着雏菊。我已经见她三四回了，她那晒黑的细长脖子牢牢地印在我的记忆之中。她过去时，只将眼睛稍稍一斜，关切地看了你一眼。然后她小心地跳过沟去，消失在桤木林里了。一阵银色的颤音抖过质地粗糙的灌木丛。你说：“我打赌她刚才在我家园子里愉快散步。我多么讨厌这些到处度假的人……”一只猎狐狗，是条肥大的老母狗，跟在它主人后面一路小跑。你非常喜欢狗。这小动物拖着肚子爬到我们跟前，耳朵贴到后面扭动着身子。你伸出一只手，它在你手底下打滚，露出粉红色的肚子，上面布满了灰色斑点。“怎么啦，你这心肝宝贝。”你用你那特有的又疼爱又生气的声音说道。

猎狐狗在你身边打了一会儿滚后，发出一阵细微的尖叫，越过沟，往前跑去了。

我们已经快到你家庄园的低侧大门时，你决定要抽烟。可是翻了翻你的手提包，你咯咯轻笑起来：“我多傻呀，把烟嘴放在他那里了。”你拍拍我的肩膀，“最亲爱的，跑去拿一下吧。没它我不能抽烟呀。”我笑着吻了你闪动的睫毛，还有眼睛眯起来的微笑。

你在我身后大声呼喊：“快点啊！”我奔跑起来，倒不是我跑得快，而是我周围的一切在跑——灌木的彩虹色在跑，映在湿草上的云影在跑，淡紫色的花朵在跑——它们赶在刈草机的疾光之前冲进沟里逃命。

十来分钟后，我喘着腾腾粗气爬上了学校的台阶。我挥拳猛击褐色的门。屋里床垫的弹簧吱吱作响。我转了转把手，但门是锁着的。“谁呀？”传来帕尔·帕里奇慌乱的声音。

我叫道：“快点，让我进去！”床垫再次响了起来，也传来赤脚啪啪走路的声音。“你干吗把自己反锁在屋里，帕尔·帕里奇？”我马上注意到他的眼睛发红。

“进来，进来……见到你真高兴。你看，我刚才在睡觉。快进来。”

“我们把个烟嘴忘在这里了。”我说道，尽量不去看他。

我们终于在扶手椅子底下找到了那个绿珐琅管儿。我把它装进上衣口袋。帕尔·帕里奇正冲着手帕大口喘气。

“她是个美妙人儿。”他沉重地坐到床上，不合时宜地说道。说完叹口气，斜眼往一旁看去。“俄国女人身上有一种气质，一种——”他眉头紧皱，伸手搓着眉结，“一种——”他发出一阵轻柔的咕噜声，

“一种自我牺牲精神。世上没有什么比这种精神更崇高的了。那种自我牺牲精神，非同寻常地微妙，非同寻常地崇高啊。”他双手交叉在脑后，热情奔放地笑起来。“非同寻常……”他突然沉默了，然后问起来，已经是全然不同的语调，我听了老觉得可笑。“你还要告诉我什么，我的朋友？”我真想抱他一下，说些充满热情的话，说些他想听的话。“你应该出去散散步，帕尔·帕里奇。为什么闷闷不乐地待在这沉闷的屋里呢？”

他轻蔑地挥了挥手。“该看的我全都看了。出去啥也没有，就是个热……”他揉揉红肿的眼睛，然后往下捋捋八字胡，“也许今晚我去钓鱼。”那个粉刺一般的痣在他皱起的眼皮上抽动。

真该这样问他：“亲爱的帕尔·帕里奇，你刚才为什么躺在床上把头埋在枕头里？是因为得了枯草热，还是有什么特别悲伤的事？你曾经爱过一个女人吗？为什么偏在屋外阳光明媚、池水似镜的这样一天哭？……”

“好了，我得走了，帕尔·帕里奇。”我说道，看了一眼弃在一旁的眼镜，重新排版印制的托尔斯泰著作，还有桌子底下那双带着像耳朵一样的饰环的靴子。

红色的地板上停着两只苍蝇，一只趴在另一只身上。它们嗡嗡叫着，分开飞走了。

“没有痛苦的感觉，”帕尔·帕里奇缓缓舒了一口气说，他又摇摇头，“我会微笑着承受它——去吧，不要让我拖住你。”

我又沿着小路奔跑，一旁是桤树林。我觉得自己沉浸在另一个人的悲伤之中，因为我高兴时他在流泪。这是一种快乐的感觉，以前不常有：比如看到一棵弯倒的树，一只扎破了的手套，一匹马的眼睛。这种感觉之所以快乐，是因为它有一股和谐的流动。它就像任何快乐的行动或快乐的光辉一样快乐。从前有这种快乐感时，我被分裂成了百万个个体和物体。今天我是一个整体，明天我就有可能再行分裂。因此，世上每样事物都会注入他物，与之融合。那一天是我最走运的一天。我知道我的周围的一切都是同一部和声的音符，知道——隐秘地知道——声音的来源和声音不可避免的力度霎时间组合起来，每一个即将消散的音符又产生出新的旋律来。我灵魂深处的音乐之耳知道并听懂了每一种事物。

你在花园里铺设了石子的地段迎接我，这地方靠近阳台的台阶。你的第一句话是："我刚才不在时我丈夫从城里打来电话。他十点钟到家。肯定出了什么事。也许他现在正在转车。"

一只鹡鸰，像一阵灰蓝色的风，轻轻地快步跑过沙地。停了一下，走了两三步，又停了一下，又走了几步。鹡鸰，我手中握着的烟嘴，你的话，你衣服上落下的阳光点……不可能出了别的事。

"我知道你在想什么，"你皱着眉头说道，"你在想有人会告诉他之类的事。不过告诉不告诉都一样……你知道我已经……"

我直直地盯着你的脸。我用我全部的心灵直接看着你。你我的眼神撞在一起。你的眼睛那么清澈，仿佛眼睛上飘走了一片薄薄的软纸——那种珍贵书籍里保护插图的薄膜。你的声音也是第一次显得清澈："你知道我已经做了怎样的决定吗？听好了。我没有你就活不下去。这就是我要讲给他听的话，一字不差。他会和我马上离婚。然后，比如在秋天，我们就可以……"

我的沉默打断了你的话。你轻轻离开我一点，一个光斑从你的裙子上移到了沙地上。

我能对你说什么呢？我能说我要自由，不要受人束缚，能说还不够爱你吗？不能，绝对不能说。

就过了一刹那。就在那一刹那间，世上发生了很多事：某个地方一艘巨轮沉没了，一场战争爆发了，一个天才诞生了。那一刹那过去了。

"这是你的烟嘴，"我说，"在扶手椅底下。你知道不，我进去的时候，帕尔·帕里奇肯定一直在……”

你说道：“好。现在你可以走了。”你转过身快步跑上台阶。你抓住玻璃门的把手，没能马上打开门。你肯定备受折磨。

我在花园里站了一会儿，周围是略带甜味的湿气。随后，我双手深深插入衣袋，沿着斑驳的沙地绕到房屋前面去。我在前廊找到了我的自行车。我伏在车把手的两个低角上，顺着庄园的车道摇摇晃晃地骑走了。沿途四处躺着蛤蟆。我没注意压上了一只，车轮下噗的一声响。车道尽头有一张长凳。我把自行车靠在一截树桩上，在长凳诱人的白色木板上坐下来。我想一两天后，我会收到你写来的一封信，不论你怎么呼唤我，我就是不回返。你的房子远去了，和我拉开了一段不可思议的忧伤距离，一同远去的还有屋里的钢琴、落满灰尘的《艺术评论》杂志、房屋周围的轮廓。失去你是件开心的事。你固执地猛拉玻璃门，消失了。不过一个不同的你用另一种方式和我分别，在我快乐的亲吻下睁开了苍白的眼睛。

我就这样一直坐到傍晚。蚊虫忽上忽下飞荡，仿佛受着无形之线的牵引。突然间，在附近什么地方，我觉得有个亮点闪动——那是你的裙裾，原来是你——

难道最后的颤动还没有消尽？于是，你又来了，我倒觉得不安。你远远地躲在一边，在我的视线之外。你正在走动，越走越近。我使劲地转过脸来。原来不是你，而是那个戴着绿色围巾的女孩——还记得吗？就是我们遇到过的那个女孩，还有她那只长着个可笑肚皮的猎狐狗……

她走了过去，穿过枝叶间的缝隙，过了桥。桥那边有个小电话亭，装着彩色玻璃窗。女孩觉得烦闷，就到你家庄园里散步，我也许不久就会和她熟起来。

我缓缓起身，骑上车缓缓离开沉寂的庄园，上了大路。我直接骑进了广阔的夕阳之中，在一个弯道的外侧，超过了一辆马车。那是你的车夫谢苗，用正常速度赶着车朝火车站驶去。他看见了我，缓缓摘下帽子，梳理了一下后脑勺上几缕油光闪亮的头发，然后又戴上帽子。一条方格护膝毯折叠起来放在座位上。黑骗马的目光中反射出周围迷人的景色。因是下山，我没踩踏板，一路飞驰而下，来到河边。从桥上望去，我看见帕尔·帕里奇的圆肩和巴拿马草帽。他坐在桥的下游方向游泳换衣间投下的阴影里，手中握着一根钓鱼竿。

我刹住车，一只手扶在桥栏杆上。

“喂，喂，帕尔·帕里奇！鱼怎么上钩的？”他抬头望望，朝我亲切随便地挥挥手。

一只蝙蝠掠过如镜的玫瑰色水面。树木的倒影宛如黑色的缎带。远处的帕尔·帕里奇在喊着什么，边喊边挥手。帕尔·帕里奇的又一声喊叫在黑色的水波上抖动。我放声大笑，推开栏杆离去。

我沿着紧紧挤在小木屋之间的小路一阵无声地猛骑。牛叫声飘了过去，飘进了没有光彩的天空中，仿佛一些小柱子碰撞着向上飞去。远处就是公路，沿公路再往远看，在无边的夕照中，水气隐隐蒸腾的原野间，是一片沉寂。

振翅一击

一

当一副滑雪板弯曲的头与另一副交叉时，你就会一个跟头栽向前去。刺骨的雪灌进你的衣袖，要重新站起来可真难了。科恩滑雪时间不长，滑不了一阵就出汗。他觉得有点眩晕，眼前金星乱冒，便一把拉掉扎得耳朵直痒痒的羊毛帽，擦擦湿漉漉的眼皮。

此刻弥漫在六层楼旅馆前的尽是欢乐与碧空。树木在雪光中失去了形状。数不清的滑雪板印迹飞流而下，犹如从雪山肩上垂落的幽发。周围无尽的白色涌向云天，在空中逍遥自在地闪烁着。

科恩沿着斜坡往上滑时，他的雪橇吱吱作响。那个英国女孩昨天，也就是他来的第三天，才与他相识，但她注意到他宽阔的肩膀、骏马般的身形，还有闪在颧骨上的健壮红润，便以为他也是英国人。她叫伊莎贝尔，一群皮肤黝黑闪亮的阿根廷型青年戏称她为“空降的伊莎贝尔”，她走到哪里，他们就跟到哪里：跟到旅馆舞厅，跟到装有衬垫的楼梯上，跟着爬上雪坡，在闪亮的雪尘里嬉闹。她步履轻快，热情奔放，嘴唇特别红润，真好似造物主舀了一勺热带的朱砂，给她下半截脸上拍了少许。笑意洋溢在她毛茸茸的眼睛里。一头黑缎般的秀发，如波浪起伏，上面挺立着一只西班牙发卡，宛如波浪上的一只鸟翼。这便是科恩昨天见到她时的样子，当时有点空荡的铜锣声响起，叫她离开三十五号房间去用餐。事实上，他们是邻居，她的房号恰是他的年龄。那天他们在一张公共长餐桌上进餐，她正好坐在他的对面，高挑，活泼，穿一件黑色低胸连衣裙，光脖子上围着一条黑丝巾——这情形似乎对科恩影响特大，以至于压了他半年的忧郁心情顿时如开了个小口一般。

是伊莎贝尔首先开口说话，科恩倒没有觉得意外。这个大旅馆，闪现在大山中间，与世隔绝，这里的生活在沉闷的战争年代后节奏轻快起来，无忧无虑。再说，在她伊莎贝尔看来，一切都是没有限制的——没人限制她的眼睫毛向两边跳动，没人限制她说话时发出旋律一般的笑声。她把烟灰缸递给科恩，一边说道："我觉得在这里只有你和我是英国人。"说着把一侧隔着薄纱的肩膀朝桌子低了低，肩上搭着一条黑丝巾，像斜背着的一条绶带。她接着说："当然不用数，还有五六位小老太太，另外那边那个穿翻领的人也是。"

科恩答道："你错了，我是没有祖国的。我从前在英国待了多年，这倒不假，另外——"

第二天早上，破罐破摔地过了半年的他突然心情愉快地洗了个冷水浴，锥形的水淋得他耳朵发聋。九点钟，吃了一顿简单却又很充实的早餐，然后套上滑雪板，嘎吱吱地走过旅馆露台前面那条雪光闪闪的小道，小道上散落着深红色的沙砾。他爬上了雪坡，坡面为了方便滑雪，呈燕尾形，这时他发现伊莎贝尔就在那边，被围在穿着方格灯笼裤的红脸人群中。

她用英国人的方式向他打招呼——只投来一个灿烂的微笑。她的滑雪板闪着橄榄般的金黄色。她双脚上绑着复杂的带子，雪一直粘在带子上。她的脚和小腿很壮实，不像是女性的腿脚，但紧紧打着绑腿塞在坚韧的长筒靴里，显得很匀称。在她身后，沿着薄脆的雪面滑来一个紫红色的身影，这时她双手满不在乎地插进皮夹克的口袋里，左脚的滑雪板微微前冲，便沿着雪坡滑了下去，越滑越快，围巾在扬起来的雪粉中飞舞。这时她在全速滑行之中突然来了个急转弯，一只膝盖紧紧地弯起来，接着又伸直了，飞速而去，滑过冷杉林，滑过绿松石色的溜冰场。一对穿着彩色毛衣的年轻人和一位著名的瑞典运动员正在后面追赶她，那位运动员面如赤陶，头发颜色暗淡，梳向脑后。

一小会儿后，科恩在一条发蓝的滑雪道上又碰到了她。这条道上滑雪的人不少，一个个像长着毛的青蛙一般，肚皮几乎贴着滑雪板，一闪而过，每过一个就发出哗啦一声轻响。伊莎贝尔的滑雪板一闪，消失在一段雪堤后面，这时科恩自愧身手不如她那么矫健，随后赶去，在银装素裹的树林中一处松软的洼地里赶上了她。她的手指在空中摇摆几下，踩踩滑雪板，又滑走了。科恩在紫罗兰色的树影里站了许久，突然感到一阵熟悉的沉寂，令人恐惧。树枝的花边在瓷釉般的空气中发出寒气，如同吓人的童话故事一般令人心惊。树林和树木错综复杂的影子，还有他的滑雪板，看上去很奇怪，都像玩具一般。他意识到自己累了，脚后跟上起了泡。他抓住几根突出来的树枝，转过身来。滑雪的人一个个机械地从平坦的绿松石路面上滑过。在远处的雪坡上，那位脸色赤红的瑞典人正在把一位满身是雪的瘦高个从地上扶起来。这个人戴一副角质框眼镜，像只呆鸟一般在飞扬的雪尘中挣扎。一只滑雪板从他脚上脱落，滑下山去，宛如一只脱离鸟身的断翅。

回到房间后，科恩换了衣服，听着铜锣叮叮当当响起，便摇铃要餐，点了一份烤牛肉冷盘，些许葡萄，一瓶基安蒂红酒。

他的肩膀和大腿老是疼。

追她不是他该干的事，他心想。一个人脚上粘一对木板，行进中体验地球引力。荒唐。

下午四时左右，他下楼来到宽敞的阅览室。室内壁炉炉火熊熊，炉口冒出橘黄色的热气。人们都深深地坐在皮制扶手椅中，看不见身子，只见小腿从手中的报纸下面伸展出来。一张橡木长桌上乱堆着杂志，都是些洗漱品广告、舞女、议员们戴的大礼帽。科恩挑出一本破旧的《闲谈者》杂志，是六月份那一期，他盯着上面一个女人的笑容看了许久。那个女人曾是他的妻子，夫妻一场有七年之久。他想起了她死去的面容，变得那么冰冷，那么僵硬。他还想起了他在一个小盒子里找到的一些信。

他把杂志推到一边，指甲在光滑的页面上吱吱作响。

然后他吃力地动了动肩膀，吱吱吸着短烟斗，出来走到宽敞的封闭露台上。露台上一支乐队冒着严寒演奏，很多人围着鲜艳的围巾，喝着浓茶，准备再次冲出去，冒着严寒冲上雪坡。透过宽大的窗玻璃看去，那雪坡闪着微光，已经忙碌起来。他抬眼一扫，目光落向露台。有个人好奇地看看他，他觉得一阵刺痛，宛如针刺了牙神经一般。他立刻转身回去了。

台球室的橡木门被推开了一条缝，他侧着身子进去了。蒙费奥利，一个脸色苍白、红头发的小矮个，只知道念《圣经》、打台球，这时正伏在绿色的台布上，来回滑动球杆，瞄准了一只准备要打的球。科恩最近才和他熟起来，他便立刻让科恩看自己收集的《圣经》语录。他说他正在写一本大书，在书里要论证如果从某一个角度领会《约伯记》会如何……但科恩没有听下去，因为他忽然注意到与他对话者的耳朵了—— 一对尖耳朵，上面蒙着一层淡黄色的灰尘，尖顶上长着微红的绒毛。

台球咔哒作响，四散开去。蒙费奥利一挑眉毛，提议打一局。他长着一双忧郁的眼睛，略微有点突出，公山羊一般。

科恩早就想打一局了，甚至已经往他的台球杆上擦了些白粉。可是突然间，一阵可怕的无聊感波浪一般袭来，只觉得胃里一阵疼痛，两耳嗡嗡响，便说他胳膊肘痛。走过一个窗子时，他往外扫了一眼，看看雪上白糖一般的光辉，然后回到了阅览室。

在阅览室里，他架起一条腿，一只漆革鞋轻轻抽动，又一次仔细观看那张灰白的照片。照片上那个曾是他妻子的伦敦美女，有着孩子般的眼睛，涂了唇膏的嘴唇。她自杀后的第一个晚上，他在一个浓雾弥漫的街角跟上了一个冲他微微一笑的女子，以此作为对上帝、对爱情、对命运的报复。

现在来了这个伊莎贝尔，也涂着那么红的唇膏。要是能……

他咬紧牙关，扯动了下颌上强健的肌肉。他过去的整个人生似乎就是一幅幅晃动的多彩屏幕，他躲在后面，免得遭受无穷无尽的损害。伊莎贝尔只是屏幕上最新的闪亮一幕。曾经有过多少这样的丝绸碎片啊，他多么希望把这些碎片挂满那黑洞大张的巨口啊！航海，装帧精美的书籍，七年如醉如痴的恋情。这些碎片，随着窗外的风翻飞，撕扯，一片一片掉落下来。那个缺口无法遮挡，地狱般的深渊吸着气，把一切都吞噬了。他明白了这一切，当那个戴着仿麂皮手套的侦探……

科恩觉得他在来回摇摆，一些脸色苍白却有着粉红眉毛的女孩正从一本杂志后面看着他。他从桌上拿起一份《泰晤士报》，打开了巨幅报页。报纸如床罩盖住了缺口。人们发明了罪行、博物馆、游戏，只是为了逃避未知的命运，逃避多变的天空。而现在，这个伊莎贝尔……

他把报纸甩到一边，用他的大拳头摩擦他的前额。再一次，他感觉到有人用好奇的目光看着他。他缓缓地走出房间，走过看书报的人的脚，走过壁炉橘红色的炉口。他在喧闹的门廊那里迷了路，发现自己在某个门厅里。那里有一把弓形椅，白色的椅腿映在镶木地板上。一幅巨画挂在墙上，画的是威廉·退尔把摆在他儿子头上的苹果一箭射穿。然后，他详细地审视了一下他那张刮得干干净净的忧郁脸庞，眼白上布满了血丝，花格蝴蝶领结闪现在一间浴室里明亮的穿衣镜中。这间浴室里的水音乐一般汩汩流响，不知谁扔掉的一个金黄色的烟头漂在瓷缸底部。

窗外远处，雪地渐渐朦胧，变成了蓝色。彩色的微光照亮了天空。喧闹的前厅入口处的旋转门两翼慢慢亮起来，脸色红润的人们雪中游戏后累了，带着水汽和呼吸的云雾拥入门厅。楼梯上响起了脚步声、惊叫声和大笑声。然后旅馆平静下来：每个人都在更衣，准备就餐。

科恩的房间灯光昏暗，他跌坐在扶手椅中，恍惚如冬眠一般，听见铜锣震响，惊醒过来。他新增了力量，很欣喜，便打开灯，把衬衫链扣塞进新浆洗的衬衫里，从吱吱作响的压裤夹子底下拉出一条平整的黑长裤。五分钟后，他看头顶上的头发定了型，凉飕飕地发亮，每一条裤缝都直挺，便下楼去了餐厅。

伊莎贝尔不在餐厅。汤上来了，然后是鱼，可她还是没有出现。

科恩厌恶地看看几个皮肤晒得黝黑的年轻人，然后是一个面如青砖的老女人，画了一颗美人痣来掩饰一个粉刺。还有一个长着一双山羊眼的男人，最后他把忧郁的目光定在了一只绿瓶中由风信子组成的毛茸茸的小小卷曲金字塔上。

黑人乐队敲击乐器，吟唱起来，这时她才出现在挂着威廉·退尔画像的门厅里。

她吸了一口冷气，闻闻花香。她的头发看上去湿漉漉的。她脸上有点不对劲，科恩觉得奇怪。

她露出一个灿烂的笑容，整了整她透亮肩膀上的黑丝带。

“你看，我刚回来。连换衣服草草吃块三明治的时间都没有。”

科恩问道：“总不是一直在滑雪吧？怎么啦，外面可全黑了。”

她定睛看了他一眼，科恩这下意识到刚才是什么让他吃惊了：是她的眼睛，不停地闪动，好像蒙上了霜雪似的。

伊莎贝尔开始用英语柔滑的元音讲起来，鸽子一般轻盈：“当然全黑了。我刚才可真是超乎寻常。我摸着黑猛冲下坡，有凸起的地方就飞身而过。险些撞进星星群里去了。”

“你这样就等于自杀。”科恩说道。

“险些撞进星星群里去了。”她又说了一遍，眯起毛茸茸的眼睛。接着她裸露的锁骨闪了一下，又说道：“我现在想跳舞。”

黑人乐队在厅里又是说唱，又是嚎叫。日本灯笼晃悠，五彩缤纷。迅速变动的脚步带着拖拉的脚步，他的手掌紧贴着她的手掌，科恩不断靠近伊莎贝尔。再进一步，她那修长的小腿就会挤进他的腿之间；再退一步，她的小腿又会一弹抽出来。她清新的发香萦绕在他的鬓角，他能感觉到，就在他右手的边缘下，便是她柔软波动的裸背。音乐一停，他就喘粗气，然后又踏着节拍往前滑去……他旁边漂浮过去了一对又一对，个个舞步笨拙，目光呆滞，心不在焉。乐队的演奏本来就不流畅，还不时夹杂着乡土小锤的敲击声。

音乐加速，膨胀，最后咔嗒一声终止。一切都停下来，接着爆发掌声，要求再来一曲，但乐师们还是决定休息一下。

科恩从袖口里掏出一块手帕擦擦额头，然后跟着伊莎贝尔出去了。她一边扇着她的黑色扇子，一边朝门走去。在一段宽大的台阶上，两人并排坐了下来。

她没有看他，说道："对不起——我刚才觉得我仍然在雪地和星星之间。我甚至都没有注意到你跳得好还是不好。"

科恩瞥了她一眼，好像没听见她说话一般。她仍沉浸在自己的星光思绪中，那是科恩不得而知的思绪。

坐在他们下一级台阶上的是一个年轻人，穿着非常窄的紧身夹克衫，另一个是个极瘦的女孩，一边肩胛上有块胎记。音乐再次响起，那个年轻人邀请伊莎贝尔跳一曲波士顿舞，这样科恩也不得不和那个瘦女孩子跳。瘦女孩身上有一股稍稍发酸的薰衣草味。彩色纸带打着圈在厅里到处飞舞，和跳舞的人纠缠在一起。乐师中有一位粘着一道白色八字胡，科恩不知为何觉得他很不地道。一曲跳毕，科恩撇下舞伴，冲出去寻找伊莎贝尔。到处不见她的人影——既不在自助餐车旁，也不在楼梯处。

有个地方——卧室，科恩一下就想到点子上了。

他回到自己的房间，拉开了帷帘，躺了下来，什么都没想，只是望着夜空。一扇扇窗户在旅馆前方昏暗的雪地上投下倒影。远处，房屋的金属尖顶在一抹哀伤的光辉中浮动。

他觉得他看见了死神。他紧紧地拉上了窗帘，不让一点夜色渗入房间。可是他关上灯躺下来后，注意到一块玻璃隔板的边发出了反光。于是他起身在窗边踱步良久，咒骂斑驳的月光。地板如同大理石一样冰冷。

科恩松开睡衣的腰带，闭上眼睛，这时光滑的雪坡开始在他身子下面急速地动来动去。他的心里开始响起空洞的嗵嗵声，好像心已经一整天没跳了，现在要利用夜深人静之际好好跳动一番。他一听见心这般跳起来，就开始害怕。他想起有一次，在狂风大作的一天，他和妻子路过一家肉铺，挂在钩子上的动物尸体晃动着，碰到墙面上，发出沉闷的声响。那声响正是他现在的心跳声响。当时他妻子眯眼迎风，抓着她的帽子，说风和海快让她疯了，他们必须离开，必须离开……

科恩翻了个身——翻得小心翼翼，以免心跳的连击冲裂胸膛。

“不能再这样下去了。”他头埋进枕头里喃喃自语，绝望地伸直了两腿。他仰脸躺了一会儿，望望天花板，又望望渗进屋里的微弱白光。就这一点点微光，刺得他极不舒服，就像他的肋骨刺痛他一样。

当他再次闭上眼睛时，不声不响的火星开始在他眼前滑动，然后便是透明的螺旋体，无穷无尽地在眼前扩散。伊莎贝尔雪蒙蒙的眼睛和热烈的嘴唇从眼前闪过，然后又来了火星和螺旋体。刹那间他的心揪成一团，撕裂般难受。然后它又膨胀，怦怦狂跳。

不能再这样下去了，我快疯了。没有将来，只有一堵黑墙。什么都没有留下。

他觉得纸带蜿蜒飘落在他脸上，瑟瑟作响，裂成窄窄的碎片。日本灯笼彩河一般在镶木地板上流动。他在跳舞，往前迈步。

但愿我能松开她，将她翻转过来，张开手臂……然后……

死神对他来说就像一个滑动的梦，软软地落下来。他什么都不想，也不害怕，没有疼痛。

缕缕月光在天花板上不知不觉地移动。脚步声沿着走廊轻轻地响过，什么地方门锁咔哒一响，轻轻的声音飞了过去。然后又是脚步声，低沉轻柔的脚步声。

这就是说舞会结束了，科恩心想。他把干瘪的枕头翻了个个儿。

现在周围一片寂静，漫无边际的寂静，逐渐冷却下去的寂静。只有他的心在紧张沉重地跳动。他在床边的桌子上摸索，摸到了水罐，端起来猛喝一口。冰冷的水流刺痛了他的脖子和锁骨。

他开始想用什么办法才能睡着。他想象海浪奔涌，来来回回拍打着海岸。又想象灰白色的肥羊缓缓地翻过栅栏，一只，两只……

伊莎贝尔就睡在隔壁，科恩想，她睡着了，可能穿着橘黄色的睡衣。黄色很适合她。西班牙颜色。我要是用指甲挠挠墙，她就会听见。该死的心跳……

他开始思量开灯读点什么是否管用，就在念头这么一动之际，他睡着了。扶手椅上躺着一本法语小说。象牙色的小刀在滑动，割下书页来。一页，两页……

他醒来时竟然在屋子中央，感到一阵难以忍受的恐惧。原来正是感到恐惧，才惊得翻下床去。他刚才梦见床靠着的那面墙开始缓缓地朝他垮塌——他吓得抽筋喘气，往后缩身。

科恩摸索着找到了床头板，要不是听见墙那边有动静，他就会马上返回床上睡觉。他没有马上弄明白这动静是从哪里传来的，但他聚精会神地听了，使得他本来随时都准备滑向睡眠之坡的神志突然清醒起来。那动静又开始了：拨了一下琴弦，接着便是丰富洪亮的吉他弹奏声。

科恩想起来了——隔壁房间里住的不就是伊莎贝尔吗？立刻，就像是回应他的想法一样，墙那边传来她一阵响亮的笑声。两次，三次，吉他琴声悠悠，然后消失了。接着是一阵奇怪狗叫声，时断时续，最后停止了。

科恩坐在床上，疑惑地听着这些声响。他脑海中勾勒出了一幅奇异的景象：伊莎贝尔抱着一把吉他，而一条大丹犬瞪着开心的眼睛望着她。科恩把耳朵贴到冰冷的墙壁上。狗叫声再次响了起来，吉他一阵弹拨，接着一种奇怪的沙沙声忽高忽低地响，仿佛隔壁房间里刮起了一阵大风。沙沙声拉长，变成了低低的口哨声，然后夜晚又一次万籁俱寂。接着一声窗框响——伊莎贝尔关上了窗户。

不知疲倦的女孩，他心想——还有那狗，吉他，冰冷的风。

现在一切都安静下来。伊莎贝尔已将所有那些嘈杂声音赶出了她的房间，她很可能已经上了床，这会儿已经入睡了。

“该死！我什么都不知道。我什么都没有。该死！该死！”科恩哀叹着，把头埋进了枕头里。一种沉重的疲劳感不停地压向他的太阳穴。他的小腿一阵阵刺痛难忍。他在黑暗中哀叹了好一会儿，身子沉重地从一边翻到另一边。天花板上的亮光已经消失多时了。

二

第二天，伊莎贝尔直到午饭时间才出现。

从早晨开始，天空白得刺眼，太阳就像是月亮一般。后来下起雪来，缓缓地下，垂直地下。密集的雪片，像一面白纱上的装饰白点，给群山，给积雪沉沉的冷杉，给失去光泽的绿松石色溜冰场，挂上了白色的帷幔。一颗颗饱满柔软的雪粒沙沙地打在窗玻璃上，降落，无休无止地降落。如果长时间盯着雪看，就会觉得整个旅馆在缓缓地向上飘浮。

“我昨晚太累了，”伊莎贝尔对她的邻居——一个长着橄榄色前额和敏锐眼睛的年轻男子说道，“累得我都决定躺在床上不起来了。”

“你今天看起来漂亮极了。”年轻男子带着异国情调的礼貌拉长声音说道。

她不屑地从鼻子里哼哼两声。

科恩透过风信子看着她，冷冷地说道：“我还不知道，伊莎贝尔小姐，原来你房间里有一只狗，还有一把吉他。”

她显得有点尴尬，那双睫毛浓密的眼睛似乎因此眯缝得更厉害了。然后，她绽开笑容，唇红齿白。

“科恩先生，你昨晚在地板上跳舞也太夸张了。”她答道。那个橄榄色前额的年轻人和那个只知念《圣经》、打台球的小矮个大笑起来。前一个笑得开心，后一个笑得轻柔，还扬起了眉毛。

科恩皱皱眉头，说道：“我想请你别在夜里弹奏，我要睡着不容易。”

伊莎贝尔热辣辣地扫了他一眼，看得他脸上发烫。

“夜里弹奏的事，你还是问你的梦去吧，不要问我。”

说罢她就跟她的邻居讨论起第二天的滑雪竞赛来。

好几分钟里，科恩觉得他的嘴唇抖得难以控制，不禁要发出一声冷笑。这声冷笑就在嘴边烦人地抽动，这时他突然想把桌子上的桌布扯掉，把装有风信子的花瓶甩到墙上去。

他站起身来，忍不住全身发抖，想尽量不让别人看出来，便谁也不看一眼，径直出了屋子。

“我这是怎么啦？”他不明白自己的痛苦，“这里都怎么啦？”

他一脚踢开手提箱，开始收拾。马上就觉得头晕目眩。于是停下了收拾，又在屋里踱起步来。他气冲冲地往短烟斗里填上烟丝，坐进临窗的扶手椅里，窗外远处的雪下得整齐均匀，令人心烦。

他来到这家旅馆，来到这个叫做采尔马特[①]的严寒而又有格调的偏僻之地，为的是将雪野寂寥之境和轻松愉快之感结合起来，结交各种人，因为孑然一身是他最害怕的事。可他现在明白了，人类的面孔对他来说也是难以忍受的，雪让他头晕。他缺少澎湃的活力，缺少坚韧的柔情——没有这一点，激情便显得无力。但对伊莎贝尔来说，生活很可能就是闪亮的滑雪道，就是开怀大笑，就是香水，就是清冷的空气。

她是谁？一个走红的歌剧女演员，看破了红尘？要么是大摇大摆、不可一世的领主女儿离家出走？要么只是来自巴黎的时尚女

---

① Zermatt，位于瑞士阿尔卑斯山群峰之中，环境幽雅，空气清新，是世界著名的滑雪胜地。

人……她的钱是从哪儿来的？稍显粗俗的想法是……

不过她肯定养着狗，这一点她没有必要否认。应该是条毛色光亮的大丹犬，有着凉凉的鼻子、温热的耳朵。还在下雪，科恩思绪乱拐。在我的手提箱里—— 一按弹簧就打开了，他脑袋中似乎蹦的一声弹簧响——有一把德国帕拉贝伦手枪。

晚上他又在旅馆里踱起步来，要么在阅览室里哗哗哗地翻报纸。透过前厅窗户，他看到伊莎贝尔，那个瑞典人，还有几个穿着夹克衫的年轻人，外面套了满是流苏的毛衣，上了一辆天鹅般曲线弯弯的雪橇。黑白相间的杂色马碰得马具叮当响。雪还在下，下得密密实实，无声无息。伊莎贝尔全身缀满白色的小星星，在同伴中间又喊又笑。雪橇猛地一动，向前滑去，她往后一晃，戴着皮手套的两只手伸向空中。

科恩的目光从窗子移开了。

去吧，纵情玩吧……关我什么事呢……

后来晚餐时，他尽量不去看她。她欢乐得很，欢天喜地的样子，对他不理不睬。九点时黑人音乐又开始呻吟敲打起来。科恩觉得闷热疲乏，便倚在门柱上，凝视着相拥跳舞的一对对，凝视着伊莎贝尔的折扇。

一个温柔的声音在他耳边响起："你不介意去吧台喝一杯吧？"

他转过身，看见了一双忧郁的公山羊眼睛，还有一对长着红茸毛的耳朵。

吧台在深红的暗影中，玻璃桌反射出灯罩的荷叶边。

金属柜台边的高凳子上坐着三个男人，都穿着白色橡胶长筒靴，小腿缩了起来，搭着吸管喝颜色鲜艳的饮料。吧台里面，各种颜色的瓶子在架子上闪闪发亮，好像一群凸背的甲壳虫。一个胖男人，留着黑色八字胡，穿着樱桃色的晚宴夹克衫，正在调鸡尾酒，手法极其熟练灵巧。科恩和蒙费奥利在酒吧丝绒遮挡的深处选了一张桌子。一位服务生小心恭敬地打开一份长长的饮料单，就像是一位古玩收藏家展示一本珍贵的古书一般。

“我们一样来一杯，”蒙费奥利说，嗓音忧郁，略显空洞，“喝完后我们再从头喝一遍，只选我们头一遍爱喝的。也可以喝到哪一种时停下来细品，品完了返回去从头再来。”

他沉思着看了服务生一眼：“听明白了吗？”

服务生的一绺头发朝前倾斜了一下。

“这种喝法就叫酒神游荡，”蒙费奥利发出阴沉沉的嗤笑说道，“有人天天都这么过。”

科恩压下一声抖抖索索的哈欠。“你知道这么个喝法最终会叫你吐个一塌糊涂。”

蒙费奥利叹口气，咂咂嘴，用自动铅笔在酒单上的第一款前画了叉，鼻翼两侧现出两道深沟，一直延伸到薄薄的嘴角。

喝完第三杯后，科恩默默点了一支烟。第六杯后——这是一杯过于甜腻的巧克力与香槟的混合饮料，他想说话。

他吐出一个喇叭形的烟圈，眯着眼睛，发黄的指甲弹去烟灰。

“告诉我，蒙费奥利，你觉得这个——就是她的名字——伊莎贝尔，怎么样？”

“你和她没戏，”蒙费奥利答道，“她属于老滑头一类。她与人交往，就图个一时热闹。”

“可她夜里弹吉他，和她的狗折腾。这就不好，对不？”科恩说道，瞪大眼睛看着手中的玻璃杯。

蒙费奥利又叹口气，说：“你和她还是算了吧，毕竟……”

“这话我怎么听着像嫉妒——”科恩才开始要讲。

蒙费奥利平静地打断了他：“她是一个女人。而我呢，你是知道的，有别的爱好。”他适度地清清嗓子，又画了个叉。

深红色的饮料换成了金黄色的。科恩觉得他的血液也要变甜了，脑袋也晕晕乎乎的了。穿白靴的几个人离开了酒吧。远处的音乐鼓点和吟唱也停止了。

“你是说人肯定会朝三暮四，见异思迁……”他声音沙哑，有气无力地说，“我都到这地步了……听听我的情况吧——曾经有个妻子，她爱上了别的男人，而那个人偏偏是个小偷。他偷车，偷项链，偷皮衣……她服毒自杀了。服的是士的宁。”

“那你相信上帝吗？”蒙费奥利问道，口气好似骑上高头大马那般得意，“上帝毕竟是存在的。”

科恩不自然地笑了笑。

“《圣经》里的上帝……干奶酪般的骨架子……我不是信徒。”

“这话是赫胥黎讲的，”蒙费奥利旁敲侧击，“从前是有《圣经》中的上帝，不过……问题是他老人家不是一个人，有众多的《圣经》上帝。一大帮。我最喜欢的上帝是……‘他打喷嚏，就发出光来。他的眼睛好像清晨的眼睫毛。’你懂得这是什么意思吗？你懂吗？还有呢：‘他身躯的鲜活部分都紧紧地联系在一起，却不能移动。’怎么样？怎么样？你懂吗？”

“你歇会儿吧！”科恩大叫。

“不，不——你一定要好好想想。‘上帝把大海变成了沸腾的药膏；他隐在一道光迹的后面离开了。地狱类似一小束灰发！’”

“等等，行不行？”科恩打断他，“我想告诉你，我决定自杀……”

蒙费奥利伸出手掌按在酒杯上，偷偷地定睛看他一眼。他沉默了一阵。

“不出我所料，”他说道，出乎意料地和蔼，“今晚，就在你看着人们跳舞的时候，甚至在那之前，当你从桌旁站起的时候……你脸上就有所反映……瞧你那眉头锁的……那就是个特别之处……我马上就明白了……”他沉默了，抚摸着桌边。

“听听我要和你谈些什么吧，”他接着说，垂下了略带紫色的沉重眼皮，“我到处寻找像你这样要寻死的人——在昂贵的宾馆里，在火车上，在海边的度假胜地，夜里在大城市的码头旁。”他的嘴唇上掠过隐约似梦般的一丝冷笑。

“我想起来了，有一次是在佛罗伦萨……”他抬起他那双雌鹿般的眼睛，“听着，科恩——你自杀的时候，我想在现场……可以吗？”

科恩头脑麻木，没有反应，只觉得硬领衬衣下面的胸口一阵透心凉。我俩都喝醉了，这念头闪过他的大脑，面前这人令人毛骨悚然。

“行不行啊？”蒙费奥利噘着嘴又说一遍，“求求你了。”（觉得伸过来一只阴冷多毛的小手。）

科恩猛一使劲，摇晃一下，从椅子上站了起来。

“下地狱去吧！让我出去……我那是开了个玩笑……”

蒙费奥利摄人心魄的眼睛紧紧盯着他，一动不动。

“我已经受够你了！全受够了。”科恩两手做了泼水的动作，冲了出去。蒙费奥利的眼神松开了，仿佛挨了一巴掌似的。

“阴暗！木偶！……开玩笑！……够了！……”

他的屁股砰的一声磕在了桌边上，好疼。摇摇晃晃的吧台后面那个喘着粗气的胖子开始在酒瓶丛里游走，白褂子一掀一掀，样子如同照在哈哈镜里一般。科恩走过像小波浪一般不平整的地毯，一挺肩膀，推开了一扇玻璃门。

旅馆沉沉入睡了。科恩费劲地爬上铺了垫子的楼梯，找到了自己的房间。一把钥匙突出在隔壁的房间门上，原来有人进去后忘了反锁门。花儿在走廊昏暗的灯光下浮动。科恩进屋后，沿着墙摸索了很长时间才找到电灯开关，然后一下子瘫倒在窗边的扶手椅上。

他突然想到必须写几封信，几封告别信。可是糖浆饮料喝得他全身酥软，耳朵里全是乱哄哄的空洞噪音，冷气如浪涌向额头。有一封信他不得不写，还有别的事情让他心烦。这情形好像是人已离开了家，却忘带了钱包。窗户上黑沉沉的反光里映出他的条纹衣领和苍白的额头。衬衣的前襟上沾着喝酒时溅上去的小点子。那封信一定要写……不对，不是写信的事。突然间他脑袋里豁然开朗。是那把钥匙！隔壁屋里突在房门上的钥匙……

科恩笨重地站起身来，走到灯光昏暗的走廊里。那把钥匙下挂着一个亮闪闪的信封，上面写着三十五号房间。他在这个白色的门前停了下来，两腿激动得索索发抖。

一股冷风打在他的额头上。那间宽大明亮的窗户打开着。宽阔的床上仰面躺着伊莎贝尔，穿着开领的睡衣。一只苍白的手垂下来，指头间夹着一支还没燃尽的香烟。瞌睡肯定是没打招呼就放倒了她。

科恩移到床前。他的一只膝盖砰的一声撞在一把椅子上，椅子上放着的吉他发出弱弱的弦鸣。伊莎贝尔的蓝色头发卷成紧紧的小圈儿，披在枕头上。他看看她的黑眼皮，又看看她胸前的暗影。他碰了碰毛毯。她眼睛一下子睁开了。科恩驼背一般弓着身，说道："我需要你的爱。明天我将用枪打死自己。"

他做梦也没有想到，一个女人受到惊吓反应会如此强烈——即使是突如其来的惊吓。起初伊莎贝尔一动不动，紧接着突然跳起身来，扭头望望大开的窗户，一骨碌溜下床，头一低从科恩身边冲过去，仿佛要躲开头顶上方落下的一击似的。

门重重地关上了。几张信纸从桌子上缓缓飘落。

科恩呆立在宽敞明亮的屋子中央。床头柜上放着些葡萄，闪着紫色和金黄色。

"这个疯女人。"他大声说道。

他费力地耸了耸肩。他就像严寒中的一匹战马，冻得瑟瑟发抖。忽然，他愣住不动了。

窗外，一阵兴奋的犬吠声飞来，声音越来越大，听起来焦躁不安。眨眼间，打开的窗户被什么塞满了，喧闹起来，原来是一团结实粗野的野兽毛。这团粗野的毛哗啦啦一个横扫，依次遮挡了两扇窗户外面的夜色。又一瞬间，它急速膨胀，横冲直撞地冲了进来，然后伸展开来。就在刷刷伸展之际，焦躁的毛团里闪出一张白色的脸。科恩一把抓起吉他，握住琴颈，用尽全身力气向那张正朝他飞来的白脸砸去。一只巨大的翅膀宛如一阵毛茸茸的风暴，打得他跌倒在地。一股野兽的气味扑鼻而来。他歪歪斜斜地站起来。

屋子正中央躺着一只巨大的天使。

他占据了整个房间，整个旅馆，甚至整个世界。天使的右翅已经弯了下来，翅尖靠在装着镜子的梳妆台上。他的左翅吃力地扑动，抓住了一张倒下的椅子的腿。这把倒下的椅子在地板上来回移动，砰砰作响。翅膀上的褐色皮毛冷气嗖嗖，寒光闪闪。天使似乎被吉他一击打聋了耳朵，摊开双掌支撑着身体，宛如狮身人面兽一般。他白色的手上青筋突起，靠近锁骨的肩膀上有几块黑洞般的阴影。他近视眼一般眯起眼睛，眼里闪着淡绿色，就像黎明前的天色，从连在一起的两道直眉下方一眨不眨地盯着科恩。

潮湿的毛皮散发出刺鼻的气味，熏得科恩快要窒息了。他一动不动地站着，吓得不知所措，只是打量着那对冷气嗖嗖的巨大翅膀和那张白色的脸。

一阵空洞的嘈杂声在门外走廊中响起，这时科恩又是别样心情了：羞愧难当，撕心裂肺。他羞得痛苦，羞得害怕，怕在这一刻有人进来，看见他和这不可思议的生物在一起。

天使发出一声嘈杂的呼吸，动了动。但他的双臂已经虚弱了，便胸部着地瘫倒在地上。一只翅膀抽动了一下。科恩朝他俯下身去，咬着牙尽量不去看，抓住了那堆气味刺鼻的潮湿毛皮和冰冷发黏的双肩。他注意到天使的脚颜色苍白，没有骨头，不能站立，他不禁又害怕又厌恶。他抓天使时天使并没有反抗。他急匆匆地将天使朝衣柜拖去，猛地拉开了带镜子的门，开始把那对翅膀连推带搡往吱吱作响的柜子深处塞去。他从翅尖上抓着翅膀，想把翅膀弄弯了推到里面去。毛皮轻拍着展开，扑打着他的胸膛。他一通乱搡，终于把门关上了。就在此刻，传来一声尖叫，像是撕裂了什么，疼得难以忍受——动物被车轮碾过时发出的那种尖叫。原来他砰的一声关上柜门时砸到了天使的翅膀，天使疼得发出一声尖叫。门的缝隙中露出来翅膀的一个小角。于是科恩轻轻打开门，伸手把那块卷曲起来的一角塞了进去。他转动钥匙锁上了柜子。

现在四周很静。科恩感到自己脸上有泪水流下。他深吸一口气，朝走廊跑去。伊莎贝尔靠着墙躺着，看上去就像一堆抖抖索索的黑丝绸。他抱起她来，抱进自己的房间，放到了床上。然后他从手提箱里抽出那把沉甸甸的德国帕拉贝伦手枪，推上弹夹，屏住呼吸奔出房门，冲进三十五号房间。

一只盘子摔成了两半，白花花躺在地毯上。葡萄也撒了一地。

科恩在衣柜的门镜里看看自己：一绺头发垂下来遮住了一道眉毛，硬领衬衫前襟上溅了些许血迹，竖长的枪管闪闪发光。

“必须解决掉。”他语不成调地惊呼着，打开了衣柜的门。

柜子里什么都没有，只有气味刺鼻的绒毛刮风一般迎面扑来。一簇簇油光闪亮的褐色皮毛满屋子飞旋。衣柜里空无一物。柜底躺着一个压扁了的白色帽盒。

科恩走到窗前，往外观瞧。毛皮般的小云朵从月亮上滑过，在月亮周围晕成淡淡的彩虹。他关上了窗扉，把椅子搬回原处，把一些褐色皮毛踢到了床底下。然后他小心翼翼地走出房间，来到走廊上。一切又和进来前一样安静了。各家山区旅馆里的人们都在酣睡。

他回到自己房间时，看见伊莎贝尔光着的双脚挂在床边，她两手抱着头发抖。他觉得羞愧，就像不久前天使用那双古怪的泛绿目光看他时他觉得羞愧难当一样。

“告诉我，他哪儿去了？”伊莎贝尔上气不接下气地问道。

科恩转过身去，走到桌子前坐下，打开宾馆记事簿，答道：“我不知道。”

伊莎贝尔把光脚缩回床上。

“这会儿我可以和你待在这里吗？我很害怕……”

科恩默默地点点头。他控制住瑟瑟发抖的手，开始写起来。伊莎贝尔又开始用焦躁不安、语不成调的声音说话，但不知为何，科恩觉得她的害怕是女性的逢场作戏。

“昨天我摸着黑飞一般滑雪的时候碰见过他。晚上他就找我来了。”

科恩尽量不听她讲，用醒目的字体写道：

“我亲爱的朋友，这是我的最后一封信。我永远不会忘记，当灾难降临时，你给予我的帮助。他可能住在一座绝峰上，住在那里可以捕到高山鹰，吃鹰肉维生……”

他突然停笔，把原来写的划掉，又取下另外一张记事纸。伊莎贝尔脸埋在枕头里哭。

“现在我该怎么办？他会来找我报仇的……啊，上帝……”

“我亲爱的朋友，”科恩怏怏地写道，“她寻求了难忘的爱抚，现在她就要生出一个有翅膀的小畜牲了……”唉，该死！他把纸揉成了一团。

“试着睡会儿吧，”他扭头朝伊莎贝尔说，“明天就离开。去修道院。”

她的肩膀急速地颤抖着。后来渐渐平静下来。

科恩还在写着。他眼前浮现出一个人笑眯眯的眼睛。在这个世界上，他既可以和这个人畅所欲言，也可以对他沉默不语。他写信告诉这个人，生命已经结束，他近来开始感觉到，在未来的某个地方，一堵黑色的墙越逼越近。既然已经发生了那些事，身为男人，就不能也不可以继续活下去。“明天中午我就会死去，”科恩写道，“就是明天，因为我要在能控制自己全部能力的时候死去，在朗朗白昼清醒地死去。现在，我陷入了深深的震撼之中。”

他写完后，坐到了窗前的扶手椅里。伊莎贝尔睡着了，她的呼吸几乎听不到。一阵难以忍受的疲倦绕上他的肩头。瞌睡像一团柔软的薄雾降了下来。

三

一阵敲门声惊醒了他。寒冷的蔚蓝天色从窗户洒进来。

“请进。”他说道，伸了个懒腰。

服务生静静地把放着一杯茶的托盘放在桌子上，一欠身，退了出去。

科恩自嘲地笑笑，心想："我这会儿穿的是压得皱皱巴巴的晚餐夹克。"

接着他马上记起了昨天夜里发生的事情。他打个冷战，往床上瞥了一眼。伊莎贝尔不见了。她一定是在天快亮时回她自己的房间去了。现在她毫无疑问已经离开了……他突然产生了瞬间的幻觉，看到一对易折的褐色翅膀。他快快地起了床，打开房门，来到走廊上。

"听着，"他冲着服务生远去的背影叫道，"你过来带封信。"

他来到桌前，一通乱翻。服务生就等在门口。科恩拍遍了所有的衣服口袋，又往扶手椅底下瞧了瞧。

"你走吧。一会儿我把信给门卫吧。"

服务生的分头往前一低，门轻轻地关上了。

科恩因为丢了信觉得沮丧。那可是一封特殊的信。信中要说的都说了，说得很好，又流畅，又简洁。话当时怎么说的，现在记不起来了，只记得一些没什么意义的句子。不错，那封信是个杰作。

他开始重写，可是写出来的却是冷冰冰的辞令文章。他把信封好，整整齐齐地写上了地址。

他觉得心里一阵轻松，好生奇怪。他中午就要举枪自尽了，说到底，一个下定决心要自杀的人就是一尊神。

糖一般的白雪在窗外闪光。他想出去一下，这是最后一次到雪地上去了。

树木上盖着霜雪，树影投在雪地上，宛如蓝色的羽毛。那里响起雪橇的铃声，欢快明亮。外面有很多人，姑娘们戴着皮帽，坐在雪橇上滑行，胆怯而又笨拙。小伙子们高声寒暄，发出冒着白气的笑声。老年人因用劲脸色通红，有一位筋骨强健的蓝眼睛老人拖着天鹅绒覆盖的雪橇。科恩边走边想，何不给这个老家伙脸上来一拳，打他个冷不防，多好玩呀，反正这会儿做什么都行。他哈哈大笑起来。他好久没有这么开心过了。

跳台滑雪比赛已经开始了，大家都朝那边拥去。赛场是一道陡坡，向下一半处隐入一片雪台，雪台边上突然变成陡壁，形成一个直角的凸台。一位参赛选手沿着斜坡滑下来，到突出的这个平台处飞身而起，跃入碧空。他双臂伸展开来飞行，然后在雪坡延伸的那一段直直落地，再继续滑行。那个瑞典人刚刚打破他自己保持的纪录，只见他在远远的下方，在银粉飞舞的旋风中，猛一转身，一条弯曲的小腿伸展开来。

另外两个参赛选手，穿着黑毛衣，飞快地滑过去，跳起来，很有弹性地落在雪地上。

“下一个就是伊莎贝尔。”科恩肩后传来一个轻柔的声音。科恩飞快地想：别告诉我她还在这里……她怎么可能……回头看看说话的人，原来是蒙费奥利。一顶高礼帽戴在他突出的耳朵上方，一件黑色短大衣，领子上一道一道的绒毛已经稀稀落落。大家都穿着羊毛衣服，他的穿着便显得特别滑稽。科恩心想：我该告诉他吗？

一想到气味难闻的褐色翅膀，他就厌恶，便决定不说了——想都不能想。

伊莎贝尔登上了小山包。她扭头跟同伴说了点什么，欢天喜地的，和平时一样。她这么欢快，让科恩觉得可怕。他看到有什么东西好像在雪地上方飞快地一闪，又在呆板的旅馆上方一闪，还在玩具一般的人群上方一闪——抖抖索索，微微发光……

“你今天还好？”蒙费奥利问道，搓着他那双没有血色的手。

与此同时，四周喊声响起：“伊莎贝尔！空降的伊莎贝尔！”

科恩急忙回头。伊莎贝尔正沿着陡峭的雪坡疾驰。一瞬间，他看见了她鲜亮的脸，她湿光闪闪的睫毛。带着一声温柔的口哨声，她从蹦床上腾空而起，向前飞去，挂在空中一动不动，钉在半空中的十字架上。紧接着……

当然是谁也不会想到的事发生了。全速飞行的伊莎贝尔突然连翻几个跟头，像块石头一般跌落下来，开始在她的滑雪板侧翻后激起的阵阵喷雪中翻滚。

大家朝她跑过去，很快就看不见她了，只能看见人们的后背。科恩耸着双肩慢慢跑过去。他心头的眼睛看得清清楚楚，就好像用大号字体写出来一般：复仇，振翅。瑞典人和戴着角质框眼镜的瘦高个俯身察看伊莎贝尔。戴眼镜的人打着专业手势，检查伊莎贝尔一动不动的身体。他喃喃说道："我不明白是怎么回事——她的胸腔压碎了……"

他扶起她的头。她那张死寂的脸闪了一下，看样子白白净净的。

科恩脚下嘎吱作响，大踏步走开了，坚定地朝旅馆走去。蒙费奥利小跑着跟在一边，又跑到他前面，回头偷看他的眼睛。

"我现在要上楼回我的房间去，"科恩说道，竭力咽下呜咽的笑声，不让自己笑出声来，"上楼……你要是想陪着我……"

笑声快到嗓子眼了，在那里咕嘟咕嘟冒泡。科恩像个瞎子一般走上楼梯。蒙费奥利扶着他，温顺又匆忙。

众 神

这是我现在从你眼中所看到的：雨夜，狭窄的街道，悠悠闪向远处的街灯。水顺着排水管从陡坡般的屋顶流淌下来。每一条排水管有个蛇嘴一般的排水口，排水口底下放着一个绿箍水桶。街道两边都摆着一排排这样的水桶，好像在黑色的墙壁上画了一条线。我看着冰冷的水注入桶里。这雨水在桶里慢慢上涨，满了后又溢出来。光秃的街灯在远处忽闪，灯光直立在雨夜之中。水桶里的水不停地溢出来。

就这样我走进了你忧郁的眼神，走进了一条灯光昏暗的狭窄小巷，小巷中夜雨潇潇，排水声汩汩作响。给我一点笑容。为什么这么看着我，目光凶狠阴暗？现在天亮了。整个夜晚，星星用婴儿的声音尖叫，屋顶上有人操着一张硬弓对一把小提琴又是打骂，又是抚慰。看，太阳宛如一张燃烧的帆，缓缓移过墙壁。你散出一层缭绕的烟雾，遮盖了一切。灰尘开始在你的眼睛中飞旋，那是亿万个金色的世界。你从前可是微笑过的呀！

我们走到露台上。春天来了。底下，街中央，一个黄色卷发的小男孩在极快地描画一尊神像。神像从人行道一边延伸向另一边。小男孩手里握着一支粉笔，是一小块白色的木炭。他蹲在地上，转着圈，每一笔画得很大。这尊白色的神像有白色的大纽扣，向外撇的脚。神像被钉在沥青路面上，圆圆的眼睛望着天空。神像的嘴被画成了一个白色的拱门，嘴里还叼着一支长长的雪茄。小男孩又戳戳点点地画了些螺旋，代表雪茄冒出的烟。他两手往腰间一叉，画作完成了。他又给上面添了一颗纽扣……街对面传来一声沉重的窗扇响，窗里传出一个女人的声音，响亮，开心，叫他回去。小男孩一脚踢开粉笔，飞奔回家了。紫红色的沥青路面上留下了那尊几何图形的神像，望着天空。

你的眼神又一次变得昏暗。我当然明白你想起了什么。在我们卧室的一角，在那尊神像下，有一只彩色的皮球。有时候，它会轻轻地弹跳，从桌子上悲惨地滚落到地板上。

把球放回神像下面的老地方，然后出去散散步好吗？

春天的空气，绒毛般轻柔。看见街两边那些椴树了吗？黑色的树枝上盖着湿绿的小亮片。世界上所有的树木都在旅游。永久的朝圣。记得吗，在我们来这个城市的路上，我们乘坐的火车车厢窗外，旅行的树一株株闪了过去。还记得那十二株白杨树吗？它们在商谈如何过河去。早一些的时候，在克里米亚，有一次我看见一棵柏树朝一棵开花的杏树弯过腰去。很久以前，这棵柏树曾见过一个高大的烟囱清扫工，他用一根铁丝挂着一把刷子，胳膊底下夹着一把梯子。可怜的家伙，爱上了一个面如杏花的洗衣女工，爱得神魂颠倒。现在他们终于见面了，一起出发去某个地方。她的粉红色围裙被微风吹得鼓起。他怯生生地朝她俯过身去，似乎仍然担心在她身上蹭上煤灰。最美的童话。

所有的树木都在朝圣。它们有它们寻求的救世主。它们的救世主是一棵堂皇高贵的黎巴嫩雪松，或者相对小一些，是大漠之中某一丛一点不起眼的小灌木。

今天，有些椴树从城市里穿过。从前曾试图限制椴树进城。树干周围竖起了围栏。不过它们照样在运动。

屋顶就像被太阳照花的斜镜子。一个长着翅膀的女子站在窗台上洗窗格。她俯身，噘嘴，把一缕似火的头发从脸上拨开。空气中隐隐有汽油味和椴树味。今天，一位客人走进一个古罗马式的天井，谁能说得上他会受到什么气味的轻轻迎接呢？从现在起，半个世纪里没人会知道我们的街道和房屋散发着什么样的气味。他们会挖掘出某尊战斗英雄的石像。这样的东西在每一座城市里都有很多，为昔日的菲狄亚斯[①]感叹吧。世上的每一样东西都是美的，但人类只有在难以见到它或时隔久远时才能认识其美……听着，今天我们就是众神！我们的蓝色阴影无比巨大。我们在一个庞大而又欢乐的世界里移动。角落里一柱高耸，紧紧地裹着湿画布，一支画笔在柱子上掀起阵阵色彩绚丽的旋风。那位卖画纸的老妇人颏下有大把银灰色的卷曲毛发，还长着一双发疯般的淡蓝色眼睛。报纸胡乱插在她的邮袋中，横七竖八地露在袋子外面。报纸上的大号字让我想起了会飞的斑马。

一辆公共汽车停在公交指示牌前。售票员在二层上伸出巴掌砰砰拍打车边。驾驶员使劲转动手中的方向盘。一声吃力的爬坡呻吟，一声短暂的挂挡摩擦声。宽阔的轮胎在沥青路面上留下了道道银色的印痕。今天，在这个阳光灿烂的日子里，什么事情都有可能发生。瞧—— 一个男人从屋顶跳上了一根电线并在上面行走，一边晃荡一边大笑，双臂大张，高高晃在街道上方。瞧——两幢建筑物刚刚完成一个和谐的跳背游戏，第三幢在第一、第二幢之间竖起——这一幢楼还没有立刻稳定下来，我看见它下面有个间隙，一个窄窄的阳光圈。一个女人在广场中央停下，仰起头来，开始唱歌。她身边聚集了一群人，然后又拥到后面去了。一条空裙子躺在沥青路面上，天空中有一朵透明的小白云。

你在笑。在你笑时，我就想转变整个世界，让它像镜子一般照着你。可是你的目光马上暗淡下去了。你又激动又害怕地说："你想去……那里吗？去那里好吗？那里今天很美，百花开放……"

当然是百花开放，我们当然要去那里。你和我不是神了吗？……

---

① Phidias（约公元前480—公元前430），古希腊雕刻家、画家和建筑师。

我在血液中感到不可探测的宇宙在旋转……

听着——我想要一辈子跑着，边跑边撕心裂肺地尖叫。让我一生成为一声无拘无束的嚎叫，就像人群冲角斗士叫一样。

不要停下来思考，不要打断那尖叫。呼出、宣泄生命的狂喜。每样事物都在盛开，每样事物都在飞翔。每样事物都在尖叫，叫得哽噎。欢笑。奔跑。让头发垂下来。在那里这就是生命的全部真谛。

他们牵着骆驼走在街上，从马戏场走向动物园。它们的驼峰倾斜、摇摆。它们柔软的长脸微微仰起，做梦一般。他们牵着骆驼走在一条春意盎然的街道上，这种时候死亡怎么可能存在呢？转角处出乎意料地飘来一股俄国树叶的气味。一个乞丐，一个天神般的庞然怪兽，整个翻了个个儿，脚从腋下长出，伸出一只湿漉漉、长满粗毛的爪子，献上一束绿莹莹的鲜百合……我的肩膀撞上了一位行人……两个巨人的短暂碰撞。他冲我一挥手中油漆漆过的手杖，兴高采烈，颇有派头。手杖往后一挥的当儿，杖头打破了他身后的一个商店橱窗。之字形的裂纹划过闪亮的玻璃。不——在我的眼里，那只是斑驳的阳光反射在窗户上。蝴蝶，蝴蝶！通体黑色，带着鲜红色的横道……一小片天鹅绒……它低低地掠过沥青路面，飞过一辆急驰的汽车，又往上飞，飞过一幢高楼，飞进了潮湿蔚蓝的四月天空中。另一只颜色相同的蝴蝶，曾停在一个圆形看台的白边上。蕾丝比亚[①]，元老院议员的女儿，体态纤弱，黑眼睛，额头上系着一条金色丝带，蝴蝶颤动的翅膀迷住了她，使她错过了角斗场中的惊魂一刻：尘土飞扬，让人睁不开眼睛，尘土的旋风中只见一个角斗士公牛般的脖子压在另一个角斗士的裸膝下嘎吱作响。

今天，我的心灵里装满了角斗士、阳光、世间的喧闹声。

我们从一座宽宽的楼梯走下来，进入一间长长的昏暗的地下室。石板在我们脚下震动回响。焚烧罪人的图画装饰着灰白的墙。远处

① Lesbia，古罗马诗人卡图卢斯（Catullus，约公元前84—公元前54）抒情诗中咏颂的对象。

响起黑沉沉的雷声，在天鹅绒的帷幔里膨胀。那雷就在我们周围突然炸起。我们一头冲向前去，宛如等待一尊神。一团闪亮的光包住了我们。我们收集到了能量。我们猛冲进一个黑洞洞的裂口，紧握住皮带飞速前行，脚下远远的深处发出空洞的巨响。砰的一声，黄褐色的灯灭了片刻，这期间轻薄的小球在黑暗中燃烧，发出热光——魔鬼凸出的眼睛，要么可能是我们的同行乘客吸的雪茄烟。

黄褐色的灯重新亮了起来。瞧，就在那边—— 一个身穿黑大衣的高个子男人站在小轿车的玻璃门旁边。我隐隐认出那张发黄的窄脸，还有隆起的瘦鼻梁。薄薄的嘴唇紧抿着，浓眉间有神情专注的皱纹。他听着另一个人向他解释着什么，那个人脸色苍白，宛如戴着一个塑料面具，留着带卷的小胡子，梳得整整齐齐。我能肯定他们在说三行体诗。你的邻座，那个身穿淡黄色外套、眼皮下垂的女士——她会是但丁的比阿特丽斯？从阴湿的地下世界出来，我们重新走进阳光之中。公墓远在郊外。高楼大厦越来越稀少。绿色没有了。我至今记得这同一个都市那时看上去就像印在一张旧照片上一样。

我顶着风沿着密实的树篱走。也是这么阳光灿烂、紧紧张张的一天，我们将掉头往北，到俄罗斯去。那里鲜花非常少，只有沟边的蒲公英开着星星一般的小黄花。灰白色的电线杆在我们快到时嗡嗡响。弯弯的电线那边，冷杉猛戳我的心。红色的沙地，房子的一角，我站立不稳，匍匐在地。

看！空旷的草地远远伸展，天空中一架飞机飞过，低吟呜响，如风弦琴一般。它的玻璃翅膀在闪光。多美啊，不是吗？听啊——这是大约一百五十年前发生在巴黎的事情。一天清晨——是秋天，大街两边的树如密集的橘黄色浮云，飘进温和的天空—— 一天清晨，市场上商贩聚集，水果摊上摆满了露水闪闪的苹果，散发着蜂蜜和湿草的气味。一位白发已到耳际的老人在不慌不忙地编鸟笼，好安顿在寒风中扑腾不安的各种小鸟。后来睡意袭来，他躺在了一张草席上，这时玫瑰色的雾还没有散，遮住了市政厅黑表盘上的镀金时针。

他还没睡着，有人开始猛扯他的肩膀。老人跳起身来，看见一个气喘吁吁的年轻人站在他面前。他又高又瘦，小脑袋，尖尖的小鼻子。他的马甲——白底黑条——纽扣扣歪了，扎辫子的带子也松开了，一条腿上的白色长袜皱皱巴巴地耷拉下来。“我要一只鸟，什么样的都行——小鸡也行。”年轻人说道，往鸟笼子那边不安地匆匆扫了一眼。老人小心翼翼地拿出一只小白鸡，鸡在他黑黝黝的手里软软地扑腾。“怎么回事——它病了吗？”年轻人问道，仿佛在说一头母牛一般。“病了？你这小滑头！”老人轻轻地骂他。

年轻人扔给老人一枚闪亮的硬币，把鸡紧紧抱在胸前，跑到市场上的摊子丛中去了。跑了一阵，停了下来，突然转过身，辫子一甩，又跑回老人那儿去。

“我还要一个笼子。”他说。

他最后离开时，伸展开的手里提着装着鸡的笼子，另一只手臂晃荡着，好像提着一个桶似的。老人鼻子里哼了一声，又躺回到席子上。那一天生意怎么样，后来他又发生了什么事，现在我们大家根本不用关心了。

至于那个年轻人，他不是别人，正是著名的物理学家查尔斯的儿子。查尔斯目光翻过眼镜瞟了一眼小鸡，用他发黄的指甲弹弹笼子说道：“不错——现在我们也有了一个吃闲饭的。”随后，他的眼镜里闪出一道严厉的光，又说道：“至于你和我，我的孩子，我们还是慢慢来。天上那朵朵云里景象如何，只有上帝才知道。”

同样这一天，在战神广场[①]指定的时间，在惊呆的人群前，有一个巨大的轻型圆顶，边上装饰着中国式藤蔓花纹，底下用丝绳系着一条镀金的小船，圆顶里充入了氢气，缓缓膨胀起来。风吹着缕缕青烟斜斜升起，查尔斯和他儿子在青烟中忙碌着。母鸡抬起又圆又亮的眼睛，歪着脑袋，透过笼子的金属网向外张望。周围移动的尽是五颜六

---

① Champ de Mars，巴黎埃菲尔铁塔附近的广场。

色的长袖衣服，上面缀着亮闪闪的小饰物，还有女人的轻薄长裙和草帽。当那个圆球颠簸着上升时，老物理学家目不转睛地盯着看，忽然靠在他儿子的肩上哭了起来，四面举起上百只手，握着手帕和丝带挥舞起来。细云飘过阳光和煦的天空。大地向后退去，一片抖动的淡绿色，上面落下稳稳移动的影子和一片片火红的树林。远处的天空下面，几个玩具般的骑手疾驰而过——但很快那圆球就升到视线之外了。那母鸡一直瞪着小眼睛往下观瞧。

飞行持续了一整天。白昼在壮美如画的夕照中结束。夜幕降临，那圆球开始缓缓下降。曾有一时，卢瓦尔河[①]畔一个小村庄里住着一个亲切和蔼但目光狡猾的农夫。黎明时分他出门下地。在田地中央，他看到了奇异情景：一大堆五颜六色的丝绸。一转身，不远处放着一只小笼子。一只小鸡，通体雪白，简直像用雪塑出来的一般，头不停地从网眼里探出来，尖嘴时不时动一下，原来是在草丛里搜寻小虫子。刚见时农夫吓了一跳，但随后他以为这不过是秀发如秋日蛛网一般在空中飘舞的圣母马利亚送给他的礼物。他的妻子把那堆丝绸拿到附近的镇上一块一块地卖掉，镀金的小船变成了一张婴儿床，他们刚出生的头一个孩子紧紧裹在襁褓里睡在这张床上。小鸡就养在后院里。

继续往下听。

一些日子过去了，有一天天气晴朗，那农夫经过谷仓门口的一堆谷壳时，听到一阵欢快的咯咯叫声。他俯身去看。那只母鸡突然从绿色的尘土中钻了出来，神气十足地冲着太阳叫唤，边叫边摇摇摆摆地快跑。与此同时，谷壳堆里躺着四个热乎乎、滑溜溜、光闪闪的金黄色鸡蛋。没什么奇怪的。原来前些日子那母鸡顺着风势，穿过了夕阳的全部红晕，太阳那边是一只雄赳赳的公鸡，长着深红色的鸡冠，见母鸡过来，便拍打着翅膀扑到它身上好好折腾了一番。

① Loire River，法国最长河流。

我不知道那农夫搞明白了没有。他一动不动地站了许久，手心里捧着那四个余温尚在、毫无破损的金黄色鸡蛋，眨巴着眼睛不敢相信眼前这壮观景象。然后他的木底鞋咔嗒咔嗒响起，他急匆匆穿过院子，发出一声嚎叫，吓得那只托着金黄色鸡蛋的手以为他使斧子时砍掉了一根手指……

当然，这一切发生在很久很久以前了，要比飞行员莱瑟姆[①]坠入英吉利海峡还要早。他当时，随你想象吧，坐在掉下后即将沉没的"安托瓦妮特"号飞机的蜻蜓尾巴上，在风中抽着一支发黄的香烟，看着他的对手布莱里奥驾着他的短翼飞机高高飞在天上，在飞行史上首次成功地从加莱飞到英格兰蜜糖般的海岸。

但是我不能为你排除痛苦。为什么你的眼睛又一次充满了黑暗？不，什么都别说。我都知道。你决不能哭。他能听见我的寓言故事，毫无疑问他能听见的。这故事就是讲给他听的。词语是没有边界的。尽量理解吧！你如此阴沉黯然地看着我。我又想起了葬礼过后的那个晚上。你在家里待不住。你和我出去，走进亮闪闪的烂泥里。迷路了，最后来到一条有点怪异的狭窄街道上。我叫不出它的名字，但我能看见它倒映在街灯玻璃中，像照在镜子里一般。街灯闪闪飘向远处。水从屋顶滴下。沿着黑色墙壁摆在街两边的水桶正在盛满冰凉的水。盛满了，溢出来了。突然间，你无可奈何地两手一摊，说道：

"可是他太小，太热情……"

如果我悲哀不起来，表达不出简单的人类悲哀，就请原谅我吧。我，高个头，披头散发，前额上晒黑了一块，倒是能一个劲地唱，一个劲地跑，不知跑到哪里，抓住任何一对飞过去的翅膀。原谅我吧。事

---

① Latham，英国飞行员。一九〇九年七月十九日凌晨，他驾驶"安托瓦妮特4号"飞机从法国海岸起飞，试图飞越英吉利海峡，但因引擎故障而迫降海上。两天后，法国飞行员路易·布莱里奥驾驶一架名为"布莱里奥11号"的飞机来到加莱附近。失败后不肯罢休的莱瑟姆也驾驶一架新的飞机来到加莱附近。最终布莱里奥成功飞越英吉利海峡，莱瑟姆又遭厄运，因引擎故障第二次降落在海面上。

情必定如此。

我们沿着树篱缓缓地走。墓地已经很近了。春天里白花绿草的一个小岛，四面是灰蒙蒙的空地。现在你自个儿走吧。我就在这里等你。你的眼里飞快地闪过一丝不安的微笑。你太了解我了……栅栏门吱吱作响，接着砰的一声关上了。我独自一人坐在稀疏的草地上。不远处有一个菜园，长着一些紫色的大白菜。空地过去，是工厂的厂房，起起伏伏的砖头怪兽，在淡蓝色的雾中浮动。我脚下，一个踩扁了的锈罐头半埋在沙土中闪烁。我周围一片寂静，一种春天里的空旷。没有死亡。风从我身后翻着筋斗扑到我身上，像个跛足的玩偶，用它毛茸茸的爪子挠我的脖子。不可能有死亡。

我的心也飞过了黎明。你和我将会有一个新的、金黄色的儿子，那是你的泪和我的故事创造而成的。今天我懂得了天空中纵横交错的电线之美，懂得了工厂烟囱隐隐约约的马赛克图案，懂得了这个里面翻了出来、半开裂、带着个锯齿状盖子的锈铁罐。苍白的草沿着尘土滚滚的空地匆匆前行，匆匆赶往什么地方。我张开胳膊。阳光滑过我的皮肤。我的皮肤上布满了各色小光点。

我想起来，大大张开双臂，来一个广阔的拥抱，向看不见的人群发表一番内容充实、明白易懂的演说。我要如此开头：

“彩虹般绚烂的众神啊……”

纯属偶然的事情

他找到了一份工作，在一列德国国际快车的餐车上当服务生。他的名字是阿列克谢·利沃维奇·卢仁。

他五年前离开了俄国，那是一九一九年。从那时候起，他从一个城市辗转到另一个城市，试着干过多种行当：在土耳其当过农场雇工，在维也纳当过信差，还当过房屋油漆工、推销员，等等。这时候，餐车两边有草场，有长满了石楠灌木的小山包，还有不断闪过的松树林。他端着托盘敏捷地穿行在两排靠窗餐桌之间的窄道上，托盘上是几只厚实的瓷缸，里面的牛肉汤冒着热气，汤也往外泼洒。他熟练地给旅客分发食物，从他端着的盘子里叉起切好的牛肉片或火腿片，摆放到旅客各自的盘子里，每放好一份，就微微点一下头。他的头发剪得很短，前额绷得很紧，眉毛又粗又黑。

列车预计下午五点到达柏林，七点将朝相反的方向开，驶往法国边境。卢仁有点像生活在钢架跷跷板上，只有到了夜里，躺在一个散发出鱼腥味和脏袜子气味的狭窄地方，才有时间思考、回忆。他回想得最多的地方是圣彼得堡的一幢房子，房子里有他的书房，书房里摆着加了厚软垫的家具，沿着家具的曲线边缘缀着真皮饰扣。再就是常想起他的妻子列娜，已经五年没有音信了。现在他觉得自己在荒废人生。可卡因吸得太频繁，思维已经严重受损。鼻孔的内壁上有两小块地方又肿又疼，疼痛还在往膈膜一带发展。

他笑起来时，大牙齿闪动着特别洁净的光泽。这种俄罗斯式的露齿微笑，不知为何让另外两个服务生格外喜欢他—— 一个叫雨果，是个柏林人，矮胖身材，一头金发，他负责填写账单；另一个叫马克斯，红头发，尖鼻子，长相像狐狸，他的工作就是往车厢里送咖啡和啤酒。不过卢仁近来不像平时那么爱笑了。

他不当班的时候，毒品就像水晶般清澈透明的冲击波一样冲击着他。冲击波击穿了他的思想，把最最微小的琐事变成了天上的奇迹，这时他就不辞劳苦地在一张纸上写下他为寻找妻子打算采取的各式各样的步骤。他趁着毒品引发的兴头还未退去，匆匆写下几笔，这些简略而又潦草的文字当时在他看来都是极其重要、非常正确的。然而，一到清晨，他就头疼，衬衫又湿又黏，这时他一看那几行歪歪扭扭、模模糊糊的文字，就觉得满心厌恶。不过最近又有一个新想法开始占据他的思想。他开始和写纸条一样不辞劳苦地设计一项自杀方案。他总是画一种曲线图，表示他怕死意识的起伏变化。最后，为了让事情简单明了起来，他定死了一个自杀日期——八月一日和二日之间的那个夜晚。激起他兴趣的倒不是死亡本身，而是死前的种种细节。他总全神贯注地考虑这些细节，死亡本身老是忘掉了。不过他一清醒过来，原来想好的这样那样的自杀方法的稀奇色彩总会淡去，只有一件事情依然清晰：他这一辈子算是荒废了，一事无成，再活下去毫无意义。

八月一日如期到来。傍晚六点三十分，在柏林火车站那个灯光昏暗的简餐大厅里，年老的玛丽亚·乌赫托姆斯基公爵夫人坐在一张空荡荡的餐桌旁边，身材肥胖，一身黑衣，面色如土，就像太监的脸色。周围人很少。屋顶很高，荡着薄薄一层雾气，底下吊灯的黄铜垂饰闪闪发光。时而有椅子往后移动，传来空洞的回声。

乌赫托姆斯基公爵夫人神色严厉地瞥了一眼墙上挂钟的镀金指针。指针悄无声息地向前移动。一分钟后，指针抖了一下。老太太站起身来，提起她黑光油亮的旅行包，拄着手里那根男人用的大头手杖，朝车站出口慢吞吞地走去。

一个行李搬运工在大门口等着她。火车正倒驶进站。外表沉闷的铁灰色德国车厢一节节驶了过去。在一节卧铺车厢正中间的车窗下面，油漆过的棕色柚木上有一块牌子，上面写着“柏林—巴黎”。这就是那节国际车厢，还有那节里面用柚木板装修的餐车，她在餐车的一个窗户里瞥见了一个红发服务生的头和抬起的胳膊肘。仅是这两节车厢的情景，就足以使她想起战前堪称一流的北方快车[①]了。

缓冲器一阵响，刹车发出一声长长的嗞嗞叹息，列车停住了。

行李工把乌赫托姆斯基公爵夫人安顿在一节快车车厢的二等隔间里——按照她的要求，这是个可以吸烟的隔间。靠窗的一角有个男人，穿一套米色西装，橄榄色的皮肤，一脸傲气，正剪开一支雪茄的头。

老公爵夫人在他的对面坐下。她早有预谋地缓缓抬眼观瞧，检查一下她的所有东西是不是全放进了头顶上的行李网架中。两只手提箱，一只篮子，全在。那只黑光油亮的旅行包则搁在膝头。她的嘴唇做了个狠狠咀嚼的动作。

一对德国夫妇气喘吁吁地拖着沉重的脚步走进隔间。

然后在开车之前一分钟，又进来一个年轻女人，一张涂了口红的大嘴，一顶黑色的无边女帽紧紧遮住前额。她放好行李，走到隔间外面的过道里去了。穿着米色西装的男人瞥了一眼她的背影。她很不熟练地扭动车窗，抬了好几下才将窗子抬起，然后身子探出窗外，跟谁道别。公爵夫人听到了一阵叽里呱啦的俄语说话声。

火车开了。年轻女人回到了隔间。刚才她脸上还挂着一丝欲收还留的微笑，进来后彻底消失了，取而代之的是一脸倦容。一幢幢房屋的后墙掠过去了，其中一堵墙上有一幅油漆画广告，画着一支巨大的香烟，烟卷里的烟丝看上去就像金黄色的稻草。屋顶被刚才的暴雨淋湿了，现在在落日的余晖下闪闪发亮。

---

① Nord-Express，第一次世界大战之前，由圣彼得堡经柏林驶往巴黎的国际列车。

乌赫托姆斯基老公爵夫人实在控制不住自己，便用俄语轻轻问道：“您不介意我把包放在这儿吧？”

那女人愣了一下，回答说：“当然当然，请放吧。”

隔间角上那个橄榄色皮肤、米色西装的男人目光越过报纸偷偷看她。

“好啦，我这是上巴黎去，”公爵夫人轻轻叹口气，主动搭话，“我有个儿子在巴黎。我待在德国害怕，您知道的。”

她从旅行包里取出一块厚实的手帕来，稳稳地擦她的鼻子，从左边擦到右边，又从右边擦到左边。

“对，害怕。大家说柏林也快发生一场共产主义革命啦。您听到什么风声了吗？”

年轻女人摇摇头。她怀疑地瞥了一眼看报的男人，又瞥了一眼那对德国夫妇。

“我啥也不知道。我前天才从俄国来，从彼得堡来。”

乌赫托姆斯基公爵夫人土色的胖脸上露出非常好奇的神色，两道渐渐变细的眉尾这时翘了起来。

“这事可不能说！”

那女人两眼盯住她的灰皮鞋的鞋尖，柔声细语地快快说道：“偏要说。是一个好心肠的人帮助我逃了出来。我现在也是去巴黎。我那边有亲戚。”

她开始摘手套。一只金的结婚戒指从指头上滑了下来，她连忙接住。

“我老是丢戒指。肯定是人瘦了，还会是什么原因呢。”

她闪动着睫毛，沉默不语了。隔间的玻璃门外是车厢走道的窗户，窗外能看见一排平整的电话线猛然向上扑去。

乌赫托姆斯基公爵夫人朝她的邻座移了移。

“告诉我，”她压低声音清清楚楚地问，“那些苏维埃小子如今日子不好过，对吧？”

一根电线杆，黑黝黝地衬着夕阳，一闪飞了过去，打断了平稳上升的电线。风不刮时，电线就像旗子一样落下，然后又悄悄升了起来。火红的无边傍晚在列车两边形成两堵无形的墙，中间列车在飞速疾驶。车厢隔间的顶棚上不知从什么地方不断传来轻微的噼啪声，好像雨点打在钢铁的车顶上。德国车厢行驶中晃得厉害。这节国际车厢内部垫着蓝色的布料，行驶起来比其他车厢平稳，声音也比较轻。三个服务生正在餐车里往餐桌上摆餐具。其中一个短头发，浓眉毛，正想着胸前口袋里的小瓶子，不停地舔嘴唇，吸鼻子。小瓶子里装着一种水晶般的药粉，标签上有“克拉姆”这么个名字。他正在往餐桌上摆刀叉，还把封住口的调味品瓶子插进餐桌上的圆圈架里。就在这时，他突然毒瘾发作，受不了了。他冲着正在放下厚窗帘的马克斯·福克斯闪了个心烦意乱的微笑，箭一般冲过车厢之间晃晃荡荡的连接台，进了下一节车厢。他把自己锁进了盥洗室。他一面小心翼翼地随着列车的颠簸晃动稳住身子，一面往大拇指的指甲上倒了少许药粉，迫不及待地凑到一个鼻孔跟前闻闻，然后又换另一个鼻孔闻闻。他深吸一口气，舌尖一卷，把那点亮晶晶的粉末从指甲上舔光。药粉带有橡胶般的苦味，苦得他使劲眨了两下眼睛。他从盥洗室出来时像喝醉了一般轻飘飘的，一股凉气直冲脑门，美妙无比。他跨过活动的车厢隔板，返回餐车，心里想道：现在马上死掉，那多么简单啊！他笑了笑。最好还是等夜幕降临。如此令人陶醉的毒品，效力刚出来，马上就打断，实在可惜。

“雨果，把订餐单给我，我去分发。”

“不，让马克斯去。马克斯分得快一些。过来，马克斯。”

红头发的服务生长着斑点的手里紧握着一本餐券，像只狐狸似的从餐桌之间溜出去，进了卧铺车的蓝色走道。走道窗外五根清晰的竖琴弦不顾一切地向上伸展。天空慢慢昏暗下来。在一节德国车厢的二等隔间里，一个一身黑衣、长得像太监的老太太，在压低声音的“噢啊”感叹中听完了一段遥远、沉闷的生活情形。

“那么您的丈夫呢——他当时留在了国内吗？”

年轻女人两眼圆睁，摇摇头说：“没有。他一直在国外，很长时间了。当时也是势所必然。革命刚开始，他南下敖德萨[1]。他们盯上了他。当时说好我也到那里与他会合，可我没来得及逃出来。”

“真可怕，真可怕。那您就一直没他的音讯？”

“杳无音信。我记得我曾经断定他死了，就开始把结婚戒指戴在十字架项链上——还不是怕全让他们没收了。后来，在柏林，朋友们告诉我他还活着。有人瞧见过他。就在昨天，我在流亡人士办的报上登了一条寻人启事。”

她匆匆从她随身带的破旧小丝绸包里取出一张折叠起来的《方向报》。

“在这儿，您看看。”

乌赫托姆斯基公爵夫人戴上眼镜，念道：“叶连娜·尼古拉耶夫娜·卢仁寻找丈夫阿列克谢·利沃维奇·卢仁。”

“卢仁？”她摘下眼镜问，“会不会是列夫·谢尔盖奇的儿子？他生前有两个儿子。我记不起他们的名字了……”

叶连娜满脸高兴地笑起来。“哟，那该多好啊！这真是没有料到的事。难不成您认识他的父亲？”

“当然认识，当然认识，”公爵夫人得意而爽快地说起来，“廖沃什卡·卢仁，从前是个枪骑兵。我们两家的地界紧挨着，他常来我家做客。”

“他死了。”叶连娜插话道。

“对，对，听说是死了。愿他的灵魂安息吧。他来我家时总带着他的俄国狼狗。但他家两个男孩子我现在记不清了。我一九一七年起就一直待在国外。那个小一点的男孩好像是一头浅黄色的头发，有点口吃。”

---

① Odessa，乌克兰南部城市，工业、交通、文化教育和旅游中心，敖德萨州首府。

叶连娜又笑了。

“不对，不对，那是他哥哥。”

“唉，亲爱的，你看，我把弟兄俩搞混了，”公爵夫人愉快地说，“我的记性不太好。刚才要不是你主动提起廖沃什卡，我就记不起他来。不过这会儿我全想起来了。当年他经常骑马过来喝下午茶……噢，我来告诉你……”公爵夫人身子往前靠靠，继续往下说，声音很清楚，稍微有点快。她不觉得感伤，因为她知道快乐的事情只能快快活活地说，不必因为快乐的事情已成过去而感伤。

“我来告诉你，”她继续往下说，“我们家有一套怪有意思的盘子——外面一圈金边，正中央一只画得活灵活现的蚊子，不知道的人还以为是真蚊子，要挥手赶开它呢。”

隔间的门打开了。一个红头发的服务生正在分发订餐单。叶连娜要了一张。坐在角上的男人也要了一张。这男人一直想引起她的注意，颇有一阵子了。

“我自己带了饭，”公爵夫人说，“小圆面包夹火腿。”

马克斯走遍了所有的车厢，又摇摇晃晃地回到餐车。路过他的俄国同事时，用胳膊肘轻轻捣了他一下。卢仁正站在车厢门前，腋下夹着一条餐巾。他两眼放光，焦急地看着马克斯走过去。这时他感觉到一阵透心凉，五内俱空，骨头散了架一般，全身有点发痒，好像接下来马上要打喷嚏，要一下子打得灵魂出窍。他对如何安排自己的死亡想了一百遍，每一个小小细节都仔细考虑了，仿佛排演一局象棋测验似的。他计划夜间在某一个车站下车，绕过这节停着不动的车厢，把脑袋放在盾牌模样的缓冲器尾端上。另外一节车厢一会儿就会来和这节车厢连接，连接时两个缓冲器咔嚓一碰，中间夹着的就是他放下来的脑袋。那时他的脑袋就会像肥皂泡那样爆开，变成彩色的碎片散在空中。他得在枕木上找一个稳当的立足点，然后脑袋一偏，紧紧贴在缓冲器冰冷的铁板上。

“你难道没听见我叫你吗？到通知开晚饭的时候啦。”

这是雨果在说话。卢仁吃了一惊，笑笑算是回答，照他说的去通知开饭。他一边走，一边把隔间的门一一打开一下，急促地大声说："第一次开饭通知！"

在一个隔间里，他的目光飞快地落到一个老太太土黄色的胖脸上，她正在打开一份三明治。他心里一动，那张脸他好像非常熟悉。他穿过一节节车厢匆匆返回来，一路上一直在想老太太有可能是谁。好像是他曾在梦中看见过她。刚才他全身痒痒，想一个喷嚏打得灵魂出窍，这种感觉现在变得比较实际了——我随时会想起来这老太太像谁。可是他越使劲地想，反而越想不起来，叫他好生气恼。他闷闷不乐地回到餐车，鼻孔大张着，喉咙堵得慌，好像咽不下东西一般。

"唉，让她见鬼去吧——真荒唐。"

旅客们走不稳当，便扶着墙壁，慢慢移动，穿过车厢过道，朝餐车方向走去。尽管车窗外面依然可见落日的一抹黄光，人影已经闪动在暗下来的车窗里。叶连娜·卢仁惊慌地注意到，穿米色西装的男人是在等她站起来后才站起来的。他的眼睛向外突出，像混浊的玻璃中灌了深色的碘酒一般。他沿着过道走，差不多跟她前后脚。这时列车晃得厉害，凡她一晃之下站不稳当时，他就会及时地清嗓了。不知为何，她突然觉得此人肯定是个密探，是个告密者。她也知道这样想是愚蠢的——她毕竟早已不在俄国了，可她还是摆脱不了这样的想法。

他们穿过卧铺车厢的走道时，他说了一句什么话。她加快了步伐。餐车挂在卧铺车厢后面，中间的连接铁板参差不齐。她刚走过这几块铁板，进到餐车过道里，突然那男人来了一个粗野的亲昵动作，一把抓住她的一只上臂。她压住一声尖叫，使劲挣开胳膊，用力太猛，险些摔倒。

那男人用带着外国口音的德语说道："我的宝贝儿！"

叶连娜一个急转身，跨过车厢连接板往回走，穿过卧铺车厢，跨过又一个连接板。她觉得受了伤害，难以容忍。她宁可不吃晚饭，也不愿坐在餐车里面对着那个粗野的怪物。"上帝知道他把我当成什么人啦，”她心想，“这都怪我涂了口红。”

“怎么回事，亲爱的？你难道没有去吃饭？”

乌赫托姆斯基公爵夫人手里拿着一个火腿三明治。

“没有，我一点也不想吃。请原谅，我要打个盹。”

老太太惊讶地抬抬两道细眉，接着又使劲咀嚼起来。

这时叶连娜头向后靠着，假装睡觉。不一会儿，她真打起瞌睡来。她苍白疲惫的脸上偶尔抽搐一下，鼻子两侧掉了脂粉的地方闪闪发亮。乌赫托姆斯基公爵夫人点燃了一支带有硬纸烟嘴的长香烟。

半小时后，那男人回来了，若无其事地在他原先坐的那个角上坐下，用牙签剔了一会儿大牙。然后他闭上眼睛，有点儿心神不定。他的大衣挂在车窗旁的一个衣钩上，他拉过衣襟把脸遮了起来。又过了半小时，列车慢了下来。月台上的灯闪了过去，就像幽灵闪过雾蒙蒙的车窗。车厢发出一声舒心的长叹，停下了。这时能听见各种各样的声音：有人在隔壁的隔间里咳嗽，月台上有跑过去的脚步声。列车停了好长时间，远远传来夜里的汽笛声，此起彼伏。这时列车晃动了一下，又行驶起来。

叶连娜醒来了。公爵夫人正在打盹，大张开的嘴像一个黑窟洞。那对德国夫妇已经下车了。那个大衣遮住脸的男人也在睡觉，两腿大大地叉开着。

叶连娜舔了舔干燥的嘴唇，疲乏地抹抹额头。突然她吃了一惊：一直戴在无名指上的戒指不见了。

她一动不动地盯着自己丢了戒指的那只手，看了一会儿。接着开始在座位上、地板上匆匆寻找，心怦怦狂跳。她瞥了一眼那个男人突起的膝盖。

“唉，主啊，当然如此啦——肯定是在去餐车的路上挣开胳膊的时候掉了的……”

她冲出隔间，伸开双臂，一摇一摆地穿过一节又一节的车厢，一路上强忍着泪水。她走到卧铺车厢的尽头，从后面的门往外望，什么也没有，只有空气、旷野、夜空，还有消失在远处的黑乎乎的楔形路基。

她心想是自己记错了，走反了方向，于是呜咽着掉头往回走。

盥洗室门旁挨着她站着一个矮小的老太太，系着一条灰围裙，戴着袖章，看去就像一个夜班护士。她正提着一个小水桶，桶里露出一把刷子。

“他们卸下了餐车，”小老太太说，不知为何叹了口气，“过了科隆，就挂上另一辆餐车。”

留在车站拱顶下的那辆餐车第二天上午才会继续驶向法国，这时里面的几个服务生正在打扫卫生，收拾桌布。卢仁活儿做完了，站在车厢走廊打开的门口。车站上一片昏暗，冷清无人。大老远有一盏灯，像一颗湿气凝重的星，透过灰暗的烟雾闪出光来。铁轨流水一般微微闪亮。他没能搞明白那个自带三明治的老太太的那张脸为什么深深地打动了他。别的事情一桩一件都很清楚，唯独这件事情仍是想不透的盲点。

红头发、尖鼻子的马克斯也出来走进了过道。他正在扫地，忽然注意到一个角落里金光一闪。他俯身查看，原来是一枚戒指。他把戒指藏在他的马甲口袋里，迅速往四面望望，看有没有人注意。门边上是卢仁的脊背，一动不动。马克斯小心翼翼地掏出戒指，借着微弱的亮光，看清了戒指里圈刻有一个手写的词，还有几个数字。肯定是中文，他心想。其实那一行镌刻的文字念出来是：“一九一五年八月一日，阿列克谢。”他把戒指又放回口袋里。

卢仁的脊背动了一下。他悄悄地下了车，斜插过去，走到旁边一条铁轨上去，步履平稳轻松，散步一般。

一列不在该站停靠的火车风驰电掣地进了站。卢仁走到月台边上，跳了下去。煤渣在他脚下吱吱作响。

片刻间火车头饿疯了一般朝他扑来。马克斯根本不知道出了什么事，只是远远望着列车亮着灯的窗户连成一串，飞速闪了过去。

海　港

顶棚低矮的理发馆里散发着不新鲜的玫瑰花香味。马蝇热烘烘地发着沉闷的嗡嗡声。阳光照在地板上，像一汪汪融化了的蜂蜜；照在香水瓶上，像冒出歪歪扭扭的火花。门上挂着长门帘，由瓷实的细绳交替串着陶珠和小竹节编成。有人进来时，肩膀将它撩到一边，它就闪闪发光，发出咔嗒咔嗒的响声。尼基京对着模糊的镜子，看着镜子里自己晒黑了的脸，一长绺一长绺像刀刻一般的闪亮头发，还有在他耳朵上方喀嚓作响的剪子闪动的微光。他目不转睛，神色严峻，你盯着镜子看自己时，往往就是那样的表情。他昨天从君士坦丁堡来到这个古老的法国南部海港，原因是君士坦丁堡的生活实在让他过不下去了。这天一大早他去了俄国领事馆，又去了职业介绍所，到城里各处逛了逛。小城都是些小窄巷，蜿蜒下到海边。转到这时身也累了，心也困了，便随便找了家理发馆，想理个发，让头脑清醒清醒。理发椅四周已经散落着一些毛色鲜艳的小老鼠——那是从他头上剪下的头发。理发师往手心里倒了肥皂泡，手指插进浓沫里抓搔，一股舒心的凉气从他头顶直灌而下。接着冰水一冲，他心情顿时一振，然后一条毛茸茸的手巾在他脸上和湿头发上擦将起来。

尼基京一边肩膀一晃，分开索索如雨的珠帘，出了理发馆，走进一条陡陡的小巷。小巷的右边遮在阴影里，左边一条窄窄的小溪沿着路边流淌，闪动着热腾腾的水光。一个没长牙的黑发小姑娘，长着黝黑的雀斑，正用一个小桶叮叮当当地从熠熠闪光的溪里打水。溪水，阳光，紫罗兰色的阴影—— 一切都在流动，抖动着流向大海。再往前一步，远远几堵墙之间，隐隐可见大海凝聚起来的蓝宝石亮色。小巷阴凉的一边走着稀稀落落几个行人。尼基京遇上一个从下面走上来的黑人，穿着殖民地的军服，脸就像一只湿淋淋的橡胶手套。人行道上放着一张麦秆编的椅子，从上面轻轻跳下一只小猫。一扇窗户里传来一个普罗旺斯人浑厚的声音，接着叽叽喳喳地说起话来。一道绿色的百叶窗砰的一声放了下来。一个小贩的摊子上，一团紫色的生物散发着一股海藻气味，中间摆着柠檬，皱皮上满是金黄色的小点。

尼基京走到海边，停下来激动地眺望大海浓密的蓝色，越到远处，那蓝色渐渐变成炫目的银白。再看一艘游船，阳光落在它的白色船顶上，画出精致的花纹。他内心的激动还未平息，便又去找一家俄国餐馆，地址是从领事馆的一面墙上注意到的。

这家餐厅和那个理发馆一样，又热又脏。靠里一个长柜台，放着冷盘和水果，上面盖着淡灰色的细棉布，高高低低如波浪一般。尼基京坐了下来，舒展一下双肩，因为衬衣贴到脊背上去了。附近的一张桌子边坐着两个俄国人，看样子是一艘法国船上的船员。再远一点的桌子旁是一个孤零零的老头，戴着金丝眼镜，正从汤勺上吸吮甜菜汤，发出咂嘴舔舌的响声。餐馆女老板用毛巾擦擦她那双胖手，慈母般地看了看刚进来的客人。两只长毛小狗在地板上乱跑，小爪子雨点一般扑腾。尼基京打声呼哨，一只难看的老母狗跑了过来，温和的眼角挂着绿色的黏液，伸出鼻子嗅他的腿。

邻桌上的一个水手不慌不忙、平心静气地说："赶开它，会弄你一身跳蚤的。"

尼基京按着狗头摸了一会儿，然后抬起目光闪亮的眼睛，说道：

"噢，我不怕跳蚤……君士坦丁堡……那些军营里……你能想象吧……"

"刚到这里吧？"水手问道，声音很平稳。他穿着网眼衫，全身显得凉爽、精干。黑头发在脑后修剪得整整齐齐。前额明亮，神态安详，颇有风度。

“昨晚到的。”尼基京答道。

喝了甜菜汤和烈性红酒，他比刚进来时出了更多汗。平静地聊会儿天，放松放松，倒是好事一桩。灿灿阳光从门缝里照进来，也依稀可见门外街边上小河浮动的流光。屋角里的那位俄国老头坐在煤气表下方，眼镜片也在闪闪发亮。

“是找活干吗？”另一个水手问。他是个中年人，蓝眼睛，蓄着海象一般的灰白胡子，虽经海上风吹日晒，但和另外那位一样显得干净利落，很有风度。

尼基京微微一笑，说道：“当然是了……今天我就去了职业介绍所……他们现在有的活是装电线杆、架电线——我不好说干还是不干……”

“那就到我们船上来干，”黑头发的水手说，“当司炉，或干此类活计。我不是瞎说，信不信由你……哈，原来是你，利亚拉……向你致敬！”

进来的是一位年轻姑娘，戴顶白帽，容貌平常，但很可爱。她走过几张餐桌，先冲两只小狗笑笑，然后冲两个水手笑笑。尼基京刚想打听上船干活的事，一见这姑娘便把要问的问题忘了。看她走路时屁股扭动的样子，一般来说能推断出是个俄国姑娘。女老板关心地看了女儿一眼，仿佛在说：“可怜你累坏了。”姑娘也许在办公室上了一上午的班，也许在商店打了一上午的工。她身上有股动人的家乡气息，令人想起紫罗兰香皂，想起桦树林中夏日游览车的停车点。仿佛餐馆门外理所当然不是法国了。瞧她走路的小碎步……听阳光里的闲扯。

“不，一点不复杂，”水手说道，“司炉的活是这样的——你有一只大铁桶，一个煤坑。你一开始就挖煤，先轻轻地挖，等煤开始自动往桶里溜时，你就使点劲挖。桶装满后，你就把桶放在一辆车上，推到司炉长跟前。司炉长的铁铲一响——刷的一声——炉门打开，铁铲又响一声——要明白，煤得呈扇形撒开，好均匀落到炉膛里。是件精细活儿。还得不停地看指针，要是压力下降……"

临街的一面窗户里出现了一个男人的头和双肩，头上戴顶巴拿马草帽，身上穿套白色西装。

"你好，宝贝利亚拉！"

他双肘支在窗框上。

"当然司炉房里是很热的，真正一个火炉——你只能穿短裤汗衫干活。活干完了，汗衫也就成黑的了。我刚才说到气压的事——炉膛里会长'毛'，结成石头一样的硬块，你得用这么长的拨火棍捣碎它。很费劲。不过干完活后上到甲板上，就算在热带的太阳下也觉得凉爽。冲个澡，下去钻进你住的地方，往你的吊床上一躺——我告诉你，那简直是天堂……"

此时在窗子那边："你听听，他口口声声说见我坐上了一辆小轿车。"（利亚拉激动得高声尖叫。）

和她说话的那个人，就是穿白色西装的那位先生，站在窗外，斜靠在窗台上。方窗框框住了他的圆肩膀，刮得干干净净的脸有一半照在阳光里——这是一个运道不错的俄国人。

"他一个劲地告诉我，说我当时穿着一件淡紫色的连衣裙，可我压根就没有淡紫色的连衣裙，"利亚拉喊着，"他却一再说'zhay voo zasyur'[①]。"

一直跟尼基京说着话的水手回头问道："你难道不会说俄语吗？"

窗口上的那个人说："利亚拉，那个乐谱我设法弄到了。记得吗？"

这情景好像是一个暂时的光环，提前准备好一般。好像有人觉得好玩，凭空造出了这位姑娘，造出了这番对话，造出了一个国外海港边的这个俄国小餐馆—— 一道光环，现出了一个不是假日的俄国

---

① 带俄国口音的法语，我向你保证。

边陲小镇。通过神奇隐秘的联想，尼基京觉得这个世界更为宽广。他盼望漂洋过海，停靠在那些神话般的港湾，每到一处，偷听到别人的心声。

“你刚才问我们走哪条航线？走印度支那。”水手不假思索地说。

尼基京沉思着从烟盒里轻轻抽出一支烟，木制的烟盒盖上刻有一只金鹰。

“走这条航线肯定很好玩吧？”

“你觉得呢？当然好玩啦。”

“那给我讲讲吧。讲讲上海，要么科伦坡。”

“上海？我到过那里。温暖的毛毛雨，红色的沙滩。像温室一样潮湿。但说到锡兰，路过，没有上岸——当时我值班，知道吧。”

那位白衣男人耸起双肩，隔着窗子和利亚拉说话，神情又温柔，又意味深长。她翘着头听，一只手摸着毛茸茸的狗耳朵。狗伸出火红的舌头，兴奋地急促喘气，从透着阳光的门缝往外看，颇像是在考虑值不值得在热腾腾的门槛上再躺一阵。这狗好像也在用俄语思考。

尼基京问：“这工作找谁申请呢？”

水手朝同伴挤挤眼，好像在说：“看，我说得他动心了。”接着他答道：“很简单。明天一大早你就去老港口，在二号码头找到让-巴特号轮船，找大副谈谈就行。我想他会雇了你。”

尼基京热情坦诚地望望水手光亮睿智的前额。“你从前在俄国的时候是做什么的？”

那人耸耸肩，不大自然地笑笑。

“他过去做什么？傻瓜一个罢了。”大胡子声音低沉地替他说道。

一会儿后，两人站起来。年轻一点的掏出钱包，放钱包的地方和法国水手一样，插在短裤的前面，裤带扣的后面。利亚拉过来朝他们伸出一只手（手心也许有点潮），不知什么事情逗得她尖声大笑。两只小狗在地上翻筋斗。站在窗口的那个男人转身走来了，心不在焉地轻轻吹着口哨。尼基京付了账，悠闲地出来走到阳光中。

下午五点左右，大海的蔚蓝色闪在小街小巷的尽头，刺得他的眼睛疼。公厕的圆形指示牌也在火一般闪亮。

他回到肮脏的旅馆，两手交叉，缓缓地伸到脑后，倒在床上，尽情享受在阳光中陶醉一天的幸福。他梦见又当了军官，漫步在克里米亚的山坡上，到处是乳草和橡木林，他边走边掐下蓟草毛茸茸的头。他梦中一阵大笑，笑得醒了过来。醒来一看，窗户已经变成了一抹幽蓝。

他探身窗外，望着凉爽的昏黑深渊，沉思起来。窗外有漫步的女人，其中有些是俄国人。好大的一颗星。

他整理一下头发，拿起地毯的一角擦掉圆头鞋尖上的尘土，看看钱包——只剩五法郎——那么出去再逛逛，享受一下单身汉的自由。

傍晚比下午人多。通向海边的小街小巷里到处坐着人，都出来乘凉。姑娘头顶方巾，上面缀着亮闪闪的小饰品……眼睫毛一抖一抖……大腹便便的店铺老板叉开腿坐在麦秆椅子上抽烟，胳膊肘支在椅子后背上，衬衣的一边衣襟从没有扣好的马甲底下露出来，搭在肚子上。孩子们蹲下身子，借着街灯的光亮，把自己叠的小纸船放进沿着人行道流淌的小溪里。到处飘来鱼香和酒香。水手酒吧里露出一缕黄光，传来手风琴沉重的声音，手掌击桌的声音，金属的巨响。在地势较高的城区，沿着主街，晚上出来的人们边走边笑。洋槐树浓云一般的树阴下闪现着女人修长的脚踝和海军军官们的白鞋。紫色的晚霭里，各处咖啡店灯火通明，宛如烟花放出的五光十色的彩焰被定格了一般。小圆桌索性摆到了人行道上，条纹阳伞上落下梧桐树的黑影，映衬着伞下桌上的灯光。尼基京停住脚步，想来一大罐沉甸甸的冰镇啤酒。桌子后面，咖啡馆内，一把小提琴如泣如诉，声声揪心，为它伴奏的是一架竖琴，声如潺潺流水，不绝于耳。音乐越是平淡，越是动人心弦。

外面的一张桌子旁坐着一个面容疲倦的站街女，一身绿衣，晃动着她的尖头皮鞋。

我要喝一杯。尼基京下了决心。不行，不能喝……接着又下了决心……

这女人长着一双洋娃娃似的眼睛。那双眼睛，那两条修长好看的小腿，看上去好眼熟。这时只见她收拾好钱包，站起身来，好像急着去什么地方。她穿一件夹克衫一样的绿色丝织长外套，下摆一直盖到大腿上。她走了过去，斜着眼瞅了瞅演奏音乐的地方。

这真是太怪了，尼基京暗自思量。心念一动，宛如一颗流星划过脑海，他忘了要喝的一杯啤酒，立即尾随她拐进一条闪着昏暗灯光的小巷。路灯拉长了她的影子。影子映在一堵墙上，变斜了。她走得很慢，尼基京也不敢走快，怕走快了超过她去。

对，毫无问题……上帝啊，这可太妙了……

女士在路边停了下来。一个黑色的大门上方亮着一只暗红灯泡。尼基京从门边走过去，又折回来，绕着女士转一圈，停了下来。她咯咯一笑，用法语亲切地打招呼。

在暗淡的灯光下，尼基京看清了她好看却又疲惫的脸，玲珑的牙齿闪着湿润的光泽。

"听着，"他用俄语说，说得简单亲切，"我们认识好久了，何不说你我的母语呢？"

她扬起眉毛，用生硬的英语说："英语？你说英语？"

尼基京仔细地看看她，然后无可奈何地又说了一遍："得了，你懂，我也懂。"

她用法语问："这么说，你是波兰人？"像法国南部的人那样把最后一个卷舌音拖得很长。

尼基京讪讪地笑笑，不再问了，把一张五法郎的纸币塞到她手里，快速转身，穿过广场的斜坡。不一会儿，他听见身后响起匆匆的脚步声、呼吸声，还有衣服的索索声。他回头一看，什么也没有。广场上空无一人，一片黑暗。夜风吹起了一张报纸，擦过广场的石板。

他叹了口气，又笑了笑，两手攥成拳头，深深插进裤兜里。仰望满天星斗，只见忽明忽暗，像是有一台巨大的风箱吹出火星一般。他一边望着星空，一边下到海边。他在古老的码头上坐下来，双脚悬在码头边上，脚下便是月光照耀下起起伏伏的海浪。就这样坐了好长时间，头朝后仰着，两只手手掌摊开支在身后。

一颗流星划过长空，像心脏骤停那般来得突然。一阵强劲纯净的海风吹过他的头发，头发上闪起淡淡的夜光。

报　复

一

奥斯坦德[①]，石砌的码头，灰色的海岸，远处的一排旅馆，都在慢慢地旋转，仿佛隐入了秋日青绿色的雾里。

教授把两条小腿包在一条格子花呢旅行毯里，舒舒服服地躺在躺椅的油布上，躺椅吱吱响了起来。干净的土红色甲板上很拥挤，但很安静。锅炉在小心地喷气。

一个英国女孩，穿着绒线长袜，眉毛一动，指向教授，对站在旁边的哥哥说道："他长得像谢尔登，对不对？"

谢尔登是个喜剧演员，身材魁梧，秃脑门，脸又圆又胖。"他真的在赏海。"女孩压低声音又说。再往后面，我要遗憾地说，她就从我的故事里退出去了。

她的哥哥，一个粗笨的红头发大学生，这一趟是过完暑假后返回学校。他取下叼在嘴里的烟斗，说道："他是我们的生物学教授。极好的老家伙。得过去打个招呼。"他朝教授走过去，教授抬起了他沉重的眼皮，认出了他学生中成绩最差却也是最勤奋的一个。

"这趟过海理应不错。"学生边说道，握住朝他伸过来的冰冷大手轻轻捏了一下。

"希望如此，"教授答道，伸出指头摸灰色的脸颊，"对，希望如此，"他沉重地又说一遍，"希望如此。"

躺椅旁立着两个手提箱，学生投去匆匆一瞥。其中一只历经沧桑，到处是贴过旅行标签的白色印迹，宛如纪念碑上落满鸟屎一般。另一只——崭崭新，橘黄色的，箱锁闪闪发亮——不知为何，这只箱子引起了他的注意。

“我把那只箱子移一下，免得翻倒。”他提议道，为的是继续谈话。

教授咯咯一笑。他倒是真的很像那位眉毛银白的喜剧演员，要么像个上了年纪的拳师。

“你是说那只箱子吗？知道我在里面装了什么吗？”他问道，听话音有点生气，“猜不出来了吗？一样不可思议的东西！一个特殊款式的挂衣架……”

“是德国的发明吗，先生？”学生立即答道，他记起来这位生物学家刚刚赴柏林参加了一个科学大会。

教授亲切地哈哈大笑，一颗金牙亮光闪闪。“一项神圣的发明，我的朋友——神圣的发明。是人人都需要的东西。怎么，你自己旅行不也带着同样的东西嘛。嗯？要不你也许是条珊瑚虫？”学生咧嘴笑笑。他知道教授好讲些令人费解的笑话。这位老人在大学里是大家议论颇多的话题。他妻子很年轻，据说受他虐待。这个学生曾经见过她一次。身材瘦小，眼睛大得出奇。“你妻子好吗，先生？”这个红头发的学生问道。

教授答道：“我对你实话实说，亲爱的朋友。我同自己斗争已经很长很长时间了，不过现在我觉得一定要告诉你……我亲爱的朋友，我喜欢安安静静地旅行。我相信你会原谅我。”

可是说到这里，这位学生，尴尬之下打了个口哨，命运和他妹妹一样，从以后的故事中永远离去了。

与此同时，生物学教授把他的黑色毡帽拉下来，扣到他的剑眉之上，这样就护住了眼睛，避开海上闪动的微光，看样子像睡着了一般。

---

① Ostend，比利时西北部港口城市。

阳光落在他刮得很干净的灰色脸膛上，加上大鼻子和沉重的下巴，使得那张脸就像是刚用湿陶土制作出来的一般。每当秋日的薄云碰巧遮住太阳，那张脸就会突然变暗，变干，僵硬起来。这当然只是光和影在他脸上的交替变化，并不反映他的思想变化。假如他的思想真的反映在脸上，那这位教授就很难称得上一道好看的风景了。麻烦就麻烦在前一天，他收到了他在伦敦雇佣的私家侦探的来信，说他的妻子对他不忠。一封被截获的信，是她的熟悉的小字手迹，开头写道："我亲爱的心肝宝贝杰克，我还沉醉在你那最后的一吻中。"教授的名字当然不是杰克——问题就出在这里。看明白后他既不觉得惊讶，也不觉得痛苦，甚至没有男人的愤怒，有的只是憎恨，像柳叶刀那般尖利冰冷。他清清楚楚、明明白白地意识到他将要谋杀他的妻子。这是毫无疑问的。只须设计一个最折磨人、最精巧的方法。他靠在躺椅上，把旅行者和中世纪学者所描述的所有折磨方法回顾了上百遍。到目前为止，还没有一个看上去足够狠毒的。远处，在绿色微光的边缘，多佛港白糖色的悬崖渐渐成形，他却仍未做出决定。汽船安静下来了，轻轻摇晃着，靠岸了。教授跟着行李工走下踏板。海关官员把不能合法入关的物品匆匆背了一遍，然后叫他打开一个手提箱——就是那个橘红色的新箱子。教授在箱锁里转动轻薄的钥匙，皮盖子呼地一下翻开了。他身后的某位俄国女士惊叫一声"天啊"，接着又发出一阵狂笑。站在教授两边的两个比利时人仰起头来，直往上看。一个耸耸肩，另一个轻轻吹了声口哨，一旁的英国人则扭头不看。海关官员惊得愣住了，瞪圆双眼盯着箱子里的东西。人人都觉得毛骨悚然，很不舒服。生物学家慢慢吞吞地报出了他的名字，提到了他的大学博物馆。事情总算说清楚了。只有几位女士恼怒不休，要了解这里面有没有犯罪发生。

"可是你为什么把这东西装在手提箱里呢？"海关官员问道，尊敬之余有点嗔怪的意思。他战战兢兢地放下箱盖，在鲜亮的皮子上用粉笔草草画了一下。"当时走得急，"教授疲惫地斜看一眼，说道，"没有时间钉起货箱来。无论如何，这是个贵重东西，不能放在行李舱里运。”教授过了海关，往火车站台上走去，弯腰弓背，但步履轻快。路遇一个警察，长得跟个大玩具娃娃似的。这时他突然停住脚步，像是想起了什么，露出灿烂亲切的笑容，喃喃说道：“有了——有办法了。一个极其聪明的办法。”说罢他长舒一口气，买了两个香蕉，一包香烟，还有报纸，这东西令人想起刷刷响的床单。几分钟后，他坐进欧洲快车的舒适车厢里飞驰，沿着波光粼粼的海，沿着白色的悬崖，又沿着肯特郡翠绿的牧场。

二

那双眼睛真是绝妙，瞳仁宛如两颗光滑的墨水珠儿落在紫灰色的绸缎上。她的头发剪短了，颜色是浅黄色的，头顶上毛发蓬松茂密。她身材矮小，身板笔挺，胸脯比较平。她从昨天起就盼着丈夫回来，也准准知道他今天到家。她穿着一件灰色的开领长裙，脚蹬柔软的拖鞋，坐在客厅里的圆高背长软椅上。她想她丈夫不信鬼魂，公开鄙视那个年轻的灵媒，真是遗憾。那灵媒是个苏格兰人，眼睫毛又淡又细，偶尔来看她。不管怎样，反正她身上出了奇怪的事情。最近，她睡梦中常看到一个死去的年轻人。她结婚前，曾和他在暮色中散过步，当时黑莓中了邪一般，开出的竟是苍白的花儿。第二天清晨，她惊魂未定，就给他写了一封信—— 一封恍惚如梦的信。在这封信里，她对可怜的杰克撒了谎。事实上，她差不多已经忘了他。她对折磨她的丈夫又怕又爱，很忠实。但她还是想给这个孤魂野鬼送上一点温暖，说点人间话语使其安心。这封信从她的写字板上神秘地消失了，同一晚上她梦见了一个长桌，桌下突然冒出杰克来，冲她点头致谢。现在，不知什么原因，她一想起那个梦就心神不安，总觉得她为了一个鬼魂对丈夫不忠了似的。

客厅温暖，布置得很喜庆。宽阔的矮窗台上放着一个丝绸垫子，艳黄的底色，紫罗兰色的条纹。

就在她觉得教授乘的船肯定是沉没了时，教授到了。她往窗外一瞥，看见了出租车的黑车顶，司机摊开的手掌，还有她丈夫低头付账时显出的宽大肩膀。她飞奔出房门，小跑着下楼，挥舞着两条细细的光胳膊。

他正朝着她爬上楼来，弓着背，穿着厚厚的外衣。仆人跟在他身后，提着他的两个箱子。

她贴在他的羊毛围巾上，抬起一条穿着灰长袜的苗条小腿，调皮地弯起脚跟。他吻吻她温暖的鬓角，和蔼地笑笑，举起她的两条胳膊移开。“我满身灰尘……等等……”他握住她的手腕喃喃说道。她皱皱眉，一甩头，头发暗火一般闪动。教授弯下腰，又咧嘴一笑，吻了她的双唇。

晚餐时，他一把扯开硬领衬衣的白色前襟，精力充沛地运动光滑的颊骨，把这一趟短短的行程详细讲了一遍。他很高兴，但有所节制。晚餐服的丝制翻领抵着他牛头犬般的下颌，他有个大秃头，两鬓青筋如铁管一般暴起——这一切在他妻子心中引发了莫名的怜悯：这样的怜悯她经常有，因为他为了研究生命的细枝末节而拒绝进入她的世界。她的世界是流淌着德·拉·梅尔[①]诗歌的世界，是无限温柔的星辰精灵横飞乱撞的世界。

“对了，我不在的时候你的鬼魂来敲门了吗？”他问道，揣摩她的心思。她想告诉他那个梦，那封信，但又觉得难以启齿。

“有些事你要明白，”他往一些大黄根上撒了些糖，接着说道，“你和你的朋友是在玩火。真有可能会发生可怕的事情。前几天，一位维也纳医生告诉我一些令人难以置信的变形现象。有个女人——是个算命狂——死了，我认为是死于心脏病。医生脱下她的衣服

① Walter de la Mare（1873～1956），英国诗人、短篇小说家，后期浪漫主义诗人的杰出代表。他生于肯特郡，主要诗集有《童年之歌》、《聆听者》等，此外还写了一些心理恐怖故事。

(事情发生在一个匈牙利小屋里，靠蜡烛照明)，一看她的尸体吓坏了。尸体满身红光闪闪，一摸软软的，黏黏的。仔细一查，他明白了，这看起来丰满紧绷的尸体，其实只剩一层皮了，一圈一圈的小窄条，仿佛被看不见的绳子平平整整地紧捆起来一般，有点像法国的轮胎广告，广告上那个人的身体就是轮胎。只不过这具女尸的情况是轮胎极薄，呈暗红色。就在医生观看之时，那尸体开始慢慢解体，宛如一大团棉线散开了一般……她的身体变成了一条绵延不尽的细虫子，它自行解体，蠕动，晃晃悠悠地爬过门底下的缝。而留在床上的，只剩一副没有血肉的白骨架子，还泛着湿气呢。这个女人还是有夫之妇，她丈夫吻过她——也就是吻过那只虫子。”

教授给自己倒了一杯红褐色的葡萄酒，大口大口喝起这种浓色的饮料来，眯缝起来的眼睛一刻不离妻子的脸。她瘦削苍白的肩膀抖了一下。“你自己难道没有意识到你给我讲了一件多么可怕的事情吗？”她激动不安地说道，“这么说那个女人的鬼魂消失了，变成了一只蠕虫。这太可怕了……”

“我有时想，”教授说道，沉重地一抖袖口，仔细地看他又粗又短的手指头，“说到底，我的这门学问纯属胡思乱想。物理学的规律都是我们这些人生造出来的，其实任何事情——绝对是任何事情——都会发生。谁要不这么想，谁就是疯子……”

他压下一个哈欠，用一只握紧的拳头碰碰嘴唇。

“你这是怎么了，亲爱的？”妻子轻轻地叫道，“你以前从不这样说话的啊……我原以为你什么都懂，任何事情都会搞得清清楚楚……”

突然间，教授的鼻孔一张一翕地抽动起来，一颗金牙闪闪发亮。不过他的脸很快恢复了松弛的状态。他一舒身，从餐桌边站了起来。“我在胡言乱语，”他平静而又亲切地说，“我累了，睡觉去了。你进来的时候不要开灯。从右边上床，睡在我身边……我身边。”他又说一遍，说得既亲切又意味深长，好像好长时间没这么说了似的。

她一个人待在起居室里，他说的那些话在她心里轻轻回荡。

她嫁给他已有五年了。丈夫性情反复无常，经常因无端的嫉妒大发脾气，沉默寡言，闷闷不乐，缺乏理解。不过尽管如此，她还是觉得很幸福，因为她爱他，同情他。她身材苗条，皮肤白皙；他则魁梧，秃顶，胸毛丛生，如簇簇灰羊毛一般。这样的两个人配成一对，真是奇形怪状，极不般配——然而她还是喜欢他不常有的强劲拥抱。

壁炉台上摆着一瓶菊花，掉下了几片卷曲的花瓣，发出干枯的沙沙响声。她猛地一惊，心怦怦乱跳。这是因为她记起了空气中总是飘荡着鬼魂，连她的科学家丈夫也注意到鬼魂会可怕地现身。

她想起杰克从桌子底下突然冒出来，阴森恐怖地冲她亲切点头。她觉得房间里所有的东西都在盯着她，要引起她的注意。恐惧像一阵风，吹得她透心凉。她强压下一声惊叫，赶快离开起居室。她屏住呼吸想，我真是一个蠢东西……在浴室里，她盯着自己闪亮的眼眸看了很久。她那张小小的脸，盖着蓬松的金发，自己看起来都很陌生。

她只披了件蕾丝花边睡衣，往黑暗的卧室走去，感觉就像年轻少女那般轻巧，不让睡衣蹭到家具。她伸出胳膊，摸到床头的位置，在床边躺了下来。她知道她不是一个人，她的丈夫就躺在一边。有一两次，她一动不动地睁大眼睛望着上方，感到自己的心在猛烈而又低沉地跳。

月光透过细布百叶窗，一道一道横切屋里的黑暗。她等眼睛习惯了黑暗，便朝丈夫转过头去。他背朝她躺着，全身裹着毛毯。她能看见的只是他那个秃脑门，在一弯月光中显得格外光，格外白。

她深情地想，他没有睡着。要是睡着了的话，他会打呼噜的。

她微微一笑，整个身子挪向丈夫，从被单下面伸出双臂，寻找熟悉的拥抱。她的指头摸到了几根光滑的肋骨，膝盖也碰到了一根光滑的骨头。一个头盖骨，黑眼眶打着转，从枕头上滚到她胸前。

电灯光照亮了整个房间。教授穿着他简陋的晚餐服，从屏风后面走了出来，往床边走去。僵硬的胸膛，呆滞的眼睛，还有硕大的额头闪着青光。

毛毯和床单裹在一起，滑落在地毯上。他的妻子死了，怀中抱着一具仓促拼凑起来的惨白骷髅。那是一个驼背的骷髅，教授为大学的博物馆从国外带回来的。

仁 慈

这间工作室是我从一位摄影师手里继承下来的。一幅淡紫色的油画还立在墙边，画的是半截栏杆和一口发白的缸，背景是一片看不大清楚的花园。我坐在一张藤椅上，就像坐在画中深处花园入口的门槛上。我坐着想你，一直想到天明。天亮时分非常冷。一些泥塑的毛坯人头渐渐从黑暗中浮现出来，隐入蒙蒙晨雾中。头像中的一个（模样像你）包在湿布里。我从这间雾蒙蒙的房间里横穿过去——什么东西打碎了，在我脚下噼里啪啦响。倾斜的玻璃窗上挂着几面黑色的窗帘，宛如破碎的战旗，我用一根长竿子将它们相继挑开。我把清晨引进屋来——一个睡眼惺忪的可怜清晨——我不由得笑起来，不知为何发笑。也许原因很简单，就是因为我整整一夜坐在一张藤椅上想你，四面全是垃圾和巴黎的石膏碎片。雕塑用的泥凝固了，到处是灰尘。

每当有人当着我的面提起你的名字，我总会生出这样的感觉：你双臂往后一扬，扶正头发上的纱网——黑光一闪，有力的动作带着香气。那时候我已经爱上你很久了，为什么，至今不知道。你狡猾刁蛮，害得我和你一样无所事事，虚度时光。

最近我无意间在你的床头柜上发现了一个空的火柴盒，上面有一小堆凄凄惨惨的烟灰和一个金黄色的烟蒂——那是男人抽的烈性烟卷。我求你解释，你不愿意，哈哈大笑，接着又痛哭流涕，于是我原谅了一切，抱住你的膝盖，把我被泪水浸湿的睫毛紧贴在你温暖的黑丝袜上。那天以后，我两个星期没有见到你。

秋天的清晨在风中闪着微光。我把挑窗帘的竿子小心翼翼地立在墙角。窗户视野宽阔，能看到柏林城里平铺的屋顶。各家亮闪闪的玻璃窗形状各异，各家屋顶的外观也不尽相同。屋顶丛中，遥遥一座塔楼凌空耸立，圆顶像个青铜色的西瓜。云彩飞驰，时聚时散，其间突然飞一般露出秋日碧空，蛛丝一般轻柔。

前一天和你通过电话。是我放下架子主动打给你的。我们约好今天在勃兰登堡门[①]下见面。电话的杂音像蜜蜂嗡嗡叫，你的声音显得遥远，听得人心急。只听你的声音越滑越远，最后消失了。我紧闭双眼跟你说话，难过得直想哭。我对你的爱是扑簌涌动的热泪。这正是我想象中的天堂：沉默和泪水，还有你膝头温暖的丝袜。这你就不明白了。

吃过饭后，我出门去见你。空气清新，黄色的阳光如滚滚洪流，我的头开始眩晕。每一道阳光都刺在我的太阳穴上。大片的黄褐色落叶沿着人行道飞舞，唰唰声响成一片。

我边走边想，你可能不会到说好的地点来。即便来了，我们还是会再吵一次。我只会塑像，只会爱。这对你而言是不够的。

多雄伟的城门。宽大的公共汽车从城门洞里挤过去，沿着林阴大道驶向远方，消失在被秋风吹得不停晃动的莹莹蓝光中。我在城门压抑的拱顶下等你，两边是两根冰冷的柱子，不远处是门卫室的格子窗。到处是人：柏林的上班族正下班回家，脸没有刮干净，每个人腋下夹着公文包，眼睛里一团浊雾，看了叫人恶心——你要是空着肚子抽了一支劣质的香烟，就会产生这样的恶心感觉。这些上班族脸色疲惫，神情还很贪婪，穿着硬高领衬衣，没完没了地闪现在人群中。一个女人走了过去，戴着红色卓帽，穿着灰色的羊皮外衣。后来又过去了一个年轻人，穿着天鹅绒裤子，膝盖以下的裤管上钉着扣子。过

① Brandenburg Gate，位于柏林市中心，最初是柏林城墙的一道城门，因通往勃兰登堡而得名。

去的还有别的人。

我倚着手杖，在两根柱子清冷的影子里等着。我想你不会来了。

门卫室窗户附近的一根柱子旁有一个小货摊，摆着明信片、交通图、呈扇形摊开的彩色照片。货摊旁有一张小凳，上面坐着一个晒黑的小老太太，短腿，胖身材，圆脸上长着雀斑。她也在等。

我心想，我和这老太太不知谁会等得时间更长，要等的人哪一个会先到——她的顾客，还是你。老妇人神色怡然，像是在说："我只是碰巧来到这儿……我刚坐下一分钟……对，旁边有个小摊，卖着挺好的稀奇玩意儿……不过我跟那摊子无关……"

行人不停地从两根大柱子之间走过，绕过门卫室的一角，有的人走过去时朝明信片瞅上一眼。遇到这种情况，老太太总是绷紧每一根神经，两只亮闪闪的眼睛盯住来人，仿佛在传递她的想法：买吧，买吧……可是对方迅速瞥一眼彩色的和灰色的明信片，便走了过去。老太太好像并不在乎，垂下眼睛，重新看起放在腿上的那本红皮的书来。

我以为你不会来了。但我还是等着你，从来不曾这样等过。我不停地抽烟，从城门往外观望，一直看到林荫道尽头整洁的广场。然后我又回到我的隐身之处，尽量不让人看出我在等人。我竭力想象你正走过来，趁我没看见就走到我跟前了。我只要再往拐弯处看一眼，就会看见你的海豹皮外衣，就会看见从你的帽檐上垂到你眼睛上方的黑色丝带。但我故意不往那边看，舍不得刚才自欺欺人的想象。

一阵冷风袭来。老太太站起身来，开始使劲地按压明信片，让它们安守其位。她上身穿的是一种腰部打褶的黄丝绒夹克衫，下身是褐色的裙子，前面的裙裾短，后面的裙摆长，这样她走起路来看上去就像挺着个大肚子。她戴顶小圆帽，我能看出帽子上有些不太明显的褶皱——那是小心抚平的褶皱，脚上穿一双破旧的粗布短靴。这会儿她正忙着整理她的货摊。她看的那本书，一本柏林旅游指南，被放在了凳子上。秋风无影，翻开了书页，夹在书页里的折叠地图被抖落下来，宛如一截楼梯。

我觉得身上发冷。烟卷闷烧了好久我才猛吸一口。我觉得寒气同我作对，一浪一浪直扑我的胸口。到现在一直没人买她的东西。

这时老太太又坐到她的凳子上。凳子太高了点，她得动动身子才能坐上去，这样她那双硬靴子的鞋底便接连离开了人行道。我扔掉烟卷，用手杖头戳灭它，戳得它冒出了火星。

已经过去一个钟头了，也许不止一个钟头。我怎能相信你会来呢？不知不觉间天空浓云密布，要来一场暴风雨了。行人走得更快，弓起背，扶住帽子，一位正从广场上走过的女士边走边打开了雨伞。现在你要是来了，那可真成奇迹了。

老太太小心翼翼地往书里夹了张书签，停下来仿佛陷入了沉思。我猜，她是在幻想从阿德隆饭店出来一个富有的外国人，买了她摊子上的所有小物品，多付了些钱，还预订了好多的东西，风景明信片和旅游指南订得更多。她穿那么一件丝绒夹克衫，想来也不是很暖和。你可是说好了要来的呀！我记得电话上说的话，记得你那如影子一般消失了的声音。上帝，我多么想见到你！狠心的风又刮了起来。我拉起了衣领。

突然门卫室的窗子开了，一位绿衣卫兵叫老太太过去。她赶快爬下凳子，挺着肚子急急忙忙朝窗口跑去。那卫兵不慌不忙地递给她一个热气腾腾的杯子，然后合上窗扇。绿色的肩膀转了过去，隐入屋里昏暗的深处去了。

老太太小心翼翼地端着杯子，回到她的凳子上。从杯口粘着的一圈奶皮来看，那是一杯牛奶咖啡。

这时她喝了起来。我从来没见有人喝咖啡喝得如此全神贯注，津津有味。她忘了她的小摊，忘了明信片，忘了寒风，忘了她的美国客户，只是一门心思地一点一点细细品尝，她完全消失在她的咖啡中了——这情形倒像我一样，忘记了自己的等待，只管看她的丝绒夹克，看她那双幸福得迷迷瞪瞪的眼，看她那双因戴着羊毛连指手套而显得又短又硬的手紧紧捧着咖啡杯。她喝了好长时间，把杯口的一圈奶皮虔诚地舔掉，手心贴住杯子取暖。一股看不见的甜蜜暖流注入我的心田。我的灵魂也在喝咖啡，也在取暖，和褐裙老太太品味着牛奶咖啡一样。

她喝完了。她一动不动地坐了片刻，然后站起来，走到窗子边去还杯子。

但走到一半，她停住了，双唇一收，露出个淡淡的微笑。她快步折回货摊，抽出两张彩色明信片，又快步走到窗子的铁格子前，用她戴着羊毛手套的小拳头轻叩玻璃。窗子打开了，一只绿袖子滑了出来，袖口上缀有一只闪亮的扣子。她把杯子连同明信片递进黑洞洞的窗户里，急匆匆地连连点头致谢。卫兵翻看着明信片，转身离开窗户，反手缓缓关上窗扇，走到屋子里面去了。

这时我突然明白，世界原来充满关爱，我周围的一切都深怀仁慈之心。在我和天地万物之间，有着幸福的纽带。我明白了，我想从你身上找到的欢乐并不只隐藏在你身上，还在我周围无处不在：在街上匆匆的声音中，在意外翻起的裙裾上，在冷如金属却又温柔低语的风声中，在雨意欲滴的秋云中。我明白了，这世界并不是一场争斗，也不是一系列弱肉强食的偶然事件，而是光明亮堂的快乐，是仁慈之心的颤动，是一件赠与我们、尚未被打开欣赏的礼物。

就在这一刻，你终于来了——其实来的不是你，而是一对德国夫妇。男的穿着雨衣，腿上套着绿瓶子一般的长筒袜，女的高个，苗条，穿一件豹皮外衣。他俩走到货摊跟前，男的开始挑选摊子上的小东西。我那位刚喝过咖啡的小老太太，满脸通红，喘着气，一会儿望望那男人的眼睛，一会儿又看看摊子上的明信片，激动得眉毛突突跳，那神情就像一个使足全身气力赶马前行的老马车夫。可是那人还没来得及挑出什么东西来，他妻子就一耸肩膀，拉着他的袖子要走。这时我注意到她很像你。不是相貌相似，也不是衣着相似，而是挑剔、不依不饶的神色相似，不屑一顾的匆匆一瞥相似。他俩走了，什么也没买。老太太只是笑笑，把明信片放了回去，又一次埋头读她的红皮书了。我没必要再等下去了。我沿着逐渐暗下来的街道离开了，遇上过往行人，便往他们脸上悄悄观瞧，捕捉笑容和意想不到的小动作—— 一个小姑娘往墙上投球，小辫子一翘一翘地跳动；一匹马略带紫色的椭圆形眼睛里映出忧郁的天空。我捕捉一切，搜集一切。饱满的雨点斜斜落下，越来越密，我想起我工作室的凉爽、安逸，想起我已经塑好的肌肉、前额、缕缕头发。一想到要开始做雕塑了，我的指头不由得痒痒起来。

天黑了，雨也大起来。每拐一个弯，风就呼啸着问候我。这时一辆有轨电车叮当驶来，车窗闪着琥珀色的亮光，车厢里挤满黑色人影。电车开过时我跳上车，擦干被雨淋湿的双手。

车厢里的乘客个个沉着脸，瞌睡一般地摇来晃去。黑沉沉的车窗玻璃上是小雨点打过后留下的无数斑点，就像繁星点点的夜空一般。电车沿着街道咔嗒咔嗒前行，街两旁是哗哗作响的栗子树，我一直在想那湿淋淋的枝叶可能在抽打车窗。电车停下时，可以听见头上传来风吹落的栗子砸在车顶上的响声。砰的一声——接着又是一声，带着轻轻的回弹声——砰，砰。电车一响铃铛，又开动了，街灯的光晃动在车窗的湿玻璃上。我怀着一种苦中作乐的心情，又开始等待那些从车顶传来的轻轻响声。一个急刹车，便又落下一个孤独的圆栗子。过了一阵，又一个砸了下来——砰，砰，还顺着车顶滚了下去……

落日详情

街上最后一辆电车消失在镜子一般的夜色中。沿着车顶上方的电线，冒出蓝色电火花，带着噼啪响声晃晃悠悠地划向远处，就像一颗蓝色的流星。

“好吧，那就走着去。可你喝得烂醉，马克，喝得烂醉了啊……”

电火花熄灭了。屋顶闪现在月光中，上面有黑色的斜裂缝，破坏了银白色屋檐角的形状。

穿过这镜子一般的夜色，他跌跌撞撞地往家里走。他是马克·施坦德弗斯，推销员，受人崇拜的金发马克，戴着硬高领的幸运儿。他脖子后面的发根处有一缕头发逃过了理发师的剪刀，滑稽而孩子气地垂在硬领的白线上方。正是因为这条小发辫，克拉拉爱上了他。她发誓说这才是真正的爱情，至于去年从她母亲海斯太太那里租了一间房的那个穷困潦倒的外国帅小伙，她已经把他全忘了。

“可是，马克，你喝得烂醉了啊……”

这天晚上朋友们用啤酒和歌声祝贺马克和红发白脸的克拉拉，一星期后他们就要结婚了。婚后将是一辈子的幸福和安宁，夜夜有她陪伴，她的头发披散在枕头上，泛着红色的光泽。早上醒来，便又见她平静的笑脸，绿色的连衣裙，露在外面的凉爽胳膊。

广场中央支着一顶黑色帐篷，里面正在修理电车路轨。他想起了今天他揭起她的短袖，吻了短袖下那个接种天花疫苗留下的可爱疤印。眼下他正往家里走，因为太幸福，也因为喝得太多了，脚步不稳，细细的手杖也摇摇摆摆。街上空无一人，对面一幢幢昏暗的房屋间传来一阵脚步声，回响在夜空里，和他的脚步相一致。不过等他转过弯后，那脚步声就听不见了。转弯处是个总待在那里的人，围着围裙，戴着尖顶帽，站在烧烤架子边卖面包夹烤肠，叫卖声轻柔忧伤，宛如小鸟低鸣："Würstchen[①], würstchen……"

马克想起面包夹烤肠，想起月亮，想起沿着电线逝去的蓝色电火花，觉得那么美好，令人恋恋不舍。他绷直身子，靠在一截能支住他的栅栏墙上，禁不住笑起来。然后他一弯腰，冲着栅栏板上的一个小圆洞喊起来："克拉拉，克拉拉，我亲爱的！"

栅栏墙的另一边，两幢房子之间是一块长方形的空地。有几辆大货车停在那里，好似几口大棺材一般。车上装满了货，高高地鼓了起来。天知道堆这么高都装了些什么东西。可能是些橡木箱子，蜘蛛一般的枝形吊灯，还有沉甸甸的双人床床架。月亮在这些货车上投下严厉的目光。空地的左侧是一堵光秃秃的后墙，几颗硕大的黑色心形平摊在墙上——原来是行道边上路灯旁一棵椴树的叶子投在墙上的影子，被放大了许多倍。

马克沿着黑沉沉的楼梯往他住的那一层爬去，一边爬一边还止不住地咯咯笑。他已经踏上最后一级楼梯，却以为还有一级，便又抬脚，结果一脚落下时发出重重的一声响。他摸黑找门锁孔的时候，腋下的竹手杖滑了下来，顺着楼梯啪啪啪地跌了下去。马克屏住了呼吸，心想这手杖会顺着楼梯拐弯，一直跌到楼底下去。不过刺耳的木头啪啪声突然不响了。手杖肯定没有再往下掉了。他放下心来，咧嘴笑笑，扶着楼梯栏杆（啤酒在他空洞的脑袋里歌唱），开始下楼。他险些摔倒，于是就在一级楼梯上坐下来，两手四处乱摸。

这时楼上的门打开了，施坦德弗斯太太手捧一盏油灯，衣衫不整、睡眼迷离地出来，一缕薄云般的头发从睡帽里散出来。她叫道：

① 德语，小香肠。

“马克，是你吗？”

一块楔形的黄色灯光罩住了楼梯、栏杆和他的手杖。马克从楼梯转弯处爬上来，又是喘气，又是高兴，墙上落下他的黑色影子，弯腰弓背，随着他顺墙移动。

随后一间灯光昏暗的房间里发生了如下谈话，房间被一扇红色的屏风隔成两半。

“你喝得太多了，马克……”

“不多，不多，妈妈……我是太幸福啊……”

“你全身都弄脏了，马克。你的手都黑了……”

“……真是太幸福了……啊，这感觉舒服……水凉凉的，好爽。给我头上浇一点……再浇一点……人人都祝贺我，那是应该祝贺的……再浇点。”

“可是听人说她没几天前还爱着另一个—— 一个外国冒险家一类的人。他欠着海斯太太五马克，没还就走了……”

“唉，别说了——你啥都不懂……我们今天唱了好多好多歌……看看，我掉了一个纽扣……我想，我结婚后他们会把我的薪水翻一倍……”

“快去睡吧……你全身都脏了，新裤子也脏了。”

这天夜里马克做了个不愉快的梦，梦见了已故的父亲。父亲朝他走来，苍白的脸上流着汗，挂着古怪的笑容。他抓住马克的胳肢窝，不声不响地咯吱他，下手很猛，毫不留情。

不过他是到了他干活的铺子后才记起这个梦的。之所以记起来，是因为他的一个好朋友、爱玩爱闹的阿道夫在他肋下戳了一下。他立马觉得心里有东西飞快一闪，一时间惊得他冻住了一般，接着便砰的一声闪过去了。这时一切又归于平稳顺利，就连他拿来供顾客挑选的领带也在开心地微笑，和他一样充满幸福。他知道晚上就会见到克拉拉——他只须先回家吃饭，然后直奔她家。几天前，他跟她讲他俩今后的日子会过得多么舒适温情时，她突然哭了起来。当然，马克明白她流的是幸福之泪(她自己也是这么解释的)。她开始满屋子旋转,转得裙子如同一张绿帆鼓了起来。然后她站在镜子前,飞快地整理自己光滑的头发,头发是杏子酱一般的颜色。她苍白的脸上神情激动,当然也是幸福所致。反正这一切都在情理之中……

“要一条斜纹的吗?斜纹当然好。”

他把领带在手上打了个结,翻过来,掉过去,让顾客欣赏。他敏捷地打开一个个扁平的硬纸盒……

这期间他母亲正在接待一位客人:海斯太太。她没打招呼就来了,脸上还挂着泪痕。她小心地在厨房里的一只凳子上坐下,生怕把凳子压碎似的。厨房很小,一尘不染,施坦德弗斯太太正在洗碟子。墙上挂着一头平面木刻猪,灶头上放着一只打开的火柴盒和一根点燃过的火柴。

“我过来要告诉你一条坏消息,施坦德弗斯太太。”

另外那个女人愣住了,把一个盘子紧贴在胸口。

“我是说克拉拉。对,她丧失理智了。我家那位房客今天回来了——你知道的,我以前跟你讲过他。克拉拉一下就疯了。对,全是今天上午发生的事……她不想再见你的儿子了……你还送了衣料让她做新衣服,衣料会退还给你的。这是给马克的信。克拉拉疯了,我不知道如何是好……”

这时马克下了班,已经在回家的路上了。剃着小平头的阿道夫一路陪着他。到他家门口了,两人都停了下来,握手告别,马克用肩一顶,门开了,屋里却冷冷清清没有人。

“干吗回家去?家里有什么好待的。我们找个地方吃点东西,就你和我。”阿道夫把手杖支在身后,像个尾巴一般。“家里有什么好待的,马克……”

马克犹豫不决地揉揉腮,然后笑起来。“也罢,只是我请客。”

半小时后,他走出酒馆,和朋友道别,这时火红的夕阳洒满了运河两岸,为远处一座留有雨痕的大桥镶上了一条窄窄的金边,金边内有小黑影来来往往。

他看了一下表，决定不回家，直接去看望未婚妻。他觉得幸福，晚上的空气又清亮，这使得他有点头晕。一个花花公子跳下一辆轿车，一道箭一般的黄铜亮光落在他锃亮的皮鞋上。几个尚未干涸的小水坑，周围是昏暗潮湿的伤痕（犹如沥青做成的闪亮眼睛），反射着晚间柔弱的热气。房子和平时一样，还是灰色的，不过屋顶、顶层楼板上方的装饰条、金边的避雷针、石板拱顶和一根根小圆柱——白天没人注意，因为白天没人抬头去看——这时全都沐浴在浓浓的赭石色里，沐浴在夕阳轻盈的暖光中。这么一来，那些东西好像出人意料，变得神奇。还有上层的突檐、露台、檐口、圆柱等，因为笼罩着黄褐色的光辉，和下面的土褐色房屋外墙形成鲜明对照。

啊！我多么幸福。马克不停地这么想着。周围的一切都在庆贺我的幸福。

他坐在电车里，温情地、关爱地观察同车的乘客。马克长着一张如此年轻的脸，下巴上有淡红的粉刺，快活的眼睛闪闪发亮，脑后垂着一条没修剪好的小发辫……谁都会想，此人一定命大。

不一会儿我就能看见克拉拉了，他想。她会在门口迎接我。她会说她简直都等不到晚上了。

他愣了一下。原来他坐过了站，该下车的地方没有下去。他往车门走去，被一位胖先生的脚绊了一下。胖先生正在看一本医学杂志，马克打算抬抬帽子致歉，不料险些摔倒。原来电车一声尖叫，拐起弯来。他拉住头上方的一个皮圈，保持住了平衡。胖先生冷冷地、生气地哼了一声，缓缓收起了他的一双短腿。他留着灰色八字胡，两头耀武扬威地翘了起来。马克不好意思地冲他笑笑，走到车厢的前部。他双手紧紧抓住铁扶手，身子前倾，准备跳下车去。车下面，柏油马路急速闪过，平坦，闪亮。马克往下一跳。他的脚掌上一阵火烫般的摩擦，双腿收不住，自动跑起来，双脚不由自主地踩得咚咚响。刹那间几件怪事情同时发生了：电车一偏，避开了马克，这时售票员发出一声怒吼，从车厢前部传来。柏油马路像秋千一般荡了起来，一个轰鸣着的庞然大物从背后击中了马克。他只觉得一道惊雷从头至脚将他击穿，然后什么都没有了。他一个人孤零零地站在闪亮的柏油马路上，四面一望，看见远处是自己的身影，正是马克·施坦德弗斯单薄的脊背，正在斜穿马路，好像任何事情都没发生过一般。他觉得奇怪，轻松一扑便赶上了自己的身体。这时候的他快到人行道上了，他整个身体都在震动，那震动渐渐消失了。

怎么搞的，差一点就叫一辆公交车碾了过去。

那条街又宽又热闹。晚霞染红了半边天空。高楼和屋顶沐浴在好看的夕照里。马克往上望去，能看见透亮的门廊，墙顶上的饰带和壁画，摆满橙色玫瑰花的格架，还有长着翅膀的天使雕像，那天使向着天空高举着金色的竖琴，琴身闪闪发光，晃得人睁不开眼睛。这些绝妙的建筑和雕饰在闪亮的波动中向天边退去，那么轻盈，带着节日的喜气。马克不明白，以前怎么从来没注意到这些美妙的画廊，没注意到这些悬在高空的殿堂呢？

他的膝盖撞得好疼。又是那道昏暗的栅栏墙。他认出了远处的那几辆大货车，不由得笑起来。车还停在那边，活像几口大棺材。车里头到底藏了些什么呢？珍宝？巨兽的骨头？或是堆积如山的豪华家具？

噢，我必须看看。要不然克拉拉问起来，我还不知道呢。

他抬肘匆匆推开其中一辆车的车门，进去一看，空的，什么也没有，只有一把草扎的小椅子，椅腿少了一条，歪歪斜斜地立在车中央，样子很可笑。

马克耸耸肩，从货车的另一边出来。眼前又涌来火红的晚霞。这时他面前是那道熟悉的铁栅门，再往前去就是克拉拉的窗户，窗上插着一根绿枝。克拉拉亲自打开了门，站在那边等他，抬起裸臂理头发。短袖的开口处落上了阳光，腋窝里的红色汗毛露了出来。

马克不声不响地笑着，跑过去拥抱她。他把脸紧贴在她温暖的绿绸衫上。

她的双手伸过来，停在他头上。

“我一整天孤孤单单的，马克。不过现在你回来了。”

她打开门，马克发现自己马上进了餐厅。餐厅非常宽敞明亮，他好生奇怪。

“大家要是都像我们现在这么幸福，”她说，“房子没有门厅也行。”克拉拉热切地对他低语，他觉得她的话里蕴含着特别美妙的意义。

餐厅里，餐桌上铺着雪白的桌布，周围坐着一大帮人，马克以前从没见过这些人来他未婚妻家里做客。其中有黑皮肤、方脑袋的阿道夫，也有刚才在电车上看医学杂志的那位大肚子、短腿的胖先生，这会儿还在嘟嘟囔囔。

马克腼腆地点头招呼大家，在克拉拉身边坐下。就在此时，他突然全身一阵剧痛，和前不久的那次疼痛一模一样。他疼得翻来滚去，克拉拉的绿绸裙飘荡远去，消失了，最后变成了绿色的灯罩。灯随着灯绳摇摆起来。马克躺在灯下，难以想象的疼痛挤进身体，除了那盏摇摆的灯外，什么都看不见。他的肋骨压迫着心脏，压得他透不过气。还有人从后面使劲扯他的腿，眼看就要扯断了。不知怎的，他挣开身子，灯又闪出了绿色的光，只见自己和克拉拉稍稍坐开了一点。他刚看见克拉拉温暖的绿裙子，便不由自主地把膝盖贴了上去。克拉拉笑起来，笑得前仰后合。

他觉得要赶紧说说刚才发生的事情，于是冲着所有在座的人——其中有乐呵呵的阿道夫和气哼哼的胖老头——挣扎着说道：“那个外国人正在河上提出从前提过的要求……”

他觉得他已经把一切都说清楚了，大家显然也都听明白了……克拉拉噘噘嘴，捏捏他的脸颊，说道：“我可怜的宝贝。会好起来的……”

他开始觉得累，想睡觉。他抬起一只胳膊搂住克拉拉的脖子，把她拉到自己跟前，然后躺下。这时疼痛又一次发作，一切清晰可见。

马克懒懒地躺在床上，裹着绷带，严重伤残，灯不再摇摆。那位熟悉的八字胡胖老头现在变成了身穿白大褂的医生，正在察看他的瞳孔，小声地说着焦急担心的话。好痛啊！……上帝，他的心眼看就要被肋骨刺穿，就要爆炸了……上帝，眼看就要……这太荒唐了。克拉拉为什么不在这儿呢？

医生皱皱眉，咂咂嘴。

马克停止了呼吸。马克离去了——去了哪里，进入了别处什么样的梦乡，没人说得上。

雷　雨

一条西柏林的街道，放在别处，也就是一条很普通的街道。可就在这条街道的拐弯处，一棵椴树开满了花，亭亭如盖的树下，我被浓烈的花香包围。夜色中大团大团的云雾升腾起来，终于最后一个星光闪烁的空洞被云雾吞没了，风低低吹过没有行人的街道，像一个瞎眼的幽灵，拉起衣袖遮住它的脸面。黑咕隆咚的夜色中，悬在一家理发店铁皮百叶窗上方的招牌——一个镀金的脸盆——被风吹得像个钟摆一般摇晃起来。

我回到家，发现风在家里等着我——它刮得格子窗呼呼响，我关上身后的门，它又立刻不见了踪影。屋外窗下是个深深的庭院，如果在白天，太阳照亮的晾衣绳上挂着的衬衫在丁香树丛中隐约可见。院外时不时传来声音：收旧货的人或者收空瓶子的人忧郁地吆喝，有时候会传来小提琴断断续续的呜咽声。有一次，一个肥胖的金发女郎占据了院子正中央，引吭高歌，唱得动听极了，引得各家女佣伸长光溜溜的脖子，身子探出窗外观瞧。她唱完后，片刻间静得出奇，只听见我的房东，一位自暴自弃的寡妇，在门廊里吸着鼻子抽抽搭搭地哭。

院子里现在一片昏黑，非常沉闷。但闯进院子的风如瞎子般到处乱撞，溜进了院子深处，又开始往上面刮，这时它突然恢复了视力，往上猛冲，冲向对面的一堵黑墙。墙上琥珀色的小孔中隐约可见人影晃动，胳膊和头开始忙乱起来，只见被风刮开的窗户又被拉了回来，窗框发出低沉的吱吱声，然后牢牢地锁好了。各屋的灯熄了，接下来沉闷的声音轰然响起。原来是远处的雷声，正在来回移动，声音响彻昏暗的紫色夜空。接着又是一片宁静，就像那个女乞丐唱罢歌后双手抱胸时四周短暂的宁静一样。

在这片宁静之中，我睡着了，梦见的全是你。白天的快乐使我太累，那是一种难以描述的快乐。

我醒来了，因为夜突然被震成了碎片。一道凶猛的白光划过了天空，宛如一个巨轮的辐条飞快地闪过。一个接一个的霹雳震碎了天空。大雨铺天盖地哗哗而下。

这蓝幽幽的震颤，这突如其来的强烈凉意，令我陶醉。我走到湿漉漉的窗架前，呼吸着一尘不染的空气，心里像玻璃一样透亮。

先知的马车[①]穿过浓云隆隆奔来，越来越近，越来越响。疯狂的光，穿透视野的光，照亮了夜的世界，照亮了屋顶上的铁皮斜坡，照亮了摇曳的丁香花丛。雷神，一个白发巨人，腮下一把愤怒的胡须，被风吹得飘过了肩膀。他身着一件闪亮的长袍，袍褶飞舞，身躯后倾，立在烈焰腾腾的战车上，双臂紧紧挽住两匹巨大的驾车战马。那马通身黑玉一般，马鬃就像飞动的紫色火焰。它们挣脱了驾车人的控制，嘴里口沫飞溅，战车倾斜了。先知赶忙勒紧缰绳，却无济于事。他的脸因疾驶和紧张而扭曲，狂风吹得他的袍襟向后飘去，露出了强壮的膝盖。两匹战马抖动火一般的鬃毛，越发猛烈地向前，沿着乌云冲下来。接着只听马蹄如雷，它们冲过了亮闪闪的屋顶。战车颠簸着，以利亚身子一晃，战马因触到凡间的金属而发了疯，又向天空冲去。先知被抛出了车外。一只车轮掉了。我从窗口看到车轮巨大的火环顺着屋顶滚了下来，滚到了屋檐边，跌落在黑暗中。战马拖着翻倒的战车，已经飞奔在最高处的乌云中了。隆隆声消失了，惊雷闪电也消失在黑沉沉的深渊里。

① 传说打雷是先知以利亚乘着风火轮马车从天空驶过。

落在屋顶上的雷神沉重地站了起来。他的鞋开始打滑，一只脚踩坏了一扇天窗。他哼了一声，一抡胳膊，紧紧地抓住一根烟囱。他缓缓转过眉头紧皱的脸，原来他看到了什么东西——可能是从战车金轴上掉下的那个车轮。然后他朝上看看，捋了捋乱蓬蓬的胡须，生气地摇摇头——也许这样的事情并非头一次发生——开始小心翼翼地往下走，脚稍微有点瘸。

我极其激动，赶快离开窗口，匆匆披上衣服，顺着陡陡的楼梯跑下去，跑进了院子。雷雨已经过去，但空气中仍然飘荡着一丝雨意。东方露出了鱼肚白，渐渐映白了整个天空。

从高处往下看，院子里似乎黑得密密实实，其实那只是快要散去的渺渺雾气。草地沾着湿气，颜色显得昏暗，正中央站着一个弯腰弓背的瘦老头，穿着湿透了的长袍，一边嘟嘟囔囔，一边东张西望。一见我，他生气地眨眨眼，说："是你，以利沙[①]？"

我欠欠身。先知咂咂舌头，挠挠他棕色的秃脑门。

"掉了个轮子。你帮我找找，好吗？"

这时雨已经彻底停了。屋顶上方聚起了大块大块的云，颜色如火焰一般。树丛、围篱、闪着微光的狗窝，都漂浮在我们周围昏昏沉沉的蓝雾中。我俩在各个角落搜寻了好久。老头儿一个劲地咕哝，撩起沉甸甸的袍襟，拖着他的圆头凉鞋噼里啪啦蹚过一个个小水坑，鼻尖上挂着一颗晶莹的水珠。我推开一株低矮的丁香树，在一堆垃圾上，发现一个窄边铁轮躺在玻璃碴儿中间，这东西想必是婴儿车上的小轱辘。只听见老头儿在我耳朵上方长舒一口热气，匆匆忙忙，甚至有点粗鲁地将我推到一边，一把抓起了那个锈迹斑斑的铁环。他高兴地眨眨眼，说道："原来它滚到这儿了。"

说罢他盯住我，白眉毛拧成了一个疙瘩，好像想起了什么，用命令一般的声音说："转过身去，以利沙。"

---

① Elisha，以利亚的学生。

我照做了，甚至闭上了眼睛。我闭眼站了一分钟左右，就再也控制不了自己的好奇心。

庭院空空，只有那条粗毛老狗戴着灰白的嘴套从狗窝里伸出头来，像个人一样，瞪着淡褐色的眼睛朝上张望。我也抬头张望，只见以利亚已经攀上屋顶，那个铁环在他背上微微闪亮。黑烟囱上方一朵蜷缩的玫瑰色云彩变得越来越大，像座橙色的山，它后面又涌起了第二朵，第三朵。老狗惊得不敢叫，我和它一起观瞧，只见先知爬上了屋脊，然后稳稳地、不慌不忙地迈上云彩，继续向上攀登，每走一步，沉重的脚下就冒出大团的火焰……

太阳照在他的车轮上，车轮一下子变得巨大，金光闪闪。这时以利亚本人似乎裹在烈焰之中，渐渐和登上天堂的云彩融合在一起。只见他驾着云越走越高，最后消失在天上一道金光灿烂的峡谷中。

这时那条衰老的狗才发出清晨第一声嘶哑的吠叫。一个落满雨水的小水坑里，亮闪闪的水面荡起涟漪。微风轻轻吹动阳台上的天竺葵。两三扇窗户睡醒了。我穿着湿透了的卧室拖鞋和旧睡衣就跑到街上，追赶还没睡醒的第一辆电车。我拉住睡衣的下摆，不让它飘起来，边跑边笑。我想象着片刻之间我就会跑到你家，开始告诉你夜里发生的空中事故，那位脾气古怪的老先知掉进了我的庭院。

威尼斯女郎

一

红色的城堡前，繁茂的榆树林中，有一处绿草茵茵的球场。清晨时分，花匠就已经用石磙将草坪修整过，清理掉了一些雏菊，用水粉将草坪上原有的场地线重划一遍，在网柱之间紧紧地绷上弹力十足的新球网。男管家从附近的村子里带来一个硬纸盒，里面静静地躺着十二个雪白的球，摸上去毛茸茸的，很轻，没有使用过，每一个都包在一张透明纸里，宛如珍贵的水果一般。

时间是下午五点左右。午后的阳光在各处打瞌睡，懒懒地照在草坪上，照在树干上，透过树叶静静地洒在球场上。球场上这时已经热闹起来了。打球的人有四个：上校本人（城堡的主人），麦戈尔太太，上校的儿子弗兰克，还有儿子的大学同学辛普森。

一个人的打球动作，和他相对安静时的写字动作一样，能说明其人许多情况。上校击球时迟钝呆板，满是横肉的脸上神情紧张，那模样仿佛他刚刚把翘在嘴唇上方的灰色大胡子从嘴里吐了出来。天气很热，他却没有解开衬衫的领子。发球时，他两腿分开，死死地扎在地上，两腿宛如两根白色的柱子。从以上这些方方面面可得出结论：首先，他从来不是一个打网球的好手；其次，他是一个死板、守旧、固执的人，偶尔还会怒气冲冲，大发雷霆。说来也是，只要他把球打进杜鹃花丛中，就会从牙缝里发出一声短短的咒骂，或者睁大他那双鱼一般的眼睛瞪着球拍，好像球拍不争气，出了此等失误，不可原谅。辛普森碰巧和他搭档，这个瘦骨嶙峋的金发年轻人，眼睛长得温顺，眼神却显得迷乱，在夹鼻眼镜后面眨巴闪动时，就像一对有气无力的蝴蝶在扑腾。要是因他出错而失分，上校当然不会发火，但他还是尽其所能好好打。然而，不管辛普森打得多么卖力，也不管他如何东奔西跳，他就是打不出一个好球。他觉得自己好像从两腿之间裂开了，都怪自己不争气，击球击不到点子上。他甚至觉得手里握着的不是打球的工具，不是琥珀色的羊肠线精巧细致地组合起来绷在准确计算的框架上、一敲嗡嗡发响的球拍，而是一根蠢笨的干木棍。只要一接球，球拍就发出一声痛苦的爆裂响，球便弹出去，不是落到网底，便是飞进灌木丛，甚至还能设法击落麦戈尔先生圆脑袋上的草帽。麦戈尔先生站在球场边上，兴趣不大地观战。他的年轻妻子莫林和脚步轻快、身手敏捷的弗兰克击败了两个汗流浃背的对手。

麦戈尔是一位资深的艺术鉴赏家、藏品修复家、珍品复制家，能用现代的画布复原年代久远的画作。他眼中的世界不过是用劣质的颜料涂画在轻薄画布上的一间简陋书房，所以他向来是一个怀着好奇心独立世外的观察家，引起他的注意有时候还是很容易的。假如他注意了球场上的情况，他可能会得出结论：高个子、黑头发、爱热闹的莫林日子过得无忧无虑，如同她现在打球也打得无忧无虑一样。弗兰克日子过得安逸，如同他能把最难接的球优雅轻松地回过去一样。不过，正如书法到大简之境常常能愚弄算命先生一样，这对一身白衣的球场搭档实际上表现出的只是莫林打得软弱无力，一副娇滴滴的样子，弗兰克则尽量不使劲击球，他不停地提醒自己这是在他父亲的花园里打球消遣，而不是参加大学联赛。他迎着球移动，毫不费力，击出的长球让人感到他体格的完美。每一个动作都好像是在画一个完整的圆，即使画到中点时，圆变成了球的线性飞行，那看不见的继续画圆的动作仍然可以通过手的运动立刻感觉到，然后沿着肌肉一路上去传到两肩。也正是这延伸了的一点内力使击球达到了完美。一丝冷静的微笑挂在他刮得干干净净的棕黑脸膛上，洁白无瑕的牙齿一闪一闪。他总是踮着脚尖跃起，挥动裸露的小臂，看不出明显用力的样子。丰满的弧度带着电一般的力量，只听球拍的弦上发出一声特有弹力的清脆响，球便反弹回去。

弗兰克是当天上午和他的朋友来到城堡度假的，来了后发现麦戈尔夫妇也来了。他早就认识他们，也知道他们已经在城堡里做客一个多月了。上校有个高贵的爱好，对油画如痴如狂。所以对于麦戈尔先生的外裔血统、不爱社交的脾气和缺乏幽默感，上校一概不予计较，只求得到这位著名艺术专家的帮助，帮他寻访价值连城的传世名作。上校最新收藏的传世名作是由卢西亚尼[1]创作的一幅女人肖像，是他花了大价钱从麦戈尔那里买来的。

上校讲究礼仪，麦戈尔的妻子对此非常熟悉，所以今天在她的坚持下麦戈尔便没有穿他一贯穿的长袍外套，换上了一套素色的夏装。但就是这样，还是没有通过城堡主人的审核：他的衬衣浆过了，上面有珍珠纽扣，这东西显然是不合适的。还有其他不太合适的地方，比如黄中带红的半长筒靴，还有卷起来的裤腿——已故的那位国王有一次要过马路，马路中间有几个小水坑，他就卷起裤腿过去了，立即成了流行时尚。再就是他的那顶旧草帽，帽边像被狗啃了一般，麦戈尔的灰白卷发从后面支楞出来，看上去也不是特别雅观。他的脸长得尖嘴猴腮，嘴往前凸出，鼻子和嘴之间间距很大，脸上皱纹纵横交错，以至于看他的脸如同看一只手掌一样。他看着球在网上飞来飞去，一对小小的绿眼睛左一瞟，右一瞟。球落网不飞了，他的眼睛就停止转动，懒懒地眨一眨。球场上三个人穿着法兰绒裤子，白光闪动，另一个穿着活泼的短裙，在明媚的阳光和青翠的树木衬托下，分外好看。不过，我们已经说过了，麦戈尔先生认为造物主和他研究了

① Luciani，意大利文艺复兴时期的著名画家塞巴斯蒂亚诺·德尔·皮翁博（Sebastiano del Piombo，1485—1547）的别名。其画作将罗马画派的磅礴气势和威尼斯画派的华美艳丽色彩完美地结合在一起，从而形成自己的风格。参见书末《注释》，第785页。

四十年的画家相比，不过是个二流的模仿者而已。

这期间弗兰克和莫林已经连赢了五局，正要拿下第六局。现在是弗兰克发球，只见他左手把球高高抛起，身子大幅度后倾，眼看就要倒翻过去了，就在这时他突然一个大幅度的拱起，往前猛地一冲，球拍一闪，斜着朝球一击。球疾驰过网，像一道白色的闪电跳过辛普森。辛普森侧过头，无可奈何地看了一眼。

"好了，就到这里吧。"上校说道。

辛普森觉得如释重负，解脱了。他打得不好，自觉羞愧，不好意思表现出对打球特别热情。一想到自己对莫林那么倾心，便越发为打不好球而羞愧了。几个打球的人按惯例互相鞠躬，莫林在整理自己裸肩上的背带时回眸一笑。她丈夫也不介意，继续鼓掌。

"我们得来一场单打比赛。"上校说，兴致勃勃地拍拍儿子的背。他儿子露齿一笑，穿上了他的白色运动服。这衣服是俱乐部的统一服装，白底红条，一侧上印着一个紫罗兰色的徽标。

"茶！"莫林喊道，"我渴死了，给我茶。"

大家都移到一棵大榆树的树荫里，男管家和穿着黑白相间衣服的女仆已经在树下摆好了一张折叠桌子。桌上有茶，颜色深得像慕尼黑啤酒；有三明治，黄瓜片摆好在没有硬皮的长方形面包片上；有一块黑黝黝的蛋糕，上面缀着褐色的葡萄干；还有抹了奶油的大草莓。另外有三四个陶罐，装着不含酒精的姜汁饮料。

"想当年，"上校沉重地把身子一低，舒舒服服躺进一张帆布折叠椅里，开始说起来，"我们喜欢真正剧烈的英式运动，像橄榄球、板球、打猎等。如今的运动都多少受了国外的影响，有点像皮包骨头的瘦腿一般。我极力主张玩男子擒拿格斗，吃流油的肉，晚上一瓶葡萄酒。但这并不妨碍我……"他拿出一把小梳子，一边梳他的大胡子，一边总结道，"并不妨碍我喜欢结实的老油画。老油画的光泽和葡萄酒的光泽一样令人开心。"

"顺便说一下，上校，《威尼斯女郎》已经挂好了。"麦戈尔说道，声音沉闷单调，说着把帽子取下放在椅子一旁的草地上，摸摸他的秃头顶。那头顶秃得活像裸露的膝盖，周围倒还有一圈又脏又乱的浓密卷发。“我选了画廊里光线最好的地方。画上方还装了盏灯。你不妨过去看看。”

上校闪闪发光的眼睛依次看看他儿子，看看局促不安的辛普森，看看莫林。她喝了一口热茶，做个鬼脸笑起来。

“我亲爱的辛普森，”他一声断喝，瞄上了他选中的猎物，“你还没见过它！原谅我把你和你的三明治分开，我的朋友，可是我觉得一定要让你看看我那幅新油画。行家们看了都快发疯了。走吧！当然，弗兰克我是不敢请的了。”

弗兰克快活地欠欠身。“你说对了，父亲。我见画就烦。”

“我们马上就回来，麦戈尔太太。”上校说着站起身。辛普森也站起身来，上校对他说：“当心，你要踩着瓶子了。准备好好见识见识美吧。”

三人穿过阳光和煦的草坪，朝屋里走去。弗兰克望着他们的背影，眯起眼睛，又朝下看看麦戈尔先生扔在椅子旁草地上的帽子（帽子把发白的底面展现给上帝，展现给蓝天，展现给太阳，帽底的正中央有一团黑乎乎的油渍，就在一家维也纳帽店的印记上面），然后转向莫林，说了几句肯定会让不明就里的读者大吃一惊的话。莫林坐在一张矮矮的扶手椅里，全身盖着阳光抖动的发卷。她把金黄色的球拍弦压在额头上，一听弗兰克的话，脸色一下子变老了，也变得严厉起来。只听弗兰克说道：“就现在吧，莫林。我们该作出决定了……”

二

麦戈尔和上校，就像两个卫兵一样，领着辛普森进了一个凉爽宽敞的大厅。厅里的四面墙上油画闪闪发光，也没什么家具，只有一张光滑的椭圆形黑木桌子立在厅中央，四条桌子腿映在镜子一般的胡桃木地板上。麦戈尔和上校把他们的囚犯领到一面巨幅油画前，画装在不透明的镀金画框里。两人停了下来，上校两手插进衣袋，麦戈尔沉思着从鼻孔里掏出一些灰色的干粉状东西，放在指间轻轻揉搓一阵，然后随手扔出去。

这幅油画的确非常好。卢西亚尼用半身像来表现威尼斯女郎的美，背景是温暖的黑色。玫瑰色的衣服里露出她漂亮的深色脖子，耳朵下面是格外柔嫩的肌肤。她的樱桃色斗篷缀着灰色猞猁皮的边，正从左肩上滑下来。右手修长的手指展开了两根，好像正要整理滑落下来的斗篷毛边，但突然间愣住不动了，淡褐色的纯黑眼睛一动不动，呆呆地从画布上看下来。她的左手手腕上缠着细棉布，如白色的波纹一般，手里提着一篮黄色的水果。她的深栗色的头发高高盘起，窄窄的花冠头饰在头顶上闪闪发光。左边是黑色背景，加进一处直角的大开口，直接通向暮色的天空，天空中晚云密布，透出一道青绿色的缝隙。

不过让辛普森怦然心动的既不是那些细微之处惊人的色彩明暗对比，也不是整个画面深色的温暖感。他怦然心动另有原因。他头轻轻一侧，脸顿时涨得通红，说道："上帝啊，她太像……"

"太像我的妻子了。"麦戈尔替他说完，声音呆板，随手扔着他从鼻孔里掏出的干粉状东西。

"太奇妙了，不可思议，"辛普森低声说道，头又偏向另一侧，"不可思议……"

"塞巴斯蒂亚诺·卢西亚尼，"上校说道，心满意足地眯起眼睛，"于十五世纪末生于威尼斯，十六世纪中叶死于罗马。他的老师是贝利尼[①]和乔尔乔内[②]，他的对头是米开朗琪罗和拉斐尔。可以看出，他在作品中综合了米开朗琪罗的力量和拉斐尔的柔婉。他不怎么喜欢拉斐尔，这不假，也不是职业虚荣心的问题——传说我们这位艺术

① Giovanni Bellini (1430—1516)，威尼斯绘画派的创立人之一，使威尼斯成为文艺复兴后期的中心。

② Giorgione (1477—1510)，威尼斯画派成熟时期的代表人物。

家迷上了一位名叫玛格丽特的罗马女子，这女子后来以‘弗娜芮纳’之名著称。[1]他去世前十五年，信了教，从教皇克雷芒七世那里接受了一项简单而又报酬丰厚的职位，从此后便作为塞巴斯蒂亚诺·德尔·皮翁博教士闻名于世。‘皮翁博’是‘铅’的意思，因为他的任务之一就是把巨大的铅印打在罗马教廷愤怒的公牛身上。他是个放荡的教士，喜欢闹宴痛饮，好写个没什么特色的十四行诗。不过作为画家，他可是登峰造极了……”

上校朝辛普森飞快地瞥了一眼，看来还算满意，这幅画给他这位一言不发的客人留下了深刻印象。

然而还得再次强调，辛普森，正如他不惯于对着艺术品沉思默想一样，当然不可能全面欣赏上校对塞巴斯蒂亚诺·德尔·皮翁博如数家珍的了解。令他着迷的只有一件事情——当然美妙的色彩对他的视觉神经产生的纯生理影响除外——这就是他一进来就注意到画上的女士太像莫林。即便是他第一次看见莫林，也能看出二者的惊人相似。画上引人注目的是威尼斯女郎的脸——光滑的额头，仿佛沐浴在隐隐发亮的橄榄色月光中，全黑的眼睛，轻轻合拢的嘴唇上挂着静静等待的神情——这让他清晰地看到了另外那个莫林实实在在的美，看见她笑声不断，看见她眯起了眼睛，眼珠动来动去，不停地和阳光搏斗；球滚进灌木丛里不见了，她用球拍拨开沙沙作响的树叶去寻找，这时阳光明亮的斑点便滑过她的白色连衣裙。

辛普森利用英国主人允许客人自由活动的习俗，没有回到茶桌上，而是穿过花园，来到星形花坛一带，很快在一条公园林荫道上迷了路。林荫道上的阴影像棋盘一般，到处是蕨类植物和烂树叶的气味。高大的树木太老了，树枝不得不用生了锈的架子支撑着，于是树枝实实沉沉地拱起来，像是拄着铁拐杖的巨人。

“上帝，多美妙的画啊！”辛普森又低声说道。他不紧不慢地走

---

① 《弗娜芮纳》(*Fornarina*)是拉斐尔所作的著名肖像画，模特名为玛格丽特·露蒂，相传是拉斐尔的情人。

着，挥动球拍，又俯下身，橡胶鞋底啪啪轻响。现在给他画个像必定清晰：瘦高个，淡红色的头发，穿着有褶皱的白裤子，和后襟上有带子的宽松灰夹克。也可以仔细关注他那纽扣一样的鼻子，长着雀斑，上面架着轻薄型的无边夹鼻眼镜。眼睛视力不好，目光有点迷乱，突出的脑门上也有雀斑，颧骨和脖子被夏天的太阳晒红了。

他现在是大学二年级的学生，生活节俭，正在用功修神学课程。他和弗兰克成为好朋友，不仅仅是因为命运把他二人分在了同一套公寓里（公寓里有两个卧室和一个公用的起居室），而且，最重要的是，他这个人，和大多数意志薄弱、缺乏自信、有暗恋毛病的人一样，会不由自主地粘上一个样样都光鲜强大的人——那牙齿，那肌肉，那表现为意志力的心灵，和身体一样壮。正因为有如此坚强的意志力，弗兰克，他那所大学的骄傲，划过赛艇，夹着橄榄球飞越赛场。他知道怎样一拳准准地击在下巴尖上，那地方有一块可笑的骨头，和肘部一样，打得准的话，一击就可以让对手睡倒在地。这个出类拔萃、人见人爱的弗兰克，发现和软弱笨拙的辛普森交朋友，可以极大地满足他的虚荣心。顺便说一下，辛普森知道些弗兰克不对其他朋友透露的事情。其他朋友只知道弗兰克是个优秀的运动员、热情洋溢的小伙子，偶尔听了关于弗兰克的任何谣传根本不会理睬的。原来是有传闻的，说弗兰克画画得非同一般地好，只是从来不向任何人展示他的画作。他从不谈论艺术，唱歌、痛饮、狂欢倒是随叫随到，不过突然间会有奇怪的阴云笼罩了他的情绪，这种时候他就要么离开他的房间，要么不让任何人进去，只有他的室友，事事不如他的辛普森，可以看见他在干什么。弗兰克在心情不好、与世隔绝的这两三天里创作的东西，既没有藏起来，也没有销毁，过后他好像要痛改前非似的，又变成了原来那个乐呵简单的他。仅有那么一次，他把他的情况吐露给了辛普森。

“你看，”他说道，皱起了平时无忧无虑的前额，用力将烟灰磕出烟斗，“我觉得艺术里，尤其是绘画里，有些东西太柔弱，不健康，不值得身强力壮的男子汉涉足。我尽力同这个恶魔搏斗，因为我知道它能把人给彻底毁了。我要是完全屈服于它，那就没有了有条不紊的平静生活，没有了常人的大喜大悲，没有了运动中的那些准确规则。运动要是没有规则，那就失去灵魂了。我就注定会陷入无穷无尽的混乱和烦恼之中，天知道会是个什么样子。我将备受折磨，至死方休。我将变成像我在切尔西遇到的那种失意倒霉家伙一样的人。那些自负才智却一事无成的笨蛋，留着长发，穿着丝绒夹克衫——苦恼，软弱，只迷恋着手里那块黏糊糊的调色板……”

不过那恶魔肯定威力超凡。冬季学期一结束，弗兰克没跟他父亲讲一个字，便坐三等火车去了意大利（这让他父亲深深伤心）。一个月后他直接回了学校，晒黑了，兴高采烈，好像一劳永逸地摆脱了艺术创作的烦人高烧似的。

后来就到暑假了，他邀请辛普森到他父亲的城堡里住几天，辛普森满口感谢着接受了邀请。原来辛普森正为回老家的事发愁，往常都要回到老家那个宁静的北方小镇，那一带每个月都会发生点可怕的犯罪案件；还要去看望做教区牧师的父亲。他父亲是个和蔼可亲、与世无争的人，但神志完全失常，只管弹竖琴，在自己的屋里钻研高深学问，不管他教区里的众教徒。

只要是美，不管它是独具色彩的夕阳，容光焕发的脸，还是一件艺术作品，都会让我们不知不觉地回望我们个人的过去，把我们自己和我们的内心世界与展现在我们面前可望却不可即的美相提并论。这也就是辛普森之所以浮想联翩的原因。那位穿着细棉布和丝绒衣服、死去很久的威尼斯女郎在他眼前复活了，当他踩着小径上紫罗兰色的泥土缓缓行走时，他想起了他和弗兰克的友谊，想起了他父亲的竖琴，想起了他自己一事无成、闷闷不乐的年轻时代。幽远的树林寂静无声，时不时传来一声树枝的噼啪轻响，不知是谁碰的。一只红色的松鼠顺着一截树干疾跑下来，翘着绒毛浓密的尾巴跑到附近的一截树干跟前，又顺着树干飞快地爬上去。阳光轻柔地照在枝叶之间，蚊子在阳光里环绕，像金黄色的灰尘。一只大黄蜂卷入一株羊齿草厚重的花边中，已经嗡嗡地唱起了更为孤独的晚歌。

辛普森在一条长凳上坐了下来，凳子上有溅上的鸟粪干了后留下的白色痕迹。他弓起背，把尖尖的胳膊肘支在膝盖上。他从小就受到幻听的折磨，这时他觉得幻觉又开始了。当他在草地上，或者像现在这样在暮色将至的寂静林中，他都会不由自主地疑惑：透过寂静，他可能听到整个庞大的世界穿越而来，带着音调优美的口哨声；又听到遥远的城市中嘈杂喧闹的声音，海浪沉重拍打的声音，沙漠上空电线歌唱的声音。渐渐地，他的听力在他的思维引导下，开始认真地辨别这些声音。他能听见火车突突慢行的声音，即使铁轨可能在十几英里开外。然后是车轮的叮当声和刺耳的摩擦声——随着他迟钝的听力变得敏锐起来——又听见乘客的说话声、咳嗽声和笑声，他们翻报纸的沙沙声，最后，完全陷入他的声音海市蜃楼之中，甚至能清清楚楚地听见乘客们的心跳，那心跳渐次加强，滚滚而来，嗡嗡声，叮当声，震得辛普森两耳发聋。他打个冷战，睁开眼睛，明白了，原来那扑通扑通的沉重声音是他自己的心跳。

“卢加诺[1]、科莫[2]、威尼斯……”他喃喃自语，在寂静无声的榛子树下的长凳上坐了下来，立即听到阳光明媚的小镇上隐隐的泼水声，接着，更近一点，铃儿的叮当声，鸽子翅上的哨声，像莫林那样高调门的笑声，还有看不见的过往行人永不停歇的沙沙脚步声。他想停住不听了，可他的听力，像滚滚洪流，一发不可收。又过了片刻，他还是停不住他那非同寻常的投入，不但听见了行人的脚步声，还听见了他们的心跳声。成千上万颗心在膨胀，在轰轰作响。这时辛普森完全恢复了意识，这才明白过来，原来所有这些声音，所有这些心跳，都集中在他自己的狂乱心跳上。

他抬起头来。一阵微风如丝巾一般拂过林荫道。金黄的阳光分

① Lugano，瑞士南部靠近意大利边境的著名旅游城市。

② Como，意大利北部城市。

外柔和。

面带无力的笑容，他站了起来，忘记了放在长凳上的球拍。他朝房子那边走去，到更衣进餐的时候了。

三

“可是现在穿毛皮大衣太热了！不，上校，这是猫皮的。说真的，我那个威尼斯对手穿的东西更昂贵。不过我们的颜色是一样的，不是吗？简言之，完美的相似。”

“我要是有那胆量的话，就给你涂上清漆做衣服，再把卢西亚尼的那幅画送到阁楼上去。”上校礼貌地反驳道。上校尽管严守规矩，但不反对挑逗像莫林这样的美女来一番调情舌战。

“那样的话，我就笑破肚子了。”她避开了挑逗的话题。

“麦戈尔太太，我担心我们家给你做背景，显得太寒酸了。”弗兰克说道，孩子般大大地咧着嘴笑笑，“我们是跟不上时代的人，粗俗，还自鸣得意。如果你丈夫穿上一副盔甲……”

“无聊，”麦戈尔说道，“画上要体现古代风俗很容易，和表现色彩一样容易，按按上眼皮就行。有时我让自己尽情想象，今天的世界，我们的机器，我们的时尚，四五百年后出现在我们的子孙后代眼前，会是个什么样子。我向你保证，我现在就觉得自己就像文艺复兴时期的修士一般古老。”

“亲爱的辛普森先生，再来点酒。”上校递过酒来。

局促寡言的辛普森坐在麦戈尔先生和麦戈尔太太之间。第二道菜上来时，他本该用小叉子的，却过早地用起了大叉子，结果荤菜上来时，他就只有小叉子和大餐刀了。现在他要将大小不一的刀叉配合使用，其中一只手显得力道不够。当主菜再次传递时，他克服了紧张情绪，结果发现只有他还在吃，别人都在耐心等待他吃完。他慌乱起来，推开盛得满满的盘子，差点儿打翻了水杯，脸也慢慢红起来。

其实吃饭期间他已经脸红过好几回了，并不是因为他真的于心有愧，而是因为他在想自己怎么会无缘无故地脸红。接着粉红的血色涌上脸颊，涌上额头，连脖子都红了。要让这种不明不白、恼人的热辣辣红晕停下来，如同要把露出云雾的太阳拉回云里去一样绝无可能。这份尴尬刚开始的时候，他故意掉了一次餐巾，可是当捡起餐巾抬起头时，他变成了一道吓人的风景：脖子红得随时会烧着他浆过的硬领。另一次他试图打退这无声无息的火热波浪朝他发起的猛攻，便向莫林提了个问题——问她喜欢不喜欢打草地网球——可是莫林呢，唉，并没有听见他说的话，便问他刚刚说了什么。这么一来，辛普森便重复了他那个愚蠢的问题，随即脸红得快要流泪了。这时莫林发了善心，扭头说起了别的话题。

事实上，他就坐在她的旁边，能感到她脸颊和肩膀上的温热。那肩头，就像那幅画像里的一样，滑落下来一片灰色的皮草，她好像要伸手拉上去，却因为辛普森问了问题而停了下来。她伸出修长的手指搓弄，让他心里充满了柔情，以至于酒杯透明的闪光里闪出了他眼里的泪光。他一直在想象，环形的餐桌是座灯光明亮的小岛，在缓缓旋转，不知漂向哪里，轻轻地带走了坐在它周围的人。透过敞开的落地窗可以看见，远处是柱状的台阶栏杆扶手，蓝色夜空的气息令人窒息。莫林的鼻孔吸入这样的夜晚空气，她那双柔和的乌黑眼睛掠过一张又一张脸，目光里一直没有笑意。即使笑意隐隐抬起了她没有涂红的温柔嘴角，目光仍然严肃。她的脸依然隐在有点黑的暗影里，只有额头沐浴在光滑的灯光下。她说了些愚蠢可笑的事情。每个人都笑了，葡萄酒也让上校添了一点好看的红晕。麦戈尔正在削苹果，像猴子一样用手掌转动苹果。因为用力，他的小脸皱了起来，一圈灰头发像个光环一般闪动。银刀紧紧攥在他那只多毛的黑拳头里，削下一圈又一圈红黄相间的苹果皮。辛普森看不见弗兰克的脸，因为他们之间立着亮光闪闪的花瓶，里面插着一束鲜艳怒放的大丽花。

晚餐在葡萄酒和咖啡中结束，饭后上校、莫林和弗兰克坐下来打桥牌，另外两个人不打牌，于是他们设了个明手牌来打。

那位名画老补手出去了，两膝向外弯曲，走到暗下来的露台上。辛普森跟了出来，觉得莫林的温热在他身后渐渐远去。

麦戈尔哼了一声，舒舒服服地坐在栏杆扶手附近的藤椅上，递给辛普森一支香烟。辛普森斜靠在栏杆上，笨拙地点燃了烟，眯起眼睛，两个脸蛋鼓了起来。

“我猜你喜欢德尔·皮翁博那老风流鬼的威尼斯女郎，”麦戈尔说道，往黑暗处吐出一口玫瑰色的烟。

“很喜欢，”辛普森答道，接着又说，“当然，我对绘画可是一窍不通……”

“通不通都一样，反正你喜欢，”麦戈尔点点头，“很好，那是通向理解的第一步。我，就是这样一个人，一辈子全奉献给了画。”

“她看起来绝对真实，”辛普森沉思着说，“足以让人相信有关肖像的神秘故事都是真的了。我在哪里读过一个故事，说某个国王从画上走了下来，接着马上……”

麦戈尔发出一声不太感兴趣的冷笑。“那当然是胡说！不过另一种现象的确存在——可以说与走下画来恰恰相反。”

辛普森瞥了他一眼。在昏暗的夜色里，麦戈尔硬领衬衫的前襟鼓了起来，像个发白的小驼背。香烟头上的小火点像深红色的松果，从下面照亮了他满是皱纹的小脸。他喝了很多红酒，看样子有心情说话。

“听我说是怎么回事，”麦戈尔不慌不忙地往下说，“不是要请画上的人物走下画框，而是要想象某人设法进入画中，身临其境。你觉得好笑，是吗？但我已经做过很多次了。我有幸参观了欧洲所有的艺术博物馆，从海牙到彼得堡，从伦敦到马德里。我要是发现了一幅我特别喜欢的画，就会直接站在它前面，集中我所有的意志力于一念：进入画中。当然了，那是一种怪异的感觉。我觉得像是早期传教士马上要走出他乘坐的小帆船，下到水面上一般。可是接下来我得到了多大的福气啊！比方说，我站在一幅佛兰德斯[①]油画前，画以圣家族[②]为中心主题，背景是流畅清澈的自然风景。你知道的，这样的自然风景中有一条白蛇一般弯弯曲曲的路，还有苍翠的小山。到最后，我会一头扎入其中。我摆脱了真实的生活，进入画中。一种超自然的神奇感觉！凉爽宁静的空气中弥漫着蜡与香烛的气味。我成为这幅画的有机部分，画中我周围的一切都活了起来。路上影影绰绰的朝圣者开始移动。圣母马利亚用极快的佛兰德斯语说着什么。风荡过常见的花，朵朵白云滑过天空……不过这样的快乐没有持续很久。我会感觉到我轻轻地凝结起来，与画布黏合在一起，融化在薄薄的一层油画颜料里。这时我会紧紧闭上眼睛，用尽全身力气把自己同画撕扯开来，然后跳到画外。还会有一声扑通轻响，就像你从污泥里抽出脚时发出的响声一样。我睁开眼睛，发现自己躺在地板上，上方挂着一幅光鲜照人却没有生命的画。”

辛普森听得很专心，也有点难为情。麦戈尔停下来时，他惊了一下，几乎令人觉察不出来，然后四下看看。一切都和原先一样。露台下面，花园呼吸着夜色，透过玻璃门可以看见灯光昏暗的餐厅。远处，透过另一扇打开的门，可以看见起居室明亮的一角，有三个打牌的人影。麦戈尔刚才讲的事情多么奇怪啊！……

“你听懂了，对吧，”他继续说道，抖落鳞状的烟灰，“要是不跳出来，再过片刻，画就把我永远吸进去了。我会沉入它的深处，住在它的风景里，要么吓得发软，没有力气返回现实世界，也没有力气穿透新的空间。我会胶合在画里的一个人物身上，成为弗兰克刚才说的落伍的古代人。可是，尽管有这样的风险，我还是一次又一次地没扛住诱惑……唉，我的朋友，我爱上了各种画上的圣母！我记得我的第

① Flanders，在历史上泛指古代尼德兰南部地区，大致包括今法国北部、比利时的东佛兰德省和西佛兰德省以及荷兰的部分地区。其艺术以绘画为主，时间范围一般限定在十五至十七世纪初期，以生气蓬勃的写实主义和高超的技术造诣著称。代表画家有凡·艾克兄弟等。

② 圣家族是西方绘画中的一个传统题材，主要描绘圣母、圣约瑟和圣婴基督。

一次热恋——圣母头上有一道蔚蓝色的光环，出自拉斐尔的精美手笔……离她远远的一边，两个男人站在一根圆柱旁，平静地交谈着。我偷听他们的谈话——他们在讨论一柄匕首的价值……不过所有圣母画中最迷人的还是伯纳迪诺·卢伊尼[①]画的那一幅。卢伊尼的所有画作都有马焦雷湖[②]的宁静与精美，他就出生在马焦雷湖畔。大师中最精湛的大师。他的名字甚至产生了一个新的形容词——卢伊尼式的。他画得最好的圣母眼睛细长，慈目低垂，她的衣服上有淡蓝色、玫瑰红和雾蒙蒙的橘黄色。一团虚幻的、波纹滚滚的雾环绕在她的眉头，也环绕在她那个长着淡红色头发的婴儿眉头。孩子朝她举起一个颜色很淡的苹果，她垂下温柔细长的眼睛看着苹果……卢伊尼式的眼睛……上帝，我把那双眼睛一通狂吻……”

麦戈尔沉默下来，薄薄的嘴唇上露出一丝做梦般的微笑，闪在香烟的亮光里。辛普森屏住呼吸，又像以往一样，觉得自己缓缓地滑了出去，滑进了夜色之中。

“复杂的情况的确发生过，”麦戈尔清了清嗓子接着说，“一次一个崇拜鲁本斯的胖女士端给我一高脚杯的烈性苹果酒，我喝了后就犯了肾痛。有一个荷兰人开了一个溜冰场，黄雾蒸腾，我在那里着了凉，便咳嗽吐痰折腾了整整一个月。这都是有可能发生的事，辛普森先生。”

麦戈尔坐着的椅子吱吱一响，他站起身，拉直了自己的马甲。“扯得太远了，”他干巴巴地说道，“该去睡觉了。天晓得他们这牌还要打多久。我走了——晚安。”

他穿过餐厅，又穿过起居室，走过去时向那几个打牌的人点头致意，然后消失在了远处的暗影里。辛普森一个人靠着栏杆待着。他的耳边还回响着麦戈尔高亢的嗓音。星光灿烂的夜空直达露台，森森树木只见毛茸茸的巨大树影，一动不动。透过落地窗，越过一片黑暗，他能望见起居室粉红色的灯、桌子、打牌人被灯光映红的脸庞。他

① Bernardino Luini（约1481—1532），意大利画家。
② Lago Maggiore，位于意大利北部，湖北端则位于瑞士境内。

看见上校站起来了。弗兰克也跟着站起来了。远远传来上校的声音，好像从电话上传来一般。“我老了，就早点睡了。晚安，麦戈尔太太。”

莫林笑着的声音：“我一会儿也就睡去了。要不然我丈夫会生我气的……”

辛普森听见远处的门在上校身后关上了。这时非同寻常的一幕发生了。他借站在暗处的优势，看见莫林和弗兰克，本来远远站开，各自站在柔和的灯光之外，这时轻轻地滑进了对方的怀抱中。他看见莫林的头朝后仰着，在弗兰克激烈的长吻下往后弯去，越弯越低。然后她抓起滑落的毛皮衣围，揉揉弗兰克的头发，旋即消失在远处，传来一声压住不让响起来的关门声。弗兰克面露笑意整理一下头发，然后两手插进裤袋里，轻轻吹着口哨，穿过餐厅，径直往露台上走来。辛普森惊得目瞪口呆，僵在一边动不了，手指紧紧抓着栏杆，惊恐地盯着反光玻璃中朝他移动的硬领衬衣前襟和黑沉沉的肩膀。弗兰克出来到了阳台上，看见他朋友在黑暗中的侧影，不由得微微一抖，咬住了嘴唇。

辛普森笨拙地从栏杆处移开身子，双腿直打哆嗦。他英雄一般稳住情绪：“好美的夜晚。刚才我和麦戈尔一直在这里聊天来着。”

弗兰克平静地答道：“那个麦戈尔，满嘴谎话。不过话说回来，他要走了，说什么也不妨听听。”

“对，是很奇妙……”辛普森文不对题地附和道。

“那是北斗七星。”弗兰克闭着嘴打了个哈欠。接着他又声音平稳地说：“当然了，我知道你是一位完美的绅士，辛普森。”

四

第二天清晨，一阵温暖的毛毛雨淅淅沥沥下起来，闪闪雨丝拉成根根细线，闪进黑沉沉的树林深处。只有三个人下楼来吃早餐——第一个是上校，其次是一脸倦容、无精打采的辛普森，然后是弗兰克，洗过了澡，脸刮得锃亮，容光焕发，特别薄的嘴唇上闪着没事人一般的微笑。

上校显然打不起精神。昨晚打牌时，他注意到了某些情况。他掉了一张牌，匆匆弯腰去捡，看见弗兰克的膝盖紧贴着莫林的膝盖。这事必须马上叫停。因为上校注意到情况不对已有些时日了。难怪弗兰克曾急匆匆地跑去罗马，就是因为麦戈尔一家春天经常去那里。他这个儿子做事随心所欲，但在这里，在这个家里，在这座祖传的城堡里，容忍这样的事情——不行，必须马上采取最严厉的措施。

上校的不悦在辛普森身上产生了灾难性的效应。他意识到自己的在场对主人来说是个负担，所以一时找不到个话题来说。只有弗兰克一如往常，平静，快活，牙齿闪亮，津津有味地大口吃着涂了橘子酱的烤面包片。

他们喝罢了咖啡，上校点燃他的雪茄，站起身来。

"你不是想去看看新车吗，弗兰克？我们走着去车库吧。下雨天的，反正也无事可做。"

说罢，上校觉得可怜的辛普森精神上还悬在半空，便又说道："我这里放着几本好书，我亲爱的辛普森。你想看就请自便。"

辛普森吓了一跳，回过神来，从书架上抽出一本笨重的红色书卷。一看，是一八九五年的《兽医通讯》。

上校和弗兰克穿上了窸窣作响的雨衣，走进了雨雾之中。上校开始说："我要和你谈一谈。"

弗兰克飞快地瞥了父亲一眼。

"我该怎么说呢，"上校思索着，吸了一口烟斗，"听着，弗兰克，"他说道，决定开门见山——湿漉漉的石子路在他的鞋底下嘎吱作响，比平时多了些滋滋水声——"这事已经引起了我的注意，也没什么要紧。要不说简单点，我已经注意到……真窝囊。我说弗兰克，我的意思是，你和麦戈尔妻子到底是什么关系？"

弗兰克平静而又冷淡地答道："我不想和你讨论这事，父亲。"说着心下暗想：好一个混蛋，他真的出卖了我！

“我显然不能下命令——”上校才开始说，突然停住了。打球时，头一击没打好，他还可以控制住自己。

“修修这座人行桥倒是个好主意。”弗兰克说道，用鞋跟踢了踢一根朽掉的木桩。

“让桥见鬼去吧！”上校说道。这是第二击，也失手了，他额头青筋暴涨，倒竖起来。

司机一直在车库门口乒乒乓乓地搬弄几个水桶，一见主人过来，一把拉下他的方格帽子。他是一个结实的小个子，留着修剪过的黄色八字胡。

“先生，早上好。”他亲切地说，一伸肩膀推开了一扇大门。散发着汽油和皮革气味的半圆暗影里闪现出一辆大气的黑色轿车，崭新的劳斯莱斯。

弗兰克已经检验过车的汽缸和操作杆，上校便淡淡地说道：“现在我们去园中散步吧。”

到了园中，发生的第一件事就是一滴又大又冷的水珠从树枝上掉到了上校的领子里。其实正是这滴水让杯子里的水满溢出来了。上校的嘴唇咀嚼般地动了动，好像在演习要说的话一般，然后他突然声如雷震：“弗兰克，我警告你，在我的家里，我不能容忍任何法国小说式的冒险。再者说，麦戈尔是我的朋友——这一点你明不明白？”

弗兰克拿起了辛普森前一天忘在长凳上的球拍。湿气已经把它变成麻花状。腐朽的球拍，弗兰克厌恶地想。他父亲的话语沉雷般轰响过去：“我不能容忍那种事情，”他说道，“你要是不能规规矩矩行事，那就离开这里。我对你不满，弗兰克，我对你极其不满。你有些事做得，我实在不能理解。上大学吧，你学习太差劲；在意大利吧，天知道在那里干什么。他们告诉我你画画。我认为你那些涂鸦不值得一看。是的，你就是涂鸦。我可以想象……敢情真是个天才！你无疑真以为自己是个天才，甚至超过天才，未来派艺术家。现在可好，我们有风流韵事可传了……简言之，除非——"

说到这里，上校注意到弗兰克满不在乎地从牙缝里轻轻吹口哨。上校停住不说了，睁大了眼睛。

弗兰克把拧成麻花的球拍像投飞镖一般扔进灌木丛中，然后笑着说道："这都是胡说八道，父亲。我在一本写阿富汗战争的书里读过你在那里的故事，还有你立功受奖的事。你那些事是绝对的愚蠢，简单轻浮，自我毁灭，不过倒也是英雄一场。再见。"

上校独自站在小路中央，又惊又气，愣在那里动弹不得。

五

现在仍然存在的每件事情，其显著特点就是单调乏味。我们在预定的时间吃饭，因为行星，就像从来不迟到的火车一样，总是在预定的时间离开、到达。一般人难以想象，没有这样一个严格制定的时间表，生活会是什么样子。不过要是爱开玩笑、不怕得罪神灵的话，会发现这么想挺有趣的：如果今天一天是十小时，明天一天是八十五小时，后天一天只有几分钟，那人们会怎么过呢？可以预料，在英格兰，未来的一天到底是多少个小时没个准数的话，首先会导致打赌和各种各样其他的赌博活动非同寻常地增加。一个人会输掉他所有的财产，因为这一天比他在前一天晚上以为的要长几个小时。行星们会变得像赛马一般，赤褐色的火星跃过最后一道天体障碍时会引发怎样的兴奋啊！天文学家会承担赌注经纪人的职责，阿波罗神将会被描绘成一位赛马师，头戴一顶火焰般的赛马帽，全世界都会乐得发疯。

然而说来不幸，事情并不是如此发展的。严密的规则是无情的，我们的日历，就像一场不可更改的考试，世界的存在就按照这日历预先计算好了。当然有些事情也并非如此严格，对了不起的人弗雷德里克·泰勒[①]发明的制度也不太在乎。然而世界的单调运转还是被不时地打乱，被天才的书，被彗星，被罪恶，甚至只是被一个无眠之夜打乱，乱得多么光辉灿烂啊！但我们的法律——我们的脉搏，我们的消化，都与星球的和谐运动紧密地联系在一起，任何想要破坏这种规律性的尝试都要受到惩罚，最重的就是斩首，最轻的也得头疼。可是话又说回来，世界毫无疑问是出于好意被创造出来的，如果有时候世界变得枯燥了，那也不是任何人的错；如果行星的音乐让我们有些人想起手摇风琴没完没了地转着同一个曲调，那也不是任何人的错。

这种单调乏味辛普森现在可是特别清楚。他发现今天不但单调，而且莫名地可怕。早餐后面是午餐，下午茶后面是晚饭，不可侵犯的规律性。一想到他一辈子都会是这样，他就想尖叫。他想挣扎，就像人在棺材中醒过来那样。窗外仍然雨丝闪闪，一想到只好待在屋里不出去，他的耳朵就像发高烧那样嗡嗡响。麦戈尔一整天都在画室里工作，这间画室是专门为他修建的，位于城堡的一座塔楼上。他忙着修复一幅画在木头上的小画，画面很暗，他要重新上漆。画室里到处是胶水、松香、大蒜的味道，这大蒜是用来除去画上的油质斑点的。冲床附近的一条木匠小长凳上放着几只闪闪发亮的曲颈瓶，里面装有盐酸和酒精，还散落着法兰绒布头、有小孔的海绵、各种各样的刮刀。麦戈尔穿着一件老式长袍，戴着眼镜，衬衫的领子没有浆过，就在喉结下方突起一颗按扣，差不多有门铃按钮大小。他的脖子很细，肤色灰暗，布满老年人的赘肉，一顶黑色的无檐便帽遮盖了头上的秃顶部分。他指头老是灵活地转动，这读者已经很熟悉了，这会儿他仍然手指轻捻，撒出一撮磨碎了的焦油，小心翼翼地揉进画里，这么一来，画上被粉尘磨损了的黄色旧油漆就变成了干粉末。

这个城堡里的其他人都坐在起居室里。上校生气地摊开一张大报纸，渐渐平静下来后，开始大声念一篇特别保守的文章。后来莫林

① Frederick Taylor（1856—1915），美国古典管理学家、科学管理的主要倡导人，影响了流水线生产方式的产生，被称为“科学管理之父”。

和弗兰克打起了乒乓球。那个赛璐珞小球，发着眼看要破裂的郁闷响声，在长桌中间的绿网上方来来回回。当然，弗兰克打得熟练，他只移动手腕，就能灵敏地用薄木板左右轻击。

辛普森咬着嘴唇，扶着夹鼻眼镜，穿过了所有的房间，最后来到了画廊。他脸色如死人一般苍白，小心翼翼地关上了身后沉重的大门，没有发出一丝声响。他踮着脚走到皮翁博的《威尼斯女郎》跟前。女郎用她那熟悉的晦涩眼神迎接他。她修长的手指停留在要拉起皮草披肩的半途中，停留在滑下来的紫红色皱褶上。一阵甜美的昏暗朝他袭来，他朝窗户深处看了看，是窗户打破了画上的昏暗背景。淡沙色的云朵飘过绿莹莹的天空，渐渐拉长，前面遇上了拔地而起的昏暗断崖。断崖丛中蜿蜒着一条淡白色的小路，小路往下隐隐有几间小木屋，辛普森觉得自己看见其中一间里有灯光摇曳，亮了片刻。正当他透过这个缥缈的窗户观瞧时，他感觉到威尼斯女郎在微笑，但他就那么飞快一瞥，没有捕捉到她的笑容，只觉得她轻轻合上的嘴唇遮在暗影里的右角轻轻地抬了一下。就在此刻，他身体里的某些阻力愉快地退让了，他完全被这幅画的温暖魅力所征服。必须记住，他是一个有痴狂病态的人，他对现实生活全无概念。对他来说，敏感代替了理性。一阵冷战，像一只干燥的手刷过他的后背，他立即意识到他该做什么了。然而，他环顾四周，看到的是镶木地板的闪亮，是桌子，是画上白得晃眼的光泽，细细的雨光从窗外照进来，落在画上，这时他觉得羞愧，害怕。尽管刚才的痴迷浪潮又一次突然袭来，但他已经知道他不可能做出一分钟之前他不假思索便会做出的事情了。

他紧紧盯着威尼斯女郎的脸，往后退去，突然大大张开双臂。他的尾骨重重地撞上了什么东西，撞得生疼。回头一看，原来是他身后的黑色桌子。他尽量什么都不想，爬上桌子，伸直了整个身子面对着威尼斯女郎。他又一次向上挥动双臂，准备朝她飞扑过去。

“崇拜画作竟用这样方式，也太惊人了。是你自己发明的？”

是弗兰克。他叉开腿站在门廊上，盯着辛普森冷冷嘲笑。

辛普森跌跌撞撞地往前走，步子笨拙，夹鼻眼镜片上闪着慌乱的光，像个受惊的疯子一般。随后他弓着背，脸红得发烫，姿势很难看地爬到地板上。

弗兰克默默地离开房间，皱着脸，露出强烈的反感。辛普森从后面扑了过去。

“求你了，不要告诉任何人……”弗兰克没有转身，也没有停下，厌恶地耸了耸肩。

六

快到傍晚时，雨出人意料地停了。有人记起来关上了“水龙头”。带着湿气的橘红色夕阳抖动在枝叶间，变大了，映在所有的小水坑中。面无笑容的小个子麦戈尔被强制带离他的塔楼。他身上散发着松脂气味，还被熨斗烫伤了一只手。他不情愿地穿上他的黑外套，拉起了领子，和大家一起出去散步了。只有辛普森一人没出来，借口是他必须要回复一封傍晚刚送来的信。其实那信根本无须回复，因为信是大学的牛奶工寄来的，为的是尽快收取两先令九便士的牛奶费。

辛普森在越来越暗的暮色中坐了很久，仰身坐在扶手皮椅上，没事人一般。后来他打了一个冷战，这才意识到刚才是睡着了，于是就开始考虑如何能尽快离开城堡。最简单的办法就是说他父亲生病了：和许多腼腆怯生的人一样，辛普森说起谎来连眼睫毛都不闪一下。可是要离开仍然很难。有说不明道不清的美好事情，拖住了他的后腿。那昏暗的断崖在窗缝里看上去多么迷人……搂住她的肩头，从她的左手中接过装满金黄色水果的篮子，陪着她沿那条灰白的小径安安静静地走进威尼斯傍晚的暗影中，该是多么惬意的事情啊……

他又一次发现自己睡着了。他站起来，出去方便。楼下传来浑厚威严的开饭铃声。

一事连着一事，一餐接着一餐，世界就是这样运行，这个故事也如此这般。不过故事的单调现在就要被一个难以置信的奇迹——一次闻所未闻的冒险——打破。当然，明天将带来什么样的苦恼，麦戈尔和上校都是无从知晓的。麦戈尔又一次专心致志地剥下一个苹果光滑的红丝带，亮出它一面的裸体，上校又一次在四杯红酒下肚后（还不算两杯勃艮第白葡萄酒）痛快得满面红光。晚饭之后又是一成不变的桥牌游戏，打牌期间上校高兴地发现弗兰克和莫林没有互看一眼。麦戈尔离开去工作了，辛普森一个人坐在一角，打开一本画册，只从他坐的地方朝打牌的人看了两次，惊讶地发现弗兰克冷眼瞪他，莫林不知为何好像不见了，她的地方让给别人坐了……他翻着模糊不清的画册，要掩盖他的美妙遐想，还有遐想带来的巨大冲动，与此相比，眼前的事情算得了什么。

大家起身散去时，莫林冲他微笑道别，他心不在焉地回了个微笑，倒不显得窘迫。

七

那天夜里，一点过了好久，那个曾经为上校的父亲做过马夫的老门卫像平时一样在花园的各条小径上短暂巡视。他这趟任务纯粹是例行公事，这一点他心里一清二楚，因为这一带相当安宁。他每天都是晚上八点就寝，闹钟在一点的时候震响，老门卫（一个高大魁梧的老头，一圈饱经沧桑的灰白络腮胡子，花匠的几个孩子有时候爱扯着他的胡子玩）准时醒来，点起烟斗，出门走进黑夜。在黑暗宁静的花园里走过几圈后，他就回到自己的小屋里，立即脱去衣服，只穿他那件与他的络腮胡子非常搭配的不朽汗衫，再次钻进被窝，一直睡到第二天早上。

但是那天夜里，老门卫注意到有什么事情不对劲。他从花园里望去，注意到城堡有一个窗户微微闪亮。他绝对知道那个窗户的准确位置，那是大厅里的一扇窗，珍贵的画作都挂在大厅里。他自己是上了岁数，出奇地胆小，所以便决定装作没看到那束奇怪的亮光。可是他的责任心占据了上风，冷静思量后，觉得他的责任是确保园里没有贼，至于进屋捉贼就不是他非干不可的事情了。如此思量后，老门卫便心安理得地返回自己的住处——他住在车库旁边的一间小砖房里——很快死沉沉地睡过去，睡得那个沉，假如有人恶作剧发动了那辆黑色的新车，故意打开了消音器的保险装置，发出的轰鸣声对他也毫无影响。

于是这位心情愉快、处处不得罪人的老头，像个守护天使，一瞬间从这个故事中穿越过去，迅速地消失在朦胧之乡，再要醒过来，得有神奇的一笔才行。

八

不过城堡里真的出了事。

辛普森准准在半夜时分醒来。他像平时一样，刚刚睡着，恰恰是刚睡着的这个动作将他惊醒过来。他一只胳膊支着身子，抬眼观看沉沉夜色。他的心怦怦急跳，因为他感到莫林进了他的房间。刚才，就在他那短暂的梦里，他一直和她交谈，扶着她爬上黑色断崖之间那条蜡白的小径，断崖上偶尔有光滑的油彩龟裂。时不时吹来一阵悦耳的微风，吹得她乌发上的那个白色发卡像一张薄纸般轻轻抖动。

辛普森摸到了开关，发出一声压抑的呼喊。灯光喷涌而下。屋子里空无一人。一阵失望，刺得他好痛，随后他陷入了沉思，喝醉了似的摇头晃脑。接着，他懒懒地从床上爬起来，开始穿衣，无精打采地咂着嘴巴。他被一种模糊的意识引导着，那就是：他必须穿得端庄、帅气。同样，他昏昏沉沉之中觉得必须谨慎，于是贴着下腹扣上了马甲下面的扣子，系上了黑色的蝶形领结。他觉得夹克衫的绸缎翻领上有一只小虫子（其实并没有），便伸出两根指头去捉，捉了好一阵。恍惚中，他想起了通往画廊的最简单之路是从外面过去，于是他像一阵寂静的风一样穿过落地窗，溜进了黑暗潮湿的花园。黑沉沉的灌木在星光下微微发亮，好似浇上了一层水银。一只猫头鹰不知在哪里鸣叫。辛普森踩着轻快的步子，走在灰白色的灌木丛中，走过草坪，绕过气势雄伟的大房子。有一阵，夜里清新的空气和密集闪耀的群星使他清醒了一些。他停下来，弯下腰，像一套空荡荡的衣服那样倒了下去，倒在花床和城堡围墙之间狭小空隙中的草地上。一阵瞌睡向他袭来，他使劲猛抖肩膀，赶走睡意。他得抓紧时间。她在等待。他觉得自己听到了她急切的低语声……

他并不清楚自己是怎么爬起来，怎么走进楼来，怎么打开灯的。灯一打开，卢西亚尼的画沐浴在温暖的灯光中。威尼斯女郎侧脸站在他对面，鲜活而真实。她的黑眼睛一眨不眨地盯着他的眼睛，她的上衣衣料呈玫瑰色，带着一丝不同寻常的暖意，衬托出她脖子和耳下细褶的美丽暗色。一丝略带嘲讽的微笑凝固在她就要合起来的嘴唇右角上。她将两根纤长的手指伸向肩头，肩头上披着的皮草和天鹅绒眼看要滑落下来。

辛普森深深叹口气，朝她走去，毫不费力地进入了画面中。一种神奇的新鲜感立刻让他头晕目眩。香桃木的气味，蜂蜡的气味，隐隐伴着淡淡的柠檬气味。他好像站在一间黑暗的空屋子里，旁边有一扇傍晚打开的窗户，就在他身边，站着一个真正的威尼斯女郎——莫林——高挑，漂亮，从内到外散发着热情与活力。他意识到奇迹发生了，缓缓地朝她走去。威尼斯女郎撇嘴一笑，轻轻地理了理肩头的皮草，垂下手来，从篮子里拿了一只小柠檬递给他。他目不转睛地盯着她那双此刻顽皮转动的眼睛，从她手里接下了那黄色的水果。他感受到柠檬结实粗糙的凉意，也感受到她干爽温暖的纤长手指，一股难以置信的幸福感在他内心沸腾，开始美滋滋地冒泡。这时，他心中一惊，扭头朝身后面的窗户看去。就在窗子那边，断崖之间的一条灰白小径上，走着几个蓝色的人影，戴着风帽，提着小灯笼。辛普森四下看看他站着的这间屋子，却发现脚下没有地板。往远处看，没有第四面墙壁，倒是一个远远伸展的熟悉大厅，像一潭粼粼发光的水，正中央是一张桌子，宛如水面上一个黑色的小岛。这时候一阵突如其来的恐惧使得他捏紧了冰凉的小柠檬。高兴劲儿消失了。他想往左边扭头看看那个女孩，但无法转动脖子。他像一只困在蜂蜜里的苍蝇——想猛一下挣脱，却粘住动不了。他觉得他的血肉连同衣物正变成颜料，融进了清漆里，干在了画布上。他变成了画面的一部分，摆着一个可笑的姿势，站在威尼斯女郎身边。在他的正前方，大厅伸展过去，比以前更加清晰，充满着地球上的新鲜空气，可这空气他从今往后再也呼吸不上了。

九

第二天早上，麦戈尔醒得比往常早些。他光着一双多毛的脚，趾甲像黑珍珠一般，他找到了拖鞋，然后趿着鞋轻轻地穿过走廊，来到了他妻子的房间门前。他们已经有一年多没同房了，但他还是每天都来看他妻子。她梳头时，梳子吱吱响过她紧绷的栗色长发的一侧，她的头充满活力地晃动，他见了心中兴奋，却自愧无能。今天他这么早走进她的房间，却发现床已经整理过了，床头板上钉着一张字条。麦戈尔从睡衣口袋里拿出一只好大的眼镜盒，但没有戴上眼镜，只是把眼镜放到了眼睛前，靠在枕头上，看了钉在床头板上的字条上那细小、熟悉的笔迹。读完后，他极其仔细地把眼镜放回眼镜盒里，取下钉在床头板上的字条，折叠起来，站着沉思片刻，然后拖着脚断然走出屋子。在走廊里，他与男仆撞个满怀，男仆恐慌地盯着他。

“怎么啦，上校起来了吗？”麦戈尔问。

男仆赶紧回答说：“起来了，先生。上校这会儿在画廊。我担心，先生，他很生气。他打发我来叫醒那位年轻的先生。”

没等男仆说完，麦戈尔就立刻奔向画廊，边走边把灰色的大袍子裹在身上。上校也穿着睡衣，睡衣下面露出了条纹睡裤的皱褶，这会儿正沿着墙走来走去。他的八字胡倒立起来，涨得紫红的脸看上去非常可怕。一见麦戈尔，他停住不走了，嘴唇预备性地动了动后，怒吼起来："过来，好好看看！"

上校发怒对麦戈尔来说没什么要紧，但他还是不经意地朝上校所指的地方看过去，看见了实在令人难以相信的事情。在卢西亚尼的画上，威尼斯女郎身边出现了一个原本没有的人影。即使未加雕琢，那也是一幅完美的辛普森画像。又高又瘦，黑夹克在比较亮些的背景衬托下显得尤为突出，他的脚奇怪地往外撇开。他伸开双手，好像祈求一般，可怜的慌乱神情使苍白的脸变了形。

"喜欢吗？"上校狂怒地问道，"不比塞巴斯蒂亚诺本人差，是吧？这个捣蛋鬼！我好心好意劝他，他拿这一套报复我。就等着吧……"

服务生发狂一般地进来了。

"先生，弗兰克先生不在他的房间里。他的东西也都不见了。辛普森先生也不知所踪。他一定是看早上天气这么好，就到外面溜达去了，先生。"

"让今天早上见鬼去吧！"上校暴跳如雷，"就在此刻，我要——"

"我是否可以斗胆禀告，"服务生恭顺地说，"专车司机刚才就在这儿，说新车从车库里消失了。"

"上校，"麦戈尔轻轻说道，"我想我能解释出了什么事。"

他瞥了服务生一眼，服务生踮着脚退了出去。

"现在听我说，"麦戈尔用厌烦的腔调接着说，"你刚才推测是你儿子在画上画了那个人影，毫无疑问是猜对了。不过我从一张留给我的字条上还能猜到，他黎明时分带着我的妻子离开了。"

上校是个绅士，还是个英国人。他立即觉得在一个妻子跟别人跑了的男人面前发脾气不大合适。于是他走到窗前，将升起的怒火一半咽回肚里，另一半吹到了窗外，捋捋胡子，恢复了冷静，对麦戈尔讲起话来。

“我亲爱的朋友，”他彬彬有礼地说，“请允许我向你保证，对给你造成灾难的罪魁祸首我感到无比愤怒。与一再说我愤怒相比，我更要表达对你最真诚、最深切的同情。可是话说回来，我一方面理解你现在的心情，一方面我又必须——我不得不，我的朋友——求你出手解我一个燃眉之急。只有你的技术才不会教我颜面扫地。今天我要接待年轻的诺斯威克勋爵，从伦敦来，你知道的，他拥有同一个德尔·皮翁博的另一幅画作。”

麦戈尔点点头。“我去取必要的修补工具，上校。”

两分钟后他回来了，还是穿着睡衣，带着一个木箱子。他马上打开箱子，从里面拿出一瓶氨水，一卷原棉，一些碎布，还有刮刀，工作起来。他把辛普森的昏暗身影和苍白面孔又刮又擦，从油画上清除下来，这期间他根本没想他正在做的事，还有他正在思考的事，会让一个尊重别人痛苦的读者感到好奇。半个钟头后，辛普森的肖像完全不见了，构成他肖像的微湿油彩都粘在了麦戈尔的碎布上。

“太棒了，”上校说，“太棒了。可怜的辛普森已经消失得无踪无影了。”

有时候某句随口说出的话会引发非常重要的联想，现在麦戈尔就遇到这样的情形。当时他正在收拾工具，突然停下来，惊得全身一震。

好奇怪，他心想，多么奇怪啊。这有可能吗？——他看看沾满油漆的碎布，突然间，他奇怪地一皱眉头，把那些碎布卷起来，从他刚才干活之处的那个窗户扔了出去。然后他伸出手掌，抹过额头，心惊胆战地瞥了上校一眼——上校把他的不安神色作了别样理解，便尽量不去看他——麦戈尔以平时少见的匆忙走出大厅，直奔花园。

花园里，窗户下面，园墙和杜鹃花之间，花匠站在那里抓自己的头顶，他眼前是一个穿着黑色衣服的人，脸朝下躺在草坪上。麦戈尔快步走上前去。

那人胳膊一动，翻了个身，接着一阵慌乱的傻笑，站了起来。

“是辛普森，天啊，怎么了？”麦戈尔盯着他苍白的脸问道。

辛普森又一阵傻笑。

“我非常抱歉……太可笑了……昨天夜里我出来散步，倒头睡在了这儿的草地上。哎哟，我全身疼痛……我做了个极其可怕的梦……现在几点了？”

花匠一个人留下来，他看看被压乱了的草坪，很不赞成地摇摇头。然后他俯身捡起了一个暗色的小柠檬，上面有五个指印。他把柠檬装进衣袋里，过去拿他放在网球场上的石磙。

十

于是花匠意外发现的这个皱巴巴的干柠檬成了这个故事通篇之中的唯一谜团。专车司机，受命去了火车站，开回来了那辆黑色新车，还带回一张弗兰克插在车座上方的小皮袋中的字条。

上校把字条大声念给麦戈尔听。

“亲爱的父亲，”弗兰克写道，“我已完成你的两个心愿。你不愿意在你的家里发生任何风流韵事，所以我就离开了，带着那个没有她我就不能活下去的女人。你也想看看我的画作样本。为此原因我就画了我昔日朋友的肖像，顺便烦你替我告诉他，告密的人只能让我觉得好笑。我是夜里画他的，全凭记忆，所以要是画得不十分像，那是因为时间不够，光线不足，还有我要匆匆离去这一条可以理解的原因。你的新车跑得好利索，我会把车给你停在火车站的车库处。”

“好极了，”上校咬着牙说道，“只是我很想知道你拿什么钱过日子。”

麦戈尔脸色白得像个泡在酒里的胎儿，清清嗓子说道：“没有理由对你隐瞒真相，上校。卢西亚尼根本没有画过你那幅《威尼斯女郎》。它不过是一幅出神入化的模仿品。”

上校缓缓地站起来。

“它出自你儿子的手笔，”麦戈尔继续说道，突然间他的嘴角开始发抖、下垂，“在罗马，我给他准备了画布和颜料。他用他的天才诱我下水。你为此画付我的钱，一半归他了。唉，上帝啊……”

麦戈尔掏出脏兮兮的手帕擦眼睛，上校下巴上的肉紧缩起来，他明白了，这个可怜人没有开玩笑。

上校转身看看《威尼斯女郎》。女郎的前额在暗色的背景衬托下闪闪发亮，她的修长手指闪亮得更为轻柔，猞猁皮眼看就要从肩头迷人地滑落，嘴唇一角挂着一丝隐秘的嘲弄笑意。

“我为我儿子骄傲。”上校平静地说道。

巴赫曼

前不久报上登了一条短消息，说一度闻名遐迩的钢琴家、作曲家巴赫曼逝世了，被世人遗忘了。他死于瑞士马利瓦尔村的圣安杰莉卡疗养院。这让我想起了一个热恋巴赫曼的女人的故事。那是剧院经理人萨克说给我听的。下面便是这个故事。

佩罗夫太太认识巴赫曼是在他死前十多年的时候。那几年正是他的音乐演奏达到如痴如狂的巅峰之时，已经灌了唱片，世界最著名的几家音乐厅都在请他演奏。就这样，有一个晚上——那些秋高气爽的秋夜之一——人在这样的秋夜，往往觉得怕老胜过怕死——佩罗夫太太收到一位朋友写来的一张便笺，上面写道："我想领你见见巴赫曼。今晚音乐会结束后他会来我家。一定来。"

我现在还特别清楚地记得她穿了一套低领露肩的黑色女装，往脖子和两肩上喷了香水，拿上了扇子，握了一支绿松石镶头的手杖，行前对着一面高竖的镜子把自己前后左右地转着看了一遍。一路上想入非非，一直想到朋友家。她知道自己相貌平平，身材也太瘦，皮肤苍白，快到病态的程度了。然而这位青春已逝的女人，有一张不显老的圣母像一般的脸，还怪吸引人的。她身上的动人之处正是她自愧不行之处：苍白的肤色，几乎看不出来的一点点跛足，正是这原因她才带着手杖。她丈夫是个精力充沛、头脑精明的商人，出门做生意去了。萨克自己并不认识他。

佩罗夫太太走进了紫罗兰色灯光照亮的客厅，客厅显得有点小。

她的朋友，一位咋咋呼呼的矮胖夫人，戴着一顶紫晶冠，拖着沉重的身子快步迎接一个个客人。一个高个子男人立刻引起了她的注意，只见他胡子刮得很干净，脸上扑了粉，站在钢琴旁，一只胳膊肘支在琴盖上，正在给围着他的三位夫人讲故事。他燕尾服的燕尾看上去很厚实，衬里是特别厚的丝绸。他一边说着，一边不停地往后甩乌黑油亮的头发，同时运气把鼻翼鼓起来。他那鼻子很白，长着个精致的鼻头。他身上有股自恃才高、好施恩与人的派头，看着令人不快。

"音响效果太差了！"他耸耸肩说，"听众好像个个患了感冒。你们明白是怎么回事：只要有人清嗓子，马上就有好几个跟着清，全场炸开了锅。"他往后一甩头发，微微一笑，"就像村子里一到晚上狗此起彼伏地叫。"

佩罗夫太太走了过来，略微倚着手杖，说了第一件进入她头脑里的事情：

"巴赫曼先生，您演出后一定很累了吧？"

他受宠若惊，欠身致谢。

"这是个小小的错误，夫人。我姓萨克，只是我们那位大师的经纪人。"

三位太太全笑了起来。佩罗夫太太很失面子，但也笑了起来。关于巴赫曼惊人的演奏，她只是道听途说而已，她也没见过他的相片。就在这时，女主人朝她快步走来，拥抱后眼睛一动，仿佛在传递一个秘密，示意到屋子最里头去，同时悄声说道："他在那边——瞧。"

这时她才看见了巴赫曼。远远站着，和客人拉开一段距离。穿着松垮的黑裤子，两条短腿分得很开。捧着一份揉皱了的报纸贴近眼睛看，一边看一边念念有词，就像不大识字的人看报那样。矮个头，秃脑袋，头顶上稀稀落落地横搭着一点儿头发。穿着硬翻领衬衣，好像太大了，不合身。他眼睛没有离开报纸，伸出一根指头心不在焉地检查一下裤子上的裤缝，更加聚精会神地看着报纸念念有词。他长着一个滚圆的小下巴，青灰色，很可笑，活像一只小海胆。

“请别见怪，”萨克说道，“他不讲究礼仪，不折不扣一个粗人——凡是参加聚会，一到场立刻拿起书报什么的看起来。”

巴赫曼突然觉得大家都在瞧他，便缓缓转过脸来，扬起浓眉，怯生生地莞尔一笑，满脸堆起了细细的小皱纹。

女主人赶忙走了过来。

“大师，”她说道，“请允许我引见一位你的崇拜者——佩罗夫太太。”

他伸出一只汗津津的手，软得没有骨头一般。“幸会，真是幸会。”

说罢又埋头读起他的报纸了。

佩罗夫太太走开了，颧骨上泛起两朵红云，黑扇子欢快地来回摇动，黑玉坠子闪闪发亮，她两鬓的金色鬈发被扇得飘飘荡荡。萨克后来告诉我，那个初次见面的夜晚她给巴赫曼留下了深刻印象，用他的话说，她“喜怒无常，非同一般”，也是一个容易兴奋的女人，只是她不抹口红，发型也太一本正经。

“这两个倒是绝配，”萨克对我推心置腹地感叹道，“说起巴赫曼，真是没救了，一个彻底没脑子的人。要知道，他还喝酒。他们见面的那天晚上，我不得不赶紧把他拉走。原来他突然要了白兰地。他是不能喝酒的，绝对不能喝。事实上我们早就求过他了：‘五天不喝酒，就五天’——他得把这五场音乐会演完啊，你明白吧。‘那可是订了合同的，巴赫曼，别忘了。’想想看，有个写打油诗的家伙，在一本幽默杂志上拿你开玩笑，写什么‘醉酒站不稳，违约交罚金’！我们可是眼看就演完了，不能临了出差错。除此之外，他还脾气暴躁，反复无常，邋里邋遢。绝对是个不正常的人。可是他演奏得……”

说到这儿，萨克抖抖他稀疏的头发，不声不响地转起眼珠来。

我和萨克先生浏览了像棺材那么重的一本剪报簿，看着看着我渐渐相信，正是在巴赫曼初识佩罗夫太太的那些日子里——不过，唉，这段时间多短暂啊！——那位音乐奇才的世界声望才算真正开始。他们是何时何地成为情人的，没人知道。不过在那次她朋友家的晚会之后，她开始出席巴赫曼的所有演奏会，不论在哪个城市演，她一场不落。她总是坐在第一排，腰板笔挺，头发光亮，穿一套开领的黑色女装。有人戏称她为跛脚圣母。

巴赫曼上台总是步履匆匆，好像要躲开敌人，或者要摆脱缠住他不放的人。他根本不理观众，直奔钢琴，到了后俯身看看圆形琴凳，轻轻地转动琴凳上的圆盘，要把座位调整到数学一般精确的高度。在调凳子的整个过程中，他都轻轻地、认真地叽叽咕咕，用三种语言冲着琴凳讲话。就这样要折腾好长一阵。英国听众看他这样会感动，法国听众会交头接耳，德国观众就会生气。巴赫曼把凳子调到最佳高度后，就会怜爱地轻拍一下琴凳，坐下，用老式浅口鞋的鞋底摸索钢琴踏板。坐好后，他会掏出一块不太干净的宽大手帕，仔细地擦拭双手，边擦边观察第一排的座位，调皮地、却也是怯生生地眨眨眼。到这时他总算把双手轻轻地放到琴键上，不料一只眼睛底下的一小块肌肉又一抽一抽地疼了起来。他会咂咂舌头，溜下凳来，又开始轻轻地转起吱吱作响的凳上圆盘来。

萨克认为，佩罗夫太太第一次听了巴赫曼的演奏后，回到家里就坐在窗前，又是叹息，又是微笑，一直坐到了天亮。萨克强调说，巴赫曼从来没有弹得这么美，这么狂，而且从此以后，他每一场都弹得比前一场美，比前一场狂。巴赫曼演奏技巧无与伦比，善于调动和搭配各种声部的旋律，不和谐的音符经他一弹，也能给人旋律优美的奇妙印象。他演奏三重赋格曲时，主题表现得极有风度，尽情地戏弄逗玩，如猫戏鼠一般：假装要放它逃生，忽然露出一丝奸笑，朝琴键俯下身去，以饿虎扑食之势将它逮住。在那个城市的演奏一结束，他就会失踪几天，原来是躲到哪里狂欢去了。

在一处阴暗市郊的迷雾中亮着歹毒灯光的可疑小酒馆里，常去那里的酒客会看见一个身材矮壮的男人，蓬乱的头发丛中一块秃头顶，一双惺忪的眼睛红得宛如两块疮肿。他总是挑一个僻静的角落坐下，不过只要有人凑巧坐到他桌边，他也慷慨解囊，为来人买上一杯。一个穷困潦倒多年的小老头，是个钢琴调音师，过来和他喝过几次后得出结论，此人和他是同行。因为巴赫曼喝醉后总是手指击桌，扬起又高又细的嗓子准准地唱一个A调音。有时候会来一个高颧骨的妓女，硬缠着要带他到她那里去。还有一回他从酒馆小提琴师的手里夺过琴来，踩在脚下，为此遭了一顿痛打。他还结交赌徒、水手、患了疝气上不了赛场的运动员，也常和一伙文质彬彬的小偷混在一起。

萨克和佩罗夫太太经常一连几个晚上到处找他。其实萨克找他只在紧要关头，就是说要他做好演出准备。有时候是他们找到他，有时候是他自己找到佩罗夫太太家里，醉眼蒙眬，衣衫肮脏，硬领也不见了。这位好心的女士一言不发，扶他上床，过两三天后才给萨克打电话，说巴赫曼找到了。

他既腼腆得出奇，又像个被惯坏的孩子一样调皮捣蛋。他根本不和佩罗夫太太说话。佩罗夫太太想拉住他的手好言相劝时，他就会一把甩开，尖叫着打她的手指，好像碰他一下会给他带来难以忍受的疼痛似的。一会儿后他又会爬到被子下面，抽抽搭搭地哭上好一阵。这时萨克总会来说到去伦敦或罗马的时候了，把巴赫曼领走。

他们间的这种奇特关系维持了三年。每一次巴赫曼精神焕发登台演出时，佩罗夫太太毫无例外地准坐在台下第一排。如果去远处演出，他俩就租两个相邻的房间。在此期间，佩罗夫太太去看了她丈夫三四次。她丈夫和所有的人一样，自然知道她对巴赫曼痴迷倾心，但不加干涉，各过各的生活。

“巴赫曼对她简直就是折磨，”萨克常这么说，“就这样她还能爱着他，真是不可理解。女人的心，神秘啊！有一次，他们住在某个人的家里，我亲眼看见大师冲着她龇牙咧嘴，简直像个猴子。你知道为什么？就因为她想帮他拉端正领带。不过在那段时间里，他演奏得出神入化。他的D小调交响曲和几首复杂的赋格曲都出在这一时期。谁也没见过他是怎么写成的。最有意思的是那首《金色赋格曲》，你听过它吗？它的主题完全是独创的。不过，我刚才在给你讲他的怪毛病，他的疯病也越来越厉害。现在，我再说说他的疯病是怎么回事。三年过去了，后来有一天晚上，在慕尼黑，那里有他的演出……”

萨克的故事讲到尾声时，他悲伤地闭上双眼，给我留下的印象更深。

好像是在慕尼黑，巴赫曼和往常一样，和佩罗夫太太住在同一家旅馆里。就是在刚到的当天晚上，巴赫曼突然不告而别。离音乐会只有三天了，萨克急得发疯。巴赫曼就是找不着。时值晚秋，雨一个劲地下。佩罗夫太太感冒了，卧床不起。萨克带上两名侦探，到一家家酒吧搜寻。

演出那天警察打来电话，说巴赫曼找到了。是半夜从街上捡回来的，已经在警察局美美地睡了一觉。萨克没说一句话，直接从警察局把巴赫曼拉到了剧院，交货般地交给了助手，然后到旅馆取巴赫曼的燕尾服。萨克隔着门向佩罗夫太太讲了事情的经过，然后就返回了剧院。

巴赫曼坐在他的化妆室里，黑毡帽低低地拉下来压在眉头上，一根指头伤心地敲着桌子。他周围的人忙忙乱乱，窃窃私语。一小时后观众开始步入大厅，各就各位。舞台上灯光照得亮如白昼，两侧墙上装饰着风琴管雕塑，闪闪发亮的黑色钢琴已经竖起了琴盖，琴凳就像一朵低矮的蘑菇—— 一切就绪，恭候一个人赶快挥动潮湿、柔软的手，让钢琴响起暴风雨般的音乐，响彻舞台，响彻巨大的音乐厅。厅里女人的裸肩和男人的秃头在一闪一闪地动，活像蠕动的小白虫。

这时巴赫曼小跑着上了舞台。台下欢声雷动，像一个密实的圆锥体升了起来，又降下来，散成意犹未尽的掌声。对此他却毫不理会，而是热情地自言自语，边说边开始调钢琴凳上的圆盘，然后拍拍凳子，在钢琴边坐了下来。他掏出手帕擦了擦手，带着怯生生的笑容扫了一眼台下第一排。刹那间笑容消失了，脸痛苦得变了形。手帕掉在了地板上。他专心致志地把台下第一排就座的脸又挨个儿扫了一遍——看到中间那个空座位时，停顿了一下。只见巴赫曼砰的一声按下琴盖，站起身来，走到舞台边上，转着眼珠子，像个芭蕾舞女演员那样举起弯弯的双臂，非常可笑地跳了三四下芭蕾舞步。观众愕然，后排座位那里发出一阵笑声。巴赫曼停住步子，说了点什么，但谁也听不见。接着他如同拉弓扫荡全场一般，朝所有观众打了个轻蔑的"无花果"手势。

"事情发生得太突然，"萨克述说着，"我来不及赶过去阻止。做完那骂人的手势，他正准备下台，我才匆匆赶过去。我问他：'巴赫曼，你上哪儿去？'他说了句很难听的话，就消失在演员休息室里了。"

这时萨克亲自上台，去平息愤怒和笑闹汇成的风暴。他抬起一只手，总算让大家安静下来，接着他郑重承诺，音乐会照开不误。一进演员休息室，他发现巴赫曼居然若无其事地坐在那边，嘴唇一动一动地念节目单。

萨克瞥一眼在场的人，眉头一皱，计上心来，立刻给佩罗夫太太打电话。打了好久没人接听，最后终于听见咔嗒一响，电话里传来佩罗夫太太虚弱的声音。

"赶快过来，"萨克急急地说，立起手掌敲打电话簿，"你不在，巴赫曼就罢演。这传出去哪得了！观众正在闹——什么？——你说什么？——对，对，我一直在给你讲，他罢演。喂？唉，该死！——电话挂断了……"

原来佩罗夫太太病势更重了。医生这天来了两次，见玻璃管里的水银柱沿着红色的刻度爬了那么高，不由得面露惊慌。佩罗夫太太挂上电话之后——电话就在她的床头——兴许幸福地笑了笑。她哆哆嗦嗦地站不稳当，但还是穿起衣服来。胸口一阵剧痛，刀扎一般，可是幸福感召唤她穿越高烧的迷雾和耳鸣。不知为何我是这么想象的：她开始穿长筒丝袜了，双脚冰冷，脚指甲老是挂住丝袜。她尽可能把头发收拾到最好的程度，裹上一件褐色的皮大衣，提着手杖出门了。她吩咐看门人叫来一辆出租车。昏暗的人行道闪着微光。出租车的车门把手又潮湿，又冰冷。一路上她嘴上肯定带着轻轻的幸福微笑，出租车马达的声音，车轮胎咝咝响的声音，和她发烧的耳鸣声，一起汇聚在她的耳侧。赶到剧院后，只见一群一群的人乱哄哄地拥出剧院，撑开愤怒的雨伞，拥入街道。她险些被撞倒，但总算挤了过去。萨克在大踏步地走来走去，一会儿抓抓左腮，一会儿又抓抓右腮。

“我简直气疯了！”萨克对我说，“就在我打电话那会儿，大师逃走了。他对我讲，说是上厕所，结果悄悄溜了。佩罗夫太太一进来，我就冲她嚷开了——她为什么没有坐在剧院里？你要明白，当时我根本没考虑她生病的事。她问我：‘这么说他现在回旅馆了？我俩走岔了，没碰上？’我在气头上，叫道：‘旅馆见鬼去吧—— 一定是去酒吧了！酒吧！酒吧！’我嚷不动了，转身冲了出去。我还得去解救售票员。”

佩罗夫太太去找巴赫曼了，一面颤抖，一面微笑。她大致知道到哪里去找他。大为惊讶的出租车司机把她送到一个昏暗可怕的街区。听萨克说，前一天就是在那里找到巴赫曼的。她到了后，打发了司机，拄着手杖走上高低不平的人行道，头顶潇潇夜雨。她挨个儿访遍了所有的酒吧。沙哑的音乐阵阵传来，震耳欲聋，男人们不怀好意地打量她。每到一个酒吧，她进去看看，只见里头乌烟瘴气，五光十色，叫人发晕，然后出来又走进如鞭抽打的夜雨中。过不多久，她开始怀疑她进去的是同一个酒吧，身子虚得好像肩上压了千斤重担。她一瘸一拐地走着，嘴里发着几乎听不出来的呻吟声，一只冰冷的手紧紧握着镶着碧玉的手杖头。一个警察已经注意她一些时候了，这时迈着训练有素的步子缓缓走来，问她家住何处，然后稳稳地、轻轻地把她扶上一辆夜间值班的四轮马车。马车吱吱作响，里面一片黑暗，气味难闻，她昏了过去。她醒过来后，车门已经打开了，车夫披着一件闪光的油布雨衣，正用鞭杆头轻轻地捣她的肩膀。一进温暖的旅馆门道中，她突然觉得万念俱灰，一切都无所谓了。她推开她房间的门，走了进去。只见巴赫曼坐在她的床上，光着脚，穿件睡衣，像个驼背一般肩上披着一条花格呢毯子。他用两根手指在床头柜的大理石桌面上弹着鼓点，另一只手握着一支碳素铅笔在一张乐谱纸上画圆点。画得如此专心致志，以至于门开了都没发现。她轻轻地、呻吟一般地“啊”了一声，巴赫曼吓了一跳，毯子从他肩头滑了下来。

我想这是佩罗夫太太一生中唯一一个幸福的夜晚。我想，他俩，一个疯疯癫癫的音乐家，一个快要死了的女人，在那天晚上找到了多少大诗人做梦都想不到的语言。第二天早晨，怒气未平的萨克来到旅馆，发现巴赫曼坐在床边，默默地带着欣喜的微笑，凝视着佩罗夫太太。佩罗夫太太横躺在一张宽大的床上，盖着花格呢毯子，已经失去知觉。巴赫曼瞧着情人火烫的脸，听着她吃力的呼吸，心里作何想法，那就无人知晓了。他头脑里根本没有一场病会夺人性命的概念，现在看着她病得又烧又抖，身体不得安然，也许对此有他自己的解释。萨克叫来了医生。巴赫曼起初不信已经没治了，还带着怯生生的微笑看他们。后来他扑过去揪住医生的肩膀，又跑回来猛击自己的前额，开始咬牙切齿地来回乱窜。她再也没有醒过来，当天就死了。幸福的表情到死一直挂在脸上。萨克在床头柜上发现了一张揉皱的乐谱纸，但没人能够看懂散落在上面的紫色音符。

“我立刻带走了巴赫曼，”萨克说，“怕她丈夫回来不定闹出什么事，你明白吧。可怜的巴赫曼瘫软得就像个布娃娃，一个劲地伸出手指头捅耳朵。他高声喊叫，好像有人在挠他痒痒一般：‘把这些声音停下来！音乐听够了，听够了！’我实在不明白，这事怎么对他打击如此之大：他从来没爱过那个不幸的女人——此话你知我知，切勿外传。不管怎么说，她是他的克星。她落葬后巴赫曼就失踪了，不知去向。如今你还能在自动钢琴厂家的广告中见到他的名字，但一般而言，他已经被遗忘了。倒是六年后，命运又把我们带到了一起。只相逢片刻。我在瑞士的一个小站上等火车。我记得那是个美丽的傍晚。我不是一个人。对，还有一个女人——但这事是另一出戏了。你猜怎么着，我看见一小伙人围观一个小个子男人，那人穿着一件破破烂烂的黑外衣，戴着一顶黑帽子。他往一个音乐盒里扔硬币，一边扔一边失声痛哭。他总是放进一枚硬币，听听硬币滚动的声音，然后痛哭。后来，硬币投进去听不见滚动声了，盒子投满了，塞住了。他拿起盒子摇摇，哭得更厉害了，再不投了，转身走了。我立刻认出了他。不过你要明白，我不是一个人，我陪着一位女士，再说周围还有好多人，一个个瞪着眼看稀奇。所以不好走上前去，对他说一声：Wie geht's dir[①]，巴赫曼？"

① 德语，你好吗。

龙

他离群索居，住在一座石山中心深不见底的阴暗洞穴里，终日以蝙蝠、老鼠、霉菌为食。不过，偶尔也有探寻钟乳石的人或者好奇心重的旅行者钻进洞来，让他美餐一顿。另有一些美好的回忆，其中一次是一个想逃脱司法审判的土匪，另一次是两条狗，被放进洞来探查此洞是否穿山而过。洞穴四周荒无人烟，岩石上白雪点点，瀑布发出冰冷的吼声。他是在几千年前破壳而生的，也许当时碰巧，出生的那一夜风雨交加，一道闪电劈开了那个巨卵——正因为如此，这条龙后来变得生性胆怯，缺少生气。还有个原因，其母之死也让他受到很大刺激……他母亲能口吐烈火，长期以来搅得四邻村庄惊恐不安。于是国王震怒，不停地派武士围剿她的老窝。她则经常吃掉他们，像咬核桃一般咬成碎块。但有一次，她吞下王室的胖厨师之后，便躺在被太阳晒得暖烘烘的岩石上打起盹来。这时，大武士加农亲自上阵，一身铁甲，骑着身披银网的黑色骏马飞奔而来。可怜她睡意未尽，跳起身来，背上一红一绿两块肉团宛如篝火闪闪发光，有备而来的武士挥矛疾刺，穿透了她平滑雪白的胸口。她轰然倒地，顷刻间，那个胖厨师腋下夹着她那颗冒着热气的巨大心脏从那道淡红色的伤口中滑了出来。

藏在岩石后面的幼龙看到了眼前的这一切，从此以后，只要一想起武士就忍不住浑身发抖。他躲进了洞穴深处，从此没有出来过。就这样过去了十个世纪，相当于二十个龙的纪年。

不久之后他突然心气郁结，无法忍受……其实是洞穴里腐败变质的食物屡屡向肠胃发出凶猛的警告，害得他肚子轰轰直响，疼痛难忍。他决心出去，犹豫了九年后，终于在第十个年头下定了决心。他聚起力量，展开盘缩起来的尾巴，小心翼翼地缓缓爬出洞穴。

一出洞口，他立刻感受到了春天的气息。黑色的岩石，经过最近一场大雨的冲刷，闪闪发光，阳光在满溢的山涧洪流中跳跃蒸腾，空气中弥漫着原野的芳香。他张大火红的鼻孔吸气，往下爬到山谷里。他的光滑小腹白得宛如一朵荷花，几乎挨着地面，两侧鼓起的绿色腰肌上满是深红色的疙瘩，背上坚硬的鳞片隐约如同一道锯齿形的火焰。背上突起两块红色的肉团，沿脊梁逐渐小下去，靠近抽动有力而又灵活的尾巴时，渐渐消失了。他头部光滑，透着绿色，长满疣痘的柔软下唇上挂满红肿的黏液泡，巨大的鳞爪留下深深的星状凹痕。

就在爬进山谷的那一刻，他看到的第一样东西是一列沿着岩石坡面奔驰的火车。他的第一反应是高兴，因为他错把火车当作了一个可以和他玩耍的近亲。更有甚者，他认为在火车看上去坚硬的闪亮外壳下肯定是鲜嫩的肉。于是他追着火车跑了起来，脚下踩出空洞、潮湿的响声。他眼看就要捉住最后一节车厢美餐一顿了，不料火车驶进了一条隧道。龙停下脚步，将头挤进黑色的隧道，自己的猎物已经不见了，可是他怎么也钻不进去。他朝隧道深处打了两个火热的喷嚏，然后缩回头来，直腰坐下，开始等待——它既然进去了，说不定还会出来。等了好长时间后，他摇了摇头，继续前行。恰在此时，一列火车从黑暗的隧道里急驰出来，窗玻璃闪闪而过，一转弯便没了踪影。龙无可奈何地回头看了一眼，像举起一片羽毛一般抬起尾巴，继续前行。

夜幕降临，薄雾笼罩在草地上。几个回家的农民看见了这头巨大的野兽，像一座走动的山一般，吓得他们不敢动弹。高速路上飞驰的一辆小车吓得四轮爆裂，跳了几跳，翻进了深沟。可是龙照样前行，什么也没看到。远远传来人群聚集的强烈气味，这正是他要去的地方。蓝色夜空下，工厂的黑色大烟囱影影绰绰耸立在前方，镇守着一个工业重镇。

镇上有两位重要人物：奇迹烟草公司的老板和大头盔烟草公司的老板。两人势不两立，明争暗斗为时已久，以此为题足以写成一部宏大史诗。他们的竞争无处不在——广告颜色、销售技巧、产品价格、劳资关系，不过没人说得上谁更胜一筹。就在那个令人无法忘记的夜晚，奇迹烟草公司的老板在办公室里待到很晚。不远处的办公桌上堆着高高一摞刚刚印出来的新广告，准备天一亮由合作社的工人们拿到城里四处张贴。

忽然，一阵铃声划破了黑夜的宁静。不一会儿，进来了一个面容苍白、身形憔悴的人，右颊上长着一个牛蒡模样的瘤。老板认识此人：他是奇迹烟草公司在郊区开办的一家招牌酒馆的业主。

"都凌晨两点了，我的朋友。我能想到的你此行前来的唯一理由就是发生了闻所未闻的重大事情。"

"情况正是如此。"酒馆老板说道，声音还算平静，但右颊上的那个瘤一直在抽动。以下便是他的报告：

他刚才打发走了五个喝醉了的老工人。他们肯定看到了外面有个什么特别奇怪的东西，因为他们一齐大笑起来——"哈哈哈，"其中一个粗声说道，"我肯定是喝多了，要不怎么会看到九头蛇怪，和传说中的一样大——"

酒馆老板还没来得及报告完，就听见一阵恐怖而沉重的嘈杂声音，还有人在尖叫。酒店老板走出来一看究竟。一个怪物，黑暗中像座潮湿的大山闪着微光，正在仰着头吞食一个大东西，吞咽时它发白的脖颈上依次堆起了层层小山。它吞咽完毕，舔舔嘴，全身摇摆，轻轻地躺在了大街中央。

"我看它肯定睡着了。"酒馆老板说，一根指头按住右颊上抖动的瘤。

奇迹公司的老板站起身，他的金牙闪动着灵感之光。一条活龙的到来所激发起的内心感觉只是一种时刻引导着他的强烈欲望——那就是一心要打败对手公司。

“有啦！”他叫道，“听着，我的好伙计，还有别的目击者吗？”

“我觉得没有了，”对方答道，“人人都在睡觉，所以我才决定不叫醒任何人，就直接找你了。这样也省得引起恐慌。”

老板戴上帽子。

“太好了。拿上这个——不，不要都拿上，三四十张就够了——还有这个罐子，刷子也带上。走，你在前面带路。”

他俩出门走进沉沉夜色，很快就来到一条寂静的街上，据酒馆老板称，怪物就躺在这条街的街头。借着一盏街灯发出的幽幽黄光，他们先是看见人行道中央一个头朝下倒立的警察。后来才知道，此人夜巡时路遇怪物，惊恐之下一头栽倒在地，到现在还没有回过神来。奇迹公司的老板，块头力量赶得上大猩猩，将警察扶正，让他靠在灯柱上，然后朝龙走去。龙睡着了，这也没什么奇怪的。他刚才吞下去的人碰巧都是灌满酒水的醉汉，在他的牙关下噗噗冒汁，酒进了空肚子里便直接冲上了他的头，他也就带着幸福的微笑耷拉下了薄薄的眼皮。他前爪蜷缩在肚皮底下，街灯照在他隆起的双脊上，分外鲜明。

“架起梯子，”公司老板对酒馆老板说，“我要亲自贴广告。”

他在怪物发黏的绿色侧腹上选了几块平整之处，不慌不忙地在生着鳞片的皮肤上刷浆糊，然后贴上了大量的广告招贴画。带来的所有画片贴完后，他意味深长地跟勇敢的酒馆老板握了握手，咬着雪茄回家了。

第二天清晨是一个迷人的春天清晨，柔柔薄雾给它蒙上了一层淡淡的紫色。突然街上变得热闹起来，人声嘈杂。大门窗户噼里啪啦纷纷打开，人群拥到街上，又汇入匆匆奔向某个地方的人流之中，还边跑边笑。大家看到的是一条活生生的龙，全身贴满了五颜六色的广告，无精打采地在沥青马路上啪啪漫步。有一张广告甚至贴在了他光秃秃的脑门上。“要抽就抽奇迹牌。”广告词蓝红相间，颇有创意。“只有傻瓜不抽奇迹牌。”“一抽奇迹烟，空气如蜜甜。”“奇迹，奇迹，真是奇迹！”

大家笑着说这的确是奇迹，怎么做成的？这怪物是一架机器？或是机器里藏满了人？

这么热闹的场面并非龙之所愿，他觉得很不自在。吞进去的廉价酒此刻让他胃里难受，浑身无力，再不可能想到早餐。再说，他现在觉得很是丢人现眼——任何一种生物初次发现自己围在人群中间，难免心虚胆怯。坦白地说，他很想赶快回到自己的洞里去，但那样一走了之他会觉得更加丢人现眼——于是他就无可奈何地继续前行，从镇上走过。有几个人背部贴了标语，沿途保护他，以防好奇心重的人或者调皮的孩子们钻到他的白肚皮下，或者爬上他的高脊梁，或是拨弄他的鼻口。一路上音乐高奏，每一个窗户里都有人探出身来，看得瞠目结舌。龙身后是车队，排成了一条纵队，其中一辆车上瘫坐着这一天的英雄——奇迹香烟公司的老板。

龙谁也不看，只管往前走。这么热闹的场面因他而起，他想不明白，很是郁闷。

与此同时，在一间阳光明媚的办公室里，奇迹公司的对头——大头盔公司的老板双拳紧攥，在一张柔软似苔的地毯上大步走来走去。在一扇打开的窗前，站着他的女朋友，一个娇小的走钢丝杂技演员，观看着游行队伍。

“岂有此理！”大头盔公司老板反反复复地粗声喊道。他是一个秃顶的中年男人，眼下垂着青灰色的松软眼袋。“这般胡闹，警方应该管管了……他用什么办法拼凑起这么个填充玩意儿的？”

“拉尔夫，”杂技演员突然拍手叫道，“我知道你该怎么做了。我们杂技团有很多骑马武士，还有——”

她瞪着一双玩具娃娃一般、涂了厚厚睫毛膏的漂亮大眼睛，压低声音，热切地讲了她的计划。大头盔公司的老板听后眼前一亮，立马给杂技团经理打了电话。

“妥了，”老板说道，挂上听筒，“那东西是用充气橡胶制成的。我们倒要看看，狠狠刺它一下会留下什么东西。”

与此同时，龙已经过了桥，过了集市，过了让他想起一些痛苦往事的哥特大教堂。他沿着主干道一路向前，正要横穿一个大广场时，人群突然分开，一名武士出其不意地朝他冲来。这武士一身铁甲，头盔拉低护面，上插一支阴森森的羽毛，骑着一匹身披银网的笨重黑马。两旁走着手持武器的人——扮成男侍卫的女子——打着仓促设计的别致标语，上写“大头盔”，“要抽就抽大头盔”，“大头盔所向披靡”。装扮成武士的杂技团骑手手握长矛策马而行。但不知为何，马匹突然口吐白沫，连连后退，接着猛然后腿直立，重重地瘫坐在地。武士跌落在水泥路面上，发出哗啦一声响，令人想起好端端的盘子被全部扔出窗外的响声。可是龙没能看到这一幕。就在武士刚一动弹的时候，他就猝然停住了，接着急速转身，尾巴因转身一甩打倒了站在一家阳台上看热闹的两位老太太，然后踩踏着四散的人群落荒而逃。他一个跳跃就到了镇外，飞过田野，攀上岩石陡坡，一头扎进了他的无底洞穴。他全身瘫软，仰面躺倒在地，脚爪蜷缩，那颤栗不止的柔软白肚皮冲着山洞黑色的拱顶。他长长出了一口气，闭上惊恐的眼睛，死去了。

圣诞节

一

斯列普佐夫踏着渐渐变暗的雪从村里返回自家庄园，到了后在屋里一角坐下，坐在一把从来没人坐过的绒布椅子上。人在遭受巨大不幸后往往如此。葬礼结束后，你悲痛得摇摇晃晃，牙齿打战，泪水流得双眼模糊，帽子也掉在了地上。这时有人体贴亲切地安慰你，递给你掉了的帽子。他不是你的兄弟，而是一位偶然相识的人，一位你从没有过多注意过的乡下邻居，也不知姓甚名谁，平时没怎么说过话。没有生命的事物也可以说是同样的情形。乡下大庄园很少使用的侧翼都有小房间，任何一间里，哪怕是最舒适的或小得极其可笑的房间里，都会有冷僻的角落。斯列普佐夫眼下坐的地方就是这样一个冷僻角落。

房子的这一侧和正房之间由一条回廊连接，回廊上此时积满了我们俄国北方常见的大堆大堆的雪。正房只在夏天使用，眼下没必要启用它，所以不用生火。主人从彼得堡来，在这里只住一两天，睡在厢房里。厢房里取暖很简单，把白瓷砖炉子生起来就行了。

主人缩在屋角的绒布椅上，就像坐在医生的候诊室里一样。屋子在黑暗中晃晃悠悠地动，刚擦黑的天色一片幽蓝，透过窗玻璃上羽毛状的晶莹霜花闪了进来。贴身仆人叫伊万，魁梧健壮，不爱说话，新近剃了八字胡，现在的模样很像他故去的父亲，也就是庄园上的老管家。他端进来一盏油灯，修剪了灯芯，显得亮亮堂堂。他把油灯放在一张小桌上，不声不响地罩上粉红色的丝灯伞。突然间一面斜挂的镜子里映出了他照在灯光中的一只耳朵和剪得很短的灰白头发。然后他退了出去，房门吱呀一声低响。

斯列普佐夫抬起搁在膝上的一只手，缓缓地仔细观瞧。一滴烛油滴在两根手指之间，已经凝固在指间的薄褶上。他把手指叉开，那片小小的白色鳞片便裂开了。

二

一夜都是些荒唐的碎梦，与他的痛苦全不相干。第二天早晨，斯列普佐夫走出屋子，来到冰冷的露台上。地板在脚下发出打枪一般的脆响，靠窗的白漆椅子没有放软垫，彩色的窗玻璃投下影子，组成好看的菱形花纹。露台门刚开始还打不开，过了一阵才沉重地吱呀一声开了，闪闪的寒气扑面而来。门台阶上结了一层冰，上面撒了防滑的红沙子，颇像肉桂的颜色。屋檐下垂着粗冰棱，闪着绿莹莹的青光。小雪堆一个接一个，一直堆到厢房的窗子底下，把那个温暖的木头小屋紧紧地搂在它们寒冷的怀抱里。夏天是花坛的地方，现在变成了奶白色的土墩，稍稍高出门前平整的积雪。再往远处看去，便是花园外围的大片林木，每一根黑枝装点着银白的边，冷杉在厚实闪亮的落雪重压下似乎收紧了绿色的手掌。

斯列普佐夫脚蹬高帮毡靴，身着羊毛领皮里短外套，缓缓地沿着一条笔直的小径走过去。这条小径是园中唯一一条扫过雪的小径，通向远处看不真切的林地。他奇怪自己还活着，还能感知皑皑白雪，还能觉出冷气刺得门牙疼。他甚至注意到银装素裹的一丛灌木宛如一座喷泉，还注意到一个小雪堆的斜坡上一只狗留下了一溜藏红花色的印迹，划破了小雪堆的硬壳。再往前去一点，便是一座人行桥，桥柱露在雪外面，斯列普佐夫在这里停住了脚步。他拂去桥栏杆上厚厚一层蓬松的积雪，又伤心，又气恨。这座桥上夏天的情形历历在目。滑溜溜的厚木板上散落着柔荑花序，他的儿子走在上面，敏捷地抖开网兜，捕住了一只停在桥栏杆上的蝴蝶。晒黑了的草帽帽檐耷拉下来，永远消失了的笑容荡漾在帽檐下的那张脸上。腰带上挂着皮钱包，他一只手玩弄着钱包上的小链，一双光滑可爱的小腿被太阳晒得黝黑，穿着斜纹哔叽布短裤，脚上是在水里浸湿了的凉鞋，和平时一样高高兴兴地叉开腿站着。就在不久之前，还在彼得堡的时候，他发癔病时不停地念叨学校，念叨他的自行车，念叨一种东方大蛾子。之后他就死了，昨天斯列普佐夫护送灵柩来到乡下，葬进了村里教堂附近的家族墓地中——沉甸甸的棺木似乎带走了他的整整一生。

一片静寂，只有在晴朗寒冷的日子里才会如此静寂。斯列普佐夫高高抬起脚，踏上林间小径，身后的雪地上留下一个个青色的脚印深坑。树木银装素裹，白得令人惊奇。他穿过树林，来到花园尽头处，再往前就是小河。河面封冻，光溜溜一片银白，上面凿出了一个洞，洞附近有冰块闪闪发光。河对岸有几座小木屋，积雪的屋顶上冒着几缕笔直的粉红色炊烟。斯列普佐夫摘下羊皮帽，身子靠在一棵树的树干上。远处有农人砍柴，一记记斧声沉沉传向天空。在林间银色的淡雾之外，高悬在森森树木上方的太阳迎来了教堂十字尖顶平静的光辉。

三

午饭后他乘坐一辆高背的老式雪橇去了墓地。黑马驹的肚腹在寒风中扇动，发出响亮的噼啪声。低垂的枝叶像雪白的羽毛掠过头顶，前方的车辙闪着银白色的清辉。到了墓地，他在墓前坐了一个钟头，把一只戴着羊毛手套的手沉甸甸地搁在铁制的墓栏上，只觉得墓栏隔着羊毛发烫。回家后感到一丝淡淡的失落，好像刚才在墓地反而比在家里离儿子更远。这是因为在家里，儿子夏天穿着凉鞋跑来跑去留下的无数脚印还保存在积雪底下。

黄昏时分，一阵强烈的悲痛袭来，他吩咐打开正屋门。门带着一声沉重的哭泣打开了，前厅横着一根铁杠，里面飘出来一股冷气，比较独特，不像冬天的严寒。斯列普佐夫从守夜人手里接过装有铁皮反射镜的油灯，独自走进屋去。镶木地板在他脚下发出吱吱的怪响。黄黄的灯光落满一个又一个房间，罩了白布套的家具显得如此陌生。天花板下本来是一盏叮当作响的枝形吊灯，现在套着一个不声不响的口袋。斯列普佐夫的巨大身影从整个墙面上漂浮而过，只见身影伸出一只胳膊，停在几个灰色的方框上方。方框上挂着布帘，罩着几幅油画。

他走进儿子夏天当书房的那间屋子，把油灯搁到窗台上，不小心碰破了指甲。虽然窗外是茫茫夜色，但他还是打开了可以折叠的百叶窗。油灯轻轻冒着烟，黄色灯苗映在蓝色的玻璃上，他长着胡须的脸也暂时显现出来。

他坐在没摆任何东西的书桌前，冷峻的目光从紧皱的眉头下抬起，打量眼前的陈设：淡白的墙纸，周围是淡蓝色的玫瑰花环；一个像办公室文件柜一样的窄柜，从顶到底全是可以滑动的抽屉；一张长沙发和两张扶手椅都蒙着布套。突然间他的头垂向桌面，全身不声不响地狂抖起来，先是将嘴唇紧贴在落满灰尘的冰冷桌面上，随后又将泪水浸湿的脸颊贴上去，两手紧紧抓着书桌靠里边的两个角。

他在书桌抽屉里发现了一个笔记本，几块铺平蝶翅的木板，一些黑色的大头针，一个英国的铁皮饼干盒，里面放着一只异域的大蛹茧，这东西当年价值三卢布。它摸起来像纸一般，似乎是一片卷起来的枯黄树叶制成的。儿子在病中一直惦记着它，后悔把它留在了乡下。不过他又安慰自己，心想包在茧里的蝶蛹也许是个死东西。抽屉里还发现一只扯破了的捕蝶网，是一个塔勒坦布织成的口袋，缝在一个可以折叠的环口上（口袋的薄纱还散发着夏日艳阳下的青草气味）。

后来他开始一个一个地拉开立柜的抽屉，边拉边哭，身子越弯越低。每个抽屉上都盖着一块玻璃，玻璃下整整齐齐摆放的蝴蝶标本在昏暗的油灯照耀下像丝绸一般闪闪发亮。就是在这里，在这间屋里，在那张书桌上，他的儿子曾处理他捕获的蝴蝶。先是铺平蝴蝶的翅膀，弄死蝴蝶后，小心地用大头针别在软木垫底的摆置板凹槽中，凹槽之间的距离可以用小木条调整。然后压平还没有僵硬的蝴蝶翅膀，用别上大头针的纸条固定住。这些蝶翅如今早已干了，也移到了柜子里——有好看的燕尾凤蝶，有色彩绚烂的黄蓝斑纹蝶，有各种各样的豹纹蝶，还有一些被制作成仰躺的姿势，以展示其珠母色的腹底。儿子经常念叨它们的拉丁学名，有时候念一个得意地低哼一下，有时候念一个不屑一顾地往旁边撇撇嘴。蛾子啊蛾子，第一次念它们的拉丁学名已是五个夏天以前的事了！

四

月光照着烟蓝色的夜空，薄云在天空飘荡，不过没有遮掩皎洁的寒月。朦朦寒霜中的树木在雪堆上投下沉沉暗影，雪堆这里那里闪着微光，时不时像金属一般闪烁。在装饰豪华、供暖充足的厢房里，伊万曾移来一棵两英尺高的冷杉，栽在一个陶土花盆里，摆在桌子上。斯列普佐夫从正屋过来时，伊万正在往十字形的树尖上绑蜡烛。斯列普佐夫冻得全身僵硬，腋下夹着一只木匣，两眼通红，一边脸颊上还留着书桌桌面上印下的斑斑灰尘。他一见桌上的圣诞树，茫然问道："这是干什么？"

伊万接过木匣，老练地低声答道："明天要过节。"

"不要它，拿走。"斯列普佐夫皱皱眉说道，心里却在想：今晚会是圣诞夜？我怎么就忘了呢？

伊万婉言劝道："这树又绿又好看，就让它放一阵儿吧。"

"请拿走。"斯列普佐夫又说一遍，朝他带来的那个匣子俯下身去。他把儿子的东西都收集起来放进这个匣子中了——有可以折叠的捕蝶网，放梨形蛹茧的铁皮饼干盒，铺平蝶翅的木板，装在漆盒里的大头针，还有蓝色笔记本。笔记本的第一页已撕去了一半，剩下的半页上是一次法语听写的部分内容。后面便是每日的记载，捕到的蝴蝶的名称，还有其他事项：

“走过沼泽，远至博罗维奇村……”

“今天下雨。大雨。和爸爸下跳棋。后来读了冈察洛夫的《战舰游》，一本极其乏味的书。”

“今天热得出奇。傍晚骑自行车。一只蚊蝇撞进我眼里。故意骑到她家别墅附近，去了两次，却没见到她……”

斯列普佐夫抬起头，仿佛吞下了一大块灼热的东西。儿子这是在写谁呢？

“又像往常那样骑自行车，”他继续往下看，“我们几乎四目相对。我的宝贝，我的爱人……”

“真是不可思议，”斯列普佐夫低声说道，“我再也无从知晓了……”

他又低头往下看，如饥似渴地读孩子稚气的手忽高忽低、歪歪斜斜写下的文字。

“今天见了一只新品种的坎伯韦尔美人蝶。这意味着秋天到了。傍晚下雨。她可能已经走了，我们还未曾相识。别了，我的宝贝。我觉得特别悲伤……”

“他从来没有跟我说过呀……”斯列普佐夫一手搓着前额，竭力回忆。

最后一页上是一幅钢笔画，画的是一只大象的后面——两条柱子一般的粗腿，两只耳朵垂下的尖角，还有一条小尾巴。

斯列普佐夫站起身，摇摇头，再一次控制住悲痛欲绝的哭声。

“我……再也……忍受……不下去了，”他抽抽搭搭地哀叹道，接着又说了一遍，比刚才说得更缓慢，“我……再也……忍受……不下去了……”

“明天是圣诞节，”他突然想了起来，“我却要死了。当然了，就这么简单。就在今夜……”

他抽出手帕擦擦眼睛，擦擦胡子，擦擦脸颊。手帕上留下道道污痕。

“……死去。”斯列普佐夫轻轻说道，像说完好长一句话似的。

时钟嘀嘀嗒嗒。蓝莹莹的窗玻璃上结满了霜花。打开的笔记本亮亮堂堂地摊在桌子上，旁边放着捕蝶网，灯光透过捕蝶网的细纱布照在打开的铁皮饼干盒的一角上。斯列普佐夫双目紧闭，产生了一种转瞬即逝的感觉，感到尘世的生活摆在他眼前，无遮无盖，一览无余——因充满悲伤显得可怕，因毫无意义令人心灰意冷，到头来毫无结果，不可能出现奇迹……

就在此刻，只听见突如其来啪的一声响—— 一声细细的轻响，像是绷紧的皮筋突然断裂。斯列普佐夫睁开眼睛。原来是铁皮饼干盒里的那个蛹茧从蛹尖上破裂开来，一个皱皱巴巴的黑东西，有小老鼠那么大，正在沿着桌子上方的墙往上爬。它停下了，六只黑茸茸的爪紧紧贴在墙面上，身子开始很奇怪地颤动。它是从那个蝶蛹里破茧而出的，原因是一个悲痛欲绝的人把一个铁皮盒子带到了他的暖和房间，而暖气穿透了那个紧紧包着它的枯叶一般的丝茧壳。它等待这一时刻已经很久很久了，早已形成蓄势待发之势，一旦破茧而出，便缓缓地、神奇地成长起来。渐渐地，它尚带皱褶的薄翅和毛茸茸的翅边显露出来，扇状的翅脉也随着空气的充入越来越坚实。不知不觉间它变成了个有翅膀的东西，如同一张日益成熟的脸不知不觉间变得漂亮了一样。它的双翅——还很脆弱，还带着湿气——眼看着在长，在伸展，眼看着就长成了上帝为它们设定的尺寸。再看那墙面上爬着的已不再是一个生命的小不点，已不再是一只黑乎乎的老鼠，而是一只硕大的蛇头蛾，和那些在印度的暮色中像鸟一样绕着油灯飞来飞去的大蛾子差不多。

它那厚实的黑翅，每一片上有一个亮闪闪的眼状斑点，还有一朵淡紫色的花，轻拂着黑翅钩子一般的翅尖。只见它几乎像人一般陶醉在温柔的幸福中，然后猛一使劲，展翅而去了。

一封永远没有寄达俄国的信

我那远方的美丽、亲爱的人，我以为你我分离八年多来，昔日的一切你都无法忘记，只要你还能记起我们逃学到苏沃洛夫[①]博物馆相会时那个一点也不管我们的满头灰发、身穿天蓝色制服的门卫。那是彼得堡一个寒冷的早晨，我们去的那地方落满灰尘，非常小，太像一个精致的鼻烟盒了。就在一座士兵蜡像的背后，我俩有过多么热烈的拥吻啊！过后，我们从那古老的灰尘中出来，塔夫里切斯基公园里银色的亮光照得我们多么晕啊！彼得堡一条大街的中央立着一个稻草扎制的德国士兵模型，士兵们摇摇摆摆走在结冰的地面上，一声号令，便扑向前去，举起刺刀插入那个模型的小腹，同时发出热烈欢快的低吼声，听起来多么奇怪啊！

是的，我知道自己在以前的信里发誓不再提起过去，尤其是不提我俩共同经历过的琐事。我们这些流亡在外的作家按说应高度重视笔下话语的纯正性，然而，我在这里起笔几行，就违背了这一点，致使话语纯正性荡然无存，也让那些沉重话语影响了你轻松怀旧的雅兴。亲爱的，我真的不愿对你说起过去。

现在是夜晚。每到夜晚，人才会特别专注地观察物体的静默状态——油灯、家具、装在相框里摆在书桌上的照片。看不见的水管里时不时传来流动不畅的汩汩水声，就好像房子的嗓门上涌来呜咽声。晚上我常出去散步。街灯映在柏林潮湿的沥青马路上，光影缓缓流动，路面就像是涂了一层薄薄的黑色油脂，起皱的地方存下了小小水坑。零零星星的火警报警器上闪着暗红色的光。电车车站旁立着一个装满液体的玻璃柱，闪着黄光。不知为何，每当深夜空荡荡的电车从街角拐弯驶来、呼啸而过时，我心中总会涌起一种既幸福又忧伤的感觉。从车窗望进去，一排排棕色的电车座位在明亮的灯光下清晰可见，车上只有一个售票员，斜挎着一个小黑包，在座位间独自来来去去。每当向电车行驶相反方向走动时，他就会摇摇摇摆摆，看上去有点紧张。

我在这幽静、漆黑的街道上漫步时，喜欢听到有人回家的声音。尽管夜色中看不见那人，也事先不知道哪一家的大门会有了动静，迎接开门的钥匙。可我听得见钥匙转动的声音，门旋即开了，推住稍停片刻后，砰的一声关上了。门里面又传来钥匙转动的声音，离开房门玻璃窗很远的门厅深处闪起柔和的灯光，持续了不同寻常的一分钟。

一辆小轿车驶过，打出两道湿漉漉的光柱。是一辆黑色轿车，车窗下有一道黄色条纹。粗哑的喇叭声灌入黑夜耳里，车影从我的脚下掠过。直到现在，街上都是空无一人——只有一只老狗，爪子轻轻敲打在人行道上，好像极不情愿地陪着一位没戴帽子、打着伞、无精打采的漂亮姑娘出来散步。姑娘从一个暗红色灯泡底下走过去（灯泡在她左侧，就在火警报警器的上方），伞面上唯一一块绷紧的黑幔变成了潮湿的红色。

拐过弯，远处人行道上——太出人意料了！——一家电影院的大门如镶了宝石一般流光溢彩。进门一看，长方形的月白银幕上能看到或多或少接受过专业训练的哑剧演员。这时银幕上出现了一个女孩的特大脸盘，一双亮闪闪的灰色眼睛，黑色的嘴唇上几道裂缝闪闪划过。画面渐次放大，女孩凝望着昏暗的放映大厅，一行长长的晶莹泪水奇妙地从腮边滚滚而下。有时候（真是神奇一刻！）银幕上会

---

① Alexander Suvorov (1730—1800)，俄罗斯历史上著名的常胜将军，军事家、军事理论家、战略家，一七九九年被沙皇授予俄国大元帅军衔。

出现真实的生活场面：突然聚起的人群，波光粼粼的水面，一棵无声无息却看上去沙沙作响的树，让人觉察不出那是在拍电影。

再往前走，来到广场一角，一个身穿黑皮衣的矮胖妓女缓缓地走来走去。她偶尔会在一个光线刺眼的商店橱窗前驻足观望，橱窗里有一个蜡制的红唇模特，向夜色里的过客们炫耀着身上如水般湿润流淌的翠绿长裙和桃红色的鲜亮丝袜。我喜欢观察这位文静的中年妓女，只见一个留着八字胡须的老男人朝她走去，先从她身旁走了过去，然后回头望了两眼。他是这天上午从帕彭堡来此办事的。她会不慌不忙地带他去附近的一栋楼房。那栋楼在白天和周围的楼房没什么两样，都是普普通通的建筑。楼房没有亮灯的前厅里有个老门卫，彬彬有礼，但面无表情，彻夜守候在那里。一截陡峭的楼梯顶端站着一位同样面无表情的老太太，她会装出漫不经心的样子打开一间空房并收取入住费。

对了，你知道吗，当火车从街道上方的桥上急驰而过时，所有的车窗灯火通明，传出欢声笑语，那是多么热闹的景象啊！那火车也许只驶往郊区，可就在那一瞬间，漆黑一片的桥下原本黑暗的世界充满了强有力的金属乐，令我不禁浮想联翩：我在平静地、轻松愉快地等着办理签证手续，一旦盖好额外的几百个印章后，我就可以踏上奔往阳光大地的旅途。

我心情实在轻松，有时候甚至喜欢看人们在当地的咖啡馆里跳舞。我的许多流亡同伴义正词严地（愤慨之余也有一丝快乐）指责这些时下流行的丑恶现象，包括流行舞。不过流行时尚是人类平庸能力的创造物，也算生活的一个层面，平等的庸俗化身，那么，谴责它也正意味着平庸也能创造出值得关注的东西，不论那是一种政府形式还是一款新发型。当然了，我们这些所谓的现代舞其实压根就不现代：它们可以追溯到法国大革命的督政府时期，那时的妇女和现在的一样，衣服就是紧贴皮肤而穿，乐手也是黑人。流行时尚每个世纪都有：十九世纪中叶几乎清一色地流行拱形裙，后来烟消云散，代之以紧身裙和贴面舞。我们跳的那舞，毕竟是极其自然、极其纯真的。有时候——在伦敦的舞厅——单调中体现着完美的优雅境界。我们都记得普希金这样描述过华尔兹："单调而又疯狂"。万事莫不如此，道德堕落也不例外……这里有我在达格利寇侯爵[①]的回忆录中读到的话："我不知道还有什么比小步舞更颓废的了，可在我们的城市里，大家都认为跳这种舞是无伤大雅的。"

所以说，我喜欢看在咖啡厅里跳舞的人，再次借用普希金的一句话："他们一对一对地婆娑而过。"眼妆画得很有趣，闪烁着最简单的人间快乐。穿着黑色裤子和浅色长筒袜的腿相互碰撞。脚步来回转动。与此同时，门外等候着我忠实的、孤独的黑夜和它潮湿的影子，还有喇叭鸣响的汽车，滚滚的寒风。

也就是在这样一个夜晚，远在城外的俄罗斯东正教墓地上，一位七十岁的老太太自杀于最近去世的丈夫坟前。第二天上午我恰巧路过，守墓人—— 一位严重残疾的老兵，参加过邓尼金战役——架着一副他身子每动一下就嘎吱作响的拐杖，走过来指给我看老太太上吊的白色十字架，还让我看依然粘在上吊绳着力之处的几缕线丝。他轻轻说："是一根崭新的绳子。"不过，最神秘、最迷人的还是老太太留在墓基旁湿地上的月牙形脚印，小得就像小孩子的脚印一般。"她踏踩了一点点墓园，可怜的人，不过除此之外，园中没有任何弄脏弄乱的地方。"守墓人平静地说道，瞥了一眼那些残留的黄线丝和陷下去的小小脚印。我突然间意识到，哪怕是死亡，从中也能看到天真的微笑。也许，亲爱的，我写这封信最主要的原因就是想告诉你人生也有如此简单、如此温柔的归宿。柏林的夜色也这般简单温柔地消融了。

听着，我现在感到如愿以偿般的快乐。我的这种快乐是一种挑战。每当我漫步在街头、广场和运河旁的大道上，恍惚感到潮气

① D'Agricourt，法国著名酒庄玛歌庄园的历任园主之一，法国大革命期间流亡海外。

从疲惫的双脚直舔上来，我骄傲地带着我那不可言说的快乐。几百年将会匆匆而过，那时的学童会对着我们所经历的沧桑巨变直打哈欠。一切都会过去，可是我的快乐，亲爱的，我的快乐将会永存：在街灯潮湿的倒影里，在小心地拐了个弯下到运河幽幽水中的石头台阶上，在一对对舞伴的微笑里，在上帝慷慨安排在人类孤寂周围的万物中。

斗

清晨，如果阳光诱人，我就会离开柏林去游泳。在电车终点站，一个绿色长凳上，坐着电车司机们，一个个又矮又壮，穿着大号笨头鞋。他们在抽烟休息，时不时搓搓满是金属味的大手，看一个围着皮围裙的男人浇灌附近铁轨沿线盛开的蔷薇。水从闪亮的软管中喷涌而出，形成一幅柔软的银色扇面，时而在阳光里飞舞，时而平稳地喷洒在突突抖动的灌木丛上。我把毛巾卷起来夹在腋下，从他们身边走过，大步流星地向树林边走去。松树长得密密实实，树干细长，越往下越粗糙，颜色也越深，越往上颜色则越嫩。斑驳陆离的阴影落在树干上，如树斑一样。树下的衰草里落满报纸的碎片和阳光的碎片，二者似乎互为补充。忽然，头顶露出一线晴空，将树林分成两半，我沿着银色的沙浪一路向下来到湖边。湖边上游泳者嘈杂的声音此起彼落，一个个黑色的脑袋在一片平滑闪亮的水面上忽上忽下。倾斜的沙滩上满是仰卧或俯卧的人体，尽可能让每一块皮肤都晒上太阳。有些人的肩头上粉红色的小疹子还未褪去，另一些人则全身闪着古铜色，要么已晒成奶油浓咖啡色。我一到就立即脱去衬衫，融化在阳光博爱的柔情里。

每天上午，准准九点时，我身旁就会出现一个上了年纪的德国男人。他长着罗圈腿，穿着半军装式的夹克衫和长裤，大秃头被太阳照得红光锃亮。他随身携带一把乌黑的雨伞和一个捆绑整齐的包袱，这个包袱很快就分解成一条灰毯、一条沙滩浴巾和一摞报纸。他细心地将毯子铺在沙滩上，脱去衣服，露出事先穿在长裤底下的游泳短裤，调整好身体，舒舒服服地躺在毯子上。伞也在头上方调好角度，只让脸遮在阴凉里，然后看起报纸来。我用眼角的余光观察他，注意到那两条结实弯曲的腿上长满了卷曲的黑色长毛，宛如梳子梳理过一般，圆鼓鼓的肚皮上那个深陷的肚脐眼犹如一只向天凝望的眼睛。我饶有兴味地猜测着如此喜好日光浴的他会是怎样一个人。

一连几个小时，我俩懒洋洋地躺在沙滩上。夏日掠过晴空的云彩就像是沙漠里起伏穿行的商队——有骆驼形状的云，有帐篷形状的云。太阳老想在朵朵云彩间悄悄露脸，可是云彩总是舒展花边，将太阳遮蔽。这时光线暗下来，接着太阳又现光辉，不过先照亮的总是对岸——我们留在千篇一律、没有色彩的阴影里，对岸则已经洒满了温暖的阳光。松树的影子在沙滩上慢慢生长，小小的裸体人影如阳光塑成的轮廓般闪现。突然，那光辉也笼罩了我们这一边，仿佛一只巨大的眼睛愉快地张开。我跳起身来，踩着微微发烫的灰色沙滩朝湖水跑去，扑通一声跳了进去。稍后，在炽热的阳光下晒干身子又是多么舒畅啊！那感觉就像是太阳用隐秘的双唇贪婪地吮吸着留在我身上的凉凉水珠！

这时，轮到我的德国同伴下水了。他啪的一声收起伞，两条罗圈腿小心地抖动着，朝湖边走去。到湖边后，他和老年游泳者一样先淋湿头部，而后挥动双臂游了起来。一个糖果小贩沿湖岸走了过来，叫卖着他的商品，另外两个身穿泳衣的人拎着一桶黄瓜匆匆走过。在我前后左右晒太阳的人都是些有点粗野、体型好看的人，他们巧妙地模仿起小贩简洁有力的叫卖声。一个裸身的幼儿，全身沾满黑色湿沙，摇摇摆摆地从我身边走过，他的小鸡鸡在他又胖又笨的小腿间跳来跳去，煞是有趣。他年轻迷人的妈妈就坐在近旁，半裸着身子，衔着发卡梳理一头长发。再远一点，树林边上，一群古铜色肌肤的年轻人玩着一种激烈的接球游戏。他们单手猛掷手中的大球，好像古希腊掷铁饼者流芳百世的姿势在他们身上复活了。一阵清风吹过，松树林沙沙作响，犹如古代雅典城内的欢呼之声。我恍惚觉得，整个世界就如同那只坚硬的大球，被掷出了一个奇妙的弧，飞落到一个裸体的异教神灵手中。与此同时，一架飞机从松树林上方呼啸而过，那帮皮肤黝黑的投掷手中有一个停下了游戏，抬头仰望，看着一对蓝色的机翼哼着欢快的奇妙小曲朝太阳飞去。

我希望把眼前这一切给我这位德国同伴讲讲。他刚刚出水，回到沙滩上躺下，张大嘴喘着粗气，露出参差不齐的牙齿。他老是听不懂我的话，惟一的原因就是我德语词汇不够。尽管如此，他仍然对我报以微笑。那一笑，整个人都笑了一般，连同他闪闪发亮的秃头顶、浓密的黑胡须、中间长了一溜毛发的滑稽大肚子，统统笑了起来。

一个特别偶然的机会，我总算知道了他的职业。那是一天黄昏时分，汽车的喧嚣声开始减弱，叫卖车上堆积如山的橘子披上了南方蓝天的亮色。我碰巧在一个偏远区闲逛，随便走进一家小酒馆，想喝上一杯，解解城市流浪汉都熟悉的傍晚之渴。我那位乐呵呵的德国同伴就站在灯光闪烁的吧台后面，从龙头上接下一股喷出来的黄色酒液，用一个木头小刮刀刮去了泡沫，杯子注得不能再满了。一个魁梧笨重的货车司机，蓄着好大一把灰色胡须，靠在吧台上，看着龙头，听着啤酒马尿般的嘶嘶流淌声。老板抬起眼来，友好地咧嘴一笑，也给我倒了杯啤酒，叮当一声把我给的硬币投进了抽屉。他身旁站着一个金发姑娘，身穿花格连衣裙，露出尖尖的胳膊肘，一边清洗酒杯，一边拿一块干布敏捷地擦干杯子，擦得杯子吱吱作响。就在那天晚上，我知道她是他的女儿，名叫埃玛，家里姓克劳泽。我在一个角落坐下，开始慢慢饮用发白的淡啤酒，品尝它略带金属味道的余味。小酒馆很普通——墙上贴着两张啤酒广告，挂着鹿角，天花板又低又黑，挂满彩色花纸，像是节日过后的遗留物。离吧台远点的架子上，酒瓶闪闪发光，架子上方悬挂着一个老式小屋状的布谷鸟钟，嘀嗒声煞是响亮。铸铁炉子上的环状管子沿墙而上，最后折进了头顶上五颜六色的花纸中。结实的桌子上没有铺桌布，上面摆着卡纸板做的啤酒杯杯垫，杯垫上脏兮兮的白颜色煞是显眼。其中一张桌边坐着一个犯困的男人，脑后堆满因贪吃而累积起来的层层肥肉，还有一个牙齿很白、闷闷不乐的小伙子，看模样不是个排版工就是个电工。两人正在掷骰子。酒馆里平静祥和，只有时钟不停地把时间分割成枯燥的小块。埃玛把手中的杯子碰得叮当响，眼睛一直盯着角落里的那面镜子。一则广告上的金色印字将镜子一分为二，里面映出了那个电工模样的小伙子的清晰轮廓，他一只手正举着一个装有骰子的黑色锥形杯。

第二天上午，我再次走过那些结实高大的电车司机，走过水管喷涌而出的银色扇面，扇面上时不时浮起一道绚丽彩虹。我再次来到阳光灿烂的沙滩上，发现我的德国同伴克劳泽已经躺好。他从伞下探出淌汗的脸，说起话来——说了湖水，也说了热浪。我躺了下来，侧脸闭目避开阳光，再次睁开眼时，发现周围的一切都蒙上了淡淡蓝色。突然，湖畔路边阳光斑驳的松树林里开出了一辆小货车，一名警察骑着自行车紧随其后。货车厢里一只被抓来的小狗躁动地乱转，拼命狂叫。克劳泽抬起身来，高声叫道："大家小心，捕狗人来了！"立即有人应声，一个传一个，绕着湖湾传开了，速度远远超过了捕狗人。得到警报的养狗人纷纷朝各自的狗跑去，匆匆给狗戴上口套，扣紧拴狗皮带。克劳泽乐呵呵地听着传递报警的声音渐渐远去，友善地冲我眨眨眼，说："好啦，车上那只也就是他能抓到的最后一只了。"

我开始成为克劳泽酒馆的常客。我特别喜欢埃玛——喜欢她裸露的双肘、灵敏的小脸、平淡无奇的温柔双眸。不过我最喜欢的还是她看着自己情人的样子——情人就是那个电工，懒洋洋地靠在吧台上。我从侧旁观察过他：嘴角的皱纹显得凶狠又歹毒，眼神闪着狼一般的光，凹陷的下巴很久没剃，满是青色的短髭。他和埃玛说话时，坚定不移的目光似乎就要刺穿她，埃玛也明白他的心意，充满爱意地回望着他。她半张着苍白的双唇，边听边信任地点头，这情形看得坐在角落里的我心情欢畅，觉得又幸福，又喜悦，就好像是上帝向我证实了灵魂的不朽，或是我的作品得到某位天才的赞赏。我还深深记得电工的那只手，湿漉漉的，沾着啤酒沫，拇指紧扣着酒杯，黑色的大指甲盖中间有一道裂纹。

我最后一次到那里的那个晚上，我到现在还记得，天气闷热，孕育着一场即将来临的暴风雨。后来果然狂风四起，广场上的人们纷纷奔向地铁入口。地铁外面灰沉沉一片昏暗，狂风撕扯着衣襟，如同画作《庞培的毁灭》中的情景。老板克劳泽在昏暗的小酒馆里感到燥热，便解开领扣，和两个伙计一起闷头吃晚饭。天色渐晚，雨点噼里啪啦地打在窗棂上，那电工正是这时候来了。他浑身淋湿了，冷得发抖，一看埃玛不在吧台，便恼怒地嘟囔了几句。克劳泽没有吭声，继续吃一截灰石头颜色的腊肠。

我感到要发生非同寻常的事了。我已经喝了很多酒，但我的灵魂——我那充满渴望、目光敏锐的内心世界——盼着看上一场好戏。起因其实很简单。电工走进吧台，很随意地从一个扁酒瓶里给自己倒了杯白兰地，然后一饮而尽，抬起手腕擦擦嘴，一拍帽子，朝门口走去。克劳泽把刀叉交叉放在盘子上，高声叫道："慢着！酒钱二十芬尼[①]！"

电工的手已经放在门把上了，他回过头说："我以为到这里就是到家了。"

"你是不打算付钱了？"克劳泽问道。

埃玛突然从吧台后面的挂钟底下钻了出来，看看父亲，又看看恋人，愣住了。她头顶上的布谷鸟从窝里跳了出来，又退了回去。

"别管我。"电工慢悠悠地说了一句，走了出去。

---

① 德国旧时硬币，一百芬尼等于一马克。

克劳泽突然身手异常矫健，一个箭步跟了上去，呼地一下拉开了门。

我一口喝完剩下的啤酒，也追了出去，只感到外面一阵潮湿的风舒适地扑在脸上。

他们两个站在雨光粼粼的昏暗人行道上，怒目相向，高声对骂。两人骂声越来越高，说的话我基本上听不清楚，只有一个词反复出现，听得清清楚楚：二十，二十，二十。路上已经有人停下来看这场争吵——我自己更是入迷一般，街灯的反光闪在两张扭曲的脸上，克劳泽露在外面的脖子上暴起青筋。不知为什么，眼前的这一幕突然让我想起自己经历的一次激烈打斗。那是有一次在一个海港潜水时和一个黑甲虫一般的意大利人打了起来，不知怎么的我一拳就打进了他嘴里，把里面湿漉漉的皮肉连撕带扯，好不凶狠。

电工和克劳泽的骂声越来越大。埃玛从我身边溜过去，又站住了，不敢靠近，只是拼命地喊："奥托！爸爸！奥托！爸爸！"她每喊一声，围观的一小群人中便毫不意外地发出一阵从容的咯咯笑声。

两个男人已经开始拳脚相向了，劈头盖脸，记记重拳。电工出拳一声不吭，克劳泽则每打一下闷闷地短吼一声。奥托干瘦的背弯了下来，一只鼻孔里流出了黑乎乎的血。他猛一使劲，想抓住那只不停地击在他脸上的重拳，但没有成功。只见他摇摇晃晃地脸朝下摔倒在了人行道上。围观的人们朝他跑过去，挡住了我的视线。

我记起自己把帽子忘在了餐桌上，便回去取。酒馆里出奇地明亮，安静。埃玛坐在角落里的一张桌子旁，头伏在伸展开的胳膊上。我走上前去，摸了摸她的头发。她抬起满是泪水的脸，又垂下头去。我小心地吻了吻她散发着厨房气味的柔软发丝，拿上帽子走了出去。

街上，人群依然没有散去。克劳泽喘着粗气，就像刚从湖水中出来的那样，在向一位警察解释着什么。

我既不知道也不想知道在这件事中究竟谁对谁错。这个故事也可以来个别样写法，以饱含同情的笔墨大写一个女孩的幸福如何毁于一块铜板，埃玛如何哭了整整一夜，天快亮时才昏昏睡去，梦中又如何再次看见父亲殴打自己恋人时那张狂怒的脸。要么就是这样的：人的悲伤欢乐也许无关紧要，重要的是阴暗和光明可以同时在一个大活人身上上演，多少琐事可以和谐共处于特定的某一天、特定的某一时刻，共处的方式又是那么独特，别无二致。

乔尔布归来

凯勒夫妇走出歌剧院时，夜已深了。在这座安静的德国城市里，空气似乎不带色彩，教堂倒映河中，涟漪荡起，倒影轻轻流动，就这样动了七个多世纪。瓦格纳是该城的一道休闲大餐，喜欢音乐的人百吃不厌。听完歌剧，凯勒领着妻子去了一家豪华的夜总会，那里的白葡萄酒远近闻名。过了凌晨一点钟，他们的小轿车这才不合时宜地亮起车里的灯，快速驶过空无一人的街道，停在一幢不大却很体面的私人住宅的小铁门前。凯勒是位壮实的德国老先生，长得很像保罗·克鲁格大叔[①]。他先下车，站在人行道上，在街灯昏黄的暗光里，树叶投下一轮轮的影子，在人行道上抖动。接着是他妻子下车，先放下一条粗腿，然后从车里爬出来，灯光马上照亮了他的衬衣硬领和他夫人衣服边上喇叭形的小饰珠。女仆在门廊上迎接他们，压低惊恐的声音告诉他们乔尔布来过，这事惊得她到现在都平静不下来。凯勒太太长着一张又胖又圆的脸，总是面色红润，这样的容颜多少和她出身俄国商人家庭相一致。现在一听女仆的禀报，她急得满脸通红，脸上的肉也抖了起来。

"他说她病了？"

女仆压低声音说得更快了。凯勒伸出他厚实的手掌捋了捋满头银发。他的脸盘比较大，上嘴唇长，皱纹深，有点猿猴模样，现在眉头紧蹙，更显得老相。

"我可等不到明天，"凯勒太太自言自语道，拖着沉重的脚步在一个地方转圈，边转边摇头，还伸手去揭罩在她赤褐色假发上的纱网，“我们立刻到那里去。天啊，天啊！难怪足足一个月没来一封信。”

凯勒一把撑开折叠礼帽，用地道的、略带喉音的俄语说：“这人疯了。她病了，他怎么还敢再一次把她带到那个龌龊旅馆去？”

不过，他们以为他们的女儿生了病，那当然就错了。乔尔布之所以对女仆这么说，是因为这么说容易一些。实际上他是只身一人从国外回来的，回来后才意识到，不管他愿不愿意，他都必须说清楚他的妻子是怎么死的，为什么他一直没有写信将妻子之死禀告岳父岳母。要说清楚实在太难了。他怎能说他宁愿独自承受痛苦，不愿受外人干预，也不愿让任何人分担自己的痛苦？在他看来，她的死太罕见了，几乎是闻所未闻的意外事件。在他看来，她的死再纯洁不过了。一股电流击倒了她，这种电流要是通到玻璃灯泡里，就会产出最纯洁、最明亮的光。

春季里的一天，在离尼斯十多公里的白色公路上，有一根被暴风雨刮倒的电线杆，她笑着摸了一下上面依然带电的电线。从那一天起，乔尔布的世界不再是有声有色的了。他的世界离他而去，就连抱起尸体赶去最近的村子也似乎是件多此一举的陌生事情。

她只好在尼斯就地安葬，害肺痨的牧师甚是讨厌，一个劲地逼问详情，却啥也没问出来：乔尔布的反应只是疲惫地笑笑。他整天坐在满是小石头的海滩上，捧起一把五颜六色的小石子，让石子从一只手滑落到另一只手。后来他没等到妻子的葬礼，就突然回了德国。

他沿着他和妻子蜜月旅行的相反路线回国，一路上把原来去过的地方又去了一遍。他们在瑞士过的冬天，现在那里的苹果花已经快要开败，但他除了旅馆，啥都认不出来了。至于黑森林地区，他们去年秋天曾到那里远足，现在料峭的春寒也没遮挡住他的记忆。在南方的海滨，他再次寻找那颗独特的圆石头，通体黑色，中间有道白

---

① Oom Paul Kruger（1825—1904），南非政治家。

色的小腰带。他俩最后一次散步之前，她曾捡起这石头给他看过。现在，他尽力沿途寻找她留下惊叹的地方：一座外形奇特的悬崖；一间农舍的屋顶，上面盖了一层银灰色的铁皮；一株黑色的冷杉树；一道白色激流上的人行小桥。还有一样东西，大家倾向于看成一种预兆：两根电线，挂着雾气凝成的小水珠，一张蜘蛛网呈放射状挂在中间。她陪着他，小靴子走得很快，两只手一刻不停地动——要么从灌木上扯下一片树叶，要么摸一下路边的石壁——轻盈、欢快的手，不知停歇的手。他看见她那娇小的脸庞，长着密密麻麻的黑色雀斑，也看见她那双大眼睛，淡淡的绿色，宛如被海浪冲刷得平平整整的玻璃碴儿那么晶莹。他心想，要是能把他俩一起看过的所有小东西都收集起来——这样他就能把逝去不久的事情重塑出来——那么她的形象就会永生不灭，她就等于永远活着。只是一到夜里，漫漫长夜让他忍受不了。一到夜里，她就莫名其妙地突然出现，吓得他毛骨悚然。他一连走了三个星期，几乎没有睡觉——现在他在火车站下了车，累得东倒西歪。火车站是去年秋天他们告别这个宁静小镇的出发点，也是他们相遇并结婚的地方。

从车站出来是晚上八点左右。站前房屋的后面是大教堂塔楼，在一抹发红的金色夕照下显得漆黑无比。车站广场上停着一排排和原来一模一样的老式出租马车。还是那个卖报人，黄昏时分的叫卖声已经空乏无力。还是那只贵宾犬，瞪着懒洋洋的眼睛，在一根戏剧广告牌的柱子跟前抬着一条干瘦的后腿，直指着一张节目单上的鲜红字母，内容是“帕西法尔”[①]。

乔尔布的行李有一个手提箱，还有一个茶色的大箱子。一辆出租马车拉上他，穿城而过。车夫懒懒地抖动缰绳，另一只手护住大箱子。乔尔布记得，他从未直呼其名的她生前就爱乘出租马车。

市立歌剧院附近有一条小巷，巷里有一幢三层楼的老式旅馆。

---

① *Parsifal*，瓦格纳歌剧作品，剧中人物帕西法尔是亚瑟王传奇中寻找圣杯的英雄。

这是一种声誉不太好的旅馆，房间可以按星期租，也可以按小时租。墙面的黑漆已经剥落，斑斑驳驳像地图一般。昏暗的窗户上挂着破蕾丝，权当窗帘。大门毫不起眼，从不上锁。一个脸色苍白却自我感觉不错的男仆领着乔尔布穿过弯弯曲曲的门廊，门廊里散发着湿气和煮白菜的臭味。进了一间屋子后，乔尔布一见床头上挂的镀金镜框里是一幅粉红色的浴女画，便认了出来，这正是他和妻子共度新婚第一夜的房间。那时她觉得一切都好笑——有个只穿着衬衣的胖男人，就在过道上呕吐；他们怎么偏偏选中了这样一个龌龊旅馆；还有在洗脸盆里发现了一根好看的金色头发。不过她最觉得好笑的是，他俩居然从她家偷偷溜走。当时从教堂出来一回到家，她就立刻上楼去她的屋里换衣服。楼下的客人陆续到齐，等着进晚餐。她父亲穿着布料结实的礼服，猴子般的脸上挂着有气无力的笑容，拍拍这位或那位客人的肩膀，并亲自为客人斟白兰地。与此同时，她母亲领着她最要好的朋友，两人一组，参观新人的卧室。她带着款款深情，屏住气压低声音向她们展示宽大的鸭绒被、香气提神的橙花、两双崭新的卧室拖鞋——大的一双是方格花纹，小的一双是红颜色，上面绣着绒球——两双拖鞋并排放在床边地垫上，垫子有一行哥特字体题词："我们白头偕老，至死不渝"。一会儿后，客人纷纷去取用些开胃小食。乔尔布和他妻子简单商量后，悄悄从后门溜走，直到翌日早晨特快列车开车前半小时才回家取行李。凯勒太太哭了整整一夜。她丈夫对乔尔布素有疑心（怀疑他是个穷愁潦倒的俄国逃亡文人），现在对女儿的选择恨得咬牙切齿。他还恨如今酒价太贵，当地警察无所作为。乔尔布夫妇走后，老头儿去歌剧院附近小巷里的那家旅馆察看了好几次，从此认定这幢拉着窗帘的黑房子绝不是什么好去处，一见它就让他想起犯罪。

男仆去搬他的大箱子，乔尔布便看起玫瑰色的石版画来。房门关上后，他俯身开箱。在屋子的一角，壁纸松松垮垮垂下一绺，背后有老鼠的窸窸窣窣声。接着老鼠跑开了，像上足发条的玩具一般。乔尔布吓得一踮脚转过身去。天花板上垂下一个灯泡，挂在一截绳子上不停地轻轻晃动。绳子的影子爬上了绿色的沙发，到沙发边上影子就断了。婚礼的那天晚上他睡的就是这张长沙发，她倒是睡在床上，能听见她像孩子般均匀的呼吸。那天晚上他只吻了她一下——在她的颈窝里吻了一下——那是亲热一场做过的全部事情。

老鼠又闹腾开了。窸窸窣窣的小动静比炮火还可怕。乔尔布不再翻箱子，在屋里大步走了几个来回。一只蛾子当的一声撞在灯泡上。乔尔布猛地拉开房门，走了出去。

下楼时他觉得非常疲倦。到了小巷里，一看五月朦胧的蓝色夜空，又觉得头晕。拐上林荫道后，他走得快了一些。来到一个广场。一座公爵石像。城市公园黑沉沉一片。栗子花开了一树。上次来时是在秋天。婚礼前夜他陪着她散步，走得很远。人行道上洒满枯叶，散发出泥土的潮湿气味，带点紫罗兰般的香气，多好闻啊！在那些迷人的阴天里，天空经常是呆板的白色。黑乎乎的街道中间有个小水坑，小树枝映在上面，像是一幅没有完全冲印好的照片。一幢幢灰石色的独家宅院，相互之间隔着树木。树木成熟的枝叶正在变黄，安静地一动不动。凯勒家的门前，一棵白杨树正在枯萎，树叶的色调变得像葡萄一般透明。大门栅栏后面隐隐有几棵桦树，树干上紧紧缠着常春藤。乔尔布特意告诉她，在俄国，常春藤从来不往桦树上长。她却注意到桦树的小叶子颜色看不真切，让她想起了熨衬衣时留在衬衣上的淡淡锈斑。人行道两边长着橡树和栗树，黑沉沉的树皮上有毛茸茸的绿色腐斑。时不时会有树叶落下，像一张包装纸一般飘过街去。街道的一处正在维修，一堆红砖附近放着一把小铁铲，她拿起小铁铲去接那片飞行中的树叶。离修路处不远，一辆工人大篷车的烟囱里冒出淡淡青烟，斜斜上升，最后散在枝叶之间。一个正在休息的工人，一手叉腰，目不转睛地看着这个年轻女郎，只见她一只手里举着那把小铁铲，跳来蹦去，身子轻盈得宛如一片枯叶。她跳着，笑着，乔尔布稍稍弓着背，走在她后面——他觉得这就是幸福，这种幸福也散发着枯叶一般的幽香。

如今这条街道上密密实实地布满栗树投射出来的夜影，他很难认出它就是去年的同一条街。前面闪着一盏街灯，玻璃灯罩上方垂下一根树枝，枝头几片树叶，沐浴在灯光里，半透明的模样。他走近了。小边门的影子从人行道上朝他扫过来，缠住了他的双脚，只见门框已经变了形。沿着大门里一条昏暗的石子路远远望去，熟悉的楼房正面隐约可见。全楼都熄了灯，只有一个打开的窗户里闪着亮光。在那个琥珀色的窗洞里，女仆正在挥动双臂，抖开一条雪白的床单，铺在床上。乔尔布打了个响亮简短的招呼，叫她出来。他一只手仍然抓着门框，抵在手心的铁产生出夜露一般的感觉，所有往事中这感觉是最为刻骨铭心的。

女仆已经朝他跑了过来。据她后来对凯勒太太讲，当时让她大感惊奇的第一件事是，她已经迅速打开了小边门，乔尔布却依然站在人行道上，一言不发。“他没戴帽子，”女仆叙述道，“街灯的光落在他的额头上，只见满额头全是汗，头发也教汗给粘在额头上了。我告诉他老爷太太都去剧院了。我问他为什么是他一人回来。他眼睛如冒火一般，神情吓坏了我。他好像好久没刮脸了。他轻声说：‘告诉他们她病了。’我问：‘那你们现在住哪儿？’他说：‘老地方。’接着又补充说：‘没关系，我明天早上再来。’我劝他等一会儿——但他没有答话就走了。”

就这样乔尔布回到了往事的源头，一场苦中作乐的试验现在接近尾声了。剩下的事情就是在他俩共度新婚之夜的那间屋里住上一夜，到天明试验就算结束，她的形象便重塑完满。

然而当他沿着林荫道返回旅馆时，见蓝色的夜幕下所有的长凳上都坐着模模糊糊的人影，他突然明白过来，他再疲劳也没法独自一人在那间屋里伴着光秃秃的灯泡和窸窣作响的墙缝入眠。这时他来到广场，便沿着城市的主街走去——现在他知道该怎么做了。不过他找了好久：这是个宁静淳朴的小镇，乔尔布不知道可以花钱买爱的隐秘小街在哪里。无可奈何地走了一个钟头，直走得他两耳嗡嗡响，两脚火一般烫，这才进了那条小巷—— 一见有个姑娘向他打招呼，便立即上前搭话。

“过夜。”乔尔布说道，几乎松不开紧咬的牙关。

姑娘一扬头，晃晃手提包，答道：“二十五马克。”

他点头同意。过了好一会儿，他漫不经心地瞅了瞅她，无意间注意到她颇有几分姿色，一头金色短发，不过面容疲惫。

她过去曾陪着别的顾客到这个旅馆来过几次，因此那个高鼻白脸的男仆一见他们上楼，马上快步下来迎接，冲她友好地挤了挤眼。乔尔布和她沿着楼道走过去，一路上能听见从某个房门里传出床板的咯吱声，响声又重又有节奏，仿佛一截木头正被锯成两半。又过了一两个房门，同样的床板咯吱声从另一个房间里传出来。他们走过去时，姑娘回头望望乔尔布，一脸冷冷的戏谑神色。

他默默地领她进了房间。一进门，他便马上觉得昏昏欲睡，开始解开扣子，扯掉硬领。那姑娘过来，挨得很近：“来个小小礼物如何？”她笑着提议道。

乔尔布做梦一般，茫然地盯着她，慢慢明白了她的意思。

她接过钞票，仔细地在包里放好，然后轻轻叹口气，又挨过来紧贴在他身上。

“要我脱了衣服吗？”她一甩短发，问道。

“对，到床上去，”乔尔布喃喃说道，“明早我会再给你一些钱。”

姑娘开始匆匆解衣服扣子，还斜着眼一直看他，见他心不在焉、郁郁寡欢的样子，有点迷惑。他飞快地脱了衣服，小心翼翼地上了床，面朝墙睡下。

“这家伙喜欢搞些怪花样。”姑娘胡乱猜测道。她缓缓移动双手，把她的内衣叠好，放在一把椅子上。乔尔布已经呼呼睡着了。

姑娘在屋里四处转悠。她注意到放在窗子旁的大箱子箱盖微张，便用脚垫着屁股坐下来，从箱盖边往里张望。她眨巴着眼睛，小心翼翼地伸出一只光胳膊，触到一件女装，一只长筒袜，几样丝制品——总之全是这类东西，气味也很好闻，她不由得很失望。

过了一会儿，她直起腰来，打了个哈欠，挠挠大腿，然后把窗帘拉到一边，这时她还光着身子，只穿着长筒袜。窗帘后面，窗框是打开着的，往外望去，天鹅绒般的沉沉夜色中可以认出歌剧院的一角，也可以认出一座俄耳甫斯石头雕像黑色的肩头，在蓝色的夜幕下轮廓分明。还看得出沿着剧院昏暗的正门有一道亮光，斜斜地隐进夜色之中。从那里再往远处看去，只见有小小的黑色人影人头攒动，原来是戏散场后的人群从明亮的门道走出来，踏上门口灯光照亮的半圆形台阶。小汽车朝台阶驶过来，前灯闪着微光，平滑的车顶闪闪发亮。直到剧场散尽了，亮光消失了，姑娘这才重新拉上窗帘。她关了灯，上床挨着乔尔布躺下。就在快要睡着之际，她突然想起来这间房她已经住过一两回了：她记得墙上那幅粉红色的画。

她睡着不到一个钟头，就被一声又深又长的可怕嚎叫惊醒了。原来是乔尔布在尖叫。他过了半夜后醒过来，一翻身看见妻子躺在身边。他惊恐万状，运足丹田之气尖叫起来。眼前白光一闪，一个女人幽灵一般跳下床去。她哆哆嗦嗦地打开灯，只见乔尔布坐在乱成一团的被单里，背靠在墙上，两手捂着脸，从指头缝里露出一只眼睛，发疯一般冒火。慢慢地，他移开捂在脸上的手，也慢慢认出原来是谁。她吓得语无伦次，匆匆穿上她的内衣。

乔尔布如释重负地叹口气，明白他的煎熬到头了。他下床坐到绿沙发上，抱住满是毛的小腿，望着那妓女，毫无意义地笑了笑。这一笑吓得她越发慌张，她转过身去，挂好吊袜带的最后一个吊钩，系好长统靴的鞋带，又忙着戴上她的帽子。

就在此刻，过道里传来人声和脚步声。

能听见那男仆的声音，翻来覆去地哀叹：“可是听我说呀，有位女士和他在一起。”一个喉头颤动的声音生气地坚持道：“我不是跟你讲嘛，她是我女儿。”

脚步声到门口停了下来。接着是一下敲门声。

那姑娘从桌上一把抓起手提包，毅然打开房门。她面前站着一位神情诧异的老先生，戴着一顶没有色彩的高顶礼帽，一枚珍珠胸针亮闪闪地别在笔挺的衬衣上。他身后是一位矮胖的太太，头上罩着纱网，侧着泪痕未干的脸从老先生肩头往外观瞧。再后面就是矮个头白脸男仆，使劲踮起脚尖，瞪大眼睛，打着赶快走人的手势。那姑娘领会了他的意思，冲进楼道，从老先生身旁经过。老先生和刚才一样神情诧异，望望她远去的背影，然后和他的同伴跨过门槛进了房间。门合上了。那姑娘和男仆待在楼道上没走，两人交换了一下吃惊的眼神，凑过头去倾听。然而屋里一片寂静。简直难以相信房间里有三个人。没有一点声音从里边传出来。

"他们没有说话。"男仆把一根手指按在嘴唇上，压低声音说。

柏林向导

上午我参观了动物园，现在和我的朋友兼平时的酒友进了一间酒吧。酒吧天蓝色的招牌上有一行白色的题字“卢云堡”[①]，与它为伴的是一个醉眼迷离的狮子头，守着一大杯啤酒。我们坐下后，我就开始对我的朋友讲公共管道，讲有轨电车，以及其他重要的事情。

一　公共管道

我住的房子前面有一根巨大的黑色铁管，卧在人行道的外侧边缘。两英尺以外，以同样的方式又卧着一根，然后便是第三根和第四根——街道铁做的内脏，就这么丁放着，至今没有下到土里，深埋在柏油路下。刚开始的几天里，这些管子发着空洞的哐当响声从一辆卡车上被卸下来，小男孩们经常在管子上跑来跑去，还手脚并用地从圆形的管道里爬过去。但一周后，就没人再来玩了，只有厚厚的雪落下来。现在，我每天清晨顶着公寓的灰白灯光出门，还得用我那根包了橡皮头的粗手杖小心翼翼地探索人行道的光滑表面是否暗藏危机。一道新雪平平整整地沿着每一根黑管的上部边缘伸展过去，每到一个管口便形成一个深藏不露的小斜坡，离电车车轨的拐弯处极近，映出一辆飞驰而过的电车，那车亮着灯，宛如闪过一道亮橙色的无雷声闪电。今天有人用手指在一道无人踩过的雪上写下“奥托”[②]一词，我觉得这个名字很美，两个轻柔的辅音字母，两端各有一个轻柔的元音，和落满寂静白雪的管子相得益彰：管子里自有沉默的隧道，两端各有一个管口。

二　有轨电车

有轨电车二十余年后将不复存在，如同马拉的电车已经消失了一样。我已经感受到有轨电车的古老气息，那是一种老式风格的魅力。关于电车的一切都有点笨拙和摇晃。如果一条弧线绷得太紧了，电车的触轮杆就会跳离电线，售票员，甚至乘客中的一位，就会探出身子往车尾上方观瞧，叮叮当当地摆弄绳子，直到触轮杆回到正确位置。我总想起从前的马车夫，当马车咯噔咯噔地辗过石子路，飞快地穿过一个村庄，他有时候肯定会放下鞭子，控制住四匹马的速度，然后打发坐在他身旁箱子上那个身穿长襟号衣的小伙计惊天动地地吹一阵喇叭。

给大家发车票的售票员长着一双不同寻常的手。它们工作时就像钢琴家的手一样灵活，但并不柔软，也不出汗，没有长着娇嫩的指甲。售票员的手非常粗糙，像是已长出一层硬壳，你把零钱放进他的手掌，不小心在上面碰一下的话，你都会觉得问心有愧。尽管手掌粗糙、手指很粗，那双手极灵巧，且高效。我好奇地看着他用宽阔的黑指甲抵住车票，两头一卡，然后在皮钱包里翻找，掏出硬币找零，随即一拍关上钱包，猛拉铃铛绳。要么大拇指一推，打开电车前部车门上的一个特制小窗，给电车前部的乘客递票。车不停地摇晃，站在过道里的乘客抓着头顶上的把手，晃得前仰后合——然而他不会失手弄掉一枚硬币，也不会落下一张从票夹子上撕下来的车票。冬天的日子里，前部车门的下半部分挂着绿布帘，窗子上结着云团一般的霜，待售

---

① Löwenbräu，德国南部最大的啤酒企业，也是著名的慕尼黑啤酒节的发起者。至今，卢云堡狮牌啤酒仍为慕尼黑啤酒节的主体。

② 原文Otto。

的圣诞树挤满了每一站的人行道边，乘客们的脚冷得发麻，有时候售票员的手上会戴着精纺毛纱的露指灰手套。在一条线路的末端，前面的车厢脱开了钩，进了旁轨，绕过余下的那节车厢，从后面靠上去。这第二节车厢等待第一节车厢的方式有点像一个顺从的女人在等男人，等着第一节车厢滚滚而来，迸发出一团小小的爆裂火焰，又合并在一起。这（并非生物学隐喻）使我想起了大约十八年前在彼得堡，拉电车的马匹常常卸下套来，由人牵着，绕着大肚子的蓝色电车打转。

马拉电车已经消失了，有轨电车也会消失。到了二十一世纪二十年代，哪位古怪的柏林作家想描写我们这个时代的话，就得去技术史博物馆找到一辆一百岁的电车，黄色的，笨拙的，座位也是老式的弧形座位。还得去一家旧式服装博物馆里，翻出一件黑色的、纽扣闪亮的售票员制服。然后他才能回到家里，编织出昔日的柏林街道。每样东西，每样微不足道的东西，都会有价值，有意义：售票员的钱包、车窗上方的广告，还有那种独特的震荡晃动——我们的玄孙们也许只能想象了——每一样东西都会因岁月久远而变得高贵，变得合理。

我认为这里有一种文学创作的感觉：把普通事物映在未来的温柔镜子中加以描绘。在我们身边的事物中发现只有我们的子孙后代在遥远的将来才能发现并欣赏的芬芳气息，到了那时，我们每日平淡生活的每个细节都会因其自身的特色变得精美，值得庆贺；一个人穿着今天最普通的夹克也将会是为出席一场豪华化装舞会而盛装打扮。

三　工作

这儿有我从拥挤的电车上观察到的各种工作。电车上总会遇到富有同情心的女士，把她靠窗的座位让给我——同时尽量不去仔细地观察我。

在一个十字路口，电车轨道旁的人行道被挖开了，四个工人正轮流用木槌敲打着一个铁桩。第一个工人刚敲罢，第二个已经准确快速地从上往下挥动起木槌。第二把木槌咔嚓砸下又升向空中时，第三把和第四把连续有节奏地砸下去。我听着他们不慌不忙的敲击声，宛如一架铁钟琴发出的四个重复音符。

一个头戴白帽的年轻面包师骑着三轮车一闪而过，身上落满面粉的小伙子颇有点天使模样。一辆货车叮叮当当驶过，车顶上架着箱子，里面装着一排排从各家酒馆里收来的翠光闪闪的空酒瓶。一棵又长又黑的松树神奇地被装进一辆马车里搬运。树是平放着的，树顶在轻轻抖动，沾满泥土的树根包在一块结实的粗麻布中，看上去如同一颗米黄色的大炸弹。一个邮差，已经把邮袋的口放在了一个钴蓝色邮箱的下方，又让邮袋扎牢邮箱的底部，只听一阵急速的刷刷声响，邮箱神秘地、悄悄地腾空了，邮差手一拍，合上了邮包的方嘴，这时邮包已经又满又沉。不过最好看的也许是动物的尸体，铬黄色，带着粉红色的斑点和错综复杂的纹路，被堆放在一辆卡车上。一个人穿着围裙，戴着有长护颈的皮兜帽，把每一具动物尸体甩到自己背上，弯起腰，扛着它穿过人行道，走进屠夫的红色店铺里。

四　伊甸园

每一座大城市都会有一个它自己在俗世的人造伊甸园。

如果说教堂对我们谈起了《新约》，那么动物园使我们想起了庄严亲切的《旧约》开头。唯一的不好之处就是这个人造伊甸园全在栅栏后面。不过说来也是，假如这个人造伊甸园没有被围起来，那么遇上的第一条澳洲野狗就会咬伤我。尽管如此，伊甸园还是伊甸园，只要人能复制出它就行。柏林动物园对面的那家大酒店就叫做伊甸园，也是很有道理的了。

冬天一到，热带动物就被藏起来了，我建议不妨去看看两栖动物、昆虫和鱼。大厅里灯光昏暗，玻璃橱窗后面的一排排展品倒是照得亮亮堂堂。看这些东西有点像尼摩船长[①]透过潜水艇的观察孔细看起伏在亚特兰提斯[②]废墟中间的海洋生物。玻璃后面，在明亮的凹槽处，透明的鱼儿摆动闪亮的鳍在水中遨游，海里的花儿在呼吸，一片沙地上躺着一颗有生命的深红色五角星。如此说来，这里就是那个著名的标志诞生的地方——在海洋的最底部，在沉没的亚特兰提斯的黑泥中——它经历了各种沧桑巨变，如今又闲逛在整惨了我们的各种时下乌托邦和其他虚妄无知的空想之中。

噢，别忘了去看那些正在吃东西的巨龟。这些笨重的、古老的角质炮塔，是从加拉帕戈斯群岛[③]运来的。一个满是皱纹的扁平脑袋，两只完全没有用的爪子，以一种古老的谨慎方式缓慢地移动，从两百磅重的圆顶盖下面露出来。看它海绵状的厚舌，不知怎的令人想起一个发音不准的傻子胡言乱语时耷拉下来的舌头。那乌龟就这样拖着舌头，一头扎进一堆潮湿的蔬菜里，大口地咀嚼起又脏又乱的菜叶来。

不过它背上的那个圆顶——哈，那龟壳，长生不老的、久经打磨的龟壳，暗铜色，承载着壮观的悠悠岁月……

五　酒吧

“你这个向导当得太差劲，”我那位经常一起喝酒的朋友闷闷不乐地说，“谁稀罕乘电车去柏林水族馆啊？”

我们现在坐在一个酒吧里，它分为两部分，一部分很大，另一部分略小一点。前一部分的正中央摆着一张台球桌，角落里有几张桌子。一个吧台正对着门口，吧台后面的架子上摆着一瓶瓶酒。两扇

① 法国著名小说家凡尔纳《海底两万里》中的人物，潜水艇“鹦鹉螺号”的舰长。

② Atlantis，传说中的大西洲，位于大西洋中心附近，高度文明，距今一万两千年前沉没于大海之中。

③ Galapagos Islands，隶属厄瓜多尔共和国，从南美大陆延入太平洋，被称作“活的生物进化博物馆和陈列室”，生存着一些不寻常的物种。一八三五年达尔文到此参观后，从中得到感悟，为进化论的形成奠定了基础。

窗户之间的墙上是杂色的报架，报纸杂志搭在上面，像悬挂着一面面纸旗。远在吧台尽头，有一条宽走道，穿过走道是一间狭小的屋子，里头一面镜子下有一张绿色的长沙发。镜子里映出一张椭圆形的桌子，铺着花格子的油布，摇摇晃晃地占据着沙发椅的前方。这个屋子是酒吧老板简陋小公寓的一部分。他的妻子在屋里，面容苍老，胸脯丰满，正给一个淡黄色头发的小孩喂汤。

"没意思，"我的朋友悲伤地打个哈欠重申道，"电车和乌龟有什么意思？无论如何，这里整个就是没意思。一座没意思的外国城市，生活开销还那么大，太……"

我们坐的地方离吧台很近，能非常清楚地看见长沙发、镜子，还有过道那边靠后一点的桌子。那女人在清理桌子。那小孩双肘支在桌子上，专心地翻看摆在无用的桌子把手上的插图杂志。

"你往那边看什么呢？"我的伙伴问道，缓缓转过头来，叹了一口气，身下的椅子吱吱作响。

那边镜子下，那孩子仍然一个人坐着。不过现在他朝我们这边看过来。他从那儿能看见酒吧里面——绿岛一般的台球桌，他不能接触的象牙色台球。吧台闪着金属的光泽，两个肥胖的卡车司机坐了一张桌子，我和同伴坐了另一张。这样的情景他早已习惯了，现在看到也不觉得惊奇。不过有一件事情我是了解的。无论他生活中发生了什么，他总是会记得他童年时每一天从他喝汤的小屋看出去的画面。他会记得那张台球桌，记得那个没穿外衣的傍晚来客，此人经常收起又尖又白的胳膊肘，用球杆击打台球。他也会记得蓝灰色的雪茄烟雾，嘈杂的人声，还有我右臂空荡荡的袖管和伤痕累累的脸。他还会记得他的父亲站在吧台后面，从龙头上给我注满一大杯啤酒。

"我不明白你往那边看什么？"我的朋友说，朝我转过头来。

说来也是，看什么！我怎样才能对他讲明白，我一瞥之下竟然看到了某个人未来的回忆？

一则童话

一

幻想啊幻想，能想得人心儿狂颤，如醉如痴！埃尔温对这样的感受太熟悉了。乘有轨电车，他总是坐在靠右手的一边，这一边离人行道更近些。他每天乘有轨电车上下班，来回两次都要望着窗外，搜寻了不知多少妻妾。幸福啊幸福，埃尔温，住在一个如此方便、仙境一般的德国小镇上！

早晨上班，他沿途把人行道的一边搜索一遍，下午下班回家，沿途又把人行道的另一边搜索一遍。先看的一边和后看的一边都沐浴在明媚的阳光中，因为太阳也在早出晚归。我们应该记住，埃尔温生性腼腆得有些病态了，所以他有生以来只有那么一次，受了几个同事的存心捉弄，贸然和一个女人搭讪，结果人家平静地说了一句："你该懂得羞耻，一边儿去吧。"从此以后，他就避免与陌生的年轻女士交谈。作为补偿，他便隔着车窗玻璃看街上来来往往的姑娘。正因为有车窗玻璃隔着，他可以放心大胆地看，自由自在地看。他贴身紧抱着一个黑色的公文包，穿着磨旧了的细条纹裤子，一条腿伸到对面座位底下（对面没人坐的话），看着看着就会突然咬住下嘴唇，这个信号说明他捕捉到了一个新欢。紧接着他似乎将她放在一边，飞快的目光像罗盘的指针一样跳动，已经在搜寻下一个目标了。那些美女离他很远，他可以自由选择，因此他虽然绷着脸一副腼腆样子，却不影响心里暗自得意。不过，要是有一位姑娘碰巧到他对面坐下，针刺一般的敏感神经告诉他她长得漂亮，他就会从她的座位底下抽回先前伸过去的那条腿，正襟危坐，全身上下丝毫没有青春年少的样子。他不能抬头看姑娘一眼，因为他的前额骨——就是两眉上方正中央那一块——因羞怯而疼痛，仿佛一顶钢盔箍住了双鬓，害得他抬不起眼皮。当她站起来朝车门走去，那对他是多大的解脱呀！这时他才装出漫不经心的样子看看——无耻的埃尔温果真看了——目光追随着她远去的背影，尽情欣赏她可爱的后脖颈和穿着长筒丝袜的小腿。这样一来，总算是把她纳入了他那些群美妙的妻妾之中！那条腿又伸了过去，阳光明媚的人行道又在车窗外流过，他那清瘦苍白的鼻子又明显地沉下来，鼻尖冲着街道方向，他将积攒更多的女眷。这就是幻想，能让人心儿狂颤，如醉如痴！

二

五月的一个星期六傍晚，春意轻佻，埃尔温坐在人行道上的一张露天咖啡桌旁。他望着街上熙熙攘攘的行人，时不时用门牙迅速地咬一下嘴唇。整个天空轻轻地染上了一层粉红色，街灯和店铺的招牌灯在渐沉的暮色中闪着一种诡异的光。一个缺乏血色的姑娘，长得倒很漂亮，正在叫卖一年中最早采来的紫丁香花。咖啡馆的留声机正在播放歌剧《浮士德》中的花神咏叹调，与卖花的情景颇为相配。

一位身材高挑的中年女士，穿着一套制作考究的深灰色衣服，颇为优雅地晃着屁股在露天咖啡桌丛中走来走去。没有一个空座位。最后她把一只戴着光滑的黑色手套的手搭在了埃尔温对面那张空椅子的椅背上。

丝绒女帽下的短面纱后面一双毫无笑意的眼睛似乎在问："可以坐吗？"

"可以，当然可以。"埃尔温答道，略微抬抬身，又马上坐了回去。

这是那种人高马大、脸盘有点男性化的女人，脂粉涂得很厚，遇上这样的女人他并不畏惧。

她把手里那个特大号的手提包砰的一声摔到咖啡桌上，要了一杯咖啡，一块苹果馅饼。她嗓音低沉，有点沙哑，但很好听。

浩瀚的天空涂满了暗淡的玫瑰色，天越来越黑。一列有轨电车带着刺耳的响声开了过去，车灯闪亮的泪水洒满了柏油路面。穿着短裙的美女不时走过，每一个埃尔温都要瞥上一眼。

我想要这一个。他咬着下嘴唇，说明他在这么想。也想要那一个。

"我觉得事在人为。"坐在他对面的女士说道，声音沙哑，音调平静，和刚才跟服务生说话的口吻一模一样。

埃尔温险些从椅子上掉下来。女士目不转睛地看着他，一面摘下一只手套去端咖啡。她化过妆的眼睛冷光闪闪，好生犀利，宛如两颗闪亮夺目的假宝石。眼睛下面鼓着两个深色的眼袋，还有——她猫一般的鼻孔里蹿出长长的毛，这在女人身上很少见，即便是年长的女人身上也不多。手套摘下后露出了一只满是皱纹的大手，指甲长而饱满，修剪得很漂亮。

"没吓着你吧。"她做了个鬼脸笑道。接着掩嘴打了个哈欠，又说："其实我就是魔鬼。"

腼腆幼稚的埃尔温以为她这么说只是打个比方，不料那女士压低声音接着说了下面的话：

"谁把我想象成头上长角、拖着一根粗尾巴，那就大错特错了。那种模样我只出现过一次，冲着那个拜占庭的蠢货，至今我都不明白那一次怎么搞得那么成功。我每两百年转世三到四次。约莫五十年前，十九世纪七十年代，我被葬在了非洲的一座小山上。葬礼风光体面，宰牲无数。山下是星罗棋布的村庄，我死前就是那里的统治者。以前的化身都干些比较紧迫的事，非洲那一任算是一次休息。如今我是一个德国出生的女人，最后一任丈夫——丈夫嘛，我想想看，总共有过三个——最后那一任是个叫蒙德的教授，法国血统。近年来，我已经把三四个年轻人逼上了自杀绝路，也曾诱使一位著名的画家临摹并复制英镑票面上的威斯敏斯特大教堂，还把一位有老婆孩子的正人君子拉下了水——不过，这都实在没有什么可吹的。我现在的这个化身太过平庸，我对它都腻味了。”

她狼吞虎咽地吃完了她的苹果馅饼，埃尔温咕哝了一句含混不清的话，俯身去捡掉在桌子底下的帽子。

“别，不要现在就走，”蒙德太太说，同时招呼服务生过来，“我这就给你点东西。我给你一个妻子。你要是还不相信我的魔力——那就瞧瞧那个正在横穿大街的老先生，戴玳瑁眼镜的，看见了吗？我们让电车撞他一下。”

埃尔温眨巴着眼睛朝大街转过身去。那个老人走到电车路轨旁时，忽然掏出手帕，准备遮住嘴打喷嚏。恰在此时，一辆电车突然出现，呼啸而过。大街两边的人都朝电车路轨冲了过来。只见老先生坐在柏油路面上，眼镜和手帕都不见了。有人扶他站起来。他站稳后，后怕地摇摇头，伸出两只手掌掸了掸外衣袖子，又扭了扭一条腿，看伤着了没有。

“我说的是‘电车撞他一下’，不是‘从他身上碾过去’。我刚才要是说了‘碾过去’，那也就碾过去了，”蒙德太太冷冷说道，把一支很粗的香烟插进珐琅烟嘴里，“不管是撞还是碾，都可以佐证我的神通。”

她从鼻孔里喷出两股灰色的烟，犀利明亮的眼睛又盯住埃尔温。

“我刚才一眼就喜欢上了你。那么腼腆，想象又那么大胆。你让我想起了我在托斯卡纳认识的一名年轻修士，天赋很高，却不谙世事。今晚是我此生的倒数第二夜。做女人有做女人的好处，但做个眼看要老了的女人，恕我直言，那就是下地狱。还有，我前几天又祸害了一个人——很快你会在所有的报纸上读到详情——所以我还是了却此生的好。我计划下个星期一到别的地方转世。我已经选好西伯利亚的一个妓女，让她生一个不可一世的混世魔王。”

“我明白。”埃尔温说。

“因此，我亲爱的孩子，”蒙德太太吃光了第二块苹果馅饼，接着说，“我走之前想玩个无伤大雅的游戏。你且听听我的建议。明天，从中午到半夜，你可以用你常用的方式挑选你看上的所有姑娘。”（蒙德太太兴致勃勃地咬住下嘴唇，口水四溅地咂了一下。）“我离去之前，会把这些姑娘集合起来，任由你处置。你可以一直留着她们，直到全部享用过。这主意你看怎么样，小朋友？”

埃尔温垂下眼皮，柔声说道：“果真如此，那就太幸福了。”

“那就这么定了，”她说，把勺子上搅拌咖啡时沾上的鲜奶油舔得干干净净。“就这么定了。不过有一个条件，必须讲明。不，这条件不是你想的那样。我告诉过你了，我已经安排好下一次的投胎了。你的灵魂，我就不要了。我现在的条件是这样的：你从中午到半夜选中的姑娘，总数必须是单数。这一条是必需的，不可更改的。否则我就不能为你做任何事情。”

埃尔温清清嗓子，几近耳语地问：“可是——我怎么知道？比如说，我看中了一个——然后怎么做呢？”

“啥也不做，”蒙德太太说，“你的感觉，你的欲望，就是她们遵从的命令。不过，为了让你放心，你每选中一个我就给你一个信号——比如一个微笑，不一定非冲着你笑，或是人群中偶然听到的一句话，或是脸上突然泛起红晕——如此等等。不用担心，到时会知道的。”

“还有……还有……”埃尔温含含混混地说，两只脚在桌子底下拖来拖去，“这么下去到底会——啊——发生什么呢？我只有一间很小很小的屋子。”

“这你也不用担心，”蒙德太太说，说着站起身来，束腰咯吱咯吱响，“现在你该回家去了。好好休息一夜没有坏处。我搭车顺路带你回去。”

坐在敞篷出租车上，晚风在繁星闪烁的天空和反射着灯光的柏油马路之间吹拂，可怜的埃尔温觉得无限得意。蒙德太太挺身端坐，交叉的双腿形成一个锐角，城市的灯光闪动在她那宝石般的眸子里。

“你到家了，”她碰碰埃尔温的肩膀说，“再见。”

三

一大杯掺了白兰地的浓啤酒可以引发无数幻梦。翌日早晨埃尔温醒来时就是这样想的——他昨晚肯定喝多了，和那个滑稽妇人的谈话全是酒后幻想。这种酒后美梦经常出现在童话故事中，我们的这位年轻人也和童话中写的一样，很快认识到自己这么乱想是不对的。

教堂的报时钟开始吃力地打响正午十二点，他出了门，星期天的礼拜钟声也激动地加入到报时钟声里。他的房子附近有一个小公园，里头的公厕周围长着波斯紫丁香，轻盈的微风吹得花儿摇摇摆摆。鸽子有的栖在一尊德国公爵的旧石像上，有的沿着孩子们玩耍的浅沙坑摇摇摆摆地走来走去。孩子们穿着法兰绒衣服，有的用玩具小铲挖沙子，有的在玩木头火车，衣服后襟高高翘着。亮闪闪的椴树叶在风中摇曳，卵石小径上抖抖索索地落下它们的影子，像一个个黑桃A。散步的人走过来，叶影就成群结队轻飘飘地爬上那人的裤腿、裙裾，又往上爬，散落在肩头和脸上。一会儿这叶影的大军又整体跌落，返回地面，几乎一动不动，静静地等着下一个行人走过。在这片树影斑驳之处，埃尔温注意到一个穿着白色连衣裙的姑娘，正蹲下来用两根手指逗弄一只毛茸茸的小胖狗，小狗肚子上长着几个肉瘤。她低着头，露出了后颈，脊椎骨的曲线也显了出来。脸庞娇美红润，两片肩胛骨间有一道柔美的凹沟。阳光从树叶间照进来，闪动在她栗色的头发上，宛如头发中闪动着一缕缕金灿灿的小发辫。她一边继续逗弄小狗，一边抬起屁股半直起腰来，在小狗的头顶上方拍拍手。小胖狗在卵石路上打了个滚，跑开几步远，一侧身躺了下来。

埃尔温在一张长凳上坐下，朝姑娘脸上投去提心吊胆又欲罢不能的一瞥。

凭他敏锐而完美的洞察力，这一瞥已经把她看得清清楚楚，即使与她青梅竹马地相处多年也不见得能比他这一瞥多看出些她的容貌特点来。她略显苍白的嘴唇一抽一抽地动，好像在学小狗每一个细微的动作。她的眼睫毛机灵地跳动，带着笑意的眼睛闪出欢快的光彩。不过最迷人的也许是勾画出她脸蛋的曲线，现在略微侧着脸，曲线更加分明；那是一条斜下来的线，自然美得无以言表。她突然跑了起来，露出两条好看的小腿，那只毛茸茸的小狗跟在她后面，像个毛线团一般翻滚。埃尔温突然想起他现在是有神奇能力的人，便赶快屏住呼吸，等待着蒙德太太说好的信号。就在此刻，那姑娘跑着跑着忽然回过头来，冲着老是追不上她的小胖狗笑了一笑。

“第一个。”埃尔温自言自语道，心里不同寻常地得意，从长凳上站了起来。

他沿着卵石小径走去，穿着一双只在星期天才穿的棕色皮鞋，锃光瓦亮，踩在卵石上咔嚓咔嚓响。他离开小公园中这块绿洲，穿过公园，向阿玛德斯大道走去。他的眼睛在左顾右盼吗？唉，是在左顾右盼。不过，那个白衣姑娘不知为何给他留下了深刻印象，比他记忆中的任何印象都要强烈，好像是一道阳光照来，眼前跳动起一块盲区，阻碍着他找到另一个意中人。但这块盲区的障碍很快消失了，在装着电车时刻表的玻璃柱站牌跟前，我们这位朋友瞧见了两个年轻的女士。二人长得惊人地相似，由此判断，这是两姐妹，也许还是孪生姐妹。她们正在你一言我一语地议论某一条电车路线，声音很好听。两人都长得小巧玲珑，身着黑色丝裙，眼睛灵活欢快，抹着口红。

“这正是你要乘的车。”其中一个翻来覆去地说着。

“请把这两个都给我。”埃尔温立即提出了要求。

“对，当然要乘这路车。”另一个在回答她的妹妹。

埃尔温继续沿大道走去。存在着最佳选择的漂亮街道他全都知道。

“三个了，”他自言自语道，“是单数。目前来看进展顺利。可惜现在不是半夜时分……”

她甩着手提包从莱拉旅馆的台阶上走下来，这是当地最好的旅馆之一。她的男伴长着刮得发青的大下巴，跟在她身后，放慢脚步，点着了他的雪茄烟。那位女士长相可爱，没戴帽子，短头发，前额上垂下一绺刘海，这模样看上去就像一个扮演少女的小男孩。这时她在那位模样可笑的对手的贴身护卫下走了过去，埃尔温注意到她的外套翻领上别着一朵人工的鲜红玫瑰，与此同时也看见一块广告牌上的画：一个留着金黄大胡子的土耳其人，三个醒目的大写字母“YES”，底下写着一行小字：“我抽烟只抽东方的玫瑰牌香烟。”

这样就是四个，可以被二整除，于是埃尔温着急起来，得赶快把这个数字变成单数。大道边的一条小巷里有一家便宜的餐馆，他星期天如果不想吃房东太太做的房客饭，就到这儿来吃。偶尔有一两回他也在这里搜寻姑娘，看上的姑娘中有一个就在餐馆里打工。他走进餐馆，点了他最喜欢吃的菜：血肠配德国酸菜。他坐的餐桌挨着电话。一个戴圆顶礼帽的男子拨通电话，开始热烈地闲聊，那劲头就像是猎狗嗅到了野兔的踪迹。埃尔温抬眼四处瞟瞟，瞟到吧台那里——他原来看见过三四次的那个姑娘就在那儿。她长着一张有雀斑的黄脸，如果土黄色算得上漂亮颜色，那她也能算得上漂亮。她抬起赤裸的双臂摆放洗净的啤酒杯，这时候埃尔温看见了她腋窝里的红色腋毛。

“好的，好的！”那个男子冲着话筒狂叫。

埃尔温打了一个饱嗝，舒了一口气，走出了小餐馆。他觉得胃里发沉，需要小睡一阵。老实讲，那双新皮鞋就像螃蟹一样夹脚。天也变了，空气闷热。热腾腾的天上涌起大团大团的半圆形云彩，一团接一团地聚集到一起。街道上的行人越来越少。能感觉出家家户户都响起了星期天午后小睡的鼾声。埃尔温上了一辆有轨电车。

电车开了。埃尔温把他汗津津的苍白的脸转向车窗，可是没有姑娘走过。买车票时他注意到车内通道的另一边坐着一个女人，背冲着他。她戴着一顶黑丝绒帽，穿着一件浅色连衣裙，图案是半透明的淡紫底色上绘着簇拥纠缠的菊花。透过这半透明的图案，隐约可见她衬裙的肩带。这位女士雕像一般的身型引起埃尔温的好奇，想看看她的模样如何。她的帽子动了动，接着像一艘黑色的轮船一样开始掉过头来，这时他像平时那样先把目光移向别处，装出漫不经心的样子，望望坐在他对面的一个男青年，又瞅瞅自己的手指甲，还看了看一个坐在车厢尾部打瞌睡的红脸小老头。如此一来，就为进一步合情合理地四下多望几眼奠定了一个出发点，他把漫不经心的目光移向那位女士，她也正好朝他这边看过来。原来是蒙德太太。她那张已经不年轻的丰满脸庞因天热渗出了红点，两道男性化的剑眉倒竖在目光如棱镜一般锐利的眼睛上方。双唇紧闭，嘴角上挂着一丝略带嘲讽的微笑。

“下午好，”她用轻柔沙哑的嗓音说道，“过来坐这儿吧。现在我们可以随便聊聊。事情进行得怎么样？”

“只有五个。”埃尔温不好意思地答道。

“不错，是单数。我建议你就此打住。到午夜时分——噢，对了，我想我还没有告诉你——到了午夜时分，你就到霍夫曼大街来。知道这条街在哪儿吗？到了就在十二号楼和十四号楼之间找。那里本来是块空地，现在将变成一幢有围墙的花园别墅。你选中的几位姑娘将坐在软垫和地毯上等你。我在花园门口迎接你……不过有一点要明白，”她意味深长地笑笑，又说，“我不会随你进去。到时你会记得地方的吧？大门正前方会有一盏崭新的街灯。”

“噢，还有一事，”埃尔温鼓起勇气说，“让她们先打扮一番——我的意思是让她们看上去和我选中她们时一模一样——也让她们高高兴兴，含情脉脉。”

“这是自然的啦，”蒙德太太答道，“你对我讲了也好，不讲也罢，方方面面都会如你所愿。不然的话，整桩事情就毫无意义，何必干起来呢，你说是不是？不过，亲爱的孩子，你得承认——你差一点就把我也收作你的妻妾了。别，别，不用害怕，我逗你玩呢。好啦，你到站了。适可而止可谓非常明智。五个也就行了。午夜过几秒再见，哈哈！”

四

一回到自己的房间，埃尔温马上脱掉皮鞋，手脚摊开躺在床上。傍晚时分他醒了过来。邻居家的留声机里飘荡出流畅的男高音，正酣畅淋漓地唱着：“我渴放（望）幸胡（福）——”[①]

埃尔温开始回想：第一个，白衣少女，她是这一批中最淳朴自然的了。也许我选得心急了点。唉，好吧，急就急了，也没什么害处。接下来玻璃柱站牌跟前的孪生姐妹。涂脂抹粉，青春靓丽。跟她们在一起肯定快活。然后是第四个，莱拉旅馆的玫瑰，像个男孩。这一个也许是最好的。最后一个，啤酒馆里那只狐狸，也不错。可只有五个。不算多嘛！

他两手放在脑后趴着躺了一会儿，听着那个渴望幸福的男高音，心里想：五个。不，这不行。可惜不是星期一上午：是星期一的话，就可以选前几天见过的三个女售货员——唉，还有那么多的美女等我去发现呢！平时找到最后，总会碰上一个妓女的。

埃尔温穿上他经常穿的那双皮鞋，梳梳头发，匆匆出了家门。

快到九点钟时，他又物色到了两个。其中有一个是他在一家咖啡店吃三明治、喝了两杯荷兰杜松子酒时发现的。当时她正兴致勃勃地跟她的男伴说话，那人是个外国人，手指捋着大胡子。说的话他听不懂——不是波兰语就是俄语。她长着一双灰色的眼睛，略微有

---

① 歌者带有德国口音，将“I want to be happy”唱成了“I vant to be happee”。

点斜，瘦削的鹰钩鼻，一笑鼻梁上就布满皱纹。她的小腿长得很标致，一直裸露到膝盖处。埃尔温观察着她，只见她飞快地打着手势，烟灰到处乱弹，落得满桌都是。突然她冒出一个德语词，就像她的斯拉夫语流中忽地打开了一扇窗。这个意外听到的词（德语中的“显然”一词）显然是个信号。另一个姑娘，也就是单子上的第七个，是在一家小型游乐场中国风格的入口处出现的。她穿着一件鲜红的上衣，配一条淡绿色的裙子。两个打打闹闹的乡下青年在她屁股上乱摸，想拉她来陪他们，她用力挣脱他们，乐得高声尖叫，露在衣领外面的脖子都胀了起来。

“我愿意，我愿意！”她最后喊着说，被两个小伙子架走了。

五彩缤纷的纸灯笼把游乐场打扮得喜气洋洋。一辆雪橇一般的彩车载着尖叫的游客沿着蜿蜒曲折的轨道呼啸而下，消失在古色古香的斗拱长廊中，然后又呼啸着一头冲进一道新的深渊。一个棚子里有四个穿着紧身内衣和运动短裤的姑娘，坐在四辆自行车的车座上（自行车没有轮子，只有车身、脚踏、手把）—— 一个穿红，一个穿蓝，一个穿绿，一个穿黄——赤裸的小腿正在使出全力蹬车。她们头顶上方悬挂着一个圆盘，上面转动着红、蓝、绿、黄四根指针。起初是蓝针领先，接着绿针超过了蓝针。一个男人拿着哨子站在一边，几个傻瓜甘愿下赌注，他就收钱。埃尔温盯着那几条健美的腿，它们快要露到腹股沟那儿了，蹬得正起劲。

她们肯定是极好的舞蹈演员，他心想，四个我都要了。

四根指针很听话地走到一起，形成一束，最后停了下来。

“平局！”拿哨子的男人喊道，“比赛结束，全场欢呼吧！”

埃尔温喝了一杯柠檬汽水，看看手表，朝出口走去。

十一点钟，十一个女人。我看行了吧。

他眯缝起眼睛，想象等待着他的欢乐。他很高兴记着穿了一件干净的内衣。

蒙德太太把这事说得好玄乎，埃尔温笑着心想。她当然会暗中监视我，这有什么不行的呢？这样会更有情趣的。

他垂着眼往前走，边走边开心地摇头晃脑，偶尔才抬眼察看一下街道的名称。他知道霍夫曼大街离这儿非常远，不过他还有一个钟头的时间，用不着匆忙赶路。天空又像昨晚一样，繁星密布，柏油路面宛如平静的水面熠熠闪亮，城市奇幻的灯光投到路面上，光影悠长。他走过一座大型影院，影院里射出的强光洒满了人行道。走到下一个街口，传来一阵孩子般的短促响亮的笑声，引得他抬头观瞧。

他看见前面有一个高个子老头，穿着晚礼服，身边走着一个小姑娘——还是个孩子，十四五岁，穿一条黑色低领的宴会裙。全城的人都知道这个老头，见过他的画像。他是个著名的诗人，一只老迈的天鹅，在偏远的市郊离群索居。他步履沉重，显得颇有风度，头戴一顶浅顶软呢帽，头发从帽子底下钻出来，盖在耳朵上，那颜色就像脏兮兮的棉絮。他浆过的衬衫领口处钉着一颗装饰扣，路灯一照，闪闪发光。他的鼻子又瘦又长，在薄嘴唇一侧投下一道斜斜的阴影。经过和以前同样的片刻胆怯后，埃尔温的视线停留在了那个迈着小碎步走在老诗人身旁的女孩脸上。那张脸有点怪，怪就怪在她的眼睛太过明亮，目光飞快地游移。假如她不是个小女孩的话——毫无疑问，她是那老头的孙女——会让人以为她的双唇是涂过口红的呢。她屁股一扭一扭地走着，扭得很轻很轻，两条腿也夹得很紧。她正在问老头什么事情，声音银铃般好听——埃尔温虽没有从心里暗暗发出指令，但他知道他一闪而过的隐秘愿望已经实现了。

"啊，当然，当然啦！"老头朝小女孩俯下身，哄着她说。

他们走过去了，埃尔温闻到一股香水味。他回头望望，接着又往前走去。

"嗨，当心呀。"他突然低语道，猛一下明白过来现在已经是十二个了——成了双数：我必须再找一个——半小时以内就得找到。

继续找，他觉得有点烦，但同时也高兴，又多了一次机会。

我顺路过去找一个算了，他对自己说，按下心头一丝隐隐的慌乱。肯定会找到一个的。

“说不定这一个还是最美的一个呢。”他凝视着光影闪动的夜色大声说道。

几分钟后，他又体验到了那种熟悉的美妙抽痛—— 一股凉气直钻太阳穴。他前面走着一个女人，步履轻快。他看到的只是她的背影，他也说不清他为什么如此强烈地盼望赶上她，擦过她的肩，瞧一眼她的脸。当然，谁都可以随便找一些辞藻来描述她的体态，她的肩部动作，她帽子的轮廓——但这又有什么用呢？看得见的线条轮廓之外尚有名堂，是某种特殊的气质，是一种动人心弦的飘逸，引得埃尔温紧追不舍。他大踏步飞快往前赶，却仍然追不上她。街灯的反光带着湿气，在他眼前摇曳闪烁。她走得很稳，她的黑色影子进入街灯的光环中时会拉长，然后滑过墙壁，到了墙边上又会扭曲变形，最后消失了。

“天啊，我非得瞧瞧她的脸不可，”埃尔温喃喃说道，“时间正在飞逝。”

过了一阵他就把时间抛诸脑后了。半夜这场奇怪的无声追逐令他陶醉。临了他总算赶上了她，又往前赶了赶，远远超过了她。可是他没有勇气回头看她，只好放慢脚步，结果她赶上来，走得太快，他来不及抬眼她就过去了。他又落后她十步开外。这时他知道了，虽然没见她的脸，她就是他的重要奖品。街道上突然闪起五彩缤纷的霓虹灯，暗了下去，又亮了起来。有一个广场得横穿过去，那儿一片漆黑。随着高跟鞋清脆的嗒嗒声又一次响起，那女人又走上了人行道。埃尔温紧跟其后，迷迷糊糊，魂不守舍；灯光朦胧，夜气潮湿，还要紧追不舍，他有点晕晕乎乎。

是什么令他如此着迷？不是她的步态，也不是她的身段，而是别的什么东西，勾魂夺魄，势不可挡，仿佛一层浓密的光晕在她全身上下闪烁。也许只是幻想，想得人心儿狂颤，如醉如痴。要么是那种可以改变整个人生的天赐良机——埃尔温不知道是什么，他只管跟着她，走过柏油路，又走过石子路，就连这些道路也好像在灯光闪烁的夜色中失去了实体一般。

接着是树木，那些春天里生长的椴树，也加入他的追猎行动：它们发出低语声，响在他的左右两侧，响在他的头顶，响在他的四周。树叶的影子像一个个黑色小心脏，杂乱交错地落在每一盏街灯的灯柱脚下。树上飘来树脂发出的清新香气，他一闻，追得更加来劲。

又一次，他追得很近了，再跨一步就能与她并肩而行了。不料她突然在一扇铁制的小边门跟前停下脚步，从手提包里摸出钥匙来。埃尔温一时收不住脚，险些撞在她身上。她朝他转过脸来，借着从翠绿的树叶间投下来的街灯灯光，他认出她就是当天上午在一条卵石小径上和一只毛茸茸的小黑狗逗着玩的那个姑娘。他立刻明白过来，立刻想起了她的妩媚，她的温柔，她的热情，她那世所罕见的笑容。

埃尔温怔怔地看着她，带着一丝苦笑。

“你该懂得羞耻，”她平静地说，“一边儿去吧。”

小铁门打开，又砰的一声关上了。埃尔温仍然站在已不再低语的椴树下。他四面望望，不知该往哪里去。走出几步后，他看见两只闪耀的气泡：一辆小轿车挨着人行道停了下来。他走上前去，在那个像橱窗里的假人般一动不动的司机肩上拍了拍。

“告诉我，这是什么街？我迷路了。”

“霍夫曼大街。”假人干巴巴地说。

这时，车后面传出一个熟悉的声音，沙哑、柔和。

“嘿，是我呀。”

埃尔温一只手搭在车门上，没精打采地应了一声。

“我活得快要腻死了，”那声音说道，“我在这里等我的男友。他会带来毒药。我和他将在黎明时分死去。你的事怎么样啊？”

“得了个双数。”埃尔温说，手指在满是灰尘的车门上划来划去。

“没错，我知道的，”蒙德太太不动声色地答道，“第十三个原来就是第一个。你干得也太差劲了。”

“真可惜。”埃尔温说。

“真可惜。”蒙德太太照说一遍，打起了哈欠。

埃尔温俯下身，吻了吻她的一只黑色大手套，叉开的五指把手套塞得满满的。然后他轻咳一声，转身走进黑暗之中。他拖着沉重的步子，两腿疼痛，一想起明天是星期一，起床会多么费劲，心里就好生郁闷。

恐　惧

这样的情况有时候发生在我身上：夜里伏案写作，一过上半夜——也就是黑夜正步履沉重地爬山之时——我总是从昏沉沉的工作状态中清醒过来，这时黑夜已经爬过山顶，在高处摇摇晃晃，准备跌入晨雾之中。我从椅子上站起，觉得冷，极度疲倦，于是开灯进了卧室，突然在穿衣镜中瞥见自己的影子。后来又是这样的情形：在埋头工作的时候，我仿佛不认识自己一般，有一种像是好朋友分别多年后重逢时会经历的那种感觉。那一瞬间你觉得又空虚，又清晰，却反应不过来，只见他在你眼里完全是另一番模样，尽管你明白这种神秘的麻木状态如一层冰霜，很快就会化去。你看着的那人将复苏过来，闪出温暖的光，恢复他昔日的音容笑貌，又一次变得熟悉起来，于是疏远的陌生感飞快消失，你再有本事也不可能重新变得生分了。现在正是如此，我站在镜子前，一时认不出镜中人原来就是自己。我越是仔细地看自己的这张脸——一眨不眨的陌生眼睛，下巴上几缕须发的光泽，鼻子投下的阴影——就越想坚定地对自己说："这就是我，这就是我本人。"至于为什么这就是"我"，则变得越来越不清楚；越不清楚，我就越觉得不容易把镜中的那张脸和理不清自己身份的我对上号。每当我说起这种奇怪的感觉，人们就恰当地指出我已经走上了通往疯人院的不归路。实际上，有那么一两次，我一个人深更半夜久久地伫立在穿衣镜前，望着镜中的自己，一阵毛骨悚然的恐惧传遍了全身，吓得赶紧关灯。然而，第二天一早，刮胡子的时候，我却再也不会怀疑镜中就是我自己。

还有一件事，也是在晚上，睡下了，我会突然想起自己总归难逃一死。接下来浮现在我脑海中的情景很像大剧院里的灯突然全灭了：突如其来的黑暗中有人高声尖叫，其他人也跟着喊了起来，结果便是黑灯瞎火乱成了一团，恐慌如黑天惊雷，越来越可怕——直到灯突然又亮了，戏又若无其事地继续演起来。就这样我吓得灵魂都要窒息了，仰卧在床上，瞪大眼睛，使出全身力气要战胜恐惧，力求理性地对待死亡，把它看成天天都会发生的常事一桩，无须求助于宗教信仰或者哲学思想。到头来，人还是自我安慰，说死亡还离得很远，总有时间把一切弄明白的。然而人也知道，一切都是弄不明白的。于是，黑暗中，活蹦乱跳的思绪在自己私密剧场最便宜的座位区里想着美好的凡间琐事，越想越惶恐，不由得发出一声尖叫——过了一会儿惶恐平息下来，床上的人翻身又想起了别的事情。

我总觉得这些感觉——不论是深夜照镜子时的困惑还是想到死亡时的惶恐——对大多数人来说都不陌生。如果说我会对它们多有思量，那也仅仅是因为其中蕴含着一小部分我命中注定要体验一次的最高恐惧。那种最高的恐惧，那种独特的恐惧——我试图在自己已有的词库中找到恰当的术语来描述它，可惜每每徒劳无功，连一个相配的词也没有。

我曾过得很快乐。我有过一个女友。我清清楚楚地记得第一次分离带来的痛楚。那次我去国外出差，回来时她到车站接我。我看见她站在月台上，一束灰蒙蒙的圆锥形阳光穿过车站的玻璃拱顶投射下来，她周身笼罩在一片黄褐色的阳光里。列车缓缓进站，她的脸随着滑行的车窗有节奏般地来回摆动。和她在一起，我总是感到轻松愉快。但有一次——说到这里，我又一次感到了人类语言的笨拙贫乏。不过我还是想说说，哪怕真的是胡言乱语，说过即忘。那天，她的房间里就我和她两个人。我写作，她则将一只长筒丝袜绷在一只木勺背面进行修补。她头垂得很低，一缕金发垂过耳际，有光泽的粉红色耳朵若隐若现，脖颈上的一串小珍珠项链熠熠生辉，双唇认真地噘起，使得她一侧柔嫩的面颊看上去有点凹陷。突然间，无缘无故，她的存在让我深感恐惧。这一点比原来在车站看到她时产生的感觉可怕得多。车站上只是半秒光景，不知为何，我脑子里偏偏认不出站在灰蒙蒙阳光下的就是她。一想到和我共处一室的是另外一个人，我吓呆了。怕就怕这是*另外一个人*。难怪疯子见了亲人都不认识。不过她抬起头来，冲我微微一笑，眉目传情——我片刻之前感到的奇怪恐惧顿时消失得无影无踪。让我再说一遍：这种感觉只出现过一次，我把它看作是自己的神经系统来了一次瞎胡闹，竟然忘了夜里独自站立镜前时就曾有过非常相似的体验。

她做我的情人，差不多有三年之久。我知道很多人都无法理解我们之间的关系。他们不明白为什么一个天真无知的小女孩会深深吸引并牢牢抓住一位诗人的心。可是上帝呀！我是多么爱她啊！爱她那天然去雕饰的美丽，爱她乐呵呵的样子，爱她与人为善，爱她小鸟般欢快跳动的心灵。正是她的温柔单纯保护了我：在她眼里，世间的一切都像平常日子那般明净清澈。我甚至觉得她知道死后等着我们的将是什么，所以我们之间不必谈论那种话题。我们一起生活到第三年的年底，我又要外出一趟，此行时间比较长。分别前夜，我们去了趟歌剧院。我们包厢的门廊里光线昏暗，显得很神秘，放着一个深红色的小沙发，她暂且在上面坐了下来，脱掉脚上灰色的大雪靴。我帮着她将穿着丝袜的细腿从靴子中解放出来——这时我想起了从又大又笨、长着粗毛的蚕茧里化出的轻巧飞蛾。我俩走到了包厢的最前头，俯身望望底下玫瑰色的大厅，高高兴兴地等着大幕拉开。大幕是一幅结实的旧帘子，印着淡黄色的装饰画，画的是几出歌剧的场景——有头戴尖顶钢盔的鲁斯兰[1]和坐在大帆船上的

① Ruslan，歌剧《鲁斯兰与柳德米拉》中的男主角。该剧根据普希金的长诗写成，描写古代俄罗斯的基辅公主柳德米拉在与武士鲁斯兰举行婚礼时，被魔法师劫走。鲁斯兰历尽千辛万苦，终于战胜魔法师，救回柳德米拉。

兰斯基[1]。她的一只裸露的胳膊肘靠在装饰豪华的扶手栏上，差点把她珠光闪闪的小小观剧镜打落下来。

所有的观众落座之后，乐队屏住气息，准备演奏。这时出了点事：宽阔的玫瑰色剧场里所有的灯都熄灭了，一片漆黑密密实实地压在我们头上，我只觉得如双目失明一般。黑暗中，周围的一切开始移动，恐慌哆哆嗦嗦地上升，融入女士们的尖叫声中。男士们大声叫大家保持冷静，女士们的喊声反而越发狂乱。我笑笑，和她说起话来，不过感觉到她一把抓住我的手腕，默默地扯紧我的袖口。当大厅再次亮灯后，我才发现她脸色苍白，牙关紧咬。我扶着她出了包厢。她摇摇头，抱歉地冲我笑笑，为自己像个小孩那样害怕而不好意思——可是紧接着泪水夺眶而出，求我带她回家。到了封闭的马车车厢里她才恢复了平静，将刚才擦拭汪汪泪眼的手绢展开捋平，开始解释说她一想到我明天要离开就不知有多么难过，还说刚才不出来的话，在歌剧院里扎在一堆陌生人中间度过我们的最后一晚会是多么大的错误啊。

十二小时后，我一个人坐在火车车厢里，望着窗外雾蒙蒙的冬日天空。太阳小得像颗燃烧的眼睛，随着列车前行，白雪覆盖的原野一望无际，宛如一把展开的天鹅绒巨扇。第二天我抵达了那个陌生的异国城市，就在那里，我遭遇了人生中的最高恐惧。

从头说起吧，我一连三个晚上没睡好，到第四个晚上则彻夜未眠。近年来，我失去了孤身一人的习惯，所以这几个孤独的夜晚让我痛苦不堪，无法缓解。第一个晚上，我在梦里看见了我的女孩：阳光洒满她的房间，她坐在床边，只穿了一条蕾丝睡裙，一个人笑啊，笑啊，止不住地笑。这个梦是在几个小时后偶然想起的，当时我正路过一家女式内衣店。想起来的那一刻，我发现，梦中的一切都是那么欢

① Lenski，歌剧《叶甫盖尼·奥涅金》中的主要人物之一。该剧根据普希金的诗体小说改编，柴可夫斯基谱曲。故事中青年诗人兰斯基因奥涅金与自己的未婚妻奥尔加调情而感到受辱，向奥涅金提出决斗，在决斗中不幸身亡。

乐——蕾丝花边、朝后仰的头、笑声——现在，在我清醒的情况下，却如此恐怖。然而我自己也说不明白，为什么蕾丝花边、朗朗笑声的梦现在变得如此令人不快，面目可憎。我有很多事要操心，烟也抽得多，所以我一直有意提醒自己要绝对保持清醒，严格控制自己的情绪。回到旅馆房间准备睡觉的时候，我总会故意吹个口哨或是哼哼两声，给自己壮胆。可是只要身后传来极其轻微的声音，哪怕是夹克从椅背滑落到地板上，我都会吓一跳，简直像个容易受惊的小孩子。

到了第五天，一夜无眠后，我专门抽出时间去闲逛。真希望接下来的故事可以用斜体字来表述。不行，就是用斜体也不行：我需要一种全新的、独特的表述方式。连日的失眠让我的头脑空空如也，脑袋就像是玻璃做的，小腿有点抽筋，也像是玻璃做的一般。我一出旅馆——对呀，现在我想我终于找到恰当的词语了。我得赶紧写下来，免得又消失不见。我走出旅馆，来到大街上，突然看到了世界的真实模样。你明白，我们每每安慰自己说这个世界没有我们就无法存在，世界之所以存在，就是因为我们自己存在，就是因为我们能对自己阐述这个世界。死亡、无尽的宇宙、银河系，所有这些都令人恐惧，原因恰恰是它们超出了我们的理解能力。好吧，话说回来——回到可怕的那一天。一夜无眠打垮了我，因为前一晚失眠的折磨，我偶然走进了一座城市的中心。看着眼前的房屋、树木、汽车和人群，我心里突然不愿意接受它们就是“房屋”、“树木”，等等——不愿意把它们与日常的人类生活联系起来。我与眼前这个世界的信息交流突然中断了，我是我，世界是它自己—— 一个没有感知的世界。我看清了万物的真正本质。我看房屋，房屋丧失了原有的意义——就是说，看见一所房屋我们自然会想到的一切，如某种建筑风格、屋内格局、难看的房子或者舒适的房子——这一切都消失不见了，只剩下一个荒谬可笑的空壳。那个长久以来被人们重复无数次的最普通的词也是如此，只剩下毫无意义的荒谬声音：房——房，屋——屋。树木和人群也同样如此。我还明白了一张张人脸的恐怖。人体的结构、不同性别，还有“腿”、“臂”、“衣服”等概念——一概废除了，我眼前剩下的只是一件东西而已，甚至连生物都算不上，因为这也是个人类的概念——只不过是移动过去的一件东西。我努力回忆小时候的一次经历，想借此解除我的恐惧，但没有成功。那是儿时的一场梦，醒来之后，脖子还枕在枕头上，抬起迷离睡眼一看，只见床头上方一张神秘莫测的脸朝我伸了过来，没有鼻子，一双章鱼眼下面是一把轻骑兵那样的黑胡须，额头上长满牙齿。我尖叫一声，坐了起来，那黑胡须突然变成了眉毛，整张脸变成了妈妈的模样。原来，我刚才看到的是她整张脸倒过来的样子，实属难得。

现在，我也试图让脑子“坐起来”，这样眼前的世界才会恢复平日的模样——但没有成功。恰恰相反，我越是看得仔细，人群的面貌就越是怪诞。我惊恐不已，便求助于基本概念，看有没有比笛卡尔学说更好的观念来帮助我重新构建我们熟知的这个世界，简单、自然、大家习以为常的世界。我觉得，我如此设想的时候，正坐在一处公园的长凳上休息。我做了些什么事情，已经记不准确了。我就像是一个在街头突发心脏病的人，对过路行人、阳光和古老美丽的教堂一概不管，只顾一件事：不要断了那一口气。气是保住了，可还有一个愿望：千万不要发疯。我坚信，在那样的时刻，没有人看见过我看到的世界，它是如此赤裸，如此荒谬，令人毛骨悚然。我身旁，一只狗在雪地里嗅来嗅去，我绞尽脑汁想搞清楚“狗”是什么东西。我盯得它太紧了，它便放心地朝我爬了过来。我感到恶心，就从长凳上坐起来，走开了。就在这时，我的恐惧达到了顶点。我放弃了挣扎。我不再是一个人，只是一只肉眼，毫无目的地在这个荒诞的世界上望来望去。一看见人的脸，我就想高声尖叫。

过了一会儿，我发现自己又回到了旅馆门口。有人走上前来叫我的名字，往我软塌塌的手里塞了一张折起来的纸。我自然而然地打开了它，刚才的恐惧顿时没了踪影。我周围的一切又恢复了它们平日里平淡无奇的样子：旅馆、旋转门玻璃上不断变换的人影、刚才递给我电报的服务员那张熟悉的脸。我现在站在旅馆宽敞的大厅中央。有一个叼着烟斗、戴着花格帽的男人经过我时碰了我一下，郑重其事地道了歉。我惊呆了，感到难以忍受的剧痛，不过这一次是活人能感受到的疼痛。电报上说她快死了。

当我赶回去，坐在她的床前时，我根本没有想起要分析存在和虚无都有什么意义，那些想法也不再令我恐惧。这个我今生今世爱她胜过一切的女人就要死了，这就是我看到的一切，感受到的一切。

我扑通一声跪在她的床前时，她没有认出我。她半躺着，身后支着两个大枕头，身上盖着厚厚的毯子，人显得特别瘦小。她的头发梳向脑后，露出了太阳穴处一道细细的伤疤，平日里这道伤疤被遮在前额上一缕垂发的后面。她没有意识到我就在她跟前，只是轻轻笑笑，笑时牵动嘴角，双唇抬了一两下。我知道她已进入平静的弥留之际，神志不清，幻觉中看见了我——于是她的面前站着两个我：一个是她看不见的我自己，另一个是我的分身，我自己看不见。就这样我成了孤身一人：另一个我跟着她走了。

她的死让我从疯狂中清醒过来。平凡的人间悲痛充满了我的生活，没有空间留给其他情绪。时光流逝，她在我心中的形象越来越完美，也越来越沉寂。过去的点点滴滴，真切的小小回忆，都不知不觉消失了，或是一桩一件地消失，或是三三两两地消失，就像一幢房子窗口的灯光，随着人们入睡而逐渐熄灭。我知道自己头脑中难逃的宿命，我曾经体验过的恐惧，那种对存在的无助的害怕，迟早还会降临，到那时一定是没救了的。

剃　刀

他团里的战友们都理直气壮地戏称他为“剃刀”。此人的正脸给人留不下印象。他的熟人一想到他，只能勾画出他侧面的样子，那样子倒是不同寻常：尖尖的鼻子犹如绘图员手里的三角板，下巴如胳膊肘一样结实，又长又细的眼睫毛总让人想起那种又顽固又冷酷的人。他就是伊万诺夫。

早些年间的人的绰号具有奇特的洞察力，那是屡见不鲜的。一个男人外号“石头”或者“stein”[①]，他就会成为出色的矿物学家。伊万诺夫上尉，经历了一次惊心动魄的逃亡和其他无数次乏味的考验后，最终落脚柏林。他选择的行当恰恰是他的绰号早就预示过的—— 一名理发师。

伊万诺夫工作的理发店门面小，却很干净。店里还雇有两名年轻的专业理发师，他们对这位“俄国上尉”又友好又尊敬。店主是个表情严肃的大个子，只管收银机，把手一转，就传来银铃般的响声。还有位修甲师，贫血虚弱，肤色透亮。她面前摆放着一只小小的天鹅绒软垫，上面一批五个地放过不知多少手指，应付这些指头似乎把她的精气神耗干了。

伊万诺夫干得非常出色，虽然他德语懂得不多，多少给他带来不便，但他很快就找到了解决之道：首句里加上一个否定词“nicht”，第二句用个疑问词“was”，第三句再用个“nicht”，诸如此类不断地转换。其实他的手艺是到柏林后才学的，但尽管如此，他理发的风格却像极了俄罗斯的剃头师傅。俄国的师傅是出了名的爱滥用剪刀——瞄准一点一路剪下去，剪掉一两撮头发，然后在空中咔嚓咔嚓再剪一阵，仿佛惯性使然。这种看上去身手敏捷实则毫无用处的花式剪法正是他的看家本领，赢得了同行的尊敬。

对伊万诺夫来说，剪刀和剃刀无疑是他的战斗工具，这工具发出的金属嚓嚓声功效神奇，使他好战的灵魂得到极大的满足。他为人机敏，心中充满仇恨。自己广阔、高贵、美好的祖国被一群愚蠢的跳梁小丑打着掩人耳目的华丽口号毁坏殆尽，对此他实在无法释怀。潜伏在他心中的仇恨犹如紧紧盘起来的弹簧，蓄势待发，伺机而动。

在一个湛蓝的夏日酷热清晨，因为工作日的上午时段基本没有顾客光临，伊万诺夫的两个同事就都请了一钟头的假。老板更是因为酷热难熬，加上长久以来的欲火难耐，便悄悄带着脸色苍白又毫不反抗的瘦小修甲师进了里屋。洒满阳光的店里就剩下伊万诺夫一个人，他扫了一眼报纸，然后点了根烟，穿着白大褂，迈出店门，看起过往的行人来。

行人来来往往，一闪而过，蓝色的倒影折断在人行道的边缘上，又毫无畏惧地滑进汽车闪动的轮胎下。汽车轮胎在晒得发软的柏油马路上留下了细长的带状印记，宛如一条条蛇蜕下的华丽网状外衣。突然，一个体型结实矮小的男人，穿着一身黑色套装，头戴圆顶硬呢帽，腋下夹着一个黑色公文包，走下人行道，径直朝一身白衣的伊万诺夫走来。伊万诺夫在阳光下半眯着眼，往一旁挪开一步，让他进了理发店。

来人忽地出现在店中所有的镜子里：从侧面能看到他四分之三的脸，他脱下帽子挂在一个帽钩上，脑后露出一块苍白的秃斑来。这时那人一转身正对着镜子，镜子在大理石墙面上方闪亮，墙面上摆着

① 德语，石头。

绿色和金色的香水瓶，也在闪闪发亮。伊万诺夫立即认出了这张动来动去的大胖脸，脸上一对目光锐利的小眼睛，右边鼻翼下长着一颗圆鼓鼓的痣。

这人一言不发，对着镜子坐了下来，然后含糊不清地咕哝了几声，伸出一根粗短的手指轻轻拍了拍须发凌乱的脸颊，意思是"我想刮脸"。伊万诺夫惊得有些迷糊，但还是给他围好理发巾，蘸了些瓷碗里还有余热的肥皂沫，在此人的脸颊上刷起来。刷了脸，刷了下巴，刷了上唇，再小心翼翼地绕着那颗痣刷，又用食指把泡沫涂开。不过伊万诺夫完全是机械般地刷完了肥皂沫，与此人再次相遇让他吃惊不小。

现在一层轻薄的白色肥皂膜遮住了这个人眼睛以下的脸，那对极小的眼睛宛如手表机芯里的两个小小齿轮般闪着微光。伊万诺夫打开剃刀，在皮带上磨了几下，这时突然从惊诧中清醒过来，意识到这个男人此刻掌握在自己手中。

他俯身看看此人脑后苍白的秃斑，将手中泛着蓝光的刀刃贴近脸部的肥皂沫，柔声细气地说："同志，我这厢有礼了。你离开我们那边的世界有多久了？别，请别动，一动我有可能不小心割伤你。"

那对闪烁的小小齿轮转得更快了，斜看着伊万诺夫棱角分明的脸，停住不转了。伊万诺夫用剃刀背刮去多余的肥皂沫，接着说："同志，我可记得你。真抱歉，你那名字，我嫌恶心，就不说了。我记得约摸六年前你在哈尔科夫[①]审问我的情景。我记得你的签字，亲爱的朋友……可是，你看看，我现在还活着。"

接着就出现了以下情景：小眼睛四面飞转，突然紧闭起来，眼睫毛缩成一团，像个以为闭上眼睛别人就看不见了的原始人。

伊万诺夫的剃刀轻轻沿着那张冰冷的脸移动，发出沙沙响声。

"现在就你我二人，同志。明白吗？剃刀稍不留神，立刻血流

① Kharkov，乌克兰东北部城市，苏联时代初期曾是乌克兰苏维埃社会主义共和国首都。

满地。这一块就是突突跳动的颈部动脉。血流满地，甚至血流成河。不过我想先替你把脸体体面面地刮干净。再说了，我还有话对你讲。”

伊万诺夫用两根手指小心翼翼地提起那人肉乎乎的鼻尖，还是那么轻柔地刮起他的上唇来。

“同志，我要说的要点是，我什么都记得。我记得一清二楚，希望你也没有忘记……”伊万诺夫轻声细语地讲开了，一边不慌不忙地刮着那人一动不动仰着的脸。伊万诺夫讲的故事一定特别可怕，因为他说着说着手就停住了，俯身逼近那人的身子。那人直挺挺地坐着，活像一具尸体盖在裹尸布般的理发巾下面，凸起的眼睑也耷拉下来。

“我讲完了，”伊万诺夫叹了口气说道，“这个故事就是这样。现在告诉我，你觉得对这一切该如何补偿才算合适呢？什么东西可以和一把利剑相提并论？我再提醒你一遍，记住了，此刻就我们两个人，完完全全的你我两个。”

“尸体总是要刮刮脸的，”伊万诺夫继续说，刀刃沿着那人脖颈绷紧的皮肤往上游走，“判了死刑的人也要刮刮脸。现在，我正在给你刮脸。你明白接下来会发生什么吗？”

座位上的男人既没有动，也没有睁开眼睛。他脸上的肥皂沫都刮干净了，只是颧骨和耳朵附近还有一点。伊万诺夫望着眼前这紧张得双目紧闭的胖脸，不由得疑惑这男人是不是已经瘫痪了。不过就在刀面贴到那人脖子的时候，他的整个身体突然抽搐起来。但他的眼睛依然没有睁开。

伊万诺夫在那人脸上迅速擦拭了一下，又从一个气动机里取些滑石粉拍上去，说：“这东西撒上对你好。我很满意。你可以离开了。”伊万诺夫厌恶地一把从他胸前扯下理发巾。那人仍然坐着没动。

“起来吧，你这笨蛋。”伊万诺夫叫道，扯着他的袖子拉他起来。

男人吓呆了，双眼死死闭着，僵在店中央。伊万诺夫将他的礼帽啪的一声盖在他头上，又把公文包塞在他的腋下，把他朝门口拨过去。这时那人才打个趔趄动了起来。他双眼紧闭的脸在所有的镜子里一闪而过。伊万诺夫拉开店门，他就像个机器人似的走了出去。他迈着机械的步子，伸出僵硬的手紧紧握住公文包，用古希腊雕像般的呆滞双目盯着阳光耀眼的街道，离开了。

旅　客

“是的，生活比我们高明，”作家感叹道，把别着俄国烟卷的硬纸板烟嘴在他的烟盒盖上磕了磕，“生活随便一想，便是精彩的构思！我们怎么能和生活这位女神相比？她写出的作品是无法翻译的，讲不清道不明的。”

“作家有版权，想怎么写就怎么写。”评论家微微一笑说。他是个谦虚的近视眼男人，细长的指头动来动去，不得安闲。

“我们的最后一招就是瞎编，”作家继续说，心不在焉地把一根火柴扔进评论家喝空了的酒杯中，“我们对生活女神的创作，充其量只能像电影制片人改编名著那样。制片人需要女仆星期六晚上不觉得寂寞无聊，就把原著改得面目全非。他把原著从头至尾来个彻底分解，弄出几百个镜头，再加进些他自己编造的新人物和新事件——这么做只有一个目的，那就是既要影片娱乐大众，又要影片符合经典传统，二者要结合得顺顺当当，天衣无缝。一开始好人受难，到头来恶有恶报。最要紧的是收尾，既要出人意料，又要解决所有的问题。我们作家也正是这样，把生活本身的情况按我们自己的需要加以改变，好歹不违常理，来点艺术加工就行。我们的这种抄袭品淡而无味，于是就千方百计地添油加醋。我们认为生活女神的表演过于动荡，变化太快，因而她的天才手笔显得过于凌乱。我们一味迁就读者，从生活女神挥洒自如的长篇小说中截来一点点小故事，精雕细琢后让学童们看。说到这一点，请允许我给你透露一桩亲身经历。

“那一次我碰巧坐在一列特快的卧铺车里旅行。我喜欢在旅途中晃晃悠悠入睡的感觉：铺位上凉飕飕的被单，车一开，车站上的灯缓缓移过，好像为你送行，最后消失在黑沉沉的车窗玻璃后面。我记得当时我头顶上的那个铺没睡人，我为此心中大喜。我脱去衣服，仰面躺下，双手交叉枕在脑后。卧铺被单里装的是统一的标准毛毯，比较单薄，和旅馆里蓬松的羽绒被比起来，倒别有情致。我想了一会儿自己的事——当时正在苦恼地酝酿一部短篇小说，讲的是火车上清洁女工的生活——然后关上灯，很快睡着了。讲到这里，让我用一种写作技巧。这种技巧在某一类短篇小说中经常出现，已令人生厌了，我的这篇小说很有可能就属于此类小说。技巧是这样的——老法子，你肯定非常熟悉：‘半夜时分，我突然醒来。’不过接下来的内容要比陈词老调强一些。我醒来看见了一只脚。”

“请再说一遍，看见了什么？”谦虚的评论家打断作家的话，身子前倾，竖起一根指头。

“我看见了一只脚，”作家又说了一遍，“这时小隔间里的灯亮了。列车到了某个车站，停了下来。那是一只男人的脚，一只相当大的脚，穿着一只质地很差的短袜，青灰色的脚趾甲在袜子上戳了一个洞。这只脚牢固地踩在上铺上床梯子的一阶上，近近地冲着我的脸。脚的主人因我头顶上的铺位遮挡，我看不见他，他正在使出最后一把劲往铺架上爬。我有充裕的时间，便仔细观察这只穿着灰底黑格短袜的脚，还有短袜上面的半截小腿：结实的腿肚子一侧是紫罗兰色的吊袜带，稀稀落落的腿毛从长衬裤的网眼里脏兮兮地钻出来。总而言之，这是半截极不雅观的肢体。我还在看着，只见那只脚突然绷紧，那根坚韧的大脚趾动了一两下，然后那半截腿一使劲整个儿腾空而起，总算从我眼前移开了。我头顶上传来哼哼声，还有吸鼻子声，听这动静可以得出结论：此人准备睡觉了。灯熄了，片刻后列车猛地一冲开动了。

“我不知道如何给你讲那半截腿，只能说它让我看得极不舒服，胸口发堵。像条使劲蠕动的花斑小爬虫。我发现我心神难定，因为我对此人的了解只有那半截很不雅观的小腿。他的形体，他的面孔，我还根本没见着。他睡的上铺，本来在我头顶上形成一个黑沉沉的低矮天棚，现在似乎更低下来一些，我几乎感受到它沉沉的分量了。我竭力想象我这位夜间的同行车友长什么模样，但不论怎么使劲地想，能想出的一个成形的东西就是那片惹眼的脚趾甲，把短袜的毛线顶出个洞，露出珍珠母贝那般的青灰色光泽。按常理论，这样的鸡毛蒜皮竟然惹得我烦，似乎很奇怪。但我反过来问一下，每一位作家难道不恰恰都是招惹鸡毛蒜皮的人吗？不管怎么说，我横竖睡不着。我一直在听——我这个未曾谋面的同路人开始打呼噜了没有？他好像没有打呼噜，而是在呻吟。当然啦，大家都知道，夜间车轮辗过铁轨的响声会引发听力幻觉。但我还是摆脱不了这样的印象：从我头顶传来的声音不同寻常。我胳膊肘支着身子坐起来一点。上面的声音变得比较清晰了。原来睡在上铺的那人在呜呜咽咽地哭。”

“那是怎么回事？”评论家打断他的话，“呜呜咽咽地哭？我明白了。请原谅——我刚才没听清。”评论家双手重新落到膝盖上，头一歪，继续听作家往下讲。

“对，他在呜呜咽咽地哭，还哭得蛮厉害，噎得他喘不过气来。呼出一口气时老发一声响，仿佛一口气喝下一夸脱水一般。随后便是闭着嘴一抽一抽地哭，抽得还相当快——像是学母鸡咯咯叫，好难听。然后重新吸气，又呼出来，发出短促的呜呜咽咽声——带着哈气的声响，由此判断，他这时的嘴是张着的。所有这些响声都产生在车轮滚动引发的晃荡之中，颇像一截摇摇晃晃的楼梯，那人呜呜咽咽的哭声就沿着这截楼梯上上下下。我一动不动地躺着听——无意间感到黑暗中我的脸色特别难看，因为听一个陌生人哭总归不好意思。不过我提醒你注意，我这是身不由己；我和他同乘一辆什么也不管、只顾自己奔驰的火车，又共用同一个两铺位的隔间，这个事实把我和他捆在了一起。他哭泣不止，使劲地哭，可怕的哭声一直陪伴着我。

我们两个——我在下铺听，他在上铺哭——以每小时八十公里的速度同时奔向夜色中的远方，只有列车出了意外事故才有可能中断我们这种身不由己的联系。

“过了一会儿，他好像不哭了，可是我刚刚要睡着时，他的哭声又大了起来，我甚至好像听见他还说了几句迷迷糊糊的话，声音低沉得好像从肚子里发出一般，中间还夹着几声一惊一抽的叹息。他又没动静了，只抽了几下鼻子。我闭眼躺着，想象中又看见了他那只穿着格子短袜的烦人的脚。不知怎么的，我还是设法睡着了。五点半时列车员一扭门把，打开隔间门叫我。我坐在床上——每过一分钟我的头就碰一下上铺的床沿——匆匆穿好衣服。在拿着包走出隔间进入过道之前，我回头往上铺看了看，但那人背朝我躺着，头蒙在毯子里。过道里已是清晨，太阳刚刚升起，列车的蓝色侧影掠过草地，掠过树丛，沿着斜坡蜿蜒而上，穿过枝叶摇曳的白桦林。一块农田里有一个椭圆形的小水塘，闪着耀眼的波光，随后渐渐变窄，变小，变成一条银色缝隙。随着一阵快速的哗哗响声，列车驶过了一幢农舍，路的尽头从一扇横在它前面的大门底下钻了进去。接着又是数不清的白桦树，枝叶摇曳，带着太阳晒黑的斑点，像一排栅栏，看得人发晕。

“过道里除了我还有别人，有两位女士，还没睡醒的脸上马马虎虎化了点妆，一个小老头，戴着仿麂皮手套，头上一顶旅行便帽。我讨厌早起，对我而言，世上最迷人的清晨也代替不了上午几小时的酣睡。所以当那位老先生问我是不是也要到站下车时，我只冷冷地点点头，再无下文。他说的站是一个大镇，十分钟或十五分钟后我们都在该站下车。

“白桦林突然消失了，五六幢小房子从一个小山包上倾泻下来，其中有几幢下来得太快，差点没钻到车轮底下去。接着是一座巨大的紫红色工厂大步跨了过去，厂房的玻璃窗忽闪而过。一幅十码高的广告画，上面有个人拿着巧克力向我们打招呼。又是一座工厂，明亮的窗玻璃，还有烟囱。长话短说，眼前是接近大城市时常见的景象。可是突然之间，列车痉挛一般地刹起车来，停在了一个荒凉偏僻的小站上，这叫我们大感意外。这种小站只供临时停车用，特快列车好像不在这里停车的。我发现还有出人意料的事，三四名警察早已守候在站台上。我放下一扇车窗，探头张望。‘请关上车窗。’警察中的一位很有礼貌地说。过道里的旅客显得惶惶不安。一位列车员从我身边走过，我便问他是怎么回事。‘车上有个罪犯。’他答道，接着又略加说明，说就在我们半夜停车的那个镇上，前半夜发生了一起凶杀案：一个丈夫因妻子不忠，枪杀了她和她的情夫。两位女士连声惊呼，那位老先生连连摇头。过道里进来了两名警察和一名警探，这警探长着红脸蛋，胖身材，头戴圆顶礼帽，像个书商模样。他们叫我返回自己的铺位。两名警察守在过道里，警探挨房搜查。我拿出护照给他看。他那双棕红色的眼睛在我脸上来回一扫，就把护照还给了我。我们，就是我和警探，站在狭窄的隔间里，上铺躺着一个毛毯裹身的黑身影，像一只茧。‘你可以走了。’警探对我说道，说着朝上铺的昏暗处一伸胳膊：‘请出示证件。’毛毯裹身的那人还在打鼾。我走到车门口故意停了停，这时仍能听见那人的鼾声，好像也能听出他夜里的哭声还如游丝一般响在鼾声中。‘请醒醒。’警探提高嗓门说，说着非常专业地一把抓住睡觉之人脖颈处的毛毯边扯了扯。那人动了动，却继续打鼾。警探摇摇他的肩膀。这么叫还叫不醒，倒也烦人。我掉头看着过道对面的车窗，却是视而不见，一门心思地听隔间里发生的动静。

“你想想看，我绝对没听到任何异乎寻常的事情。那个睡在上铺的人半睡半醒地咕哝了几句，警探明确地要看他的护照，又明确地说了感谢配合的话，然后出门到了另一个隔间。这就完啦。不过想想看——当然是按作家的意见来想了——假如这个脚不雅观、哭哭啼啼的旅客被证实是个杀人犯的话，那该会多么美妙啊。他淌了一夜的眼泪也能有个美妙的解释了。更有甚者，这事前前后后能巧妙地套入我夜间旅行的框架中，一个短篇小说的框架也就搭起来了。然而，生活的构思，生活这位作者的构思，总是比我们高明一百倍，这件事上如此，别的事上一概如此。”

作家叹口气，不说话了，咂巴他的烟卷。烟早就灭了，这会儿咬在嘴里让唾液全弄湿了。评论家体贴地看着他。

“你实话实说，”作家又开始说起来，“刚才就在我开始提到警察和意外停车的那一刻，你就断定那个呜咽的旅客是罪犯吧？”

“我了解你的手法，”评论家说，用手指尖戳了戳对方的肩膀，做了个他独有的手势，顺势收回手来，“假如你在写一个侦探小说，你笔下的坏人真相大白时肯定不是书中人物谁也不曾怀疑的人，而是书中人物个个从一开始就怀疑起来的人，这样就把有经验的读者愚弄一番，因为有经验的读者习惯于坏人到头来不是摆在明处的那一个。我非常清楚，你喜欢用最自然的结局创造出乎读者期待的效果。但你不可迷于此道。生活中有许多偶然之事，也有许多奇特之事。词语本身具有崇高的权利，可以提高事情的偶然性，也可以对并不意外的事情进行超验性的加工。根据你刚才所讲的这件事，加上偶然性的舞姿，把你那位旅途同行人变成杀人犯，那你就能创作出一篇非常圆满的短篇小说来。”

作家又叹了口气。

“对，对，我也这么想过。我还可以添几处细节。我可以暗示那人对妻子爱得非常热烈。要编，各种花样都编得出来了。麻烦的是，我们摸不着生活的底——也许生活想的完全是另一码事，比我们所想更微妙，更深刻。还有个麻烦是我当初不知道，今后也永远不会知道，那旅客为什么要哭。”

“我来为词语说句公道话，”评论家轻轻说道，“你是写小说的作家，至少可以想出个精彩办法：你笔下的人物在哭，也许是因为他在车站上丢了钱包。我曾经认识这么一个人，一个长相威武的男子汉，牙痛起来经常哭，甚至连嚎带叫。别，别，谢谢——别给我再斟啦。我喝够了，足够足够了。”

门铃声

他和她在彼得堡分开后，七年过去了。上帝啊，想当年尼古拉耶夫斯基火车站快要挤爆了！别站得太近，火车马上要开了。看看，说走就走了，再见，最亲爱的……她在一旁跟着车走，又高又瘦，穿着雨衣，脖子上围着一条黑白相间的围巾，缓缓移动的人流把她挤到后面去了。他是刚入伍的红军新兵，正赶上内战，既不情愿，也不知如何是好。后来，一个美丽的夜晚，在草原蟋蟀得意的狂鸣声中，他投奔了白军。一年之后，一九二〇年，离开俄国前不久，在雅尔塔一条叫钱纳亚的陡峭石子街上，他意外碰上了在莫斯科当律师的舅舅。对呀，有消息——有两封信。她要去德国了，已经拿到了护照。你看上去气色不错，年轻人。最后，俄国放了他——据有些人说，让他永久休假。在此之前，俄国花了好长时间要留住他。他慢慢移动，从北方到了南方。俄国还是想尽量控制住他，一路占领了特维尔、哈尔科夫、别尔哥罗德，还有各种各样有趣的小村庄，但并没奏效。俄国为他留了最后一手，一份最后的礼物——克里米亚，可是就连这一招也不灵。他最终还是走了。上船后他结识了一个英国年轻人，是个快乐的小伙子，也是个运动员，此行要去非洲。

尼古拉去了非洲，去了意大利，出于某种原因，还去了加那利群岛，然后又回到非洲，在海外军团里干了一阵。起初他经常想起她，后来就想得很少了，再后来又想得多了，而且想得更勤了。她的第二任丈夫金德是个德国实业家，战争期间死了。他生前在柏林有一处相当好的房子，尼古拉便觉得她在柏林绝无挨饿之忧。可是时间过得多快啊！……真的整整七年过去了吗？

这七年来他长得更加结实了，也变得更加粗野了。断了一个食指，学会了两门外语——意大利语和英语。眼睛的颜色变得淡些了，眼神也率直了，这都是因为他脸上均匀地盖了一层风吹日晒的乡土颜色。他抽上了烟斗。他从前走路总和腿短的人一样步子沉重，如今走路带上了明显的节奏。他身上有一样东西一点没变，那就是他的笑声，笑起来又是说俏皮话，又是眨巴眼睛。

他最后决定放弃一切不慌不忙去柏林时，摇着头轻轻笑了好久。有一次，在意大利某个地方，他注意到一个报摊上有份柏林出版的俄国流亡者报纸。他便给该报写了一封信，要求登一则寻人告示：某某找某某。他没有收到答复。他顺便去游科西嘉岛，碰见一个俄国同胞，是资深老记者格鲁舍夫斯基，正要去柏林。请你代我打听打听，也许你会找到她。就说我还活着，身体也好……不过这条线上也没传来任何消息。现在到了他攻占柏林的时候了，人到了那儿，寻找起来就比较简单。他费了不少周折才拿到德国签证，钱也快用完了。唉，也罢，总有办法到那里的……

他果真到了柏林。出了站来到站前广场上，穿一件军用防水短大衣，戴一顶花格子便帽，矮个子，宽肩膀，嘴里叼着烟斗，那只没断指头的手里提着一个破破烂烂的小提箱。他停住脚步，欣赏一个宝石般闪烁的霓虹灯广告，只见它穿过夜色缓缓闪来，然后消失了，又从另外一个角度开始闪现。他在一家廉价旅馆的简易客房里度过了一个糟糕的夜晚，心里老想着如何开始找她。住址查询处、那家俄文报纸的办公室……已经七年了。她肯定真的变老了。真该死，等了那么久！本该早点来的。可是，唉，这些年来，满世界转悠，浪迹天涯，干了多少没有名堂的廉价工作；多少机会，遇上了，失去了；还有获得自由的激动，他曾在童年梦想过的自由！纯粹是杰克·伦敦的经历……现在又到了一个新的城市，一张有惹人发痒之嫌的羽绒床，迟来的有轨电车发出的刺耳刹车声。他摸出火柴，习惯性地用半截残指开始往烟斗里压柔软的烟丝。

要是像他这样旅行，人就会忘了日期。去过的地方会把日期排挤出去。早上，尼古拉出门，打算去警察局，只见家家商店都拉下了栅栏门。原来今天是讨厌的星期日。那么住址查询处和报馆也都是关门闭户。时值晚秋，秋风萧瑟，街心花园里开着紫菀花，天空一片纯白，黄色的树木，黄色的电车，潮湿的出租车喇叭如低沉的雁鸣。一想到自己现在就和她在同一个城市里，一阵激动传遍了他的全身。在一家出租车司机酒吧，他掏出一枚五十芬尼的硬币买了一杯波尔多葡萄酒。这酒下到空腹中，产生了舒适的感觉。街上不时零星地传来俄语的交谈声："……Skol'ko raz ya tebe govorila……"（"……给你说过多少遍了……"）几个当地人走过去后，又传来几句俄语："……他很想卖给我，可我，直说了吧……"他听得兴奋，咯咯笑起来，抽完每一斗烟的时间也比平时快得多。"……好像都走了，不过现在格里沙也跟着倒霉了……"他想如果再过来一对俄国人，就走上前去，彬彬有礼地问："你们可曾认识奥尔加·金德？原是卡尔斯基女伯爵。"在这块像是俄国偏远省份的小地方，俄国人肯定都互相认识。

已是傍晚时分，暮色中一缕橘黄色的光映满了一家大商场的玻璃橱窗。在一户人家正门一侧，尼古拉注意到一块白色的小招牌，上面写着："牙医伊·斯·魏纳，来自彼得格勒。"蓦然一段往事涌上心头，真像火一般烫了他一下。我们这位可爱的朋友在这里都快站朽了，必须离开。窗户里头，牙医的酷刑椅正前方嵌着几幅玻璃照片，照的是瑞士风景……窗户朝着莫伊卡街。请漱口。魏纳医生，这位平易近人的胖老头儿，穿着白大褂，戴着锃亮的眼镜，把他那些叮当作响的医疗器具分类摆好。她当年经常去他那儿看牙，他的几位表亲也常去。这几位表亲要是为这样那样的事情吵起来，还拿"是不是想找魏纳"相威胁，意思是要打掉对方几颗牙。尼古拉在门前沉吟片刻，正要按门铃，忽然记起今天是星期日。他又考虑了一下，还是按了门铃。他上了一段台阶，这时一个女仆开了门。“别上来，今天医生不看病。”“我的牙没病，”尼古拉的德语实在差，“魏纳医生是我的老朋友。我姓加拉托夫——他肯定记得我……”“那我这就去禀报。”女仆答道。

过了一阵儿，一位身穿盘花扣平绒夹克的中年男子走了出来。他面色像胡萝卜一般红润，似乎待人极其亲切。高高兴兴打过招呼后，他又用俄语说道：“不过我记不起你来了——想必搞错了吧。”尼古拉看看他，致歉道：“怕是搞错了。我也记不起你了。我原本想找革命前住在莫伊卡大街上的魏纳医生，结果找错人了。对不起。”

“噢，那肯定是一位和我同姓的人。这是个很普通的姓。我那时住在扎戈罗德尼大街。”

“当年我们看牙都找他，”尼古拉解释道，“所以我以为……你看看，我这次来是想寻访一位女士—— 一位金德太太，金德是她第二任丈夫的姓……”

魏纳咬住嘴唇，神情专注地扭头思索，然后回复他，说：“稍等片刻……我好像记起来了。我好像记起了一位姓金德的太太，她前不久来我这里看牙，我有些印象——我们马上会查清楚。请移步去我的诊室。”

诊室在尼古拉的视野中仍然一片模糊。魏纳医生俯身查看他的约见登记簿，尼古拉实在无法从他光得不能再光的秃头上移开目光。

“我们马上会查清楚，”他又说一遍，指头飞快地翻着登记簿，“就一分钟，我们马上会查清楚。我们马上……有了，金德太太。镶金牙，还做了其他治疗——具体是什么治疗，我看不清楚，有一团污渍遮住了。”

“她的本名和父名呢？”尼古拉急切地往桌前一靠，袖口差点儿碰翻了墨水瓶。

“这儿也写着，叫奥尔加·基里洛夫娜。”

“对。”尼古拉长舒一口气说。

"地址是普兰纳大街五十九号，巴布先生转交，"魏纳咂巴着嘴说，将地址飞快地抄到另一张纸上，"从这里数，第二条街便是。地址你拿上。非常高兴为你效劳。她是你家亲戚吗？"

"是我母亲。"尼古拉答道。

从牙医诊所出来，他稍稍加快步伐前行。这么容易就找到了她，他觉得惊奇，简直像用扑克牌变了个戏法一般。此行来柏林，他倒是从未想过她有可能早已去世，也有可能迁居其他城市，但奇迹竟然出现了。魏纳竟然是另外一个魏纳——然而殊途同归。多美的城市，多美的雨！（珍珠般的蒙蒙秋雨像是说着悄悄话落下来，大街小巷一片昏暗。）她会怎样迎接他呢——是亲切，还是悲伤？要么是平平静静？小时候她不曾惯着他。我弹钢琴时你不许在客厅里乱跑。长大后他越来越觉得她对他没有多大用处。现在他竭力想象她的面容，可是头脑里总是顽固地拒绝出现具体的模样，他甚至不能把他脑中的信息收集起来形成一个活生生的可见形象：高挑瘦长的身材，四肢看似松松垮垮地挂在身上，一头黑发，两鬓有几缕灰白，苍白的大嘴，最后一次见面时穿的一件旧雨衣。疲惫痛苦的表情，好像是一位上了岁数的老太太。这样的表情似乎一直挂在她脸上——甚至在他父亲去世之前就挂在那儿。他父亲是海军上将加拉托夫，革命前不久开枪自尽了。到五十一号了，再过八幢房子就到了。

突然间他发现自己不安起来，关键时刻如此这般，真说不过去。这一次的不安和从前的不安相比，厉害得多。从前的不安，举个例子，有一回他第一次把自己大汗淋漓的身体紧贴在一面峭壁上，举枪瞄准旋风般冲杀过来的骑兵，那是个骑在一匹阿拉伯骏马上的白衣凶神。没等走到五十九号，他便停了下来，掏出烟斗和皮烟袋，缓缓地、仔细地装上一斗烟，没有掉落一根烟丝。然后划亮火柴，伸手掬住火焰，吸了一口，望着点燃的烟丝拱起来，这才咽下一口甜滋滋的、刺得舌头发麻的烟。然后他小心地吐出那口烟来，迈开坚实的、不慌不忙的步子，朝房子走去。

楼梯太暗，绊了他两次。在一团漆黑中他走到二楼转弯平台处，划着一根火柴，照亮一块镀金的牌子。名字不对。又往上找，过了好几块牌子后才找到“巴布”这个奇怪的名字。小火苗烧到了手指上，熄灭了。上帝啊，我的心怦怦乱跳……他在黑暗中摸到了门铃，按响了它。这时他取下咬在嘴里的烟斗，等待开门，感到一丝痛苦的微笑撕开了自己的嘴。

这时门锁和门闩发出一声混合的响动，门突然打开，像是被一股大风猛地吹开一般。前厅和楼梯里一样昏暗，昏暗中飘来一个响亮而又欢快的声音。“全楼的灯都灭了——eto oozhas，[①]真叫人害怕。”尼古拉马上注意到那一声“oo”加重了语气，拖得很长。在这一声的基础上，他脑中立刻重现了那个站在门道里的人，连最细微的特征也能感觉出来，尽管那人还隐在黑暗之中。

“说得是，啥也看不见。”他笑着说道，迎上前去。

她叫了一声，好像被一只结实的手击了一掌。他在黑暗中找到了她的双臂、她的双肩，又撞上了什么东西（大概是伞架）。“不，不，这不可能，这不可能……”她一边后退，一边急急地重复着。

“别动，妈妈，就一会儿。”他说着又撞上了什么东西（这次是半开的前门，砰的一声狠狠关上了）。

“这不可能……尼基，尼基——”

他吻她的脸颊，吻她的头发，乱吻一气，摸到哪里就吻哪里。黑暗中什么也看不清，但他凭着某种内心之眼看清了她的全部，从头到脚趾。她身上只有一样东西发生了变化（连这点新变化也意外地使他想起了遥远的童年，那时她还常弹钢琴）：她身上散发出强烈的高级香水味——仿佛中断了的这些年没有存在过一般，仿佛他的青少年时代和她守寡的岁月都没有存在过一般。她守寡后就再也不用香水了，人也因悲伤而憔悴下去。现在好像什么都没发生过一般，他

① 拉丁文转写的俄语，真吓人。

仿佛不再浪迹天涯，一下子回到了童年……“果然是你。你回来了。你果真在我眼前。”她念叨着，把柔软的嘴唇贴在他身上，“回来就好……事情本该如此……”

“难道哪儿都没灯吗？”尼古拉开心地问。

她打开一道内门，激动地说：“有灯，往里走。我在那边点了蜡烛。”

“好，让我好好看看你。”他说着，走进了摇曳的烛光中，贪婪地看着他的母亲。她的一头黑发变成了干草一般的浅色。

“唉，难道你认不出我了？”她焦急地喘着气问，接着连忙又说：“别这么盯着我看。快把近况全讲给我听！瞧你晒得多黑……我的天啊！讲啊，一桩一件全讲给我听！”

好一头金色短发……她的脸本是精心化过妆的，这时一滴泪水流淌下来，湿湿的印迹一路吞食了红润的胭脂，打湿了涂上睫毛膏的睫毛，扑在鼻子两侧的粉也变成了紫罗兰色。她穿一件蓝得发亮的高领连衣裙，全身上下都显得那么陌生，令人害怕，令人不安。

“妈妈，你莫非在等客人？”尼古拉察言观色，问道。接下来实在不知说什么好，便起劲地脱下了大衣。

她离开他，朝桌子走去。桌子上已经摆好了饭菜，餐具在半暗的烛光下闪着星星点点的光。然后她又转了回来，机械地照了照黑影绰绰的镜子。

“多少年过去了……我的天！真不敢相信我的眼睛。噢，对了，今晚我是有朋友要来。我让他们别来就是了。我这就打电话过去。就说我有事情。千万不能让他们来……啊，上帝……”

她紧紧贴在他身上，深情地抚摸他，想真正确认是不是他。

“镇静，妈妈，你这是怎么啦？这就太过激动了。我们找个地方坐下。Comment vas-tu？①生活是如何对待你的？”……但不知为什

① 法语，你过得如何？

么，他害怕听到她的回答，便开始说他自己的事，还是用他特有的豪爽谈锋，一面说一面抽着烟斗吞云吐雾，好让他的惊讶淹没在话语和烟雾之中。说到后来，才知道她早就看见过他的寻人启事，也早和那位老记者取得了联系，还一直要提笔给尼古拉写信——总是准备提笔要写——他早就看出来她的脸因化妆而变了形，头发也是染成金黄色的，现在又觉得她的声音也不是原来的声音。他讲着他的冒险经历，没有片刻停顿，边讲边四下打量这间在忽明忽暗的烛光中抖动的屋子，打量屋子里可怕的中产阶级风格的装饰——壁炉台上躺着一只玩具猫，一扇屏风下面露出床脚，一幅腓特烈大帝吹长笛的画；还有一个没有放书的书架，摆着一些小花瓶，烛光映在上面，像水银一般上下跳动……随着他的目光四处游动，他仔细看了看先前经过时只瞥了一眼的东西：那张餐桌——原来饭菜是为两个人准备的，摆着饭后利口甜酒，一瓶意大利阿斯提甜酒，两只高脚红酒杯，一个巨大的粉红色蛋糕，沿边上插了一圈还没有点着的小蜡烛。“……当然啦，我一纵身就跳到了帐篷外面，你想想是怎么回事？猜猜看！”

她似乎从恍惚出神的状态中突然惊醒，慌乱地瞅瞅他（她挨着他在长沙发上坐下，双手按住太阳穴，桃红色的长筒袜露了出来，闪动着陌生的光泽）。

“你没听我说吗，妈妈？”

“哪能呢，我在听——在听……”

这时他又注意到别的情况：她心不在焉，神色奇特，好像根本没在听他说话，而是在等待一场即将远道而来的厄运，凶猛可怕，却又无法避免。他仍然兴高采烈地往下讲他的事情，不过随后又停顿了一下，问道：“那个蛋糕——是谁有此尊荣？看上去好吃极了。”

他母亲慌忙笑笑。“噢，这是个小花样。我刚才跟你说了，我在等客人。”

“这情景让我想起了彼得堡，历历在目，”尼古拉说，“记得吗？有一次你搞错了，少插了一根蜡烛。当时我过十岁生日，蜡烛却只有九根。你漏了一岁，为此我大哭大闹一场。今天蛋糕上插了几根蜡烛？”

“唉，插几根又有什么关系？”她叫道，说着站起身来，像是要挡住他的目光，不让他往餐桌上看，“还是告诉我现在几点了。我必须打电话取消聚会……就说我今天有事。”

“七点一刻。”尼古拉说。

“太晚了，太晚了！”她又一次抬高声音说道。“好吧！既然晚了，来就来了吧……”

两人都沉默不语。她又坐了下来。尼古拉想尽量对她亲热一点，想讨好她，想直接问：“听着，妈妈——你到底出了什么事？快讲讲：全讲出来。”他又瞅了一眼餐桌上丰盛的饭菜，数了数蛋糕上插了一圈的蜡烛。共有二十五根。是二十五根！他已经二十八岁了……

“请不要这么仔细地检查我的屋子，”他母亲说，“你这样活像个职业侦探！这屋子破烂不堪，有什么好看的。我倒想另搬个地方，可金德留给我的别墅让我给卖了。”突然间她轻轻倒抽了口气：“等等……怎么回事？刚才是你弄出的响声吗？”

“对，”尼古拉耶答道，“是我在磕烟斗里的烟灰。不过还是告诉我，你现在钱够花吗？收支相抵有没有问题？”

她忙着收拾袖子上的饰带，没有看他，说：“钱够花……当然够花。他给我留下了几笔外资股票，一座医院，还留下一座古老的监狱。一座监狱！……不过我得跟你讲明白，我就只够过日子而已。看在老天的分上，别再磕烟斗了。我必须跟你讲明白……讲明白我不能……唉，你明白的，尼基——要我养活你那可是太难了。”

“你在说什么呀，妈妈，”尼古拉叫道（就在这时，屋顶上的电灯突然亮了，就像蠢笨的太阳从一朵蠢笨的乌云后面突然露出脸来一般），“好啦，现在我们可以把这些蜡烛熄灭了。刚才真像是蹲在古代帝王的陵墓里。你看，我手头倒是有一小笔现钱，再说了，我无牵无挂的，像只四处乱逛的野鸟……过来，坐下——别这么满屋子转悠。”

她停在了他面前，又高又瘦，亮闪闪的蓝裙子。这时在明亮的灯光照射下，他看清了她老得多么厉害，两颊和额头上的皱纹坚持不懈地从脂粉间露了出来。还有那一头染过的黄发！……

“你突然这么一头闯进来，”她说，咬咬嘴唇，望望立在书架上的一只小钟，“就像万里无云的天空突然下起雪来……那钟走得快了些。不对，它早就停了。我今晚有客人，不料你来了。这一下全乱套了……”

“胡说，妈妈。客人要是来了，看见你儿子回来了，他们很快就会告辞的。天黑之前，你和我就去某家音乐厅，再找个地方吃晚饭……我记得看过一场非洲歌舞——演得真是棒极了！你想想，五十个黑人，场面多大，比如说……”

前门响起了响亮的门铃声。奥尔加·基里洛夫娜本来悬悬地坐在一把椅子的扶手上，门铃声吓得她一激灵，站直了。

“等等，我去开门。”尼古拉说着站起身来。

她扯住他的衣袖，急得脸一抽一抽的。门铃声停了，按铃的人在等着开门。

“肯定是你的客人，”尼古拉说，“你的二十五岁的客人。我们得让客人进来。”

他母亲慌忙摇头，然后又侧耳细听。

“不开门不对吧——”尼古拉又说开了。

她拉拉他的衣袖，压低声音说：“你敢！我不要开门……你敢不听话！”

门铃突然又响了，这一次响得更久，更急，一直响了好久。

“放开我，”尼古拉说道，“这太荒唐了。有人按铃，就得去开门。你怕什么呀？”

“你敢开——不准开，听见了吗？”她又说一遍，颤巍巍地抓住他的手，“求求你……尼基，尼基，尼基！……别开门！”

铃声停了。取而代之的是一连串咚咚的敲门声——好像是用手杖结实的圆头在敲击。

尼古拉毅然朝前门走去，但还没走到，就让他母亲一把抓住了肩头，使足全身力气拽了回来，嘴里还一个劲地低声喊：“看你敢……看你敢……看在上帝的分上……”

门铃声又响了起来，短促而恼怒。

“随你便。”尼古拉一笑，两手插进裤兜，一直走到屋子最里头。真是莫名其妙，他心想，忍不住又笑起来。

门铃声已经停了，这时一片寂静。按铃人显然受够了，离开了。尼古拉走到餐桌旁，凝视着那个豪华的蛋糕，还有浇在上面的鲜亮糖衣，二十五根庆祝生日的蜡烛，两只红酒杯。不远处放着一个白色的小纸盒，像是藏在酒瓶的阴影里。他拿起纸盒，打开盒盖。盒子里装着一只崭新的、颇为俗气的银色香烟盒。

“原来如此。”尼古拉说道。

他母亲半卧在沙发上，脸埋在靠垫里，正在抽抽搭搭地哭。早年他经常见她哭，但那时她哭起来完全是另一种样子：比如坐在桌边哭，脸也不转过去，还大声地擤鼻涕，嘴里一个劲地说话。可现在她哭得像个小姑娘一样，躺在那里，涕泪纵横……沿着背脊一道曲线楚楚动人，一只穿着天鹅绒拖鞋的脚不停地碰到地板上，也显得很好看……谁见了都几乎会觉得这是一个年轻的金发女郎在哭……而她的手帕，揉成一团，扔在地毯上，离美人哭泣的场景不远不近，恰到好处。

尼古拉从喉咙里打了一声俄国式的咕噜，坐在她躺着的沙发边上。他又打了一声咕噜。他母亲仍然捂着脸，冲着靠垫说：“唉，你为什么就不能早点来呢？哪怕早来一年……早来一年该多好！……”

“这我自己也不知道。”尼古拉答道。

“现在一切都完啦……”她呜咽着说，甩动她的浅黄色头发，“一切都完啦。到五月份我就五十岁了。长大成人的儿子来看望成了老太婆的母亲。你何必今晚……单单这个时候来呢！”

尼古拉穿上大衣（他和欧洲人放大衣的习惯正好相反，脱下往角落里一扔就行），从衣兜里掏出便帽，又挨着她坐下。

“明天上午我就走了，”他说道，抚摸着母亲肩膀上亮闪闪的蓝色丝绸，“我现在突然很想一直北上，也许去挪威——要么去远海捕鲸。我会给你写信。一两年后我们再见面，那时我可能会多待些时日。我流浪成性，别生我的气！”

她一把搂住他，把一侧泪水打湿的脸紧紧贴在他的脖子上。然后她紧紧握住他的手，突然间惊叫起来。

“被子弹打掉了的，”尼古拉笑道，“再见，我最亲爱的。”

她摸摸他那截光滑的断指，小心翼翼地吻了吻它。然后她伸出一只胳膊搂上儿子的腰，陪着他朝门口走去。

“常来信……干吗笑？我脸上的脂粉肯定全掉了吧？”

门在他身后刚关上，她就拖着刷刷作响的蓝裙子飞一般朝电话奔去。

事关面子

一

安东·彼得洛维奇与伯格相识的那个可恶的日子，其实只在理论上存在。当时他的记忆并没给那天贴上日期标签，所以现在就不可能查证到底是哪一天了。大致说来，应该是在去年冬天，一九二六年圣诞节前后。当时伯格幽灵一般地从扶手椅上突然冒出，先是鞠躬致意，然后又坐了回去——这时再不像先前的幽灵一般了。那是在库尔久莫夫家，位于柏林莫阿比特区[①]，远离主城区，我想是在圣马克大街上。革命后，库尔久莫夫一家就成了贫民，如今还是一贫如洗。安东·彼得洛维奇与伯格虽然也曾是流亡人士，倒从此渐渐富起来了。如今，男装杂货店要是摆出十来条类似的领带——柔和的亮色系，有点像晚霞的颜色——同时也摆出十来条颜色完全相同的手帕，安东·彼得洛维奇就会买一条时下流行的领带，再买一条时下流行的手帕。每天早上去银行上班，一路上总会遇到两三个和他一样匆匆去各自办公室上班的绅士。他们打着和他一样的领带，插着和他一样的手帕，他见了就觉得很高兴。他一度和伯格有生意往来，如今伯格便是他生活中少不了的人。他一天要打来五个电话，经常登门造访，没完没了地讲笑话——上帝，他多喜欢讲笑话啊！他第一次来串门时，安东·彼得洛维奇的妻子塔尼娅觉得他很像一位风趣的英国绅士。“你好，安东！”伯格总是大声招呼，叉开五指拍向安东的手（这是俄国人打招呼的方式），然后使劲地握手。伯格肩膀宽阔，体格健壮，脸总是刮得干干净净，喜欢把自己比作健美的天使。他曾给安东·彼得洛维奇看过一个又小又旧的黑色笔记本，里面画满了叉号，整整有五百二十三个。“克里米亚内战的一个纪念品，”伯格微笑着说道，随后又淡淡地加上一句：“当然，我只算那些我一枪击毙的红军。”伯格以前当过骑兵，曾在邓尼金将军麾下作战，这一点总是让安东·彼得洛维奇嫉妒不已。每当伯格在塔尼娅面前讲起那些侦察突袭和午夜袭击的故事时，他总是恨极了。安东·彼得洛维奇长得粗壮腿短，戴一副单片眼镜。平时不戴的时候，就用一条细细的黑带子把镜片挂在胸前。每当他伸展四肢仰躺在安乐椅上时，单片眼镜微微闪烁，那模样活像他肚子上长了一只呆滞的眼睛。两年前他长了一个疖子，割掉后在左颊上留下了一个疤。当他戴上单片眼镜时，这个疤，粗糙蓬乱的胡子，还有肥大的俄罗斯式鼻子，都会剧烈地抽搐起来。“别再做鬼脸了，”伯格总会说，“没有比你这副样子更难看的了。”

杯子里的茶水冒出轻轻的水汽，盘子里一块压扁了的巧克力泡芙流着奶油。塔尼娅将一对光胳膊肘支在桌上，手指交叉托着下巴，盯着香烟上冒出的缕缕烟雾。伯格一直想说服塔尼娅留短发，说自古以来，女人们都是留短发的，比如维纳斯女神像就是这样。安东·彼得洛维奇则旁敲侧击地激烈反对。塔尼娅只是耸耸肩，用指甲轻轻弹掉烟灰。

后来这一切都一去不复返了。七月底的一个星期三，安东·彼得洛维奇出差去了卡塞尔[②]。他在那儿给妻子发了一封电报，说他将于周五返回。到了周五，却发现至少还得在这里滞留一周，于是又发了一封电报。不料第二天生意落空了，由于懒得再发电报，安东·彼得洛维奇就径直回家了。待到十点左右终于到达柏林时，他已经身

① Moabit，柏林贫民区，聚集着大量外国移民。

② Kassel，德国黑森州北部大城市。

心俱疲。从街上望去，他家公寓卧室的窗户还透出些许光亮，说明妻子在家，这总算是安慰人心的消息。他走上五楼，转了三下钥匙，打开锁了三转的门，进了家。经过前厅时，他听到浴室里发出稳定的流水声。粉嫩的，湿润的，安东·彼得洛维奇不由得来了番惬意的遐想，一边提着包进了卧室。卧室里，伯格站在衣柜镜子前，正在打领带。

安东·彼得洛维奇机械地把行李箱放在地上，眼睛死死盯着伯格。伯格若无其事地抬起头，撩起一截鲜艳的领带，从结扣中穿过去。“无论如何，不要激动，”伯格边说边小心地拉紧领带，“请不要激动。务必保持冷静。”

安东·彼得洛维奇想，一定要有所行动。可是怎么行动呢？他感到双腿一阵颤抖，好像腿已经不存在了——只剩下冰冷而疼痛的颤抖。得马上有所行动……他开始从一只手上扯下手套。手套很新，紧紧裹在手上。安东·彼得洛维奇一边不停地扭动脑袋，一边机械地嘟囔：“马上滚。这太可怕了。滚……”

“我这就走，我这就走，安东。”伯格耸了耸他那宽宽的肩膀，从容地穿上外套。

我要是揍他，他肯定也会揍我，安东·彼得洛维奇这么一闪念。他猛力一拽，终于扯下了那只手套，接着笨拙地朝伯格扔去。手套撞到墙上，正好落在盥洗盆里。

“好准头。”伯格说。

他拿起帽子和手杖，径直越过安东，朝门口走去。“无论如何，你总得让我出去，”他说，“楼下的门锁了。”

安东·彼得洛维奇几乎不知道自己在干什么，糊里糊涂就跟着他出去了。下楼梯时，走在前面的伯格忽然大笑起来。“对不起，”他头也没回地说道，“不过这真是太有趣了——怀着这么复杂的心情被赶了出来。”到下一个楼梯平台时，他又咯咯笑起来，并且加快了步伐。安东·彼得洛维奇也加快了步伐。这么恼人的奔跑很不体面……伯格是故意让他连蹦带跳出洋相的。真是折磨人……三楼……二楼……什么时候才能下完楼梯？伯格从最后的几阶楼梯上一跃而下，一边用手杖轻击地面，一边站在那里等着安东·彼得洛维奇。安东·彼得洛维奇大口喘着粗气，费劲地捉住不停摇晃着的钥匙，抖抖索索地插进锁里。门终于打开了。

"尽可能别恨我，"伯格站在人行道上说，"你设身处地想想……"

安东·彼得洛维奇猛地摔上门。从一开始他就有股强烈的冲动去摔门或是摔其他什么东西。噪音震得他耳朵嗡嗡作响。爬上楼梯的时候，他才意识到自己的脸已经被泪水打湿了。经过前厅时，他又一次听到了流水的声音。真希望温水能变得滚烫。除了水声，他还能听到塔尼娅的声音。她正在浴室里放声歌唱。

安东·彼得洛维奇感到一阵莫名的轻松，回到了卧室。这时他才看到先前没有注意到的情况——两张床都弄得皱巴巴的，一件粉色睡衣摊在他妻子的床上。她那件新的晚礼服和一双丝袜已经取出来放在沙发上：显然，她准备和伯格去参加舞会。安东·彼得洛维奇从胸前的口袋里掏出一支昂贵的钢笔，站在梳妆台前，笨拙地俯下身子，写道："我无法忍受见到你。如果我见到你，我不知会做出什么事来。"一大滴泪水滚下，他的单片眼镜模糊了……字迹也看不清了……"你走吧。我给你留下一些现金。明天我会和娜塔莎讨论这件事。今晚你住她家，或是住旅馆——只是求你不要住在这儿了。"写完后，他把信靠在镜子上，选了个确保她能看到的地方。信的旁边放了一张一百马克的纸币。走过前厅时，他又听见妻子仍然在浴室里唱歌。她拥有吉卜赛人一般的嗓音，迷人的嗓音……快乐啊！一个盛夏之夜，一把吉他……就是那个夜晚，她坐在地板中央的坐垫上唱歌，一边唱一边眯着眼睛微笑。他那时刚刚向她求婚……是的，快乐啊！一个盛夏之夜，一只飞蛾撞到了天花板上。"我的灵魂向你投降，我怀着无限的激情爱你……""太可怕了！太可怕了！"他一边下楼朝街上走去，一边不停地念叨。夜色如此温柔，繁星布满天空。他往哪里走无关紧要。现在她很可能已经从浴室出来，看到他的信了。想起那只手套来，安东·彼得洛维奇就觉得心寒。那只崭新的手套漂浮在满溢的盥洗盆里。想起那只棕色手套的可怜模样，他忍不住哭出声来，把一个路人吓了一跳。看着广场四周巨大杨木的阴影，他想起米秋申就住在这一带。于是他在酒吧给他打了个电话。酒吧梦一般突然出现，又如火车尾灯一般消逝在远方。米秋申把他让进屋，可他喝多了，一开始并没有注意到安东·彼得洛维奇铁青的脸。昏暗的小屋里，坐着一个安东·彼得洛维奇不认识的人，还有一个穿红裙子的黑发女子背朝桌子躺在沙发上，好像已经睡着了。桌上的酒瓶泛着幽光。安东·彼得洛维奇闯入了一个生日宴会，但他一直没搞清楚这个聚会是为谁而办的，米秋申？那个睡着的女人？抑或是那个不认识的男人（后来知道他是个俄裔德国人，有个古怪的名字叫格努什克）？满面红光的米秋申把他介绍给了格努什克，然后对着熟睡女人宽厚的背漫不经心地点点头说："阿杰莱达·阿尔伯特夫娜，我想让你认识一下我的一个好朋友。"那个女人一动不动，但米秋申没有露出一点意外之感，他好像压根就没指望她醒过来。这一切都显得古怪离奇，噩梦一般——空伏特加瓶里插了一朵玫瑰，棋盘上乱七八糟摆着下了一半的棋，熟睡的女人，喝醉了却依然相当平静的格努什克……"来喝一杯。"米秋申说道，接着眉毛突然一扬问道："你怎么了，安东·彼得洛维奇？你看起来气色不佳啊。"

"是啊，无论如何，先喝一杯吧。"格努什克像个傻子一般诚恳地说道。他长着一张特别长的脸，穿着领子特别高的衬衣，活像一条达克斯猎狗。

安东·彼得洛维奇大口喝下半杯伏特加，坐了下来。

"现在可以告诉我们发生什么事了吧？"米秋申说道，"在亨利面前不要不好意思——他是世界上最老实的人了。该我走棋了，亨利。我可警告你，如果你吃了我的象，我就会在三步之内将死你。好了，安东·彼得洛维奇，现在你可以说出来了。"

“我们马上会见分晓。”格努什克说道。他伸出胳膊，露出了浆过的衬衫袖口。“你忘了H-5位置上的一个兵。”

“玩你自个的H-5吧，”米秋申说，“安东·彼得洛维奇马上要说他的故事了。”

安东·彼得洛维奇又喝了些伏特加，整个屋子开始旋转起来。滑动的棋盘眼看要撞在酒瓶上了，瓶子和桌子似乎都朝长沙发倒去。沙发上躺着神秘的阿杰莱达·阿尔伯特夫娜，头冲着窗户移动，窗户也开始动了起来。不知怎的，这些该死的晃动好像都和伯格相关，必须让它停下来——立刻停下来。应该把它踩在脚下，撕碎它，毁灭它……

“我想让你当我的助手。”安东·彼得洛维奇说。他隐约觉得有点词不达意，却又不知如何修正。

“什么助手？”米秋申斜眼瞥了一下棋盘，心不在焉地问道。格努什克的手指在棋盘上点来点去。

“不是，你听我说，”安东·彼得洛维奇大叫起来，声音中充满痛苦，“你们听我说！别再喝了好不好！事情很严重，非常严重。”

米秋申明亮的蓝眼睛紧盯着他。“亨利，别下了，”他看也不看格努什克，说道，“事情听起来很严重。”

“我打算决斗，”安东·彼得洛维奇低声说，一边使劲稳住眼神，不让桌子从眼前飘走，“我要杀个人。他的名字叫伯格——你可能在我家见过他。至于原因，我不想解释……”

“任何事情你都可以对助手讲。”米秋申神气十足地说道。

“原谅我多管闲事，”格努什克突然说道，竖起食指，“但是记住，有这么一条：‘不可杀人’[①]！”

“此人名叫伯格，”安东·彼得洛维奇说道，“我想你认识他。我需要两个助手。”这话说得真够含糊。

---

①《圣经》十诫第六诫。

"是场决斗。"格努什克说道。

米秋申用胳膊肘轻轻顶了他一下:"不要插话,亨利。"

"我说完了。"安东·彼得洛维奇低声说道。他垂下眼睛,手指无力地拨弄着系在他那毫无用处的单片眼镜上的丝带。

大家都不出声了。睡在沙发上的女人发出舒服的鼾声。一辆小汽车穿过街道,发出刺耳的喇叭声。

"我醉了,亨利也醉了,"米秋申喃喃说道,"但很显然,发生了严重的事情。"他咬咬指关节,望望格努什克,"你怎么看,亨利?"格努什克叹了口气。

"明天你们两个去见他,"安东·彼得洛维奇说道,"选好地点什么的。他没给我下决斗书。根据规则,他应该给我下决斗书的。我倒是向他扔过手套了。[①]"

"你的行为像个高贵而勇敢的人,"格努什克神采飞扬地说道,"说来巧了,这种事我略知一二。我的一个表亲也是死于一场决斗。"

为什么说"也"呢? 安东·彼得洛维奇痛苦地想道。难道这是一个凶兆?

米秋申端起杯子喝了一口水,然后轻快地说:"作为朋友,我不能拒绝。明早我们就去见伯格先生。"

"根据德国法律,"格努什克说道,"如果你杀了他,他们会把你投进监狱关几年。相反,如果你被杀了,那他们是不会管的。"

"这些我都考虑过了。"安东·彼得洛维奇郑重地说道。

他又一次掏出那支漂亮、昂贵、闪闪发亮的黑色钢笔。黄金笔尖精致纤细,平日里写字时,它就像一根裹着天鹅绒的嫩枝从纸上滑过。不过现在安东·彼得洛维奇的手在不停地颤抖,桌子也像是风暴中颠簸的甲板一般晃动……米秋申递给他一大张书写纸,安东·彼得洛维奇在上面给伯格写了封充满鄙夷的决斗书。他在信中

---

① 骑士时代挑战者当众把自己的一只手套扔到对方面前,表示提出决斗。对方捡起手套,则表示应战。

三次将伯格称作无赖，还在结尾处写了一个蹩脚的句子："你我必死其一。"

信一写完，他就放声大哭起来。格努什克一边啧啧地弹舌头，一边用一块大红方格子手帕擦去这个可怜人脸上的泪水。米秋申一直手指棋盘，反复沉重地说："你就像将死这棋盘上的王一样解决他——三步将死，毫无疑问。"安东·彼得洛维奇一边抽泣，一边推开格努什克友好的手，像个孩子一般不停地说："我非常爱她，非常爱她！"

天渐渐亮了，又迎来悲伤的一天。

"你们九点就去他家。"安东·彼得洛维奇说道。他从椅子上倾身站了起来。

"我们九点就去他家。"格努什克的回答如同回音一般。

"我们还可以睡五个钟头。"米秋申说。

安东·彼得洛维奇理了理帽子（他一直坐在帽子上），抓住米秋申的手，握了一会儿，然后举起来贴在脸颊上。

"好啦，好啦，不必如此。"米秋申嘟囔道。他又像先前一样冲着那个熟睡的女士说："阿杰莱达·阿尔伯特夫娜，我们的朋友要走了。"

这次她动了一下，惊醒过来，重重地翻了个身。她的脸又圆又胖，睡觉时压出了满脸皱纹，吊梢眼化了浓妆。"你们几个不要再喝了。"她平静地说，说完又翻个身面朝着墙沉沉睡去了。

在街道拐角处，安东·彼得洛维奇拦了一辆昏昏欲睡的出租车。车子以幽灵般的速度载着他在蓝灰色城市的垃圾中穿行，在他家房子前停歇下来。他在前厅遇见了女仆伊丽莎白，她大张着嘴，目光阴冷，似乎有话要说。但想了想后，就趿拉着一双男用拖鞋往走廊去了。

"等一下，"安东·彼得洛维奇说，"我妻子走了吗？"

"真是可耻，"女仆极其郑重地说道，"这里就是个疯人院。大半夜拉着个大皮箱，把家里翻得乱七八糟的……"

"我问我妻子是不是走了。"安东·彼得洛维奇高声喊道。

“她走了。”伊丽莎白阴沉地回答说。

安东·彼得洛维奇走进客厅。他决定就睡在客厅里。那卧室，当然不能睡了。他打开灯，躺在沙发上，盖上大衣。不知怎的，他觉得左手腕有点不适。哦，当然不适——我的手表……他取下表来，边上发条边想心事。这也太离谱了，他这个男子汉怎能如此沉得住气，还记着给手表上发条！他酒还没醒，汹涌的大浪朝他一阵阵袭来，打得他忽高忽低，开始恶心。他坐了起来……那个很大的铜烟灰缸……快点……体内一阵剧烈的翻腾，疼痛直达腹股沟……全都吐在了烟灰缸外。吐完立刻睡着了。一只脚还穿着黑皮鞋，灰色的鞋罩耷拉在沙发上，灯光（他忘关了）在他大汗淋漓的额头上映出惨淡的光。

二

米秋申一向好斗，酗酒成性。稍一激他，他什么事情都能做出来。活脱脱一个亡命之徒。有人也曾听说他的某个朋友跟邮局作对，经常将点燃的火柴扔进邮箱。这个人外号格努特，很有可能就是格努什克。其实安东·彼得洛维奇原本只想在米秋申家过夜，去了后也不知怎的就突然提到了决斗的事……哦，伯格当然该死，只是这种事本该慎重考虑才是。若真要挑选助手，也无论如何要选绅士才行。结果整件事情变得荒唐可笑，不成体统了——从一开始的扔手套，到最后的烟灰缸。现在，当然无法可想了——杯已斟满，只好喝干了……

他摸摸沙发下面表掉下去的地方。十一点了，米秋申和格努什克应该到伯格家了。突然一个愉快的想法冒了出来，把别的想法推到一边去，接着又消失了。是个什么想法呢？哦，当然有个想法的！他们昨晚喝多了，他自己也喝多了。他们肯定睡过了头，醒来之后应该会想到他昨晚也就是胡言乱语一番。但是这个愉快的想法仅仅闪现了一下就消失了。有什么想法都不管用——事情已经开始了，他还得向他们重复昨晚说的话。奇怪的是，他们到现在还没有露面。决斗。好一个触目惊心的词“决斗”！我就要决斗了。仇人相见，一对一单挑。决斗。“决斗”这词好听。他站起来，发现裤子已经皱得很厉害。烟灰缸被拿走了，伊丽莎白一定在他睡觉的时候来过，真丢人！得去卧室，看看乱成什么样了。忘掉妻子，从此没她这个人了，她从来没有存在过。一切都不复存在了。安东·彼得洛维奇深吸一口气，打开了卧室的门。他看到女仆正将一张皱巴巴的报纸塞进废纸篓里。

“请给我端点咖啡来。”他说，然后朝梳妆台走去。梳妆台上有个信封，信封上有他的名字，是塔尼娅的笔迹。信封旁还杂乱地放着他的发刷、梳子、修面刷和一只难看的僵硬手套。安东·彼得洛维奇打开信封，里面除了那一张百元马克外，什么也没有。他把信翻过来调过去地看，不知拿它怎么办。

“伊丽莎白……”

女仆走过来，用怀疑的眼光盯着他看。

“这个，你拿去吧。昨晚给你造成了诸多不便，还有那么多不愉快的事情……拿去吧，拿去。”

“一百马克？”女仆低声问道。突然间她面红耳赤，天知道她脑袋里转了什么念头。只见她把垃圾篓砰的一声扔在地上，大声喊道：“这可不行！你不能收买我。我是个正派的女人。你等着吧，我会告诉所有人你要收买我。不行！这里真是个疯人院了……”她走了出去，砰的一声关上了门。

“她这是怎么了？天啊，她这是怎么了？”安东·彼得洛维奇大惑不解，喃喃自语。他快步走到门前，冲着女仆的背影尖声叫道：“你立刻滚蛋，滚出这个家！”

“这是我赶走的第三个人了，”他想道，全身都在发抖，“现在连给我端咖啡的人都没有了。”

他花了很长时间洗了个澡，换好了衣服，在街对面的咖啡馆里坐下，时不时向外瞥一眼，看看米秋申和格努什克是不是不来了。虽然他在镇上有很多生意要处理，但他现在心里不能想着生意了。决斗，多么迷人的字眼。

下午，塔尼娅的妹妹娜塔莎来了。她气恼得几乎说不出话来。安东·彼得洛维奇踱来踱去，不时轻轻拍打着家具。塔尼娅半夜去了她妹妹的寓所，模样糟糕得令人难以想象。安东·彼得洛维奇突然发现很难用“ty”（“你”）来称呼娜塔莎了，他毕竟不再是她姐姐的丈夫了。

“需要的话，我会每月支付她一笔费用的，”他说道，竭力控制着，不让话音里歇斯底里的调门越来越高。

“这不是钱的问题。”娜塔莎答道。她坐在他面前，晃动着一条穿着光滑长丝袜的腿。“问题是这事乱成了一锅粥。”

“谢谢你能来，”安东·彼得洛维奇说，“我们以后再谈吧，我现在很忙。”送她到门口时，他漫不经心地说道（或者说他至少希望别人能听出来他就是随便那么一说）：“我要和他决斗。”娜塔莎嘴唇抖动了几下，在他颊上匆匆一吻，就离开了。真奇怪，她并没有恳求他不要决斗。不管从哪方面讲，她都该恳求他不要决斗才对。我们这个时代没有人决斗了。她抹的香水……和谁的香水一样呢？不对，不对，他从来没结过婚。

过了一小会儿，大概七点钟，米秋申和格努什克来了。他们神色冷峻。格努什克欠欠身，交给安东·彼得洛维奇一个密封好的公务信封。他打开一看，开头一句是：“我收到了你异常愚蠢、异常粗鲁的信……”安东·彼得洛维奇的单片眼镜掉了下来，他又戴了回去。“我原本觉得非常对不起你，可你既然是这种态度，那我别无选择，只能接受你的挑战。你的助手也太差劲了。伯格。”

安东·彼得洛维奇的喉咙干涩得难受，双腿又开始不听使唤地抖动起来。

“坐，坐。”他说道，自己先坐了下来。格努什克一屁股坐到扶手椅里，觉得不舒服，又移到椅子边上。

“他真是无礼至极，”米秋申情绪激动地说，“想想看——他一直在大笑，气得我险些打掉他的门牙。”

格努什克清了清嗓子说：“我能建议你做的只有一件事：一定要仔细瞄准。因为他也会仔细瞄准的。”

安东·彼得洛维奇眼前闪过一本笔记本中的一页，上面打满叉号：一个叉代表一座坟墓。

“他是一个危险的家伙。”格努什克往后一仰，靠在扶手椅上，身体又陷了进去，又赶快扭动着移了出来。

“谁来汇报？亨利，是你还是我？”米秋申问道。他咬着一支香烟，大拇指一动一动地摁打火机。

“还是你来吧。”格努什克说道。

“我们忙了一整天，”米秋申开始汇报，一双浅蓝色眼睛死死瞪着安东·彼得洛维奇，“八点半时，亨利还是烂醉如泥，我呢……”“我抗议。”格努什克说道。

“……到了伯格那儿，他正在喝咖啡。我们立刻把你的信给了他。他看了看——亨利，他看了后做什么了——对了，他哈哈大笑起来。我们等着他笑完了，然后亨利问他有什么打算。”

“不对，不是问他的打算，是问他如何应对。”格努什克更正道。

“……如何应对。伯格先生说他同意决斗，他选择用手枪。我们把条件都说定了：决斗双方各离对方二十步，一声令下，决斗开始。如果一个回合下来没有伤亡，决斗将继续进行……亨利，还有什么来着？”

“要是搞不到真正的决斗手枪，那就用勃朗宁自动手枪。”格努什克说道。

“是勃朗宁自动手枪。说定这些后，我们问伯格怎么联系他的助手。他出去打了个电话，而后就写了你眼前的这封信。顺便说一下，他不停地开玩笑。接下来我们去咖啡厅见了他的两个密友。我给格努什克买了一朵康乃馨，别在他的纽扣眼上，他们据此认出了我们并作了自我介绍。好了，简而言之，一切顺利。他们的名字叫做马克思和恩格斯。”

“不准确，”格努什克打断他说道，“他们是马尔科夫和阿尔汉格尔斯基上校。”

“叫什么无所谓，”米秋申接着往下说，“史诗般的篇章从这里开始。我们和这两个家伙出城去寻找一个合适的地点。你们都知道魏斯多夫吧，就在万塞湖那边。对，就是那里。我们步行穿过树林，找到了一片林间空地，原来那两个家伙前几天和他们的女友在此野餐过。空地的面积不大，周围除了树林什么都没有。简而言之，是个理想的地方——虽然没有导致莱蒙托夫丧命的那场决斗中的大山背景。看看我的靴子——全让灰尘染白了。”

“我的也是，”格努什克说道，“我得说这次旅途真够吃力的。”

接下来停了片刻。

“今天很热，”米秋申说，“比昨天还热。”

“热得多了。”格努什克说。

米秋申开始在烟灰缸里碾灭他的香烟，动作夸张，灭得极其彻底。沉默。安东·彼得洛维奇的心都提到嗓子眼了。他试图把它吞下去，但心跳得更厉害了。决斗什么时候开始？明天？他们刚才为什么不说？也可能是后天？如果是后天的话会好一些……

米秋申和格努什克交换了下眼色，站了起来。

“我们明天早上六点半来叫你，”米秋申说道，“没必要太早出发，那里连个鬼影都没有。”

安东·彼得洛维奇也站了起来。他该怎么办呢？感谢他们？

“好的，谢谢，先生们……谢谢，先生们……那就是说一切都安排好了，这很好。”

那两人欠身致意。

“我们还得找一位医生，几把手枪。”格努什克说。

走到前厅时，安东·彼得洛维奇抓住米秋申的胳膊肘，嘟嘟哝哝地说："你知道的，这么问你太愚蠢了。但你看，我不会用枪。我的意思是，枪怎么打我知道，但我从没练过……"

"嗯，"米秋申说，"这太糟糕了。今天是星期天，要不然你还可以上一两节课。真是不走运。"

"阿尔汉格尔斯基上校开设了私人射击课。"格努什克插了一句。

"是的，"米秋申说道，"你是聪明人，对吧？再说，安东·彼得洛维奇，我们能做什么呢？你知道俗话怎么说来着——新手总是幸运的。全交给上帝了，你只管扣动扳机就是了。"

他们走了。夜幕徐徐降临。这时还没有哪家拉下百叶窗来。餐柜里一定有奶酪和全麦面包。各个房间空无一人，没任何动静，仿佛所有的家具都曾经呼吸走动，现在却都死掉了一般。一个纸板做成的牙医，凶神恶煞，正向一位惊惶失措的纸板病人俯下身子——这是不久前，一个五彩缤纷、焰火纷飞的夜晚，他在露娜游乐园看到的射击靶。伯格花了好长时间瞄准，气枪砰的一声响，子弹击中目标，弹簧弹了出来，纸板牙医拔出了一颗巨大的牙齿，带着四个牙根。塔尼娅拍手叫好，安东·彼得洛维奇面带微笑。伯格再次开火，但见纸板圆盘边转边咔咔作响，陶管一个接一个被击碎，那个在细长的喷水口跳舞的乒乓球也不见了踪影。真是可怕……但最可怕的还是塔尼娅说的一句玩笑话："跟你决斗可不是一件好玩的事情。"相距二十步。安东·彼得洛维奇从门走到窗户，数着步子。一共十一步。他戴上单片眼镜，试着估算二十步是个多长的距离。有两间屋子这么长。唉，但愿他第一枪就能废了伯格。可是他从来不懂如何瞄准，一定会打偏的。这里有把开信刀。不行，还是拿镇纸练习。你到时端在手里瞄准的那个东西和镇纸更像些。或者像这样，端起来贴近你的下巴——这么做好像容易些。这时他拿起鹦鹉形的镇纸，端在眼前东瞄西瞄，意识到自己会被打死的。

十点钟左右，他决定上床睡觉。可是卧室是禁忌之处。他费了好大劲，才在衣橱里找到几条干净的床单。他换了个枕套，在客厅的皮沙发上铺上床单。他一边脱衣服一边想，这将是我人生中最后一觉了。胡说八道！安东·彼得维奇灵魂中的某个小颗粒在细声尖叫。同一个小颗粒促使他甩掉手套，使劲摔门，咒骂伯格是无赖。“胡说八道！”安东·彼得洛维奇细声说道，可他即刻告诉自己这样说是不对的。如果我认为什么都不会发生，那么最坏的事就会发生。生活中每件事情总是朝相反的方向发展。临睡前能读点东西该有多好啊——毕竟是最后一次了。

看看，我怎么又来了，他心里埋怨道。为什么是“最后一次”呢？我现在的状况很糟，一定要控制自己。唉，能算一卦就好了。用纸牌算？

他在落地式收音机上找到一摞纸牌，拿了最上面那张，是张方块三。方块三代表什么命运呢？不知道。他又依次抽出了方块王后、梅花八，黑桃A。唉！这可不好。黑桃A——我想那意味着死亡。不过这都是胡说八道，荒唐的迷信罢了……零点过五分了。明天已经变成了今天。我今天有一场决斗了。

他想平静下来，可是办不到。奇怪的事情层出不穷：他手里拿的那本书，一部德国作家或别国作家写的小说，书名叫做《魔山》。“山”在德语里就是“伯格”。他又用数数的方法来作决断，如果数到三时恰巧有电车经过的话，那他就会被杀死。不料真有辆电车出现了。然后他做了一个相同处境下的男人所能做的最糟糕的事：决心想清楚死亡到底意味着什么。他沿着这个思路想了一两分钟，结果想得脑子一片空白。他发现呼吸不畅，就起身在房间里走来走去，不时看看窗外洁净而恐怖的夜空。安东·彼得洛维奇又想，我得写遗嘱。但立遗嘱可以说是玩火，也好比在骨灰库里查看自己骨灰盒里的骨灰一样。“最好去睡会儿觉。”他大声说道。可是只要他一合眼，伯格那故意眯一只眼笑嘻嘻的面孔就浮现在眼前。他又打开灯，想看点书，抽点烟，尽管他不是个有瘾的烟客。琐碎的记忆浮过脑海—— 一把玩具手枪，公园小径之类的东西——但他一想起将死之人总会记起一些昔日琐事，就赶快就此打住。可是想不起来的事也让他恐惧：他意识到他刚才没有想起塔尼娅。他好像被一种特别的药物麻醉了，因而对她的离去不再敏感。他心想，她曾是我的生命，但她现在走了。我已经在浑然不觉中跟生命告别了，现在什么事情都和我没有关系了，因为我就要被杀死了……此时，夜色也在逐渐消逝。

四点钟左右，他拖着脚步走进餐厅，喝了杯苏打水。他走过一面镜子，镜子里映出他的条纹睡衣和日渐稀疏的头发。我眼看就像是自己的鬼魂了，他心想。但是我怎样才能睡着一会儿呢？怎样才能睡着呢？

他发觉自己牙齿在打颤，便把一条围毯裹在身上，坐到了屋子中央的摇椅上。昏暗屋子渐渐能看清轮廓了，命运将会如何呢？我的穿着必须庄重，但也要风度翩翩。穿燕尾服？不行，看起来太傻了。那么穿黑色西装吧……对，再配条黑领带。就穿那套新的黑色西装。可是，万一受伤的话，比如肩部受伤……那衣服也就毁了……鲜血，还有弹洞。再说，他们可能连袖子也会剪掉的。胡说八道，这样的事情不会发生的。我一定要穿这套新的黑色西装。决斗一开始，我就竖起外套的领子——这是惯例。我想这样做的目的是隐藏衬衣的白色，要么只是为了抵挡清晨的湿气。我看过的那部电影里主人公就是这么干的。我还必须保持绝对的冷静，心平气和地跟每个人说话。谢谢，我已经开过枪了，现在轮到你了。你要是不把烟从嘴上拿下来，我就不开枪。我准备开枪了。“谢谢，我已经笑过了。”——听了个老掉牙的笑话，就笑笑回应……唉，但愿能想到所有的细节！他们——他、米秋申和格努什克——将会乘一辆轿车过去，把车停在路边，走进树林，那时伯格和他的助手多半已经在那里等候多时了。这样的情节小说里比比皆是。不过有个问题：需要向对手行礼吗？奥涅金在歌剧里是怎么做来着？也许在远处慎重地抬抬帽子就可以了。接下来可能是勘定距离，子弹上膛。这时他会做什么呢？

对了，当然——他会一只脚踩在旁边不远的某个树桩上，摆出一副从容不迫的神态。不过伯格要是也一只脚踩在树桩上怎么办？他办得到的……学我的样子，让我出丑。这太可恨了！还有别的可能，比如靠在树干上，或者直接坐在草地上。有的人（是普希金的故事里的吧？）从纸袋里拿出樱桃吃。对，但那样就得把纸袋带到决斗现场——看起来真傻。哦，这样吧，到时候看情况再定。要神态威严，从容不迫。然后各就各位，相距二十码。这时候他就竖起衣领，像这样握住手枪。安吉尔上校会挥舞一块手帕示意，或者数到三开始。然后，突然间，极其恐怖的事情，荒谬的事情，就会发生——真是难以想象！就算你几天几夜苦思冥想也想象不出，就算你在土耳其生活到一百岁也想象不出……出去旅游，坐在咖啡馆里，是多么舒服的事啊……子弹击穿肋骨或头颅时是一种什么样的感觉呢？剧痛？恶心？抑或只是砰的一声，然后一团漆黑？男高音歌唱家索比诺夫曾经那么逼真地扮演中弹倒地，连手枪都脱手飞进乐池里去了。但如果他只是受了重伤怎么办呢——比如被击中了眼睛，或是腹股沟呢？不会的，伯格会一枪击毙他的。当然，我只算那些我一枪击毙的人。他又要在那个黑色小本本上多画一个叉了。真是难以想象……

餐厅里的钟叮当作响，敲了五下。安东·彼得洛维奇浑身发抖，紧紧地抓住腿上的毛毯，费了好大劲才站了起来。站起来后，又迟疑片刻，沉思起来。突然他猛地一跺脚，就像路易十六听到别人告诉他“陛下，该上断头台了”时猛地一跺脚一样。一切无法挽回了。跺一下他那软弱笨拙的脚。死刑不可避免了。该去刮脸、洗漱、更衣了。他穿上洗得干干净净的内衣和那套崭新的黑色西装。当他把蛋白石袖扣系在衬衫袖口上时，想起了蛋白石正是命运之石，而不到两三个小时后，这件衬衫上就会血迹斑斑。弹孔会在哪儿呢？他捋了捋闪亮的头发，头发一直垂到他肥胖温暖的胸部。他觉得恐怖极了，伸手捂住眼睛。此时此刻，他觉得五脏六腑都在悲哀地独立运行——心脏在跳动，肺叶在起伏，血液在循环，肠胃在蠕动——他就要将这些柔弱的、毫无防备的体内生命引向死亡。它们却浑然不觉，充满信赖……这简直是屠杀！他抓起心爱的衬衫，解开一个纽扣，一边哼哼，一边套上，仿佛一头扎进亚麻布那洁白冰冷的黑暗之中。袜子，领带。又笨拙地用一块破羊皮擦了皮鞋。在找一块干净的手帕时，他踩到了一管口红。他往镜子中瞅瞅，看见自己脸色惨白，便试探着将这绯红的东西往脸上抹了点，结果害得脸色比刚才更难看。他舔了下手指，在脸颊上揉搓，后悔从未仔细观察过女人是如何化妆的。最后他总算在自己的脸上涂匀了一层淡淡的红砖色，觉得这么看还差不多。“好了，我准备完毕。”他对着镜子说道。这时来了一个恼人的哈欠，镜子化成了泪水。他匆匆闻了闻手帕，把文件、手帕、钥匙和钢笔分别装进各个口袋，又塞入了单片眼镜的黑套带。可惜我没有一双好手套。原先的那双挺好，还是新的，可是留下的那只现在守寡了。决斗不也是这样的后果嘛。他在写字台前坐下，两肘支在桌上，开始等待。一会儿望望窗外，一会儿瞅瞅折叠皮套中的旅行钟。

这是一个美丽的清晨。麻雀在楼下高耸的椴树上疯叫，街道笼罩在丝绒般的淡蓝色阴影里，屋顶上零星闪着银光。安东·彼得洛维奇浑身冰凉，头疼欲裂。此时一小口白兰地就是天堂。家里空无一人。家已经被遗弃了，它的主人就要永远离去。呸，胡说八道！我们要保持镇定才是。一会儿前门的门铃就会响起，我必须保持绝对的镇定。铃声马上就要响起了，他们已经迟到三分钟了。或许他们不来了？这么美好的夏日早晨……俄国最后一个死于决斗的人是谁呢？是二十年前的一个曼陀菲尔男爵。对，他们不来了。太好了。他再等半个钟头，然后上床睡觉——卧室不再如先前那么恐怖了，渐渐变得相当诱人。安东·彼得洛维奇张大嘴巴，准备深深地打个哈欠——他感到耳朵里咯吱响，上腭下方在膨胀——就在此刻，门铃声残酷地响起。安东·彼得洛维奇把没有打出来的哈欠断断续续地吞了回去，走进前厅，打开门，米秋申和格努什克相互让着过了门槛。

“该走了。”米秋申紧盯着安东·彼得洛维奇说道。他戴着他平时常戴的那条淡草绿色领带，格努什克穿着一件旧的长礼服。

“好的，我准备好了，”安东·彼得洛维奇说道，“我这就和你们一起走……”

说完他冲进卧室，把他们留在大厅里。为了赢得点时间，他又开始洗手，一边还反复地自言自语：“这到底是怎么回事？上帝啊！这到底是怎么回事？”五分钟前，还有一线希望，比如会发生地震，也许伯格会死于心脏病。命运也许会从中作梗，阻止决斗，救他一命。

“安东·彼得洛维奇，快点！”米秋申在前厅喊道。于是他赶快擦干手，走到他们跟前。

“好的，好的，我准备好了，咱们走吧。”

一到外面，米秋申就说：“我们得乘火车去。这个时候要是乘出租车深入树林中央，会让人觉得形迹可疑，司机说不定会报警。安东·彼得洛维奇，你不要紧张。”

“我没紧张——别说笑话。”安东·彼得洛维奇一边回答，一边无奈地笑了笑。

此前一直保持沉默的格努什克很响地擤了擤鼻涕，淡淡地说道：“我们的对手会带医生来。我们没能找到决斗用的手枪。不过我们的同伴搞到了两把一模一样的勃朗宁手枪。”

在去火车站的出租车里，他们是这样坐着的：安东·彼得洛维奇和米秋申坐在后面，格努什克蜷着两腿，面对他们坐在可折叠的座位上。安东·彼得洛维奇又忍不住打了一阵哈欠，好像刚才压下去的哈欠现在赶来报复。哈欠打得他反复抽搐，两眼充满泪水。米秋申和格努什克则表情严肃，但同时又好像颇为自得。

安东·彼得洛维奇咬紧牙关，让哈欠只能从鼻孔中出来。他突然说道：“昨晚我睡得很好。”他想说点别的什么……

“街上的人还真不少。”他说道，说完又加了一句：“尽管天还很早。”米秋申和格努什克默不作声。又是一阵哈欠，唉，上帝啊……

他们很快到了火车站。安东·彼得洛维奇觉得他出门旅行从来没有这么顺当过。格努什克买好了车票，把票散成扇形捏在手里，正往前走，突然回头瞅瞅米秋申，意味深长地清了清嗓子。原来伯格正站在一个饮料摊旁。他正从裤兜里掏零钱，左手深深插进裤兜，右手托着裤兜，活像漫画里的盎格鲁-撒克逊人那样。他从手心里拿出一枚硬币，递给小贩，说了点什么，逗得她哈哈大笑。伯格自己也笑起来。他两腿略微叉开站着，穿着灰色法兰绒西装。

“我们绕过去吧，”米秋申说，“从他身边直走过去会很别扭。”

安东·彼得洛维奇突然感到全身莫名其妙地一阵麻木。他全然不知道自己在干什么，便登上车厢，坐在一个靠窗的座位上，摘掉帽子，又把它戴上。直到火车猛地一动，开始行进，他的头脑才重新开始工作。此刻他的感觉恍然如在梦中一般：坐在疾驰的火车上，不知从哪里出发，也不知要到哪里去，仿佛突然间清醒过来，发现自己只穿了条内裤便踏上了旅程。

“他们就在隔壁车厢，”米秋申一边说，一边拿出烟盒，“安东·彼得洛维奇，你为何一直打哈欠？教人浑身起鸡皮疙瘩。”

“早上我经常打哈欠。”安东·彼得洛维奇机械地回答。

松树，松树，松树。一个沙坡，又是松树。真是良辰美景……

“亨利，你穿这件长礼服不合适，”米秋申说，“不是说衣服有问题——直说了吧——就是不合适。”

“那是我自己的事。”格努什克说。

那些松树真美。现在是一片波光闪闪的水。又是树林。这个世界是多么动人，又是多么脆弱……我要是别再打哈欠就好了……下巴有点疼。如果你强忍着不打哈欠，你的两眼又要流泪了。安东·彼得洛维奇面窗而坐，听着车轮撞击铁轨的声音，那节奏听起来就像是：角斗场……角斗场……角斗场……

“我给你提个建议，”格努什克说，“开枪要快，要瞄准他身体的正中央——这样胜算才多些。”

“这完全是个运气问题，”米秋申说，“如果你打中了他，很好；如果没打中，也不用担心——他可能也打不中你。第一个回合后，才算是真决斗。可以说那时好戏才开场。”

火车到了一个车站，没有停多久。他们为什么要这样折磨他？今天就要死了，真是难以想象。如果我晕倒怎么办？一定要演好这一出……我能做点什么呢？我会做点什么呢？如此良辰美景……

“安东·彼得洛维奇，请原谅，有件事要问你，”米秋申说，“不过事情很重要。你就没有什么要托付给我们的吗？我的意思是，比如资料、文件什么的。或者信件啦，遗嘱什么的？这是惯例。”

安东·彼得洛维奇摇了摇头。

“真遗憾，”米秋申说，“决斗后的事干脆不知道。比方说我和亨利——我们早做好了去坐一阵子牢的准备。你的事情都安排妥当了吗？”

安东·彼得洛维奇点了点头。他已经说不出话来了。现在唯一能避免尖叫起来的办法就是紧盯着窗外那些一闪而过的松树。

“我们快要下车了。”格努什克起身说道，米秋申也跟着站了起来。安东·彼得洛维奇咬紧牙关，也想站起来，不料此时火车突然一颠，他又跌回到座位上去了。

“我们到了。”米秋申说。

安东·彼得洛维奇这才让自己离开座位。他把单片眼镜塞进眼窝，小心地下车走到站台上。阳光温暖地欢迎他。

“他们就在后面。”格努什克说道。安东·彼得洛维奇一听就觉得脊背驼了下来。不行，这可绝对不行，我必须振作起来。

他们离开车站，沿着公路出发了，沿途经过了几座窗户爬满牵牛花的小砖房。公路和通往树林的那条白色松软的小路交会处有个小酒馆。安东·彼得洛维奇忽然停下脚步。

“我渴坏了，”他喃喃自语道，“我能喝点什么吧。”

“行，喝点没什么坏处。”米秋申说。格努什克往后看了看说：“他们已经离开大路，拐进树林了。”

“只需要一小会儿。”米秋申说。

三人走进酒馆。一个胖女人正用一块抹布擦柜台。她朝他们皱皱眉头，倒了三杯啤酒。

安东·彼得洛维奇一饮而尽，轻轻呛了一下，便说道：“稍等，我去方便一下。”

“要赶快。”米秋申说道，把杯子放回到柜台上。

安东·彼得洛维奇顺着过道，沿着指向男人、人类、全人类的箭头，走过了厕所，走过了厨房。一只猫从他脚下跑过，吓了他一跳。他加快步伐，走到过道尽头，推开一扇门，一片灿烂的阳光扑面而来。眼前是一个绿意盎然的小院子，几只母鸡踱来踱去，一个穿着褪色泳衣的小男孩坐在一根圆木上。安东·彼得洛维奇迅速跑过男孩，跑过几片接骨木树丛，跑下几级木台阶，跑进了又一片灌木丛中。这时他突然滑了一跤，原来地势开始倾斜。树枝像鞭子一样抽打在他脸上，他一边手忙脚乱地拨开树枝，一边跌跌撞撞往下跑。斜坡上长满接骨木，地势也越来越陡。他终于控制不住，一头朝下冲去。他绷紧岔开的双腿，避开弹簧一般的枝条。就在他全速下滑当中，突然撞见一棵大树，就赶紧抱住，然后开始沿着斜坡迂回地往下走。树木渐渐稀疏，前面是一排高高的树篱。他看见树篱上有个洞，于是从带刺的荨麻中钻了过去，来到一片松树林。林中一间棚屋，旁边树干之间挂着些晾晒的衣服，上面落下斑驳的日影。他怀着一如既往的坚定决心，穿过松林，不久后发现又是下坡路，前面林中碧水波光粼粼。他跌了一跤，看见一条小路通向右边。一路走去，他来到了湖边。

一个老渔夫，皮肤晒得如熏鱼那般黝黑，戴着顶草帽，给他指引了去万湖火车站的路。小路先是绕湖而行，继而拐入树林。他在林中转悠了大约两个小时后，才出来上了铁道。他吃力地走到最近的火车站上，到达时恰好有一列火车进站。他登上火车，挤在两个乘客中间。他们好奇地盯着这个体形肥胖、脸色苍白、浑身湿漉漉的人。他身穿黑色西装，脸蛋涂成了红色，鞋子肮脏不堪，脏兮兮的眼窝里还塞着单片眼镜。一直到了柏林后，他才暂且歇了口气，至少他感觉到此前自己一直在逃亡，现在才停下来缓一缓，看看周围的情形。此时他站在一片熟悉的广场上，身旁一个身穿宽松羊毛外套的卖花老太太正在兜售康乃馨。一个身穿报纸“铠甲”的男子正在叫卖专登八卦新闻的地方报纸，一个擦鞋匠正一脸谄媚地看着他。安东·彼得洛维奇松了口气，把脚重重地踏在鞋架子上。擦鞋匠立刻抡开双肘，飞快地忙碌起来。

这一切当然太丢人了，他心想，望着渐渐光亮起来的鞋尖。不过我现在还活着，这才是眼下最重要的事情。米秋申和格努什克很可能已经回到镇上，守在他家门前了，因此他得等事情平息过后再回去。不论在何种情况下，他都决计不见他们。他得再等些时候才能去取自己的东西，今晚必须离开柏林……

“Dobryy den (你好)，安东·彼得洛维奇。”一个温和的声音在他耳边响起。

他吓了一大跳，脚从鞋架上滑了下来。还好—— 一场虚惊。说话的是列昂季耶夫，做记者之类的工作，以前见过三四次。他虽然能说会道，但没有害人之心。听说他妻子哄得他团团转。

“出来逛逛?”列昂季耶夫边问边伸出手来，闷闷不乐地和他握手。

“是的，哦不，我有很多事情要做。”安东·彼得洛维奇一边回答一边想，希望他赶快走开，不然会很麻烦的。

列昂季耶夫环顾四周，好像有了惊喜的发现，说道：“天气真不错!”

实际上他是个悲观主义者，就像所有的悲观主义者一样，他也很可笑，自说自话。他有张长脸，面色发黄，胡须草草刮了几下，整个人看起来笨拙、憔悴，郁郁寡欢，仿佛造物主在创造他的时候，正遭受着牙痛之苦。

擦鞋匠将两只鞋刷快活地磕碰几下，安东·彼得洛维奇看了看他焕然一新的鞋子。

“你要往哪儿去？”列昂季耶夫问。

“你呢？”安东·彼得洛维奇反问道。

“往哪儿去都一样，我这会儿闲着呢。我可以陪你一会儿。”他清清嗓子，又旁敲侧击道：“当然，如果你允许的话。”

“当然，请便。”安东·彼得洛维奇嘟囔着说。现在脱不了身了，他想，得找条不太熟悉的街道走，否则还会遇到熟人。但愿别碰上那两个人就好了……

“嗯，生活待你如何呀？”列昂季耶夫问道。这种人问生活待你如何的时候，其实就是要详细说说生活是如何待他的。

“哦，还行。”安东·彼得洛维奇回答道。他以后肯定会发现事情的真相的，天啊，这真是糟透了！“我要走这边了。”安东·彼得洛维奇大声说道，猛地转身。列昂季耶夫正想着自己的事，边想边苦笑，差点撞到安东·彼得洛维奇身上，于是他赶紧迈开两条瘦骨嶙峋的腿闪到一边。“走这边？好吧，对我来说都一样。”

我该怎么办呢？安东·彼得洛维奇思索着。不管怎么样，我不能就这样和他一直闲逛下去。我得好好想想，到底怎么办……我现在真是累死了，脚上的鸡眼也痛得厉害。

列昂季耶夫早已滔滔不绝地讲开了。他说起话来语调平稳，不紧不慢。他说了他得花多少钱付房租，挣房租是如何不易，他和妻子的生活是如何艰辛，遇到一个好房东是如何难得，他们的女房东对他妻子又是如何傲慢无礼。

“当然，阿杰莱达·阿尔伯特夫娜也是个急脾气。”他叹了口气说道。列昂季耶夫和俄罗斯的中产阶级一样，每当说起自己的配偶时，总是使用娘家姓的。

他们转上了一条无名街道，人行道正在维修。一个修路工人光着膀子，胸前文了条龙。安东·彼得洛维奇拿手帕擦擦额头，说道：“我在这附近有点事，他们正在等我，约好了谈点生意上的事。”

“那我陪你走过去吧。”列昂季耶夫伤心地说。

安东·彼得洛维奇瞥了一眼这条街道。有块招牌上写着“旅馆”字样。是一家又脏又矮的小旅馆，在一幢搭着脚手架的楼和一间仓库之间。

“我得进去了，”安东·彼得洛维奇说，“就是这家旅馆，约好了谈点生意上的事。”

列昂季耶夫摘下一只破旧的手套，轻轻地和安东·彼得洛维奇握了握手。“知道吗，我会等你一会儿的。不会很长时间吧？”

“时间恐怕会相当长。”安东·彼得洛维奇说。

“真遗憾。你看，我本来想和你谈点事，问问你的意见的。好吧，没关系。我等你一会儿，万一你早早谈完了呢。”

安东·彼得洛维奇别无选择，只好走进旅馆。里面空空荡荡，有些昏暗。一个蓬头垢面、衣着邋遢的人从服务台后面出来，问安东·彼得洛维奇需要什么。

“开一间房。”安东·彼得洛维奇轻轻答道。

那人想了一会儿，挠了挠头，要求他交定金。安东·彼得洛维奇递给他十马克。一个走起路来风风火火、扭腰摆胯的红发女仆领他走过一段长长的走廊，打开了一个房间的门。他走进房间，长长地叹了口气，坐到一把低矮的灯芯绒扶手椅上。他终于一个人了。家具、床、洗脸池似乎都突然醒来，皱着眉头看看他，然后又睡了过去。在这个昏昏欲睡、毫不起眼的旅店里，安东·彼得洛维奇终于一个人安静下来了。

他弯下腰，一只手捂住眼睛，沉思起来。眼前闪过一些明亮而斑驳的影像：阳光下的草木、坐在圆木上的小男孩、渔夫、列昂季耶夫、伯格、塔尼娅。一想到塔尼娅，他禁不住呻吟起来，腰也弯得更深了。她的声音，她那可爱的声音！体态轻盈，极富少女气息，目光灵敏，动作麻利。她常常会扑到沙发上，盘起双腿坐下，短裙瞬间飘展开来，宛如一个丝绸拱顶，环绕身边，然后又飘然落下。有时她又会一动不动地坐在餐桌旁，时不时眨下眼睛，仰脸吐出一股烟雾。真是愚蠢透顶……你为什么要背叛我呢？你确实背叛了我！没有你我该怎么办？塔尼娅！……难道你不明白吗——你背叛了我！亲爱的，为什么——为什么啊？

他一边轻声呻吟，把指关节掰得咔吧作响，一边开始在房间里踱来踱去，结果一不留神撞到了家具上。这时他正好停在窗边，于是向外瞥了一眼街道。一开始，由于眼睛撞得发懵，他看不清，但很快街上的场景清晰起来。一辆停在路边的卡车，一个骑自行车的人，一位老妇人正小心翼翼地走下人行道。列昂季耶夫正沿着人行道缓缓溜达，边走边看着报纸。他走了过去，拐过弯不见了。不知为何，一看到列昂季耶夫，安东·彼得洛维奇就意识到自己是多么绝望——是的，除了绝望，再没有别的词可以形容他的处境了。昨天，他还是一个非常体面的人，广受朋友、熟人和银行同事的尊敬。对于他的工作能力，那是无可置疑的！然而现在一切都变了：他已经走上了下坡路，现在已经跌到谷底了。

“怎么会这样？我必须做点什么。”安东·彼得洛维奇轻声说道。也许天无绝人之路？已经受了一阵折磨，也该受够了。对，他必须作出决定了。他想起了服务台那个人猜疑的目光，该怎么对他说呢？噢，显然应该说：“我要去取我的行李——我把它寄存在车站了。”就这么说。永别了，小旅馆！谢天谢地，街上没有行人：列昂季耶夫终于等他不住，走了。请问我怎么才能到最近的电车车站？哦，亲爱的先生，一直往前走，就到电车站了。算了，还是乘出租车吧。走喽。街道又渐渐变得熟悉起来。安静，相当安静。给司机付小费。到家了！五楼。他平静地，相当平静地走进前厅，然后迅速打开客厅的门。天啊，真是令人吃惊！

米秋申、格努什克和塔尼娅正围坐在客厅里的圆桌前。桌上杯盘狼藉，米秋申满面红光——他脸色绯红，双眼发亮，已经喝醉了。格努什克也喝醉了，满脸通红，不停地搓着手。塔尼娅把两条光胳膊支在桌子上，正一动不动地盯着他……

“你终于回来了！”米秋申抓住他的胳膊大声喊道，“你终于出现了！”他接着恶作剧地眨了眨眼，悄声说道：“你这个滑头，你啊！”

安东·彼得洛维奇坐下来，喝了点伏特加。米秋申和格努什克一直做着调皮但善意的表情。塔尼娅说：“你肯定饿了，我去给你做个三明治。”

好，一个大火腿三明治，四边流油。她去做三明治了，米秋申和格努什克冲向他，争先恐后地说起来。

“你这家伙好运气！难以想象——伯格先生也吓破了胆。嗯，不是‘也’，反正他吓破了胆。我们在那间小酒馆等你的时候，他的助手们进来声明说伯格改变了主意。那些虎背熊腰的恶棍们总是这样，关键时刻就变成了懦夫。‘先生们，我们请求你原谅我们同意做这个流氓的助手。’你看你运气多好，安东·彼得洛维奇！现在皆大欢喜了！你荣耀而归，他将永远蒙羞。而且，最重要的是，你妻子听说这事后，立即离开了伯格，回到你的身边。你一定要原谅她。”

安东·彼得洛维奇满面笑容，站起身来，又开始摆弄眼镜带子。他的笑容慢慢消失了：这种事情在现实生活中是不会发生的。

他看着那被虫蛀得千疮百孔的家具、蓬乱的床铺、洗脸池，觉得从今往后他就要永远住在这种寒酸旅店里的寒酸房间里了。他坐到床上，脱掉鞋子，轻松地扭动脚趾，发现脚后跟上有个水疱，袜子对着水疱的地方也破了个洞。他按了铃，叫了一份火腿三明治。当女仆把盘子放在桌子上的时候，他故意扭头看着别处，但门刚一关上，他就一下子双手抓起三明治，弄得手指和下巴上到处是油。他贪婪地嘟囔了一声，狼吞虎咽地吃了起来。

圣诞故事

静下来了。安东·戈利耶穿一件斜排扣的俄罗斯衬衫，外罩黑外套，灯光无情地照亮他那张年轻丰满的脸。他眼睛紧盯着下方，开始把他刚才边看边胡乱扔掉的手稿收起来。他的导师，《红色现实》杂志的评论家，眼盯着地板，一边拍拍口袋找火柴。作家诺沃德沃尔赛夫也静了下来，但他的安静与众不同，令人肃然起敬。诺沃德沃尔赛夫戴着结实的夹鼻眼镜，额头特别大，两缕稀疏的黑发横搭过去盖在秃顶上，剪短的鬓角依稀灰白。他闭目而坐，仿佛仍旧在听一般，两条粗腿交叉起来，一只手夹在膝盖和肌腱之间。遭遇一位如此忧郁、如此质朴、如此粗野的小说家，这在他已不是头一回了。他也不是头一回在他们不成熟的讲述中——至今未引起评论家注意的讲述中——发现他自己二十五年写作生涯的轨迹。戈利耶的故事是一个老调重弹的故事，粗制滥造，写的还是诺沃德沃尔赛夫自己老一套的“边缘”主题。这一主题的作品中有一则中篇小说，诺沃德沃尔赛夫创作时倒是激情澎湃、充满希望的，可是前一年出版后，对他在文坛上已有的小小名气并没有起到添砖加瓦的作用。

评论家点燃了一支烟。戈利耶眼睛抬都没抬，往公文包里塞他的文稿。不过东道主一直保持着沉默，这不是因为他不知道该怎么评价这个故事，而是因为他在谦虚地、默默地等待，希望评论家发话，说出他不好意思说的话：这种故事的主题是他诺沃德沃尔赛夫的，是诺沃德沃尔赛夫原创了那个沉默寡言的文学形象。这个人物把自己无私地奉献给了他的祖父，祖父没有凭借教育的力量，而是凭借某种宁静的内在力量，从精神上战胜了这位心怀不满的知识分子。可是评论家像一只意志消沉的阴郁大鸟歇在皮沙发边上，仍旧一言不发，令人绝望。

诺沃德沃尔赛夫再一次意识到他是不会听到他希望听到的话了，同时也尽量收回心思面对现实。这位颇有抱负的作者毕竟是来找他讨教的，不是非要听涅维洛夫的意见。想到这里，诺沃德沃尔赛夫调整了一下腿的位置，把另一只手插在两腿之间，操着公事公办的腔调说道："那么，现在就……"又一看戈利耶额上暴起的青筋，便放缓语气，平稳地说起来。他说这个故事结构严密，看到农民自力更生兴建学校时，能感受到集体的力量。写到皮亚特对安纽塔的爱情，风格上还有些欠缺，不过可以听到春天的呼唤，旺盛情欲的呼唤。他一边说着，一边不知为何一直在想他最近给这同一位评论家写信的事。信中提醒对方注意他的写作二十五周年纪念日就在一月份，但他特别强调不组织任何庆典活动，原因是他为协会效力的岁月并未结束……

"至于你笔下的知识分子，你并没有把他写清楚，"他说道，"他落得如此下场，不合常理……"

评论家还是一言不发。他一头红发，瘦骨嶙峋，老态龙钟，传言说他得了痨病，其实也许健康得像头牛呢。他也已经通过书信的方式回复过了，说他同意诺沃德沃尔赛夫的决定，事情就到此为止。他肯定也通过秘密的方式给了戈利耶补偿……诺沃德沃尔赛夫突然觉得很伤心——不是痛心，只是伤心——于是他不再言语，开始用手帕擦眼镜片，露出了两只相当和蔼的眼睛。

评论家站了起来。"你这是要上哪里去？时间还早啊。"诺沃德沃尔赛夫说道，不过他也站了起来。安东·戈利耶清清嗓子，把公文包往自己身边按了按。"他会成为作家，这一点毫无疑问。"评论家漠不关心地说，说罢在屋里散起步来，拿着吸尽的烟头往空中戳戳点点。他哼哼着在书桌边俯下身来，牙缝里钻出刺耳的声音，然后走到陈列架旁边，站了一会儿。陈列架中央放着精装版的马克思《资本论》，一边是一部破旧的利奥尼德·安德烈耶夫[①]作品，另一边是一部没有装订的无名巨著。最后，他仍然弯着腰走到窗前，把蓝色的百叶窗往一边拉。

“有空再来。”诺沃德沃尔赛夫对安东·戈利耶说。安东·戈利耶猛地鞠了一躬，然后傲气地挺胸直立。“你再写出东西来，尽管拿过来看看。”

“好大的雪，”评论家边拉百叶窗边说，“对了，今天是圣诞夜。”

他开始无精打采地找他的外套和帽子。

“想当年一到这一天，你和你的同事们就大量印制圣诞书籍……”

“那不是我。”诺沃德沃尔赛夫说。

评论家咯咯一笑。“遗憾啊，你应该创作个圣诞故事。新风格的圣诞故事。”

安东·戈利耶冲握起来的手掌里咳嗽一声。“那就重返故乡……”他声音嘶哑地讲起来，接着又开始清嗓子。

“我是认真的，”评论家继续说，一步跨进他的外套里，“可以想出非常高明的办法来……谢谢，不过已经——”

“重返故乡，”安东·戈利耶说，“一位老师。他灵机一动，要为他班上的孩子们做一棵圣诞树。树顶上粘上一颗红星。”

“不，那是完全不行的，”评论家说道，“一个小故事，那么写手笔重了点。不妨给故事添点新气息。在两个不同的世界之间挣扎。都用白雪皑皑的背景。”

“一般来说，写象征的东西要小心谨慎，”诺沃德沃尔赛夫闷声说道，“我现在有一位邻居——正人君子，党员，激进好战，可他还是

---

① Leonid Andreyev (1871—1919)，俄罗斯作家，十月革命后流亡芬兰，代表作有《红笑》等。关于本篇中涉及的作家，参见书末《注释》，第792页。

用了‘无产阶级的各各他[1]’这样的说法……”

客人走后，他在书桌旁坐了下来，一只又厚又白的手托住一只耳朵。墨水瓶旁立着一个方形玻璃水杯之类的东西，底部是鱼子酱模样的蓝色玻璃小球，三支钢笔插入其中。这个东西有十年或十五年之久了——它经历了各种动乱，周围所有的世事都已震碎了——里面的玻璃小球却没有丢失一颗。他选出一支钢笔，移来一张纸，再往底下垫了几张，这样写起来更为平整柔软……

“可是写什么呢？”诺沃德沃尔赛夫大声说道，随即一挺大腿推开椅子，在屋里大步走起来。左耳中一阵嗡嗡声，难以忍受。

那混蛋是故意那么说的，他心想，边想边往窗子那边走去，如同踏着刚才评论家走向窗边的脚步一般。

装模作样地向我进言……听他那嘲弄的口气……也许还以为我的创造力所剩无几呢……我还偏要写一个真实的圣诞故事……印出来后他一看就会想起来：“一天傍晚，我有一两件事去办，中间顺便拜访了他，信口建议说：‘德米特里·德米特里耶维奇，你应该描绘新旧秩序之间的斗争，以所谓的圣诞之雪为背景。从头至尾可以贯之以你在“边缘”系列中锲而不舍的主题——记得故事中图马诺夫的梦吗？那就是我所指的主题……’于是那一夜就诞生了如此一部杰作……”

窗户朝向一个庭院。月亮没有露脸……不，定睛一看，一缕辉光从远处一座昏暗的烟囱背后升起。院子里高高堆着木材，上面覆盖着一层闪闪发光的雪毯。一扇窗里亮着一盏绿色圆顶的灯——有人在伏案工作，算盘闪着微光，算盘珠子仿佛是用彩色玻璃做成的。万籁俱寂，突然间屋檐上掉下几块雪来。然后又归于一片宁静。

他感到一阵挠心的空虚。他一有创作冲动，这种感觉便随之而来。这一次空虚之中有想法在形成，在发展。一种新的独特的圣诞

---

① Golgotha，耶稣被钉死在十字架上的地方。引申为墓地，殉难地。

节……雪还是古老的雪，冲突则是全新的……

他听见墙那边响起了小心翼翼的脚步声。他的邻居回家了。那是个谨慎礼貌的人，骨子里的共产主义者。诺沃德沃尔赛夫恍恍惚惚一阵惊喜，觉得胃口大开，便赶快回到书桌旁坐下。情绪已经调动起来，展开故事的浓墨重彩也已经具备。他只须搭起一个框架，创造一个主题。圣诞树——就从它写起。他想象着，在一些人家里，家里从前都是有头有脸的人，后来遭遇恐怖之事，变了性情，难逃厄运（他想得非常清晰了……）。他们在树林里偷偷砍倒一棵冷杉，肯定是要把纸制的装饰品挂到树上去。如今已经没有地方去买那种金属丝了，圣以撒大教堂的阴影里也不再堆放着冷杉了。

传来一声敲门声，是垫着东西敲的，声音好似裹在布里一般。门打开了一道两英寸宽的缝。邻居头也没伸进来，得体地问道："我能向你借支笔吗？一支钝笔也好，只要有就行。"

诺沃德沃尔赛夫借给了他。

"衷心感谢。"邻居说道，毫无声响地带上了门。

这种毫无意义的打搅不知怎的弱化了已经快要成熟的构思。他回忆起来，在"边缘"系列中，图马诺夫之所以思乡情切，是怀念从前节日的盛大壮观。简单的重复不可取。不巧又闪过一段回忆。最近一次聚会上，有位年轻女士对她丈夫说："你在很多方面都颇像图马诺夫。"听了这话，他高兴了好几天。后来他和那位女士熟了起来，才知道那位图马诺夫原来是她姐姐的未婚夫。这也不是他第一次大失所望。有位评论家告诉他，说他要写一篇文章论述"图马诺夫主义"。这还成了什么"主义"，算是吹捧至极了，再加个字变成什么"主义者"，也为俄语增光。然而这位评论家到高加索研究格鲁吉亚诗人去了。不过还有令人愉快的事情发生，比如有个名单如此而列："高尔基、诺沃德沃尔赛夫、奇里科夫……"

在一部附有他全部作品（六卷作品，印有作者的肖像）的自传中，他描述了自己的父母地位卑微，他作为他们的儿子如何在这世界上取得成功的故事。其实他的青年时代很快乐。身体健康，有活力，有信仰，事事成功。自一本厚杂志登了他写的第一个故事起，到如今过去二十五年了。科罗连科喜欢过他。他不时遭到拘捕。一家报纸因他而倒闭。如今他人生的种种抱负早已实现。在刚出道的年轻作家群里，他得心应手，游刃有余。他的新生活成就了他的一套《图马诺夫六部曲》。他的名字人人皆知，然而他的声望却很惨淡，很惨淡……

他跳回到圣诞树的意象上，突然间，没什么明显的原因，就想起了一个商人家的客厅，一部页边镀金的诗文巨著（提供给穷人的慈善版本）不知怎的与这家人联系在一起。客厅里有圣诞树，还有那位当年他心爱的女人。她从一截高枝上摘橘子的时候，圣诞树上所有的灯如水晶一般在她睁大的眼睛中闪烁。这已经是二十年前或二十多年前的事了——有些细节怎么就在记忆中扎了根呢……

他懊恼地抛开这段回忆，又一次想象起来：就在此时此刻，一些同样的又老又寒酸的冷杉毫无疑问正在被装饰……那里没有故事，尽管作家完全可以添点新气息……流亡人士围着圣诞树哭泣，一个个穿着散发出樟脑丸气味的制服，望着树哭泣。就在巴黎的什么地方。老将军遥想当年，如何一掌扇在部下的门牙上，只因他用金色纸板剪了个天使。他想起了一位他正好认识的将军，如今正好在国外，他跪在圣诞树前哭泣的模样，他是没有办法描绘出来的。

“不过我的路子没有错。”诺沃德沃尔赛夫大声说道，急不可耐地追赶那些已经溜走的想法。接着一些新的出人意料的灵感开始在他脑海中形成—— 一座欧洲城市，营养充足、身穿皮衣的市民。一扇灯光明亮的店铺橱窗。窗子后面一棵巨大的圣诞树，树下堆放着火腿，树枝上挂着名贵的水果。富裕的象征。橱窗的正前方，就在封冻的人行道上——

他满怀胜利豪情，觉得找到了那一把唯一的、必不可少的钥匙。他就要写出精美之作了，两个阶级的冲突，两个世界的冲突，都要由他来描写，史无前例。他开始写了起来。他写了那棵豪华的圣诞树，写了那扇无耻地亮着灯的橱窗，也写了饥饿的工人。他们是业主停工的受害者，神情严肃而又忧郁地盯着那棵树看。

“那棵傲慢的圣诞树，”诺沃德沃尔赛夫写道，“燃烧着彩虹的每一种颜色。”

土豆小矮人

一

他的真名叫弗雷德里克·多布森。对他的魔术师朋友，他是这么说他的身世的：

“当年在英国的布里斯托尔，无人不知童装裁缝多布森。我便是他的儿子——我也以此为傲，无怨无悔。你可知道，他喝起酒来就像一头巨鲸。一九〇〇年前后，我出生前一两个月，我这位让杜松子酒泡透了的爹昏了头，给那些蜡像娃娃中的一个穿上配着男孩长裤的水手装——塞进我妈妈的被子中。这么一折腾，不闹得我早产才怪呢。你们大家都很明白，这事我全是后来听别人说的。不过话说回来，给我讲这事的好心人如果没有撒谎，这显然就是我如今这般模样的神秘原因——”

每次说到这里，弗雷德·多布森总是无可奈何地伸出两只小手一摊。魔术师听了总会带着习以为常的梦幻笑容，俯下身来，像抱婴儿一般把弗雷德抱起来，叹口气，把他放在衣橱顶上。这地方就是土豆小矮人睡觉的地方，他会乖乖地蜷起身子，开始轻轻地呜咽，打喷嚏。

他二十岁了，体重不到五十磅，个头只比著名的瑞士侏儒齐默尔曼（外号“巴尔萨泽王子”）高两英寸。弗雷德和朋友齐默尔曼一样，体型都生得极其标致，若不是圆圆的脑门上和细长的眼角边有一些皱纹的话，我们的这个小矮人很容易让人看成个八岁大的文静小男孩。另外他的表情有点怪，紧紧张张的（好像长不大一样）。他的头发是湿麦秆颜色，梳得油光水滑，正中间整整齐齐地分开，一条缝一直通到头顶正中央，和头上戴的戏冠对得恰到好处。弗雷德走路步履轻快，举止从容不迫，舞也跳得不赖。不过，第一个雇他的马戏班班主见他从他那血气过盛、爱调皮捣蛋的父亲那里继承了一个肥大的鼻子，便自作聪明地在“小矮人”前面加了个滑稽有趣的雅号。

土豆小矮人，单凭他土豆般的鼻子，就在全英国掀起了掌声和笑声的风暴，接着掌声和笑声又响遍了欧洲大陆的主要城市。他脾气温和，待人友好，这是他和大多数小矮人的不同之处。他跟那匹名叫雪花的小矮马好得难分难舍，曾骑着它绕着一家荷兰马戏班的戏台跑了好多圈。在维也纳，他遇上了一位来自俄国鄂木斯克的巨人，又笨又忧郁，小矮人一见他就扑了过去，闹着要他抱，就像个小孩子闹着要奶妈抱一样，一下子就把巨人的心征服了。

他通常不是一个人演出。比如在维也纳，他和那个俄国巨人一起上场，迈着小碎步围着他跑。他穿戴很整齐，条纹裤子，一件漂亮的夹克，腋下夹着一大卷乐谱。他带着巨人的吉他，巨人像一座巨大的雕像站在那儿，做着机器人的动作接过吉他。巨人穿一件长长的双排扣大衣，看上去像用黑檀木刻出来的，加高的鞋底，一顶高礼帽柱子般反射着灯光，这些使这位三百五十磅重的堂堂西伯利亚人显得更加高大。他使劲抬起下巴，用一根手指敲拨琴弦。退到后台时，他又用女人般的轻声细语喊头晕。弗雷德越来越喜欢他，分别时还洒了几滴泪水，因为他很容易和大家打成一片。弗雷德的生活就像一匹马戏班的马，一成不变地绕着场子一圈圈跑。有一天，在戏台侧厢的黑暗中，他被一桶建筑油漆绊了一跤，像个熟透的果子一般扑通一声掉了进去——这可是一件不同寻常的大事，让他念叨了好长一段时间。

就这样小矮人周游了大半个欧洲，也攒下了钱，用阉伶一般的清脆嗓音唱歌。在德国的大小剧院里，观众边看边吃厚厚的三明治和坚果棒，在西班牙的大小剧院里，观众吃糖渍紫罗兰，也吃坚果棒。缤纷世界他是看不到的。保留在他记忆里的只是冲着他哈哈大笑的深渊，无名无姓；散场后便是清冷的夜色，温柔迷茫，就好像你离开剧院之后台下那片空荡荡的深蓝。

一回到伦敦，他马上就找到了个新伙伴，名叫肖克，就是那位魔术师。肖克说话声音悦耳，一双手细长苍白，真的很有灵气，几缕深栗色头发垂下来搭在一条眉毛上。与其说他是个舞台魔术师，不如说他更像个诗人。他表演起他的戏法来，带着款款深情和雅致的忧郁，没有职业魔术师那种喋喋不休的烦人说头。土豆小矮人从旁帮助，让表演妙趣横生。每场临结束时，他总会出现在观众席上，发出一声鸽子般的欢快叫声，尽管一分钟前人人分明看见肖克把他锁进了舞台正中间的一个黑箱子里。

这一切都发生在伦敦的一家剧院里。伦敦的剧院很热闹，有在叮当晃荡的高架秋千上翻飞的马戏演员，有一个高唱威尼斯船歌的外国男高音(在自己的国家没有唱红)，有一个身穿水手服的口技演员，有几个表演自行车特技的演员，还有那个必不可少的小丑怪人，头戴小帽子，身穿及膝的马甲，拖着脚在舞台上窜来窜去。

二

最近弗雷德情绪低沉，喷嚏很多，但打得不响亮，闷闷不乐，像只日本小狗。原来这位小童男几个月里没追女人的话，就会害起单相思病来，而且时不时害得很厉害，非常痛苦。不过他的单相思病来得突然，去得也突然，病一害过，他就暂且对女性无动于衷了。包厢里露在丝绒幔子外面的白花花的裸肩，那几个演杂技的小女孩，他看都不看一眼。还有那个西班牙舞女，她飞快旋转时，衬裙饰边上橘红色的绒毛就会翻起，露出光滑的大腿来，他也是看都不看。

“你需要找个女矮人做伴。”肖克沉思着说，用食指和拇指打了一个熟悉的响指，从小矮人的耳朵里变出一枚银币。小矮人一伸小胳膊，像赶苍蝇一般掸开了。

那天晚上，弗雷德演完节目以后，穿起小外套，戴上圆顶小礼帽，哼哼唧唧地沿着后台一条昏暗的通道东倒西歪地走，突然一扇门哗的一下打开，闪出明亮的灯光，两个声音唤他进去。原来是杂技演员齐塔和阿拉贝拉姐妹俩，两人都半裸着身子，皮肤黝黑，头发乌亮，蓝眼睛画成了细长的丹凤眼。屋里和舞台上一样乱，弥漫着化妆水的味道，梳妆台上乱放着粉扑、梳子、刻着花玻璃的香水喷瓶，一只空了的巧克力糖盒里放着发卡和口红。

弗雷德一进来，立刻被姐妹俩的说话声震聋了。她俩搔他痒痒，挤他，压他，挑逗得他双目圆睁，脸色发紫，在女人赤裸的臂弯里像个皮球似的滚来滚去。最后，爱打闹的阿拉贝拉把他拉到跟前，一起倒在长沙发上，弗雷德控制不住自己，便扑到她身上，喷着鼻息搂住了她的脖子。她抬起胳膊想把他推到一边去，他溜到她的胳膊底下，嘴往上一拱，把嘴唇贴到她刮过的毛茬儿腋窝上。另一个女孩抓住他的两条腿想把他拽开，却因笑得发软使不上劲。就在这时候，门砰的一声打开了，两个空中飞人的搭档穿着纯白紧身服进了屋子。他既不说话，也不生气，一把揪住小矮人的脖子根，只听见弗雷德的硬翻领啪的一声响，一边从饰扣上被扯了下来。他把小矮人提到半空，像扔猴子一般扔了出去。门砰的一声关上了。肖克碰巧从这里走过，只见那条白色的胳膊一闪，又见一个小黑影缩着脚飞了出来。

弗雷德跌下来伤到了自己，躺在过道里一动不动。知觉倒是有的，只不过全身瘫软，眼睛只盯着一个点，牙齿抖得格格响。

“这下倒霉了，老伙计，”魔术师叹口气说，把他从地上捡起来，用几乎透明的手指抚摸小矮人的圆额头，接着说，“我跟你说了，别掺和。这下你倒霉了吧。你要找只能找个女矮人。”

弗雷德鼓着两只眼睛，不作声。

“你今晚就睡在我家里吧。”肖克作出了决定，抱起土豆小矮人朝出口走去。

三

肖克家有肖克太太。

她是个说不准多大岁数的女士，黑眼睛，瞳孔周围一圈淡黄色。她骨架子生得小，羊皮纸一般的肤色，一头死板的黑发，穿着刻意邋遢，发型也不整齐，还有个吸了烈性烟叶就从鼻孔里往外吐烟的习惯——这些都很难吸引男人。不过，肖克先生无疑是很喜欢她的。其实他好像从来不注意妻子，原因是他总是很忙，要想些表演的秘密机关；也总是脱离现实，心神不定，就连说起日常琐事时也在考虑别的事情。不过就在他沉浸于天马行空的幻想中时，他仍然能清醒地观察发生在他身边的事情。他妻子诺拉只好随时保持警惕，因为他从不放过糊弄人的机会，常耍些毫无意义却又精妙高超的小把戏。举个例子，有一回他胃口惊人，吃得非同寻常地多：津津有味地咂着嘴巴，把鸡骨头啃得干干净净，吃完高高的一盘，又要了高高的一盘。吃完后还伤心地看了他妻子一眼，这才走了。过了一阵儿，女仆用围裙捂住偷着笑的嘴，向诺拉告密，说肖克先生刚才压根一口都没吃，他在餐桌底下放了三口崭新的锅，所谓吃过的东西全扔到锅里了。

她是一位受人尊敬的画家之女，那画家只画马、花斑猎狗和红衣猎人。诺拉结婚前住在切尔西，爱看泰晤士河上雾蒙蒙的夕照，学了绘画，参加了一些当地波希米亚人常开的荒唐可笑的会议——正是在这样的会议上，一个文静瘦弱的男子，长着幽灵般的灰眼睛，盯上了她。他很少说自己的情况，大家也不知道他的情况。有些人以为他是个写抒情诗的诗人。她立刻就爱上了他。这位诗人恍恍惚惚间和她订了婚，就在结婚当天，诗人苦笑着说他其实不懂如何写诗。就在两人谈话进行之中，他当场把一只旧闹钟变成了一个镀镍天文钟，后来又把这个天文钟变成了一块小巧的金表，从此这表就一直戴在诺拉手腕上。她明白，肖克虽说是魔术师，但仍有诗人气质，只是她不能适应他时时处处表现他的魔术艺术。一个人的丈夫如果是一座海市蜃楼，是让人摸不着边际的戏法大师，能把你的眼耳鼻舌身都欺骗过去，那做妻子的就很难过得快活了。

四

一只大碗里养着三四条金鱼，鱼儿看上去像是用橘子皮裁成的，嘴一张一张，鳍一闪一闪，她懒懒地用指甲盖弹着鱼缸玻璃。就在这时候，门悄无声息地打开了，肖克（歪戴着帽子，一缕棕色的头发盖在眉毛上）抱着一个缩成一团的小家伙进来了。

“总算抱到家啦。”魔术师叹口气说道。

诺拉飞快地想：是个小孩，迷路了，让他找着了。她的黑眼睛湿润了。

“咱们得收养他。”肖克轻声说，在门道里磨蹭。

突然间那小东西醒了过来，咕咕哝哝说了点什么，怯生生地摩挲着魔术师戴着硬领的前胸。诺拉看看套着麂皮鞋罩的小靴子，又看看小小的圆顶礼帽。

“要忽悠我没那么容易。”她冷笑一声说。

魔术师带着责备的神情看看她，然后把弗雷德放到长毛绒沙发上，给他盖上一条旅行毛毯。

“布隆迪内特打了他。”肖克解释说，忍不住又补充了一句：“拿个哑铃砸他，正好砸在肚子上。”

诺拉和没生过孩子的女人一样，向来心软，一听这话，特别同情，险些掉下泪来。她立刻当起了小矮人的妈妈，给他喂饭，给他喝了一杯葡萄酒，用古龙水擦他的额头，还用香水湿润他的太阳穴和婴儿一般的耳根。

第二天弗雷德醒得很早，在陌生的屋子里转了转，跟金鱼说了会儿话，轻轻地打了一两个喷嚏后，像个小孩子一样在凸窗的边上坐下来。

迷迷蒙蒙的雾，带着水汽，洗着伦敦的灰色屋顶。不远处一扇阁楼窗朝外打开，窗格玻璃上落下闪烁的阳光。一辆汽车按响喇叭，声音回荡在黎明的清新和温柔中。

弗雷德一门心思地想着昨天发生的事。两个杂技女孩的笑声奇怪地和肖克太太带着香气的冰冷双手混合在一起。起初他受到了虐待，后来又得到了爱抚。而且你听好了，他是一个很有爱心、很有热情的小矮人。他现在一门心思地想着有朝一日能从一个强壮、野蛮的男人手里救下诺拉，那个男人很像那个穿着白色紧身衣的法国人。在他凌乱的思绪中，浮现出一个十五岁的矮人女孩，有一段时间他和她同台演出。她是个脾气很差的小妞，长着个尖鼻子，身体也不太好。两个人一上台，观众就觉得他俩是订了婚的一对。他还得亲密地搂着她跳探戈舞，这让他恶心得浑身发抖。

又一声孤寂的喇叭响起，飞快地掠过。阳光开始把雾散在伦敦城温柔的大街小巷中。

七点半左右，公寓恢复了生机。住所里有了响动。肖克先生带着高深莫测的微笑出门去了，去哪儿也不知道。餐厅里飘来培根和鸡蛋的香味。肖克太太梳理了头发，穿着一件绣有向日葵的宽大晨衣，出现在餐厅里。

早餐后她递给弗雷德一支醇香扑鼻的烟，烟蒂像红色的花瓣。然后她半闭起眼睛，让他给她讲讲他的经历。他讲了一段又一段，细小的声音有点低沉。他说得很慢，字斟句酌。说来也怪，这种没有经过事先安排的稳重谈吐非常适合他。他坐在诺拉脚边，低着头，神情庄重，不慌不忙地娓娓而谈。诺拉斜躺在长毛绒沙发床上，双臂甩在后面，露出尖尖的光胳膊肘。小矮人说罢他的故事，不再言语，但仍然把他的小手掌这么翻一下，那么翻一下，像是言犹未尽。他穿着黑色夹克，歪着脸，肉乎乎的鼻子，茶色的头发，一直通到脑后的头发中缝，诺拉看得隐隐心酸。她透过眼睫毛瞧着他，竭力想象那边坐着的不是一个成年侏儒，而是她实际上不存在的小儿子，正在对她讲在学校里受同学欺负的事情。诺拉伸出一只手，轻轻地抚摸他的头——就在这时候，忽然心念诡秘地一动，她想起了别的事情，产生了一个奇怪的、报复她丈夫的想法。

弗雷德感觉到了在他头发里轻轻蠕动的手指，先是坐着没动弹，接着觉得很兴奋，默默地舔自己的嘴唇。他两眼斜望过去，盯着肖克太太拖鞋上的绿绒球，怎么也移不开目光。突然间，一切都动了起来，动得又兴奋，又荒唐。

五

那一天秋日高照，青雾袅袅的伦敦显得特别可爱。温和喜悦的天空映在平整的柏油马路上，街道口上光滑的邮筒闪着深红色。公园里挂毯一般的绿树丛中闪过小汽车，带着低低的嗡嗡声驶了过去。这个城市流光熠熠，呼吸着甜美温暖的空气，只有在地下，在地铁的站台上，才能找到一块凉爽的地方。

一年中的每一天都是一份礼物，只献给一个人——最幸福的那一个。别人都利用属于他的这一天，享受阳光，或埋怨下雨，却不知道这一天到底是属于何人的。那个有幸拥有这一天的人，自然得意，也为他的好日子不为别人所知而高兴。任何人都无法预知哪一天会落在他的头上，也无法预知会有哪一件小事让他永远铭记：也许是阳光如波映在临河的一堵墙上，也许是旋转飘落的一片枫叶。常见的是，只有在追忆往昔时，他才能认识到他的那一天；这时已经不知过去多久了，遗忘了的那一天早已从日历上被扯下来，揉成一团，扔在书桌底下了。

上帝把一九二〇年八月里的那个快乐日子赐给了弗雷德·多布森，一个穿着鼠灰色鞋罩的小矮人。那天是以一声悠扬的汽车喇叭开始的，接着是远处一扇窗户朝外打开。孩子们散步回家，惊得上气不接下气，告诉他们的父母，说他们碰上了一个小矮人，戴着圆顶礼帽，穿着条纹裤子，一只手里提着一根手杖，另一只手里握着一双茶色手套。

土豆小矮人热烈地吻别了诺拉（她在等客人）后，就出了门，来到宽阔平整的大街上。街上洒满了阳光，他马上明白了，整个城市原来是为他创造的，只为他一个。兴高采烈的出租车司机扳倒计程器的铁标，发出一声低响，街道开始往后流动，弗雷德不时从皮革座位上溜下来，同时还低声又笑又叫。

他在海德公园门口下了车，毫不理会周围投向他的好奇目光，迈开碎步，只管往前走，走过了几张绿色的折叠椅，走过了水池，走过了幽幽隐在榆树和椴树下的大片杜鹃花丛。花儿下面是草地，鲜艳柔嫩，像台球桌上铺的桌布。骑警策马经过，坐在马鞍上轻轻地上下晃动，黄色的皮绑腿吱吱作响。他们胯下坐骑的瘦长马脸一扬一扬地跳动，马嚼子叮叮当当响。昂贵的黑色小轿车车轮飞转，闪着令人眩晕的光，稳稳地驶过林荫道。斑驳的树荫投在地上，如同盛开的紫罗兰织成的花边。

小矮人一边走，一边呼吸着阵阵温暖的汽油味，也闻着树木的气味。树木分泌了过于丰盛的新鲜树液，闻起来好像腐烂了一般。他挥动手杖，噘起嘴唇，像是要吹口哨。轻松自由的感觉太强烈了，让他不能自已。他的情人含情脉脉地送他出门，但匆匆忙忙，还紧张得大笑。他从中看出来她非常害怕，怕那位经常来她这里吃午饭的老父亲，要是让他发现家里有个陌生的男人，他会起疑心的。

这一天到处都能见到他：在公园里，一个红脸蛋的保姆，戴着浆过的无边女帽，不知为何请他在她推着的婴儿车上坐了一程。一家大型博物馆里，所有的展厅他都去了。他站在隆隆作响的电动扶梯上缓缓上行，扶梯从低处冒出来，带出的风吹过一张张鲜艳的海报。他又进了一家专卖男士手帕的高档商店，还被一位好心人抱起来放到一辆双层游览大巴的敞篷顶层上。

不久他累了—— 一切都在动，都在闪光，弄得他头晕目眩。大家见他就笑，瞪着眼睛盯住他看，他紧张得受不了。自由、骄傲、幸福，这么多丰富的感觉一直陪伴着他，他必须静下来仔细想一想。

终于饿了的弗雷德进了一家熟悉的餐馆。这家餐馆是各种演员聚会的地方，他来不会引起任何人的惊奇。他环顾四周，看来的都是哪些人。他看见了那位呆头呆脑的老丑角，已经喝醉了；也看见了那个法国人，昔日的仇敌，现在还冲他友好地点头。看着看着，小矮人多布森先生大彻大悟了，从今往后，他永远不再登台了。

这地方光线昏暗，里面的灯不够亮，外面的日光也没有滤进来多少。那个呆头呆脑的老丑角活像个破了产的银行家，那个杂技演员身着便装，模样很怪，好像穿着便装很不舒服似的，两人在不声不响地玩骨牌。那个西班牙舞女戴着车轮般的宽边帽，帽子在她眼睛上投下了一片蓝色的阴影。她跷着二郎腿，一个人坐在屋角里的一张桌子旁。还有五六个弗雷德不认识的人。他端详一番他们的脸，常年涂抹的化妆品把那些脸都漂白了。这时服务生搬来一个靠垫，让他支起来坐高一点，然后换了桌布，麻利地摆好餐具刀叉。

突然间，在餐馆的幽暗深处，弗雷德认出了魔术师灵巧的侧影。他正跟一个高大肥胖的老头说话，看派头是个美国人。弗雷德没料到在这里碰上肖克——肖克从来不进小酒吧——所以他事实上完全忘了还有魔术师这么个人。现在他觉得特别对不起可怜的魔术师，本打算把一切都隐瞒下来，可转念又想，诺拉无论如何不会骗人，她很可能会把那个晚上的事告诉她丈夫（我爱上了弗雷德·多布森……我要离开你……）——让她这么去坦白，太困难了，太别扭了，此事不能叫她担当。难道他不是她的骑士？难道他不为她感到骄傲？那么由他出面把这件痛苦的事告诉她丈夫，难道不是天经地义的吗？不论她丈夫多么可怜，都得告诉他。

服务生给他端来了一份腰子馅饼，一瓶姜汁啤酒，还多开了一盏灯。华丽的灯饰上落满灰尘，水晶花灯闪烁着亮光。小矮人远远看见一道金色的灯光映亮了魔术师前额上一缕栗色的头发，他近乎透明的柔软手指忽而在亮处，忽而在暗处。和他说话的那个人站起来，抓了抓裤带，讨好地咧嘴笑笑，肖克就陪着他去衣帽间。那个美国胖子戴上一顶宽边帽，抓起肖克轻飘飘的手握别，然后一边仍在往上拉裤子，一边朝店门走去。门一开，立刻亮出一条缝，外面天色还早，餐馆里的灯光显得更加昏黄。门砰的一声沉重地关上了。

"肖克！"土豆小矮人叫道，两只短脚在桌子底下摆动。

肖克走了过来。他一面走，一面若有所思地从上衣口袋里掏出一支点着的雪茄烟，吸了一口，喷出一团烟雾，又将烟卷放了回去。没人明白他是怎么变这个戏法的。

"肖克，"小矮人说，鼻子因喝了姜汁啤酒而变得通红，"我必须跟你谈谈。事情很重要。"

魔术师在弗雷德的桌子旁坐下，把一只胳膊肘支在桌上。

"你的头怎么样了——还疼吗？"他淡淡地问。

弗雷德拿餐巾擦擦嘴，不知从何说起，还是怕给朋友带来太多痛苦。

"顺便说一下，"肖克说道，"今晚是你我最后一次同台搭档。刚才的那个家伙动员我去美国。事情看起来相当不错。"

"我说肖克——"小矮人把面包搓成碎屑，考虑怎么说才好，"是这么回事……你要挺住，肖克。我爱上了你的妻子。今天上午你出门后，我和她……我们两个，我是说，她……"

"只是我晕船，"魔术师沉思着说，"到波士顿要整整一个星期。以前乘船去过印度。从此我一听要坐船，就像睡着了一样挪不动腿。"

弗雷德脸涨得紫红，拿桌布使劲地擦他的小拳头。魔术师只顾想自己的事情，想着想着哑然失笑，笑完后才问道："我的小朋友，你刚才是要跟我讲点什么吗?”

小矮人瞅瞅他幽灵一般的眼睛,慌乱地摇了摇头。

“不,不,没什么事……不能对你说。”

肖克的手伸了出来——毫无疑问,他打算从小矮人耳朵里变出一枚银币——可是变了多少年的精妙魔术,今天第一次失了手,银币在手掌的肌肉上没有贴牢,一滑掉了下去。他接住银币,站起身来。

“我不在这儿吃饭了,”他说,好奇地端详着小矮人的头顶,“我不喜欢这地方。”

弗雷德沉着脸不出声,只顾吃一只烤苹果。

魔术师悄然离去。餐馆里人都走光了。戴着宽边帽的没精打采的西班牙舞女被一位衣着考究、举止拘谨的蓝眼睛年轻人带走了。

好吧,他不愿意听,那就算了,小矮人心想。他舒了一口气,心想反正诺拉会把事情讲得更清楚。于是他要来纸笺,给她写信。信尾是这样写的:

> 现在你明白我为什么再不能像从前那样生活下去了。你知道每天晚上一大帮俗人看着你心爱的人前仰后合地大笑,你心里是什么滋味吗?我这就撕毁合同,明天走人。待我找到个僻静的安身之处,就马上给你再写一封信。那时候你也离婚了,我们便能相爱了,我的诺拉。

一个小矮人,穿着鼠灰色鞋罩,上天赐给他的这一天就这样匆匆结束了。

六

伦敦城的天色徐徐暗淡下来。街上的各种声音汇成了一个轻柔空洞的音符,好似有人停止了弹琴,却仍将一只脚踩在钢琴踏板上。

公园里黑沉沉的椴树叶在透明的天空映衬下，宛如一个个扑克牌上的黑桃A。在某条的街道拐弯处，或者在一对双塔的悲伤剪影之间，火红的夕阳露出来，像一个幻觉。

肖克习惯回家吃晚饭，然后换上魔术师的职业燕尾服，开车直奔剧院。这天晚上诺拉等他等得特别焦急，因恶作剧一番而兴奋得发抖。她现在也有自己的私人秘密了，这多让她高兴啊！小矮人的样子她根本没放在心上，小矮人就是一只令人恶心的小虫子。

她听见前门的锁发出一声轻响。她看见肖克的脸，如同一张新脸一般，简直就是一张陌生人的脸。人要是做了亏心事，一般就是这种感觉。他朝她点点头，垂下睫毛很长的眼睛，又伤心，又不好意思。他在餐桌前她的对面坐下，一言不发。诺拉觉得他穿着浅灰色西装的身材好像更瘦了，神情也更难捉摸了。她还在得胜的劲头上，眼睛发亮，一边嘴角反常地抽动。

"你的小矮人怎样了？"她问道，假装是无心一问，"我原以为你会带他一起回家呢。"

"今天没见到他。"肖克答道，开始吃饭。突然间他想起了什么——掏出一个小瓶子，吱的一声小心地拔去瓶塞，往一杯红酒里一股脑地倒了什么。

诺拉生气地想，这红酒会变成鲜亮的蓝色，要么就变得像水那样透明，但紫红色的葡萄酒没有改变颜色。肖克瞧见她的目光，微微一笑。

"帮助消化——只需几滴就行。"他低语道，脸上掠过一道阴影。

"说谎都说惯了，"诺拉说，"你一直胃口极好。"

魔术师轻轻一笑。接着他正儿八经地清清嗓子，端起酒一饮而尽。

"接着吃饭呀，"诺拉说，"都快凉啦。"

她心里暗自得意地想：哈，可惜你不知道。你永远发现不了。那是我的魔力！

魔术师不声不响地吃着。突然他做了个鬼脸，推开盘子，说起话来。和平时一样，他说话时不直接看着她，而是目光略微抬高一点，看着她的头顶上方，声音温柔动听。他讲了今天的经历，说他在温莎堡拜见了国王。他去温莎堡，是应邀给那些穿着天鹅绒外衣、戴着花边硬领的小公爵们逗乐儿的。他绘声绘色地讲了一遍，模仿他见过的人，又是眨眼睛，又是轻轻地摇头。

“我从我的折叠礼帽中放出一大群白鸽。”他说。

小矮人的手当时又湿又冷，你二人现在讲和了，诺拉暗自思量。

“你要知道，这群鸽子绕着王后飞，王后打着嘘声赶它们飞开，不过出于礼貌一直面带微笑。”

肖克站了起来，身子摇晃一下，轻轻地靠在桌边上，仅用两根手指支撑着，像是给他的故事来个尾声一般说道：“我不舒服，诺拉。我刚才喝下的是毒药。你不该对我不忠。”

他的喉咙痉挛般地鼓起，他掏出一块手帕捂在嘴唇上，离开了餐室。诺拉霍地站起身，长项链上的琥珀珠子挂到了她碟子上的水果刀，将刀拂到地上。

这都是演戏，她恶狠狠地想。想吓唬我，折磨我。不，我的好丈夫，这没有用。我要你瞧瞧我的厉害！

肖克怎么就探出了她的秘密，这太叫人恼火了！不过她现在至少有了机会让他明白她的感受，她可以大喊她恨他，极其鄙视他，他不是人，而是橡皮做成的幽灵，她再也不能和他一块儿过下去了，还要说……

魔术师坐在床上，缩成一团，痛得直磨牙。但诺拉风暴一般冲进卧室时，他还是勉强挤出一个虚弱的笑容。

“你以为这样我就会相信你，”她气喘吁吁地说，“别装了，该收场了！你这骗人的手段，我也会。你这样子，真叫我恶心。噢，把戏没玩好，落下笑柄了吧——”

肖克仍然无可奈何地微笑着，试图从床上下来。他一只脚摸索着往地毯上踩。诺拉暂且停住嘴，想寻思寻思，还能嚷嚷些什么骂他的话。

“别说了，”肖克吃力地说，“过去我要是哪里……就请原谅……”

他额头暴起青筋，身子也缩得更厉害了。喉咙里吱吱直响，眉头上的一缕湿头发在抖动，捂在嘴上的手帕都让咳出来的胆汁和鲜血浸透了。

“别演戏了！”诺拉一跺脚，叫道。

他挣扎着直起腰，脸色惨白，把揉成一团的手帕扔到墙角。

“等等，诺拉……你不明白……这是我的最后一场魔术……今后再不演了……”

他可怕的脸白得发亮，又一阵痉挛，脸都抽得变了形。他摇晃一下，倒在床上，头摔到枕头上。

诺拉走到跟前，皱着眉头查看。只见肖克躺在那里，双目紧闭，牙关咬得吱吱响。她俯身再看，只见他的眼睫毛一抖，睁开眼恍恍惚惚地看她，认不出来人就是他的妻子。不过突然间他认出她来，两眼湿润，闪动着关切痛苦的泪光。

就在这个时刻，诺拉忽然明白过来，她爱他超过这世上的任何东西。恐怖和怜悯压倒了她。她旋风一般地满屋乱转，倒了杯水，把水杯放在盥洗池边上，回身又奔到丈夫身边。这时她丈夫已经抬起了身子，用被单的一角捂着嘴。他干呕得很厉害，边呕边浑身发抖，眼睛茫然地瞪着，死亡的面纱已经挂在脸上了。诺拉一见，慌忙一挥手，冲进隔壁房间。这个房间里有电话，她摇起电话，报了个错误号码，又重新打，折腾了好一阵，急得上气不接下气地哭，挥拳砰砰地砸电话桌。最后终于听见了医生的声音，诺拉哭着说她丈夫服了毒，眼看不行了，说着泪如雨下，打湿了电话听筒。她把听筒胡乱一放，跑回卧室。

魔术师精神焕发，满面春风，穿着白马甲和一条烫得笔挺的黑裤子，站在穿衣镜前，悬着两肘，小心翼翼地收拾他的领带。他从镜子里看到了诺拉，头也不回，从镜子里冲她心不在焉地挤挤眼，同时轻轻地吹起口哨来，继续用他透明的手指整理黑色丝制领结的两端。

七

德劳斯，这个英格兰北部的小镇，看上去果真如昏昏欲睡一般。[①]它沉睡在那些薄雾缭绕、缓缓起伏的田野上，人进入其中，会疑惑是不是走错了地方。镇上有一家邮局，一间自行车商店，两三家烟草行挂着红底蓝字的招牌。还有一幢古老的灰色教堂，周围都是墓碑，一棵硕大无比的栗树静静地把树荫投在墓地上。主街两边是树篱、小花园，还有歪歪斜斜地爬满了常春藤的矮砖房。其中一幢租给了某个姓多布森的人，此人的情况，除了他的管家和当地的医生，没人知道，而医生也不是个爱讲闲话的人。多布森先生好像从不出门。那位管家是个高大严厉的女人，从前曾在一家疯人院工作过。邻居要是不经意地问点问题，她就回答说多布森先生年老瘫痪，只能关起门来平静度日。难怪他来到德劳斯镇的第一年镇上居民就把他忘记了：他变成了不受关注的人，大家自然而然地把他和那位无名的主教相提并论。主教人家都不认识，只知道他的石头雕像在教堂大门顶上的壁龛里放了很久很久了。这个神秘的老头想来有个孙子—— 一个文静的金发小男孩，黄昏时分常迈着怯生生的小步子从多布森的矮砖房里出来。不过这样的情形也是个别现象，没人说得准每次出来的是不是同一个小孩。再说，德劳斯的黄昏特别迷茫阴暗，各种东西的轮廓当然都是模模糊糊看不清楚的。就这样，既不好奇又懒懒散散的德劳斯镇人没看清这么一个事实：那个据说瘫痪了的老头所谓的孙子多少年过去了也不见长大，他的亚麻色头发乃是以假乱真的假发。原来土豆小矮人刚刚开始他的新生活，就开始谢

① 该镇英文名Drowse，意为“打瞌睡”。

顶，他的头很快变得又光又亮，就连他的管家安妮也常常想伸出手摸摸那个小圆球该有多好玩。除了谢顶外，他没有多大改变。他的肚子鼓了点，鼻子黑了点，上面肉更多了点，布满了青筋。他装扮成小孩子时，就在鼻子上扑粉。还有一点变化，那就是安妮和医生都知道小矮人的心脏病越来越厉害，发展下去没有好结果。

他住着三间房，日子过得平平静静，也不招人注意。他在一家流动图书馆订了书，每星期三四本，基本上都是小说，还养了一只黑毛黄眼的猫，因为他怕耗子怕得要死（耗子在衣橱后面闹腾，活像滚动的小木球）。他吃得很多，尤其爱吃甜食（有时候半夜跳下床来，轻轻地走过冰凉的地板，穿件长睡衣，小得出奇，抖抖索索地跑到餐具室，像个孩子那样找巧克力饼干）。对他那桩恋爱事件，还有初来德劳斯的可怕岁月，他回忆得越来越少了。

不过在他的书桌里，那些叠得整整齐齐、日久发脆了的节目单中间，他仍然保存着一张粉红色的信笺，带着龙形水印，上面写满了生硬潦草的字，很难辨认清楚。信是这样写的：

> 亲爱的多布森先生：
>
> 我收到了你的第一封信，也收到了第二封信，信中你叫我到德劳斯镇来。我觉得这恐怕是一场严重的误会。请忘了我，原谅我吧。明天我和我丈夫就要去美国，可能一时回不来。我真不知还能给你写些什么，我可怜的弗雷德。

就是收到这封信的时候，他头一次犯了心绞痛。从那时起他的眼睛里便留下了淡淡的惊讶神色。此后好多天里，他一个房间一个房间地转悠，强忍着泪水，忍不住了就伸出颤抖的小手从脸上抹去。

过了不久，往事慢慢在弗雷德心中褪色。他开始享受安逸，从前他可是一点不懂的。现在他喜欢壁炉中燃烧的煤发出的蓝色火苗，喜欢小圆架上落满灰尘的小花瓶，喜欢挂在两扇窗之间那幅复制的画：画上是一条圣伯纳德犬，脖子上挂着一小桶白兰地，正在营救一个困在荒凉绝壁上的登山人。他很少回忆以前的生活，只是有时在梦中看见星光灿烂的天空下有很多架秋千荡来荡去，天空也随之而动，他被啪的一声关进一只黑箱子中。透过箱壁清晰地传来肖克歌唱般的柔和声音，可他找不到设在舞台地板上供他遁身的暗道翻板门。他在发黏的暗箱中闷得喘不过气来，只听见魔术师的声音越来越伤心，越来越远，最后消失了。这时候弗雷德总会呻吟一声醒过来，发现自己还是躺在暖和昏暗的屋子里，躺在自己那张宽大的床上，屋里一股淡淡的薰衣草香味。这时他总会大口大口地喘息，把小孩子般的小拳头按在突突乱跳的胸口上，瞪大眼睛盯着白花花的百叶窗帘看上好久。

多少年过去了，他对女性爱情的渴望也成为越来越轻的内心叹息，仿佛那一度折磨他的似火激情已被诺拉消耗殆尽。说来也是，有些时候，比如在暮色苍茫的春日傍晚，小矮人害羞地穿上短裤，戴上棕色假发，出门走进昏暗的暮色中。他借着暮色悄悄沿一条田间小径走去，往往会突然停住脚步，痛苦地远望树篱附近满枝开花的黑莓丛中一对情侣紧紧相拥的模糊身影。后来这种情形也过去了，他干脆不再出门。只是有一段时间，那位满头白发、黑眼睛闪着犀利目光的医生常来和他下棋。隔着棋盘，医生满怀科学兴趣地观看那双柔软的小手，观看那张像斗牛犬一般的小脸，每当小矮人考虑棋步时，那脸上突出的眉头总会攒成一团。

八

八年过去了。那是一个星期天的早晨。一罐可可饮料，放在一个鹦鹉头形状的保温盖下，在餐桌上等着弗雷德来喝。阳光带着苹果树的翠绿洒进窗来。身板结实的安妮正在打扫自动小钢琴上的灰尘，小矮人偶尔在这架钢琴上弹奏曲目不定的华尔兹。橘子酱的罐子上停着几只苍蝇，还在一个劲地蹭着前脚。

弗雷德睡眼惺忪地走了进来，穿着毛毡拖鞋，上身是一件画着黄色青蛙的黑色小晨衣。他坐下来，张开眼睛，摸摸他的秃脑袋。安妮到教堂去了。弗雷德打开一份星期日报纸的带图插页，嘴唇一缩一噘地浏览起来，最后看到有小狗获奖，有个俄国芭蕾舞女演员跳天鹅湖，淋漓尽致地表现悲痛欲绝的天鹅，还有一个到处骗人的金融家，戴着高顶礼帽，端着啤酒杯……餐桌下卧着那只猫，弓着背，在他的光脚上蹭来蹭去。他吃完早餐，站起身，打了个哈欠：昨夜他没睡好，心脏从没有像昨晚这样折磨过他，今天他都懒得穿衣服，尽管两脚冰凉。他改坐到窗下的扶手椅上，身子缩成了一团。他什么也没想，就这么坐着，那只黑猫在他跟前伸懒腰，张开小小的红嘴巴打哈欠。

门铃叮咚一声响。

是奈特医生，弗雷德若无其事地想。他记得安妮去教堂了，便亲自过去开门。

阳光倾泻进来。一位高个头女士，一身黑衣，站在门口。弗雷德往后一退，一边咕哝着，一边摸了摸身上的晨衣。他连忙退到里屋，掉了一只拖鞋，也没管。他这时只关心一件事，那就是不管来人是谁，都不能看出他是个侏儒。他在客厅中央停住了，累得直喘气。唉，刚才为什么不顺手磕上外面的门！到底会是谁来看他？准是找错了门。

这时他清清楚楚地听到越来越近的脚步声。他又退进了卧室，想把自己锁在卧室里，却没带钥匙。第二只拖鞋也掉在客厅的地毯上了。

“这太可怕了。”弗雷德屏住呼吸，侧耳细听。

脚步声响进了客厅。小矮人轻轻发出一声哀叹，朝衣橱奔去，要在那里找个藏身之处。

一个他肯定熟悉的声音在叫他的名字，房间的门被推开了。

“弗雷德，你干吗怕见我？”

小矮人光着脚，穿着黑色晨衣，脑门上渗出了汗珠。他站在衣橱旁，手还搭在橱锁的拉环上。这时他极其清晰地记起了玻璃碗里的金鱼。

她老了，身体也差了。眼睛底下有两片黄褐色的阴影，上嘴唇上的黑色唇须比过去更明显。她头戴黑帽，身穿黑衣，衣服上的皱褶很深，一副打扮显得风尘仆仆、悲伤可怜。

“我压根没想到——”弗雷德警惕地望着她，缓缓说道。

诺拉抓住他的双肩，把他扳到亮处，一双悲哀的眼睛饱含热情，仔细地看遍他的全身。不知所措的小矮人眨巴着眼，痛恨自己没戴假发，也因诺拉这么激动大为惊讶。他多少年前早就不想她了，如今见面他除了伤心和惊讶外，再无任何感受。诺拉仍然抓着他，接着闭起眼睛，轻轻地推开他，转身对着窗子。

弗雷德清清嗓子，说：“我们完全断了音讯。告诉我，肖克还好吗？”

“他还在演他的把戏，”诺拉心不在焉地答道，“我们前不久才回的伦敦。”

她没有脱帽，在窗前坐了下来，仍然很奇怪地盯着他仔细看。

“这么说肖克他——”小矮人叫她看得不好意思起来，便匆匆接着说话。

“——和从前一样。”诺拉回答，闪闪发亮的眼睛仍然没有从小矮人身上移开。她迅速摘下白底黑面的光滑手套，揉成了一团。

莫非她又要——小矮人心里猛地一惊。这时冲进他脑海的是金鱼碗，是古龙水味，是她拖鞋上的绿绒球。

诺拉站起身来。手套揉成的两个黑团滚到了地板上。

“花园不大，却长着苹果树。”弗雷德说，心里却仍在嘀咕：从前我真的有过那一刻吗……？她的皮肤灰黄灰黄的，还长了唇须。她话为什么这么少？

“不过我如今很少出门。”他说，在座位中轻轻地前后摇动，抚摸着自己的膝盖。

“弗雷德，你知道我为什么来看你吗？”诺拉问道。

她站起来，近近地逼到他跟前。弗雷德怀着歉意咧嘴笑笑，想溜下椅子躲开。

就在这时候，她声音非常温柔地告诉他：“事实是，我为你生了个儿子。”

小矮人怔住了，盯着一扇小窗，眼神火一般映在一只深蓝色杯子的侧面。一丝惊讶羞怯的微笑在他的嘴角闪烁，接着笑容扩散开来，笑得两颊通红发亮。

“我的……儿子……”

霎时间他明白了一切，明白了生命的全部意义，明白了他多少年来的痛苦，明白了映在杯子上的那扇明亮的小窗。

他缓缓抬起眼睛。诺拉侧身坐在椅子上，哭得身子一抽一抽的。帽子饰针的玻璃头就像一滴闪闪的泪珠。那只猫咪咪轻叫，靠在她的双腿上蹭着。

他扑到她跟前，记起了前不久读过的一部小说。“你不必担心，”多布森先生说，“你无论如何都不必担心我会从你身边抢走他。我现在很知足！”

她抬起泪眼望着他，想作点解释，却欲言又止——她看见小矮人露出关切的神色，高兴得满脸放光——便什么也没说。

她匆匆捡起揉成一团的手套。

“好吧，现在你都知道了。不必多说了。我也得走了。”

一个突如其来的想法像刀子扎了弗雷德一下。他高兴得发抖，同时又深感羞愧。他捻着晨衣的穗边问：“还有……还有，他长得怎么样？他不是——”

“啊不，恰恰相反，”诺拉迅速回道，“高个头，和所有的男孩一个样。”说着又流起泪来。

弗雷德垂下了眼睛。

“我真想见见他。”

他又高高兴兴地改了口：“唉，我理解！不能让他知道我是这么个模样。不过，你也许可以安排一下……”

“好，一定，”诺拉匆匆说着，几乎着急起来，这时她已经走过了门厅。“好的，我们会做些安排。现在我必须走了。到火车站要步行二十分钟。”

走到门口，她又转过身来，最后一次把弗雷德上上下下打量了一遍，既热切，又伤心。阳光在他的秃头上抖动，他的耳朵呈半透明的粉红色。他又惊又喜，一点不明白出了什么事。她走后，弗雷德仍然久久地站在门廊里，仿佛害怕随便一动就会摔碎他那颗完整的心。他一个劲地想象他的儿子是个什么样子，可想来想去能想到的还是他自己的模样，一副学童打扮，还戴着金色小假发。就在把自己的面貌移到他儿子身上的过程中，他一点没觉得自己是个侏儒。

他仿佛看见自己进了一座房子，是家旅馆，或是餐馆，去会他的儿子。想象中，他摸着儿子的金色头发，心中充满为人父母的自豪感……随后他又看见他在儿子和诺拉（呆鹅一只，怕他抢走儿子！）的陪伴下，沿着一条街走下去，那边

弗雷德一拍大腿。他忘了问诺拉在哪里能找到她，怎样才能找到她。

于是进入了一种疯狂、荒唐的状态。他冲进卧室，开始慌慌张张地穿衣服。他穿上了他最好的衣服：一件其实还很新的昂贵硬领衬衣，一条条纹裤子，一件在巴黎定做的西装外套——他一面忙着穿衣，一面咯咯直笑。橱柜抽屉太紧，打开时掰破了指甲，还不得不坐下来两次，好让憋胀狂跳的心脏歇息片刻。接着他跳起身来，又在屋里到处转，找那顶他已经多年没有戴过的圆顶礼帽。他终于准备往外走时，停在一面镜子旁照了照，只见镜子里闪现出一位穿着考究、仪表堂堂的老绅士。他跑下门外的台阶，脑子里嗡的一下又想起个主意来：和诺拉一起走——他当然有办法赶上她——当天晚上就能

见到儿子了！

一条尘土飞扬的宽马路直接通向火车站。每到星期天，路上行人相对比较少——不料拐弯处出现了一个拿着板球拍的小男孩，他第一个发现了小矮人。他看见弗雷德远去的背影，又看见那双鼠灰色鞋罩在唰唰跑动，他又惊又喜地往头上一拍，一巴掌打在他的花帽顶上。

顷刻间又出现了一些男孩，天知道从哪里钻出来的，一个个大张着嘴，鬼鬼祟祟地跟在小矮人后面。小矮人越走越快，时不时看看表，激动得咯咯笑。阳光照得他有点摇摇晃晃走不稳。这时孩子们越聚越多，路上的行人觉得奇怪，也驻足观看。远处传来教堂的钟声：打瞌睡的小镇恢复了生机——顿时爆发出一阵憋了好久再也憋不住的笑声。

土豆小矮人激情难耐，小跑起来。跟在后面的男孩中有一个冲到他前面，回过头来看他的脸，另一个扯开嗓门嚷嚷。弗雷德被尘土呛得眯缝起眼，但还在跑，跑着跑着突然觉得尾随在他身后的这一群孩子都是他的儿子，一个个身强力壮，脸色红润，欢天喜地的——他一边跌跌撞撞地跑，一边迷迷惑惑地笑。他累得呼呼喘气，还想竭力忘了自己那燃烧的心脏，它这会儿眼看就要撞破胸膛飞出来了。

一个骑自行车的人蹬着亮闪闪的轮子与他并行，一只拳头搭在嘴上，像个扩音器一般，为这场赛跑的选手加油。女人们从家里出来站在门口，手搭凉棚放声大笑，指着跑过去的小矮人叫同伴看。镇上所有的狗都醒来了，在乏味的教堂里做礼拜的教众也忍不住听起狗叫来，还有吆喝狗的煽动声。跟在小矮人后面的人越聚越多，渐渐把他围了起来。大家都觉得这简直是一流的侏儒表演，不要钱的马戏，电影拍摄的现场。

弗雷德开始东倒西歪，耳朵里嗡嗡响，硬领正前方的扣子深深嵌进喉咙中，勒得他喘不过气。低沉的笑声、喊叫声，还有沉重的脚步声，震聋了他的耳朵。这时透过汗水的雾气，他终于看见她的黑长裙。她沐浴在阳光里，沿着一堵砖墙慢慢走。她回头一看，站住了。小矮人跑到她跟前，拉住了她的裙褶。

他带着幸福的微笑往上望着她，想说些什么，但还没开口，便意外地眉毛倒竖，缓缓瘫倒在人行道上。围观的人吵吵嚷嚷地挤过来。有个人看出来这不是在开玩笑，就朝小矮人俯下身，轻轻吹了声口哨，摘下帽子致哀。诺拉冷冷地看看弗雷德的矮小尸体，就像看着一只揉成一团的黑手套。她被大家推来搡去，一只手抓住了她的胳膊肘。

“放开我，”诺拉声调呆板地说，“我什么也不知道。我的儿子几天前就死了。”

昆虫采集家

一

这条街一旁有一路电车，街头与一条人来人往的街道相交。再往前走，好长时间都是冷冷清清的街景，没有店铺橱窗，也没有熙熙攘攘的热闹。再走就到了一个小广场（四排长凳，一个三色堇花坛），电车发着不情愿的摩擦声绕广场而过。从这里开始，街道变了个新名字，街景也焕然一新。街右边是一家家商铺：一家水果店，橘子堆得像金字塔一般；一家烟草店，挂着一幅服饰艳丽的土耳其人画像；一家熟食店，摆着一盘盘褐色和灰色的肥香肠；然后，突然出现了一家蝴蝶店。一到晚上，尤其是湿气很重的时候，柏油路面就像海豹的后背一般闪闪发亮。这是好天气的象征，行人往往会驻足观看。蝴蝶店里展示的昆虫标本又大又漂亮，人们总是不由自主地赞叹："多漂亮的颜色——不可思议！"说罢又在细雨中前行。带眼状花纹的翅膀神奇地打开，如闪闪发光的蓝色锦缎，巫术一般——这些景象一时间徘徊在行人的脑海之中，直到行人登上电车或者买来报纸，这才退去。店里还有别的几样东西：一个地球仪、铅笔、一摞练习本上摆着一个猴子头骨。这几样东西正因和蝴蝶标本放在一起，才牢牢留在行人的记忆中。

街道忽明忽暗地向前延伸，接下去又是各式各样的常见小店——肥皂店、煤店、面包店——又一个拐角处，有一家小酒吧。酒吧侍者是一个戴着浆过的硬领、穿绿毛衣的时髦青年，手脚麻利，一杯啤酒在啤酒龙头下刚刚盛满，他忽地一下就刮去了杯子上冒起的泡沫。他还称得上是个聪明过人的人。每天晚上，水果店老板、面包师、一个失业男人和酒吧侍者的堂兄都要兴致勃勃地在一个靠窗的圆桌旁打牌，每次赢家都会立马请大家喝饮料，所以四个人都不可能靠打牌致富。

每到星期六，隔壁的一张桌子旁会坐下一位瘦弱的老者。他脸色红润，头发稀疏，灰白色的八字胡修剪得很不经心。他一进门，四个牌友总会大声招呼，眼睛却不离手里的牌。他每次都要一杯朗姆酒，装上烟斗，瞪着一双泪汪汪的红眼睛看他们打牌。他的左眼皮稍微有些耷拉。

偶尔有人转身问他最近店里生意如何，他总是不忙回答，还经常干脆不答。如果酒吧侍者的女儿，一个有雀斑的漂亮女孩，身穿圆点裙衫，恰好从他身边走过，他总想在她扭来扭去的屁股上拍一把。不管拍到没拍到，他的一副愁容从不改变，尽管太阳穴上的青筋已经变紫。我们的老板非常幽默地叫他"教授先生"，总是走上前来问："哦，教授先生今晚如何呀?"他总是默默沉思良久，然后湿润的下唇从烟斗下噘起，像是大象进食一般，回答几句既不有趣也不礼貌的话。酒吧侍者机智地调侃他几句，惹得隔壁桌看上去都在专注打牌的四个人乐不可支。

"教授先生"穿一件宽大的灰色外套，像是一件做得非常夸张的马甲。每当时钟的布谷鸟跳出来报时，他都会笨拙地掏出一块厚厚的银表，放在手掌心里，斜眼观看，烟斗里冒出的烟熏得眼睛眯缝起来。到整整十一点时，他就敲空烟斗，起身付账，伸出一只有气无力的手，和有可能也伸出手来的人握手告别，然后一声不吭地离开。

他走路不稳，稍微有一点瘸。他的两条腿好像太过瘦弱，难以支撑住身体似的。就在自己的店铺窗前，他拐进了一条通道，里头靠右手有一扇门，门上铜牌写着：保罗·皮尔格拉姆。这扇门通往他又小又暗的公寓，从前面店里的一条内廊也可以进来。通常在这种轻松愉快的夜晚，他到家时，埃莉诺早已入睡。双人床的上方悬挂着六幅已经褪色的老照片，装在黑色相框里。照的是同一艘大笨船，从不同的角度取景，另有一棵棕榈树，光秃凄凉的样子看上去像是长在黑尔戈兰岛[①]。皮尔格拉姆低声自言自语了几句，便端着一支点燃的蜡烛晃晃悠悠地走进了没有装灯的黑暗处，解下裤子背带，返回来坐到床沿上，一边不停地咕哝着，一边费力地缓缓脱鞋。半睡半醒的妻子冲着枕头呻吟两声，起来帮他脱鞋。这时他总会压低声音呵斥两声，要她安静一点儿，喉咙里说了好几遍"Ruhe[②]！"，一遍比一遍严厉。

不久前，一次中风差点要了他的老命（事发时他正在俯身解鞋带，感觉像是一座大山倒在了他身上），从那以后，他脱衣服总是磨磨蹭蹭，还不停地哼哼，直到安全躺下。躺下后，要是隔壁厨房的水龙头碰巧滴滴答答漏水，他便又哼哼起来。一到这个时候，埃莉诺总会翻身下床，踉踉跄跄跑进厨房，又踉踉跄跄跑回来，头昏眼花地叹着气，一张小脸蜡白发亮，阴暗的长睡袍下，脚上贴着膏药的鸡眼隐约可见。他们一九〇五年结的婚，过去四分之一个世纪了，一直没有孩子。原因是皮尔格拉姆总以为有了孩子会阻碍他实现人生的宏伟计划。他年轻时的那个计划倒是不错，挺激动人心的，但到如今却渐渐成了他沉甸甸的一块心病。

他平躺下来，一顶老式的睡帽拉下来遮住额头。从他睡觉的样子看，睡得那么踏实，鼾打得那么响，完全是一位上了年纪的德国店主应有的情形。也可以立马判断，此人盖在棉被下的麻木躯体已完全没有什么幻想了。然而事实上，这个体态笨重、脾气不好的人，这个平日主要以豌豆汤和煮土豆为生、只相信报纸上登了的事情、根本

---

① Helgoland，欧洲北海东南部德国岛屿，曾被英国占领，一战时重归德国，二战时英国对该岛实行了猛烈轰炸，岛上德国居民全部撤离，成为无人岛，一直是英国空军的轰炸训练靶场。疏散到德国本土的黑尔戈兰岛民举行了一系列示威，要求返回家乡。一九五二年黑尔戈兰岛的主权被英国正式移交给了联邦德国。

② 德语，安静。

不理会现实世界（眼下还没说他的私密感情）的人，竟然做着一些让自己的老婆和邻居们压根摸不着头脑的美梦。皮尔格拉姆属于，或者说他有意让自己属于有特殊梦想的一类人（关键的事情——如时间、地点和人——选得不对）。这类人过去通常叫做“昆虫采集家”——这或许是因为他们喜欢寻找蝶蛹的缘故，那些“大自然的珍宝”一般都挂在乡间小道上落满尘土的荨麻上面。

一到星期天，他参加几个松散的会议，在会上喝杯晨间咖啡，然后和妻子一起出门散步，缓缓地默默溜达，埃莉诺整整一星期才能盼来这么一次。平日里，他尽可能早早打开店门，好让上学的孩子们路过时看看。最近，除了他的基本货物外，他一直经营学习用品。有个小男孩，摇晃着书包，嚼着三明治，无精打采地走过烟草店（有一种牌子的香烟搭配飞机图片），走过熟食店（该店指责大家离午餐还早，怎么就已经吃了他家的三明治），忽然想起要买一块橡皮擦，便进了下一家店。皮尔格拉姆总是嘀嘀咕咕说着什么，下嘴唇从烟斗杆底下微微凸起，无精打采地搜索一番，把一个打开的纸箱砰的一声搁在柜台上。小男孩拿起一块块没有用过的白色印度橡皮擦，摸摸，捏捏，没找到自己中意的，便走了，店里经营的主要商品他连看都不看一眼。

如今这些孩子啊！皮尔格拉姆一想起如今的孩子们就心生厌恶，又回忆起自己的童年来。他父亲是名水手，一个流浪者，有点流氓气息。他结婚很晚，娶了个黄皮肤、浅色眼睛的荷兰女孩，一路带着她从爪哇岛来到柏林，开了一家异国情调的古玩店。皮尔格拉姆记不得究竟是从什么时候起店铺里原有的天堂鸟标本、古代的护身符、画着龙的扇子等，开始被蝴蝶标本取代了。他只记得自己小时候就已经酷爱用店里的各式标本和蝴蝶收集人进行交换，到父母去世之后，蝴蝶标本就占据了这个昏暗的小店。一直到一九〇四年，来的还都是收藏蝴蝶的业余爱好者和专家，交换也是很小很小的规模。不过到后来，就变得有必要做出一些调整，办个展览，展示蚕茧孵化过程，算是学习用品之外的一次转向。这就像在以往，胡乱搞一些亮闪闪的蝴蝶翅膀图片，说不定就是迈入鳞翅类昆虫学的第一步。

如今，皮尔格拉姆家小店的橱窗里除了笔架，基本上就是华丽的昆虫标本。它们大都是蝴蝶世界里的大明星，有的还摆在石膏上，装在镜框里——只是为了家居装饰而已。整个小店充满消毒水的刺鼻气味，里面保存着最真实、最昂贵的收藏，随处可见丢了一地的各种盒子、纸板箱和雪茄烟盒。高大的橱柜里更有无数装有玻璃门的抽屉，里面整齐有序地装满了各种完美的标本，铺展和标注都无可挑剔。一件落满灰尘的防护罩或者类似的东西（是过去库存的最后一件剩余物）立在一个暗角里。店里时不时还有活物上架：尚未孵化的棕色蛹，胸上布满精细线条交汇组成的对称花纹和沟槽，从外望去，里面初具形态的翅膀、脚、触角和喙都清晰可见。倘若是一只正在苔藓上孵化的蛹，人只要轻轻一碰，它节节相连的腹部尖细末端就会一抽一抽，像襁褓中婴儿蠕动的四肢一般。这样的一只蛹售价一马克，一到时间它就会孵化出一只又瘸又脏的飞蛾，奇迹般地越长越大。有时候，店里也暂时出售其他生物：眼下碰巧有十二只蜥蜴，来自马略卡岛[①]，身体冰凉，颜色发黑，腹部泛蓝。皮尔格拉姆用面包虫给它们当主菜，用葡萄当饭后甜点。

二

皮尔格拉姆一辈子都在柏林和柏林的郊区度过，最远只到过邻近一座湖上的孔雀岛。他是一流的昆虫学家。维也纳的雷贝尔博士就曾经将一种罕见的飞蛾命名为皮尔格拉姆地夜蛾属，皮尔格拉姆本人则发表了三四种飞蛾类型。他的箱子里装了世界大多数国家，可惜他看到的世界只是星期天偶尔出去从沙滩到松林的乏味之旅。

---

① Majorca，西班牙东部巴利阿里群岛中的最大岛。

每当他悲哀地看着他周围这些熟悉的动物志时，他就会想起小时候看到这些东西时觉得多么神奇。如今看惯了，如同他看这条街道一样，老地方再没个看头。他总会从路边的灌木林里捡起一只翠绿色大毛虫，它最后一圈上长着一只青瓷色的触角。它躺在他手掌中一动不动，过了一会儿，他叹口气，又把它放回原来趴着的小树枝上，好像它是一个死东西似的。

尽管有那么一两次，皮尔格拉姆有机会转行做更能赚钱的生意——比如不卖飞蛾，卖服装——但他还是固执地守着他的小店，如同小店是他沉闷的现实生活和虚幻的完美幸福之间一条象征性的纽带。他渴望着的，带着一种病态的强烈愿望渴望着的，是他亲自去那些遥远的国度，亲眼看看飞舞的蝴蝶，亲手捕捉最珍贵的品种。他要站在齐腰深的郁郁青草中，感受收网时的飒飒风声，还有蝴蝶翅膀在收紧的纱网里剧烈扑腾。

每一年他都觉得很奇怪，前一年自己怎么就没有多少存下点钱来，好到国外来一次哪怕只有两周的捕蝶之旅。可是他从来不注意节俭，生意也马马虎虎，总是有地方出现缺口。即使隔三岔五碰上好运，到最后关头肯定出岔子。结婚时，他指望从岳父的生意里分得一份，可是婚后一个月老人就过世了，除了债务什么也没留下。就在一战前，一笔意外的生意让他有了去趟阿尔及利亚的机会，眼看就要成行，他甚至为此专门买了顶防晒硬帽。可是战争爆发，所有的行程都停了，他仍然满怀希望地安慰自己，也许能作为士兵被派到某个令人兴奋的地方。结果他体弱多病，加上不再年轻，既不能上阵杀敌，也不能异域捕蝶。战争结束后，他又设法存了点钱（这次是为了能去采尔马特一个星期），没想到通货膨胀突然间把他微薄的储蓄变得连一张电车车票都买不起。

自此以后，他就放弃了攒钱出国的打算。他对蝴蝶越是着迷，心情就越是沮丧。有个昆虫学界的熟人偶尔来店里拜访，只惹得他恼火。那个家伙，他心想，也许和已故的施陶丁格博士一样博学，但他和一个集邮爱好者一样缺乏想象力。两个人弓着身子挑出带玻璃罩的盘子仔细观看，渐渐地盘子摆满了整个柜台，皮尔格拉姆嘴里吮吸的烟斗不停地发出愁闷的吱吱声。他郁郁不乐地看着眼前密集排列的脆弱昆虫，在你我看来，个个都一模一样，他却不时地伸出粗短的食指轻敲打玻璃，强调那是稀有的珍品。“这是个奇特的黑色变种，”博学的来访者说道，“艾斯纳曾经在伦敦的一场拍卖会上搞到一个，还没有这么黑，要了他十四英镑。”皮尔格拉姆狠狠地吸了一口已经熄灭了的烟斗，把盘子高高举到灯光下，这使得蝴蝶标本的阴影从标本底下投到了垫底的白纸上。随后他又放下盘子，指甲轻轻地伸进密合的盖子边缘，猛地一摇，盖子一松，顺顺当当取了下来。这时来访者又加上一句：“艾斯纳的那只母虫也没有这么鲜亮。”此刻要是有人进来买个抄写本或者买一张邮票的话，就会大惑不解，这两个人究竟在说什么呀。

银白色的小虫子用黑色的大头针钉住，皮尔格拉姆哼哼着掐住大头针的镀金针冠一拔，把标本从盒子里取了出来。他转过来转过去地观看，又偷偷扫了一眼别在虫子体下的标签。“对——‘康定，西藏东部’。”他说，“‘由德让神父的当地采集者采集’。”（这个“德让神父”听上去很像“祭司王约翰[①]”）——他又将蝴蝶别了回去，准准对着原来的针眼。他的动作看似很随便，甚至很粗心，其实，这正是行家里手信手拈来毫无差错的专业功底。大头针、名贵的蝴蝶标本、皮尔格拉姆的粗手指，组成了一个有机的整体，也是一台毫无差错的机器。不过也有这种情形：来访者的胳膊肘扫到了某个开着的标本盒，盒子眼看要悄无声息地滑下柜台，此时皮尔格拉姆出手一挡，化险为夷，又不动声色地点燃烟斗。只是时隔许久后，忙起其他事情的时候，他才会想起那惊魂一刻，心有余悸地发出一声痛苦的叹息。

① Prester John，十二至十七世纪闻名欧洲的传说人物，传说此人是中国皇帝，也有说是印度皇帝，他的王国富庶得难以想像，他是东方三博士的后裔，是基督教的捍卫者。

然而让他叹息的不仅仅是这些有惊无险的事情。德让神父，这位刚毅勇敢的传教士，曾在雪域高原和杜鹃花丛中跋涉，你的运气真是令人嫉妒！皮尔格拉姆常常盯着他的标本盒，抽着烟斗沉思，心想自己无须走得那么远：仅在欧洲，就遍布着成千上万的猎场。照着昆虫学著作所提及的地理位置，皮尔格拉姆为自己建造了一个专有世界，他的科学知识就是通往这个世界的极其详尽的旅行指南。在那个世界里，没有赌场，没有历史悠久的教堂，吸引普通游客的东西一样也没有。法国南部的迪涅，达尔马提亚的拉古萨，伏尔加河畔的萨雷普塔，拉普兰的阿比斯库——这些都是捕蝶人熟悉的胜地，正是在这些地方，自上世纪五十年代以来，捕蝶人就断断续续地前往打探（当地居民对此总是大感迷惑）。皮尔格拉姆看见自己在一家小旅馆的房间里连蹦带跳，搅得别人无法入睡。透过那房间大开的窗户，一只白色的蛾子突然从无边的沉沉夜幕中飞进来，翩翩飞舞，扑棱有声，满天花板找着自己的影子去亲吻。这景象清清楚楚，如同亲身经历的往事一般。

也就是在这些白日美梦里，皮尔格拉姆登上了传说中的幸福岛。山上长满栗子树和月桂树，炎热的峡谷劈开了低处的山坡，谷里发现了一种奇异的菜粉蝶本地品种。就在当地另一座小岛上，他看到了维扎沃纳[1]附近的铁路路基和伸向远方的松树林，短小黝黑的科西嘉凤尾蝶经常在这出没。他又去了遥远的北方，北极的沼泽里有精致的毛绒蝴蝶。他熟悉阿尔卑斯的高山牧场，光滑如席的草地上处处躺着扁平的石头。翻起一块石头，发现底下藏着一只胖乎乎的沉睡飞蛾，还是尚未识别的品种，那时世上再没有比这更快乐的事了。他看见了全身发亮的阿波罗蝶，长着红色斑点，飞舞在大山深处的骡马小道上，一边是悬崖峭壁，另一边是万丈深渊。在夏日暮色中的意大

---

① Vizzavona，科西嘉岛中部小镇。

利花园里，石子路在脚下动人地嘎吱轻响，穿过渐浓的夜色，皮尔格拉姆凝望着簇簇花丛。突然，花丛前出现了一只夹竹桃鹰纹蛾，它飞过一朵朵鲜花，专心地哼着小曲，落在了一只花冠上，翅膀飞快地抖动，让人根本看不清它那流线型的躯体，只能看见一道幽幽闪动的光晕。最美的也许是马德里附近长满白色石楠花的连绵山丘，安达卢西亚的道道山谷，土质肥沃、林木苍翠的阿尔瓦拉辛小镇[①]。到这个小镇上去，要乘一种小型汽车，由护林员的兄弟驾驶，在崎岖的山路上哼哼爬行。

他在想象热带地区时比较困难，不过想象愈难，痛苦愈烈，因为他无法想象巴西大闪蝶傲然振翅的景象。这种蝶长得宽大，流光溢彩，可以在一个人的手掌上投下蔚蓝色的影子。他也从来想象不出成群结队的非洲蝴蝶，就像无数面花哨的旗子，密密实实扎在黑泥沃土上，等他的影子走近时—— 一道很长很长的影子——它们又腾空而起，汇成了一朵彩云。

三

他把标本盒子捧在眼前，仿佛在观赏一幅心爱的画，一边沉重地点头，一边喃喃自语“对，对，对”。这时门铃响了，他的妻子走了进来，拿着一把打湿的雨伞和一个购物袋。他缓缓转身背对着她，把标本盒插入橱柜中。日子就这样过去，他的心病，他的绝望，还有人不可与命抗争的悲哀，也就这么持续着。日复一日，直到那个四月的第一天。一年多来，他在自己的收藏中专设一柜，只放那种亮翅小飞蛾，这个种类有的像黄蜂，有的像蚊子。研究这种蝴蝶的一位权威去世后，他的遗孀授权皮尔格拉姆出售丈夫生前的收藏。皮

① Albarracin，西班牙东北部的小镇，坐落于海洋群山之间，依山傍水，景色秀丽。

尔格拉姆连忙告诉这个糊涂的女人，让他卖最多只能卖到七十五马克，尽管他心里非常清楚，根据商品的目录价格，这批收藏的价值是他所说的五十倍。如果整批卖给业余收藏家，就算卖一千马克，对方也会觉得捡了个大便宜。然而，这样的业余收藏家没有出现，尽管皮尔格拉姆给最富有的收藏家都写了信。所以他索性锁起柜子，不再想它。

就是那个四月的早晨，一个戴着眼镜、皮肤晒得黝黑的男人逛进了皮尔格拉姆的小店。他身穿一件旧雨衣，棕色的秃头上没戴帽子，要买点复写纸。皮尔格拉姆刚卖掉他非常讨厌的紫色浆糊，把付来的几个小硬币滑进一个存钱小陶罐的开口细缝里，咂咂烟斗，望着空中发呆。那男人朝四面匆匆一瞥，看到一只色彩艳丽的绿色昆虫，拖着很多条尾巴，显得与众不同，便询问起来。皮尔格拉姆含含糊糊地说了句马达加斯加作答。那男人手指另一只标本，问："那一只——那一只不是蝴蝶吗？"皮尔格拉姆慢吞吞地回答说那是特殊品种，自己有这个种类的一整套收藏。那男人说："噢，原来如此！"皮尔格拉姆挠挠自己胡子拉碴的下巴，一瘸一拐地走进店铺的后面。他拿出一个带玻璃盖的托盘，放在柜台上。那男人凝视着这些透明的小东西，一个个长着橙色的亮足，通身一圈圈腰带般的环。皮尔格拉姆用烟斗杆指了指其中的一排，那男人立刻惊呼起来："上帝啊——乌拉尔猫头鹰！"真是一语道破天机，是个识货人。于是皮尔格拉姆一盒又一盒地高高堆在柜台上，他突然明白过来，来人对这批收藏一清二楚，专程为此而来。果然他就是富有的业余收藏家索梅尔，刚从委内瑞拉旅行回来，他曾给他写过信。最后，关键问题随口提了出来——"那么，是个什么价钱？"——皮尔格拉姆笑了。

他知道这么做是发疯，也知道这么做会让埃莉诺无依无靠，会留下债务、未付的税款和一间只卖垃圾的小店。他知道可以到手的九百五十马克也不过支撑他一两个月的捕蝶之旅，但他还是答应了，好像他生怕明天就是老朽残年，眼下向他招手的好运一旦错过就永不再现了。

最后索梅尔说第四天给他确定的答复，皮尔格拉姆便确信自己一辈子的美梦总算要冲破老茧，羽化成蝶了。他花了好几个钟头研究地图，挑选路线，计算各个种类出现的时间。突然他眼前一黑，在店里趺趺撞撞走了好一阵，这才缓过劲来。到了第四天，索梅尔没有现身。等了整整一天后，皮尔格拉姆回到卧室，一言不发地躺下。他拒绝吃晚饭，闭着眼睛骂妻子，骂了好几分钟，以为她还站在附近没走。后来他听见她在厨房里轻声抽泣，竟然冒出个荒唐念头，想操起一把斧子劈了她白发苍苍的头。第二天，他没有起床。埃莉诺替他去了店里，卖了一盒水彩。接下来又是一天，眼看一切将成黄粱一梦，索梅尔纽扣里别着一支康乃馨，旧雨衣搭在胳膊上，走进店来。当他拿出一叠支票刷刷填写时，皮尔格拉姆的鼻子喷起血来。

那一柜子的收藏交付完毕，他去了那个容易对付的老太太家，很不情愿地给了她五十马克，这就是他在城里办的最后一件事。比老太太家之行贵得多的是前往订好的旅行社，从此开始他只与蝴蝶相关的新生活。埃莉诺虽说对丈夫的生意并不熟悉，但她觉得丈夫大赚了一笔，便也心情愉快，但不敢问到底赚了多少。当天下午，一位邻居过来提醒他们，明天是他女儿的婚礼。于是第二天一早，埃莉诺就忙活起来，收拾自己的丝裙，熨丈夫最好的一套西装。她心想五点左右自己先过去，丈夫到店里关门后晚一点再过去。到店里对他一说，他抬眼望望她，眉头紧锁，一脸困惑，听明白后直截了当地拒绝前往。埃莉诺一点也不奇怪，让她失望的事经得多了，年深日久，她都习惯了。“婚礼上可能有香槟喝。”她说道，人已经站到门口了。没有回答——只有拖箱子的声音。她看看戴在手上的手套，干净、漂亮，想了想，便出门走了。

皮尔格拉姆把一些比较值钱的收藏整理好，然后看看表，明白到整理行囊的时候了：他要乘坐的火车八点二十九分发车。他锁上店铺，从走廊里拽出他父亲的花格旧提箱，先装捕蝶工具：折叠式捕蝶网、闷蝶罐、药丸盒、夜间在山岭上诱飞蛾的灯，还有几盒大头针。之后又一想，便放进去了一对展翅板、一个软木底盒子，虽然他平时都是打算用纸来保存捕到的蝴蝶的。捕蝶要一个地方一个地方地跑，捕到的蝴蝶通常都包在纸里保存。然后他把手提箱拎进卧室，又往里塞了一些厚袜子和内衣，还添了两三样紧急情况下可以换钱的小东西，比如一个银制平底酒杯、一枚放在天鹅绒盒子里的铜奖章，这东西是他岳父的遗物。

他又看看表，断定是去车站的时候了。“埃莉诺！”他高声叫道，穿上了外衣。没听见回应，又往厨房瞅瞅。没有，也不在厨房。这时他隐约记起好像有一场什么婚礼。他匆匆拿来一点纸头，用铅笔草草写了几句话。他把这个便条和钥匙放在了一个显眼的地方，然后激动得打了个冷战，觉得胃往下一沉，塌陷了一般。他又翻看钱包，最后确认一下钱和车票都在，说了声“就这样，前进！”，一把拎起了箱子。

不过，这毕竟是他头一次外出旅行，他总是放心不下，生怕忘了什么东西。这时他突然发现身上没有零钱，便想起了那个存钱陶罐，罐子里会有点硬币的。他哼哼着把沉重的箱子靠在墙角，转身回到柜台上。店里静得出奇，暮色中眼状花纹的蝴蝶翅膀从四面盯着他看。一阵强烈的幸福感像座大山一般朝他压来，他明白情况不妙。那些数不清的眼睛望着他，要把他看透一般，他怎么都躲不开，便深吸一口气，看见了存钱罐模糊的影子。它似乎挂在半空，他一下扑了过去。钱罐从他潮湿的手中滑落，掉在地上碎了，闪闪的硬币满地旋转，转得人发晕。皮尔格拉姆弯腰去捡。

四

夜幕降临，一轮皎洁的明月在银灰色的流云间迅速移动，没有一点阻碍。埃莉诺结束了婚礼晚餐回家，一路上还乐呵呵地回味着美酒和有趣的笑话，一边悠闲地走路，一边想起了自己的婚礼。不知为何，此刻她脑海中闪过的所有思绪全都变得美好，呈现出皎月一般明亮动人的一面。所以当她走进门廊准备开门的时候，她觉得非常轻松愉快。她不由自主地想，有一套自家的公寓实在是了不起，哪怕它又暗又挤。她笑着打开了卧室的灯，立刻发现所有的抽屉都是拉开了的。她还没来得及想这是窃贼入室，就看到床头柜上摆放好的钥匙和立在闹钟旁的小纸条。留言很简单："出国去西班牙。我写信来之前，不要碰任何东西。没钱向邻家借。喂蜥蜴。"

厨房的水龙头在滴答漏水。她下意识地拿起刚才随手放下的银色手包，直挺挺坐在床边，一动不动，双手放在腿上，好像要照相一般。过了一会儿，有个人站起身，走过屋子，检查了一下闩好的窗户，又走了回来。她漠然地看着，没认出这个走动的人就是她自己。水龙头缓慢地滴答，突然间她惊恐地意识到家里就她一个人。她深爱的那个男人——爱他知识广博，又不卖弄；爱他木讷粗野；爱他对工作兢兢业业，一丝不苟——现在却一走了之……她想要嚎啕大哭，想要跑到警察局，给他们看看她的结婚证书，磨着他们，求着他们去找他。可是她依然坐着不动，头发有点凌乱，手上还戴着出门时戴上的白手套。

是的，皮尔格拉姆已经走远了，走得很远了。有可能去了格拉纳达[①]，去了穆尔西亚[②]，去了阿尔瓦拉辛。然后走得更远，去了苏里南[③]或者塔普罗巴奈岛[④]。没人会怀疑他看见了他梦寐以求的所有漂亮虫子——丛林上空飞舞的天鹅绒般的黑色蝴蝶，塔斯马尼亚岛[⑤]上的小

① Granada，西班牙安达卢西亚自治区内格拉纳达省的省会，位于内华达山山麓，达若河和赫尼尔河汇合处。
② Murcia，西班牙东南部一省，首府穆尔西亚。
③ Surinam，位于南美洲北部的国家，北滨大西洋，南临巴西。
④ Taprobane，斯里兰卡南岸棕榈婆娑的驰名度假胜地。
⑤ Tasmania，位于澳大利亚南面，是澳大利亚最小的州，也是澳大利亚唯一的岛州。

飞蛾，被称作“中国船长”的弄蝶，这种蝶据说活着时会发出玫瑰花揉碎般的香味，还有一位叫巴伦的先生刚刚在墨西哥发现的短触角美人蝶。所以，在某种意义上，这一切与后来晚些时候埃莉诺所发现的情况毫无关系：她一到店里，就看见了那只花格旧提箱，接着看到了丈夫——四肢摊开，背朝着柜台，倒在散落一地的硬币中间。他死了，乌青的脸摔得没了模样。

风流成性

我们的手提箱是用颜色鲜亮的粘贴物精心装饰过的，上面贴着“纽伦堡”、“斯图加特”、“科隆”，甚至是“利多”（虽然这个标签是骗人的）。我们肤色黝黑，全身布满着紫红色的血脉，有着修剪整齐的黑胡须和长满鼻毛的鼻孔。我们要解答出登在一家流亡者报纸上的填字游戏，紧张得从鼻孔里吸气。我们坐在一节三等车厢里，只有我们——孤独，正因孤独，觉得无聊。

今晚，我们到了一个纸醉金迷的小镇。可以自由自在了！体验一把商务旅游的滋味！衣袖上一根金发！哦，女人，你的名字就叫金色！一开始我们这样称呼自己的妈妈，后来这么叫我们的妻子卡佳。精神分析师说：每一个男人都是俄狄甫斯！在上一次旅行中，我们三次对卡佳不忠，总共花了三十马克。真好笑——那几个女人在居家过日子的地方看上去很可怕，可是在一个陌生的城镇上，就像古代名妓一般美丽动人。甚至更诱人胃口，兴许来番艳遇，饱尝风流。你的脸庞让我想起了多年前遇到的一个女孩……一夜过去，我们像是两条船分道扬帆……还有一种可能：她或许是个俄国人。请允许我自我介绍：康斯坦丁……我的姓最好忽略不计——要不你给我发明一个？姓奥伯连斯基[①]。对，沾亲带故的。

我们不认识任何一位有名的土耳其将军，也猜不出谁是航空飞行之父，更不知道什么美洲的啮齿目动物。那么看看风景，也不是很好看。一片片田野。一条路。白桦树满身的黑点。农舍和白菜地。

乡村少女，年轻，长得还行。

卡佳是个典型的好妻子。没任何爱好，做得一手好菜，每天早晨恨不得从肩部开始清洗手臂。人长得不出众，所以也不嫉妒别人。骨盆是标准宽度，所以才令人惊讶，居然两次都生出了死胎。艰辛劳苦的岁月呀！一路走来艰难啊！生意是绝对不景气。劝得一个顾客动心，要付出二十倍的努力。佣金也是一点一点地缩水。上帝啊，人们怎么那么喜欢在灯光迷幻的旅馆小房间里和风度翩翩的金发小妖女争论啊！闪闪的镜子，狂欢，干杯。又一趟五个小时的旅途。据说，坐火车旅行容易遇上这些事。我就特别容易遇上。不管怎么说，你也会遇上的，不过生活的主要动力就是风流韵事。要是不先风流一番，生意也就没心思做。所以，我的计划如下：先到朗厄给我讲过的那家咖啡馆。到了那里，要是没多大意思的话……

出了大门，过了货栈，到了一个火车站。我们的旅客放下车窗，分开两肘，靠在窗上。月台那边，几节沉睡的车厢下面冒出蒸汽来。可以隐约看见鸽子在高高的玻璃圆屋顶下面变换着栖息的地方。叫卖热狗的是高音，叫卖啤酒的是男中音。一个女孩，胸部包裹在白色毛衣里，站着和一个男人说话。一会儿她裸露的手臂交叉背在身后，手袋轻轻晃动，打在屁股上。又一会儿双臂抱在胸前，两脚交替抬起放下，要么把手袋夹在腋下，灵巧纤细的手指在闪亮的黑腰带下方戳戳点点，发出轻微的啪啪声。她就这样站着，笑着，有时碰碰同伴，像是告别，但马上又恢复了她刚才的动作。女孩皮肤晒得很黑，头发高高盘起，耳朵露了出来，一条蜜色胳膊的上半截处有一道明显的抓痕。她没有看我们，这没关系，就让我们一个劲地朝她抛媚眼。在我们贪婪紧盯的热辣目光下，她开始发光，似乎快要融化了。一转眼，她周围的背景露了出来—— 一个垃圾桶、一张海报、一条长凳。不

① Obolenski，俄罗斯伊万四世（1530—1584）执掌王权前其母叶莲娜·格林斯基的宠臣。太后死后，奥伯连斯基被小伊万骗进宫来，控以谋杀太后的罪名，投进狱中，被得到授意的狱卒打死。

过此时不巧，我们亮晶晶的双眸不得不恢复到正常状态，因为情况全变了，那个和她说话的男士跳进了另一节车厢，火车一晃，动了起来，女孩从手袋里掏出了一块手帕。火车缓缓滑行，她端端出现在他的窗前，康斯坦丁，科斯佳，科斯坚卡，他冲自己的手掌热吻三次，可惜他的爱意没被注意到。她有节奏地挥舞着手帕，渐渐远去了。

他关上车窗，一转身，惊喜地发现就在自己刚才忘情吻手心的时候，这个隔间已经塞满了人：三个看报纸的男人，远一点的角落里是个深肤色的女人，满脸扑着厚厚的粉。她闪亮的外套呈胶质般的半透明色——可能防雨，但防不了男人的目光。端庄幽默，视域正确——这是我们的格言。

十分钟后，他已经和对面靠窗座位上那个衣着整洁的老先生聊得非常投机了。话题是从一个工厂烟囱的外观开始的，提到了一些统计数据，不约而同地对工业发展的趋势说了些不无忧虑的风凉话。在此期间，那位满脸白粉的女人起身将一束病恹恹的勿忘我花丢在了行李架上，从旅行包里掏出一本杂志，很明显地进入了全神贯注的阅读之中。她看她的，我们聊我们的，声音柔和，条理不乱。第二位男乘客也加入进来：他胖得可爱，穿一条方格灯笼裤，裤脚还塞在绿色长筒袜里，一上来就说起养猪的事来。多好的兆头啊——你看哪里，她就调整过来让你看。第三个男人，一个高傲的隐士，藏在报纸后面不露面。到了下一站，工业问题专家和养猪能手都下车了，隐士去了餐车，女士就移到了靠窗的座位上。

让我们一点一点地欣赏她。眼神忧伤，嘴唇性感。一流的美腿，人造丝袜。是有经验的三十岁性感黑皮肤女人好呢，还是青春花季的金发小傻妞好呢？今天是前者好，明天再说明天的。还有一点：透过她的凝胶雨衣，隐隐闪出她漂亮的裸体，就好像透过莱茵河的黄色波浪看见一条美人鱼。她过一阵就站起来一下，脱去外套，不过只露出一件米色连衣裙和提花围巾。整理一下呀。这就对了。

“五月的天气，”康斯坦丁亲切地说，“火车还放暖气。”

她左眉一挑，答道："是呀，这里天气很暖和，我都快累死了。我合约到期，这就回家去。大家轮流给我敬酒——车站上的自助餐可是一流的。我喝多了，但我从没喝醉过，就是胃里有点沉。生活越来越不易，我收到的花比钱多。休息一个月很好啦，然后再签新合约。不过当然了，坐享其成是不可能的。刚才离开的那个大肚子家伙真是下流。他刚才怎么盯我的呀！我怎么觉得在这趟车坐了好久好久了，真想赶快回到我的舒适小公寓，远离所有的慌乱和无聊的胡言乱语。"

"你不顺心，就让我帮你舒缓一下吧。"科斯佳说。

他从背后抽出一个方形充气靠垫，橡胶面上包着花斑绸。每一趟辛苦无聊、坐得屁股要生疮的旅程中，他都带着这个垫子。

"那你呢？"女人问道。

"我们应付得了，应付得了。我得让你稍微抬起来一下。不好意思。现在坐下来。很软，是不是？旅途中这个部位特别敏感。"

"谢谢你，"她说，"不是所有的男人都这么体贴。我最近体重降了不少。哦，真舒服！简直像坐在了二等车厢里。"

"Galanterie, Gnädigste,[①]对女人殷勤体贴是我们与生俱来的天性，"科斯坚卡说道，"对，我是外国人。俄国人。给你讲个例子：有一天我爸和他的一位老朋友，一位很有名气的老将军，在自己的庄园里散步，碰巧遇到一位农妇——你知道，一个小老太婆，背上背了一大捆柴火——我老爸对她脱帽致意。这个举动让那位将军大感诧异，后来我爸说：'难道阁下真愿意看到一个普通农人比一位贵族更彬彬有礼吗？'"

"我认识一个俄国人——我猜你也一定听过他的名字——让我想想，是什么来着？巴雷特斯基……巴拉特斯基……来自华沙，现在在开姆尼茨开了家药店。巴拉特斯基，巴瑞特斯基。你肯定认识

① 法语和德语，荣幸，荣幸至极。

他吧？”

“不认识。俄国大了去了，我家庄园的面积差不多就有你们的萨克森州这么大。现在什么都没有了，都烧光了。当时的火光七十公里以外都能看得见。我的爸妈是在我眼前被杀的。我能活下来多亏家里一位忠诚的仆人，是在土耳其打过仗的老兵。”

“多可怕呀，”女人叫道，“真是太可怕了！”

“是可怕，不过习惯了就不怕了。我装成个村姑逃了出来。那些日子，我俨然一个可爱的小妞，当兵的一见就纠缠。有一个特别恶心的家伙……由此发生了一个特别的故事。”

他讲完了故事。她笑着说：“你真坏！”

“自那以后，就开始了我的流浪时代，什么都干过。有一段时间专门擦皮鞋……梦里常见老家花园里的一个确切地方，老管家手持火把在那里埋下了祖传珠宝。我记得有一把剑，镶满钻石……”

“失陪一下，一会儿就回来。”女人说。

有弹性的靠垫还没来得及变凉，她就再次坐在上面了，也再次老练优雅地跷起了二郎腿。

“……还有更值钱的，两颗红宝石，那么大，藏在一个金盒子里。还有我爸的肩章，一串黑珍珠……”

“是呀，好多人都过得今不如昔啊，”她叹口气，又挑了一下左眉，接着说，“我也是历尽艰辛。有过丈夫，那是一段可怕的婚姻，我对自己说：‘够了！我要有属于自己的生活！’到现在快一年了，我和我爸妈连话都不说——你知道，老年人，总是不理解年轻人——这对我影响很大。有时候，路过他们的房子，很想进去看看。现在谢天谢地，我有了第二任丈夫，人在阿根廷，给我写信，写得绝对好，但我绝对不给他回。还有一个男人，是个工厂厂长，一个特别稳重的绅士。他崇拜我，要我给他生个孩子。其实她老婆人也不错，特别热心——年龄比他大得多——唉，我们三个成了好朋友，夏天一起去湖上划船，只是后来他们搬到法兰克福去了。还有那些男演员，人都很好，很快乐，和他们风流一场是那么kameradschaftlich[①]，不和你来硬的。同时，同时，同时……”

这期间科斯佳心里想：这样的父母和厂长我们都了解。她说的都是瞎编的。不过编得很有吸引力。那胸部像长了两只小猪似的，还有两条细腿。好像还喜欢喝酒，那就待会儿吃饭的时候要点啤酒吧。

“后来嘛，时来运转，我有了一大笔钱。我在柏林就有四套公寓，可是那个我信任的人，我的朋友，我的伙伴，欺骗了我……不堪回首啊。钱虽然没了，但我依然乐观。如今，又要感谢上帝，尽管不景气……说到这里，夫人，我给你看样东西。”

贴着艳丽标签的手提箱里装着一些特别时髦的便携式化妆镜样品（和其他色彩鲜艳的俗气玩意儿装在一起）。这些小镜子既不圆也不方，倒显得形状别致，梦幻一般，比如有的像一朵雏菊，有的像一只蝴蝶，有的像一颗心。这时候啤酒来了。她翻了翻那些小镜子，拿起来照照自己，照得一道道亮光在车厢前后忽闪。她喝啤酒就像个大兵那样一饮而尽，然后手背在橘红色的唇上一抹，擦去泡沫。科斯坚卡怜爱地把镜子标本放回手提箱，再把箱子放回到行李架上。好了，让我们继续聊。

“知道吗——我一直在看你，好像几年前我们见过一面似的。你特像一个小女孩，像到一模一样的程度了——她得肺结核死了。我那时候爱她爱得发疯，差点为她自杀。没错，我们俄国人都是感情用事的怪家伙。不过，相信我，我们都会像拉斯普廷[②]那样不顾一切地去爱，像孩子一般天真地去爱。你是孤独的，我也是孤独的。你是自由的，我也是自由的。那么，我们搭起一个爱巢，度过几个钟头的快

① 德语，和谐。

② Grigori Rasputin（1869—1916），俄罗斯帝国尼古拉二世时期的神秘主义者，沙皇及皇后的宠臣。原是西伯利亚一介农夫，自称为能通灵预言的神人。一九〇五年进宫，与皇室关系密切，有“国师”、“神僧”之誉。据说其眼睛极具魅力，性能力极强，颇受贵族女性欣赏。最终落下祸国殃民的罪名，被贵族大公联合暗杀。

乐时光,谁又能挡得住呢?”

她的沉默令人想入非非。他离开自己的座位,坐到她的身边。他转着眼珠向她暗送秋波,双膝磕碰,搓着手,大张着嘴盯着她的侧影。

“你在哪儿下车?”她问道。

科斯坚卡告诉了她。

“我是要回……”

她说了一个以奶酪制品出名的城市。

“那好,我就陪你去,明天我再一个人继续旅行。我不敢预料任何事情,不过夫人,我有足够的理由相信,不论是你还是我都不会为你我同行而后悔的。”

还是那样的微笑,还是那样挑了一下眉毛。

“你连我叫什么都不知道呢。”

“哦,那有什么,那有什么?一个人为什么就要有个名字呢?”

“给你这个。”她说着递给他一张名片:索尼娅·贝格曼。

“我就是科斯佳。科斯佳,很干脆。叫我科斯佳,行吗?”

一个迷人的女人!一个敏感、柔顺、有趣的女人!半小时后我们就到了。生活万岁,幸福万岁,红润健康万岁!漫漫长夜,双重的快乐。看看我们亲热的全过程吧!我们就是多情的赫拉克勒斯!

我们戏称为隐士的那个人吃完饭回来了,调情只好暂停。她从手袋里取出几张快照,依次给我看:“这个女孩是一个朋友。这个男孩特别可爱,他哥哥在电台工作。这一张上把我照得太糟糕了。那是我的腿。这个嘛——你能认出这个人吗?那是我,戴了眼镜和圆顶硬礼帽——好可爱,对不对?”

马上就到站了。她把小靠垫还给了我,还说了好多感谢话。科斯佳把垫子里的空气放尽,塞进自己的行李箱。火车开始刹车了。

“那么,再见!”女士说。

他兴冲冲地搬出两件行李——她的是纤维小包,他的高档一点。三道闪着灰尘的阳光从车站的玻璃顶上直射下来,那位昏昏欲睡的隐士和被忘记了的“勿忘我”坐着车远去了。

“你真疯了！”她笑着说。

在存放行李之前，他从包里抽出了一双可折叠的平底拖鞋。出租车搭乘点那里还有一辆空车。

“我们去哪儿？”她问道，“去餐馆吗？”

“我们还是在你住的地方随便吃点吧，”科斯佳极不耐烦地说，“那样比餐馆舒服多了。上车吧，我觉得这主意比去餐馆更好。你说司机他能找开五十马克吗？我手头只有大票子。不，等等，这里有点零钱。快，快，告诉司机怎么走。”

出租车里一股煤油味。我们不能让接吻时候冒出一股油腥味而坏了兴致。很快就能到吗？真是一个沉闷的地方。很快就能到吗？这么催促让人讨厌。我知道那个公司。哈，我们到了。

出租车停在了一幢有着绿色百叶窗的乌黑老楼前面。两个人爬到四楼楼梯平台上，她停下来说：“里面要是有人怎么办？你怎么知道我会让你进去？你嘴唇上的那是什么？”

“一个感冒疮，”科斯佳说，“就是个感冒疮而已。快，开门。让我们忘了整个世界和世上的烦恼吧。快点，开门。”

两个人走了进去。门厅里有一个人衣橱，一间厨房，一个小卧室。

“别，等等，我饿了。我们先吃晚饭。把你那五十马克给我，我会找个机会替你换开它。”

“好吧，不过看在上帝的分上，快着点，”科斯佳说着翻起了钱包，“不用换了，这里恰好有十马克。”

“你想让我给你买点什么？”

“买什么都行，你看着办，我只求你快着点。”

她走了。她把他锁在了屋里，门外的上下锁都锁上了。以防万一。可是就算贼来，这里有什么可偷的呢？啥也没有。厨房地板中央直挺挺躺着一只蟑螂，棕色的腿四面伸开。卧室里有一把椅子，一张蕾丝花边的木床。一幅男人的照片，胖脸颊，波浪形的头发，就钉在床上方斑驳不堪的墙上。科斯佳在椅子上坐下来，他已经脱下红桃木色的街头跑鞋，换上了一双闪闪发亮的摩洛哥山羊皮拖鞋。接着，他脱下身上的诺福克夹克衫，解开淡紫色裤背带上的纽扣，取下了硬邦邦的假领。因为没有卫生间，他便快快地在厨房的洗手池里方便了一下，然后洗了洗手，检查了一下嘴唇。门铃响了。

他踮着脚尖飞快地走到门口，从窥视孔里往外望，但什么也没看到。门外的人又按了一次门铃，还听到手敲铜铃的声音。不管他——即使我们想让他进来，现在也没有办法让他进来。

“谁呀？”科斯佳隔着门试探地问了一声。

一个刺耳的声音问道：“请问是贝格曼太太回来了吗？”

“还没呢，”科斯佳答道，“怎么了？”

“不幸啊，”那声音说道，又停了。科斯佳等着。

那声音又说开了：“你不知道她几时回城里来吗？我听说她原本今天会回来的。你是塞得勒先生吧？”

“有什么事吗？我回头告诉她。”

那人清了一下嗓子，声音好像是在打电话。“我是弗朗茨·洛施米特。她不认识我，不过请告诉她——”

又一次停顿，接着不确定地问了句：“也许你能让我进来？”

“别介意，别介意，”科斯佳不耐烦地说，“有什么事我全告诉她。”

“她爸爸要死了，可能熬不过今晚。他在店里中了风，告诉她赶快过去一趟。你觉得她什么时候能回来？”

“很快，”科斯佳说，“很快。我会告诉她的。再见。”

一阵嘎嘎吱吱的脚步声渐渐远去，楼梯上恢复了平静。科斯佳走到窗前。只见一个死气沉沉的年轻人，穿着雨衣，没戴帽子，留着青烟色的小平头，拖着沉重的脚步穿过街道，消失在街角那边。不一会儿，从另一个方向走来了那位女士，拎了满满一网兜的东西。

门上面的锁先开了，然后是下面的。

“哎呦！”她说着走了进来，“看，我买了多少东西！”

"待会儿,待会儿,"科斯佳说,"我们待会儿再吃晚饭。快去卧室。我求你暂且忘了这些大包小包的东西。"

"我要吃饭。"她拖长声音答道。

她甩开他的手,进了厨房,科斯佳跟了过去。

"烤牛肉,"她说,"白面包。黄油。我们这里有名的奶酪。咖啡。一品脱上等白兰地。天啊,你就不能稍等一会儿吗?放开我,下流。"

然而科斯佳把她紧紧按在桌子上。她无可奈何地咯咯笑起来,他的指甲不停地碰到她的绿色针织内衣。草草了事,毫无情趣。

"下流!"女人笑着啐了他一口。

哪里,划不来费这周折。衷心感谢你的款待。白费了牛劲。我不再年轻气盛,反倒恶心。看她那冒汗的鼻头,黯淡的脸。抓起东西就吃,也该先洗洗手。嘴唇上那是什么东西?真粗俗!知道吗,谁占了谁的便宜还不好说呢。好了,没事可做了。

"雪茄是给我买的?"他问了一句。

她正忙着从橱柜里往外拿刀叉,没听见。

"那支雪茄是怎么回事?"他重复了一遍。

"哦,抱歉,我不知道你抽烟。要不要我再下楼给你买一支?"

"没事,我回头自己去买。"他没好气地说了一句,回卧室穿鞋,穿衣服。门开着,他能看见她往桌上摆东西的样子,一点儿也不优雅。

"烟草店就在拐角上。"她高声喊道,顺手拿了一个盘子,开始往上面精心地摆凉凉的玫瑰色烤牛肉片。这东西她非常爱吃,好久都买不起了。

"除了烟,我还要买点点心。"康斯坦丁说着走了出去。他心里默念着点心,又加了几样东西:鲜奶油、一大块菠萝、白兰地酒心巧克力。

一到街上,他抬头望望,寻找她的窗户(是放着仙人掌的那一扇还是旁边那一扇?),然后往右拐,绕过一辆家具货车后部,差点被迎面而来的自行车前轮撞倒,气冲冲地朝骑车人挥挥拳头。再往前走,有一个小小的公园，还有一尊公爵石像。又转了一个弯，看见街道的尽头，在雷雨云边和绚丽的夕阳下现出一座教堂的砖塔轮廓。走过去后，他想起来刚才乘出租车经过过这地方。从这里到火车站也就一步之遥。十五分钟后就能很方便地搭上一班列车：在这一点上，他起码还是很幸运的。算算开支：存放行李三十芬尼，出租车一马克四十芬尼，给了她十马克（其实给五马克就够了）。还买了什么？对了，啤酒五十五芬尼，包括小费。总花费是十二马克二十五芬尼。真够白痴的。还有那则坏消息，她肯定迟早会知道的。是我让她少受了几分钟守候临终之人的痛苦。我还是给她送个便条吧？可我已经忘了她的门牌号。没有忘，我想起来了：是二十七号。无论如何，别人都会以为我是忘了的——没人非得有这么好的记性不可。我能想象，我要是马上告诉了她，还不乱成一锅粥了！这个老女人！记住，我们只喜欢金发小女孩——永远记住这一点。

火车很挤，热得透不过气来。大家心情不好，但不知道是因为饥饿还是眩晕。不过只要吃饱睡好，生命就恢复了本来面貌，美国乐器就会在我们的朋友朗厄描述过的快乐咖啡馆中演奏。这么过上一段时间，然后大家统统死去。

倒霉的一天

彼得坐在敞篷马车的工具箱上，紧挨着车夫。他并不特别喜欢这个座位，但马车夫和家里每个人都认为他最喜欢坐那儿。他自己则不愿得罪人，这样他就老坐在那地方。他是个浅黄色脸面、灰眼睛的少年，穿了一件时髦的海军衫。拉车的两匹黑马喂养得很不错，肥厚的臀部毛色光亮，长长的鬃毛娇柔得非同一般，一路轻快小跑时马尾一甩一甩，翩翩好看。暗灰色的鹿虻或者稍大点儿的牛蝇瞪着水汪汪的凸出眼球，死死粘在它们柔滑光亮的皮毛上，不管它们的尾巴如何摇摆，灵敏的耳朵如何抽动——也不管喷上的驱虫剂味道如何浓烈——就是赶不走，叫人看得心疼。

马车夫斯捷潘是个上了年纪、沉默寡言的男人，穿着一件深红色俄国衬衫，上面套了件黑色天鹅绒的无袖背心。他染了胡子，褐色的脖颈上爬满了细细的裂纹。彼得觉得，两人坐在同一个箱子上却不说话，有点尴尬，所以他眼睛盯着中间的车轴，盯着路上的痕迹，想提一个有难度的问题，或者说一句有见识的话。时不时有匹马半抬起尾巴，马尾下露出一块肉球，肉球紧绷的根部一涨，挤出一坨黄褐色的马粪蛋，然后又来一坨，还有一坨，之后那块皱皱巴巴的黑皮缩了回去，马尾也垂了下来。

后面车厢里坐着彼得的姐姐，双腿交叉。她是个皮肤偏黑的年轻女子，虽然只有十九岁，却已经离过一次婚了。她穿着一条鲜艳的连衣裙，脚上是一双高帮白色女靴，靴子头是黑色的，闪闪发亮，一顶宽檐帽在脸上投下了一道花边状的阴影。从早上到现在，她一直情绪不好。等彼得第三次回头看她的时候，她用手里彩虹色的遮阳伞伞尖指指他，说："请坐好，别左顾右盼的。"

旅途的第一段路从林中穿过。滑过蓝天的美丽云彩让夏日更显得明亮活泼。抬眼往上望去，看到白桦树的树梢，那里一片苍翠，令人想起阳光里半透明的葡萄。路两边的灌木林迎着热风展开灰白的叶子背面，亮光和阴影把树林深处映得斑驳陆离：很难把树干的形状与它们周围的空间区分开来。处处可见一片片苔藓，闪着美丽的翠绿色。车轮几乎挨着松软的蕨类植物驶了过去。

前方出现了一辆运干草的四轮马车，还有一座郁郁葱葱的山，抖动的阳光洒下漫山遍野的斑点。斯捷潘勒住了缰绳，一边是斜立的山峰，一边是马车——狭窄的林间小路几乎没有错车的空间。地里刚打过草，一股浓烈的青草气味扑面而来，拉草车嘎吱闷响，车上的干草里隐约可见枯萎了的轮峰菊和雏菊。这时斯捷潘弹弹舌头，抖动一下缰绳，干草车留在了后面。一会儿后，树木分开了，马车一拐上了大路。远处又是收过庄稼的田地，沟渠里传来蚱蜢尖细的唧唧声，还有电线杆的嗡嗡声。不一会儿沃斯克列先斯克庄就看得见了，再过几分钟后这一趟就到头了。

用生病做借口？故意从箱子上翻倒下来？一看到农家小屋，彼得就这样闷闷不乐地想开了。

他穿着紧绷绷的白色短裤，让他胯部很不舒服，棕色的鞋子也夹脚得厉害，胃里更是翻滚得难受。等待他的这个下午一定郁闷可憎——还躲也躲不开。

他们现在正穿过村庄，从树篱和小木屋背后的什么地方传来沉闷的木头敲击声，回应着的是悦耳和谐的马蹄声。路边长着青草的泥土地上，一群乡村男孩正在玩gorodki[①]游戏——拿粗短棒对准在

---

① 古老的俄罗斯民间运动，玩法类似保龄球。

空中呜呜飞舞的木栓一击而中。彼得看见了本地杂货商家花园里当摆设的老鹰标本和银白色的地球仪。一只狗从门口冲了出来，一声不吭——好像把声音储存了起来——等越过沟渠，最终赶上马车，这才狂吠起来。一个农民摇摇晃晃地跨着一匹毛发凌乱的马从旁经过，他双肘撑开，衬衫被风吹得鼓了起来，肩膀上还破了个洞。

一座红色的教堂矗立在村庄尽头的一座小山岗上，山岗上密密实实地长满酸橙树。教堂的旁边是一座白色石块建造的陵墓，比教堂小一些，它金字塔的形状让人联想起复活节的奶油蛋糕。一条小河映入眼帘，拐弯处是层层叠叠的水草，如绿色的锦缎一般。靠近公路斜坡的地方有家低矮的铁匠铺，墙上有人用粉笔写了一句："塞尔维亚万岁！"突然，马蹄声里透出一股清脆弹跳的音调——原来马车驶过了桥上的木板。一位上了年纪的钓鱼人赤足靠在栏杆上，脚踝旁放着一个锡皮罐，闪闪发光。不一会儿，马蹄声又变得轻柔沉稳起来。小桥、渔夫和河弯都被抛在了后面，再也看不见了。

现在马车沿着一条满是松软尘土的路前进，路两边长着粗壮的白桦树。突然间，对，是突然间，科兹洛夫家庄园别墅的绿色房顶从庄园后面隐隐露了出来。彼得凭经验知道此去会有多么尴尬，多么难受。为了能再次回到十俄里以外的祖传领地上，为了能像以往的夏日一样一个人玩那些有趣的游戏，他已经做好准备，不带自己新买的雨燕牌自行车——还要怎么着呢？——唉，那就别带铁弓、手枪和各式火药装备。

一进庄园，迎面扑来一股蘑菇和冷杉发出的阴暗潮湿的气味。接着，看到了房子的一角，还有石头门廊前砖红色的沙地。

彼得和姐姐一连穿过好几个弥漫着康乃馨香气的凉爽房间，来到聚着一大群成年人的阳台上，科兹洛夫太太说："孩子们都在花园里。"彼得和他们一一问候，擦过他们的身子，所以特别小心，避免像有一回那样嘴碰在一个男人的手上。他姐姐一直摊开手掌放在他的头顶上——她在家里从来不做这样的举动。随后她坐在了一张柳藤编制的扶手椅上，显得异常活跃。每个人好像突然间都打开了话匣子。科兹洛夫太太拉着彼得的手腕，领着他走下一小截台阶，台阶两边摆着盆栽的月桂树和夹竹桃。她一脸神秘的样子，指指花园方向，说："他们都在那边，去吧，和他们一块儿玩。"说罢转身回去招呼客人。这时彼得还站在下面的一级台阶上。

一开始就倒霉。他现在只好穿过花园平台，钻进一条林荫道。林荫道上满是阳光的斑点，还有欢声笑语和闪动的色彩。这么一路全要一个人走过去，走得越近，越觉得走不到头。不过还是慢慢走近了，进入了好多人的视线。

这一天是科兹洛夫太太的大儿子弗拉基米尔的命名日。他和彼得同龄，活泼可爱。除了他，还有他的弟弟康斯坦丁，和他们的两个妹妹芭贝和洛拉。邻近的庄园上来了一辆轻便小马车，拉来了两位年轻的科尔夫男爵和他们的妹妹塔尼娅—— 一个十一二岁的小美人，皮肤白皙，一双蓝幽幽的眼睛，一束黑色的马尾辫上扎着白色的蝴蝶结，垂在她细嫩的脖子上。另外还有三个身穿夏日校服的男学生，和彼得的表兄瓦西里·图奇科夫——十三岁，古铜色皮肤，体型优美，充满活力。游戏指挥者叫叶连斯基，是名大学生，也是科兹洛夫家男孩子们的家庭教师。他是个身体发福、胸肌丰满的年轻男人，留着光头，穿一件kosovorotka[①]，鼻梁上架着一副无边夹鼻眼镜。他鼻子的轮廓太过分明，似乎和他线条柔和的椭圆形脸蛋不大相称。彼得总算到了后，发现叶连斯基正带领着大家一起玩投掷标枪的游戏，目标是一棵杉木树干上用彩色稻草做成的大靶子。

彼得上次见科兹洛夫一家还是复活节在圣彼得堡的时候，那次放了神奇的幻灯片。叶连斯基给大家高声朗诵莱蒙托夫的诗作《童僧》，它讲述了一位年轻的修道士离开他在高加索的隐居地到山野间流浪的故事，另一位同学则负责播放幻灯片。潮湿的纸上投下一个

① 俄罗斯传统衬衫，套头式，长及大腿中部，斜领口处有纽扣。

明亮的圆圈，圆圈中央出现了一张彩色的图片（幻灯片抖抖索索地插入后停留一会儿）：画面上是童僧和向他扑来的雪豹。叶连斯基时不时暂停朗诵，用一截短棍先指指年轻的修道士，又指指雪豹。他这么一指，短棍上也落下了画面上的色彩，拿开后，短棍上的色彩就不见了。落在纸上的每一个画面都要停留好一阵，所以冗长的史诗一共也就用了十幅幻灯片。瓦西里·图奇科夫时不时从黑暗中举起手来，朝光线伸去，五根黑手指就展开映在纸上。还有一两次，叶连斯基的助手操作失误，幻灯片的画面上下颠倒。图奇科夫见状哈哈大笑，但彼得却为那位助手过意不去，于是一般情况下他都尽量装得兴趣盎然。也是那一次，初遇塔尼娅·科尔夫。从此以后，他经常想起她，幻想自己从劫匪手里救她出来，瓦西里·图奇科夫从旁帮助。彼得真心崇拜瓦西里的勇敢（据说瓦西里在家里藏着一把真的左轮手枪，枪柄上嵌着珍珠母贝）。

现在，瓦西里双腿分立，左手松松地按在腰带小链上，腰带一侧挎着一个帆布小钱包，右手举着标枪对准目标。只见他胳膊往后一甩，标枪正中靶心，叶连斯基大声喝彩。彼得上前小心翼翼地拔出标枪，默默走到瓦西里刚才站定的位置，静静地瞄准目标，也射进了红边白底的靶心。然而，没有人见证这一幕，因为这时比赛结束了，大家又开始忙起下一场的准备工作。一个矮柜模样的东西被拖进了林荫道，放在了沙地上。它最上层有好几个圆洞，还有一只嘴巴大张的金属胖青蛙。参赛者必须把一个巨大的铅制筹码扔进其中一个圆洞或者直接投进青蛙张开的绿嘴中，筹码经过圆洞或青蛙嘴掉进矮柜下面的编了号的几个格子里。投进青蛙嘴，得一百五十分；投进圆洞的得分从一百到几十不等，这取决于圆洞离金属青蛙的距离（这个游戏是一位瑞士家庭女教师发明的）。大家轮流投掷筹码，得分被很费力地一一写在沙地上。整个过程有些单调乏味，于是，有人便在等待间隙跑进庄园，在树下找越橘。越橘个头大，粉霜遮暗了表面的青色，只有被沾上口水的手指拨弄时，表面才呈现出明亮的紫罗兰色光泽。彼得蹲下身来，轻声咕哝着，把果子放进掬起的手里，放满一把后就一下全送进嘴里。这么吃，味道特别好。有时候送进嘴里的果子中也会混进一小片锯齿状的叶子。瓦西里·图奇科夫发现了一条小毛虫，背上长着一簇簇五颜六色的绒毛，就像牙刷毛那样排列整齐。他沉住气，一口吞了下去，大家都钦佩不已。近旁的一棵树上，一只啄木鸟正在辛勤工作；一团大黄蜂嗡嗡盘旋在灌木丛上方，又爬进了风铃草弯曲的淡白色蝶形花冠中。林荫道上传来一阵阵投掷筹码的喧闹声，还有叶连斯基鼓励别人“再试一次”的洪亮嗓音。塔尼娅就蹲在彼得身旁找越橘，白皙的小脸上神情专注，亮闪闪的朱唇微张。彼得悄悄把他捡到的一大把越橘给了她，她非常客气地接住了，于是他开始给她捡新的。不过，一会儿后，轮到她投筹码了。她跑回了林荫道，穿着白色长袜的细长双腿蹦得很高。

眼看大家都玩腻了“青蛙”游戏。有的退出了，剩下的也不按规矩胡乱玩了。比如瓦西里·图奇科夫，他拿起一块石头朝青蛙嘴扔了过去，惹得大家哄堂大笑，只有叶连斯基和彼得没有笑。这时，imeninnik（命名日的主角），英俊、快活、迷人的弗拉基米尔要求大家一起玩一种叫“polochka-stukalochka”（敲敲棍）的游戏，科尔夫家的男孩们马上同意，塔尼娅也雀跃着拍手赞同。

“不行，不行，孩子们，现在不行，”叶连斯基说，“约摸半小时后我们就要去野餐了。要坐好长时间的马车，要是大家跑得满头大汗的，就非常容易感冒。”

“哦，求你了，求你了。”孩子们央求道。

“求你了。”彼得也轻声附和，他一心想，玩这种游戏，他可以和瓦西里或塔尼娅藏在一起。

“大家都这么要求，我只好批准，”叶连斯基说，他说话总喜欢八面玲珑，“不过我实在找不到游戏工具。”弗拉基米尔飞奔到一个花坛那里，去借一个游戏工具过来。

彼得朝一个跷跷板走去，上面坐着塔尼娅、洛拉和瓦西里。他们几个在跷跷板上又蹦又跳，弄得木板吱呀作响，不停摇晃，两个女孩吓得尖叫着保持平衡。

“我要掉下去了，要掉下去了！”塔尼娅惊叫道，和洛拉一起跳到了草地上。

“想再吃点越橘吗？”彼得问道。

塔尼娅摇了摇头，斜眼看看洛拉，又转头对彼得说：“我和她决定不和你说话了。”

“为什么？”彼得咕哝道，难过得满脸通红。

“因为你爱装成个老实人的样子。”塔尼娅答道，又跳上了跷跷板。彼得只好走到林荫道边一堆黑乎乎的鼹鼠丘前，假装全神贯注地研究起来。

这时气喘吁吁的弗拉基米尔拿回了“游戏工具”——一根绿色的尖头小棍，就是园丁常用来支撑牡丹花或大丽花的小棍子，但也很像叶连斯基放幻灯片时手里拿的那根指示棒。接下来就要看谁是“持棒敲人”的人了。

“一、二、三、四，”叶连斯基喊话的腔调非常逗趣，边说边拿木棍把每个参加游戏的人依次指了一遍，“小兔子，往门外瞧，哎呀，有猎人，”叶连斯基停了一下，打了个大大的喷嚏，“猎人碰巧路过，”说着扶了扶鼻梁上的眼镜，“他的枪，砰砰响。可怜的——（说话的音节越来越重，拖得越来越长）小兔子，死！在！那！里！了！”

“那里”一词话音一落，小棍子指在彼得身上。可是别的孩子都朝叶连斯基围了过来，吵吵嚷嚷地要叶连斯基当搜兔子的人。只听他们口口声声叫：“求你了，求你了，你来搜比他要有意思多了！”

“好，好，我同意，”叶连斯基说道，看都没看彼得一眼。

就在林荫道和花园平台的交汇处，有一张刷成白色的长椅，部分白漆已经剥落了，木栅靠背也是一样。叶连斯基双手握着绿棍，就坐在了这张长椅上。他厚厚的肩膀向前弓起，两眼紧闭，开始大声数数，一直数到了一百，好让大家都藏起来。瓦西里和塔尼娅，两个人就像串通好了一般，钻进园子深处不见了。身穿校服的几个男生中有一个挺聪明，藏在了一棵椴树的树干后面，离长椅也就三码远。彼得，先是向往地看了一眼灌木丛斑驳凌乱的阴影，然后掉头去了相反的方向，也就是房子那边。他打算藏到阳台上去——当然不是那个大阳台，那里大人们正聚在一起喝茶聊天，带着黄铜喇叭的留声机播放着意大利语歌曲。他要去的是一个侧面阳台，对着叶连斯基坐着的长椅。还算运气好，那里恰好空无一人。镶嵌在格子窗扉里的玻璃五颜六色，倒影投在一张靠墙摆放的窄窄的长沙发上，鸽灰色的沙发套上绣着夸张的玫瑰花。此外还有一张曲木摇椅，地上放着一个舔得很干净的狗粮碗，还有一张铺了油布的桌子，上面除了一副孤零零的老花镜外，什么也没有。

彼得爬上五颜六色的窗户，跪在白色窗台底下的一个沙发靠垫上。远远望去，能看见一个珊瑚色的叶连斯基坐在一张珊瑚色的长椅上，头顶上是暗红色的椴树树叶。游戏的规则是搜索人在离开座位搜索藏起来的人时，要留下手中的木棍。叶连斯基很注意距离和地点，仔细测算过后，觉得不宜跑得太远，以防自己还没来得及返回座位重新拿起木棍欢呼胜利，就有人突然从哪个没看见的地方冲出来，直奔长椅。彼得的计划很简单：只要叶连斯基一数完数，把木棍放到长椅上，朝大家极有可能藏身的灌木丛里跑去时，他就从阳台那里飞奔而出，直扑长椅，拿起无人守卫的木棍在长椅上敲响得胜之声。已经过去约摸半分钟了。一个浅蓝色的叶连斯基从靛蓝色的树叶下站起身来，踮起脚尖，踏着数数的节奏轻轻走过浅蓝色的沙地。要是就这么等着，透过这一块或那一块菱形的彩色玻璃往外观瞧，那该多好啊……要是塔尼娅……唉，这是怎么了？我想她干什么？

白玻璃的数量比彩色的少得多。一只灰白色的鹡鸰从沙地上走过。窗格子的角角落落上有一点一点的蜘蛛网，窗台上还有一只仰卧的死苍蝇。这时，一个亮黄色的叶连斯基从金黄色的长椅上站了起来，敲打木棍发出警告。就在这时，屋里通向阳台的门从里面打开了，一个房间的昏暗处先跑出来一条肥胖的棕色达克斯猎狗，后面又出来了一位一头灰色短发的小老太太。她身穿一条黑色紧身背带长裙，胸前别着一枚三叶草形状的胸针，一条小链子挂在脖子上，链子的一头连着别进腰带里的一块表。那只狗懒懒地斜着身子下了楼梯，朝花园走去。老太太一见桌上的老花镜，气呼呼地一把抓了起来——她就是为找这东西下来的。突然之间，她看见那个小男孩从沙发上慢慢溜了下来。

"Priate-qui? Priate-qui?"（pryatki，捉迷藏）她的口音很可笑，是在我们国家生活了半个世纪的法国老太太强加给俄语的那种口音。"Toute n'est caroche（tut ne khorosho，这个位置不好）。"她一边说，一边目光亲切地看着彼得的脸。彼得没藏好，觉得很狼狈，又露出恳求的神色，让她不要太大声。"Sichasse pocajou caroche messt（快，我这就带你去个好地方）。"

这时，一个祖母绿颜色的叶连斯基双手叉腰站在一片淡绿色的沙地上，正在四处张望。彼得担心这位当女家教的老太太一惊一乍的嗓音传到屋外，更担心拒绝她会惹她生气，便匆匆跟着她走，尽管心里很明白事情完全乱了套。老太太紧紧拉着他的手，带着他穿过一个又一个屋子，经过了一架白色钢琴，经过了一张牌桌，经过了一架小三轮车。突然眼前的东西多了起来——麋鹿角、书柜、摆在一个架子上的诱饵鸭——他觉得老太太正带着他去房间的另一头，这样要给她解释清楚又不伤她的心就变得越来越难了。她打断了的这个游戏并不是藏起来那么回事，而是要等着叶连斯基离开长椅有相当一段距离后，他就可以朝长椅跑过去，拿起那截无比重要的木棍敲击长椅。

穿过一连串的房间，两人拐进一个走廊，然后爬上一段楼梯，再穿过一间洒满阳光的破旧房间，里面靠窗的一个衣箱上坐着一位面色红润的老太太，手里干着编织活儿。她抬眼一望，笑了笑，眼睫毛又垂了下去，手里的编织针一刻没停。家教老太太把彼得带进了隔壁房间，里面有一张皮沙发，一个空鸟笼，还有一个黑色的壁龛，壁龛一边是一个红木大衣橱，另一边是个荷兰火炉。

“Votte（就是这里了）。”老太太说着就把彼得轻轻一推，塞进了她看中的藏身之处。然后她走回刚才的那个破房间，用她那口音混杂的俄语和那位面目清秀的编织老太太闲聊起来，对方不时地插上一句不假思索的话：“Skazhite pozhaluysta（这个嘛，从没听过）！”

彼得规规矩矩地在那个可笑的藏身之处跪了一阵儿，然后站起身来，不过待在那儿没动，看看墙纸，纸上的淡蓝色卷形花纹没什么好看的，又看看窗户，再看看阳光里飒飒作响的白杨树梢。能听见一口钟刺耳的滴答声，那声音让人想起各种烦闷忧伤的事情来。

好长时间过去了，隔壁房间的说话声越来越小，渐渐远去了。四周一片寂静，只有钟声滴答。彼得从壁龛里钻了出来。

他跑下楼梯，踮起脚尖飞快地穿过所有房间（书橱、麋鹿角、三轮车、蓝色牌桌和钢琴），就在通向阳台的敞开的门口沐上了色彩斑斓的阳光，碰上了刚刚从花园溜达回来的那条老狗。彼得偷偷爬上窗台，选了一扇干净的玻璃窗，看见白色的长椅上躺着那截绿木棍。叶连斯基不见了——毫无疑问，他早已离开去各处找人了，现在已经远远越过了林荫道两边的椴树林。

彼得兴奋极了，咧嘴一笑，连蹦带跳地下了台阶，朝长椅奔去。他还在奔跑，突然注意到四周毫无反应，好生奇怪。但他还是一个箭步奔到长椅旁，拿起木棍敲了三遍。敲了也白敲，没人出现。阳光的斑影在沙地上跳动。一只瓢虫爬过长椅扶手，它的翅膀随意地合起来，透明的翅尖从它带斑点的小圆背底下参差不齐地露出来。

彼得等了一两分钟，偷偷地四面张望，最后明白了，他被遗忘了。这最后一个躲藏者没有被找到，没有受惊动，他的存在被忽略了。大家都去野餐了，唯独没有他。顺便说一句，这顿野餐对他来说，是这一天唯一期待的事情。他一直盼着这顿野餐，好歹都行。盼着野餐时没有大人，盼着林中空地上燃起篝火，盼着烤土豆，盼着越橘果馅饼，盼着保温瓶中的冰爽凉茶。现在这顿野餐泡汤了，不过泡汤了他还忍受得了。真正让他心里难过的是另外一件事。

彼得狠狠咽口唾沫，往别墅那里溜达，手里还提着那截绿木棍。叔叔阿姨和他们的朋友们正在大阳台上打牌，他听出姐姐的笑声——好难听的声音。他绕着房子走了一圈，隐隐记得离这不远肯定有个莲花池。他可以在池边留下自己印着字母的手帕和系着一根白色细绳的银色口哨，然后就径直回家，不让任何人注意到。突然，就在别墅一角靠近水泵的地方，他听见一阵熟悉的吵闹声。大家都在那儿——叶连斯基、瓦西里、塔尼娅、塔尼娅的兄弟和表兄弟们。他们站在一个农夫周围，他正把他刚刚找到的一只小猫头鹰拿出来让大家看。是个胖胖的小家伙，棕色的羽毛，上面有白色的斑点，头，或者说是它圆盘一般的脸，不停地转来转去，让人搞不清楚它的头是从哪里伸出来的，身子到哪一块就变成了头。

彼得走近了，瓦西里·图奇科夫瞥了他一眼，咯咯一笑，对塔尼娅说：

“看，装模作样的老实人来了。”

博物馆之行

三四年前，我在巴黎的一位朋友——委婉点说，他人有些怪——听闻我要去蒙蒂塞特镇待上两三天，便劝我去看看当地的博物馆。他听人说，那里挂着一幅他祖父的画像，出自画家勒罗伊手笔。他微笑着摊开双手，给我讲了个模模糊糊的故事，我承认我当时也没怎么认真听。其中原因一方面是我不喜欢听别人大谈自己的事情，但主要原因还是我总怀疑我这位朋友信口开河，瞎想乱编。他讲的故事大致如此：他祖父早在俄日战争时期就死在了他们家位于圣彼得堡的老房子里，之后祖父在巴黎寓所里的所有物品都拍卖了。那幅画像，经过几次无名的转手倒卖后，由勒罗伊家乡的这家博物馆收藏了。所以，我的这位朋友想知道自己祖父的那幅画像究竟是不是真的在那家博物馆。如果是，有没有可能赎回来。如果能赎回来，那价格又是多少。我问他为什么不亲自和博物馆直接取得联系，他回答说自己已经写去好几封信了，但一直没有回音。

我暗自做了个决定，偏不按他的要求去看博物馆——我总可以对他讲我没去，不是生病了就是改变了行程。我一贯讨厌参观景点，不管是博物馆还是古建筑。再说，这个怪家伙说的故事好像是一派胡言。然而，偏不要做的事情单单就做了。那天我在蒙蒂塞特镇空荡荡的大街上逛，想找一家文具店。可是每到一条街的街头，总看到一座长脖子的教堂，高高的尖顶都一模一样，气得我骂了它几句。忽然，一阵瓢泼大雨不期而至，打得枫树叶哗哗直落。这就是南方十月的天气，晴空如悬一线，说变就变。我急奔过去找个地方避雨，发现自己已经站在了博物馆的台阶上。

博物馆是一座中等规模的建筑，由多种色彩的石头修砌而成，有很多柱子，一面山形墙上有壁画，上方有一段镀金铭文，青铜大门的两侧各摆着一张雕成狮腿的石头长椅。一扇门开着，在雨水微光的衬托下，里面显得有些黑。我在台阶上站了一会儿，尽管是在高高的屋檐下，台阶上还是渐渐落下了雨点。我看这雨一时半会过不去，也没别的事好做，便决定进去看看。我还没来得及踏上门廊前面有回声的平滑石板，远处一角就传来了挪动板凳的咔嗒声，原来是博物馆的门卫—— 一位普通的退休老者，空着一只袖管——起身来迎我，放下报纸，目光翻过眼镜片打量我。我付了法郎，尽量不瞧门口摆放的那些雕塑（它们就像是马戏团演出时最传统又最无趣的开场表演），径直走进了大厅。

一切都是博物馆应有的样子：灰色的基调、沉睡的物品、不能以物质衡量的东西。常见的钱币盒子，里面垫着天鹅绒，上面摆着磨损了的旧硬币。盒子顶上有一对猫头鹰—— 一只雕鸮和一只长耳鸮，各有法语名字，翻译过来就是“大公”和“中公”。珍贵的矿石躺在纸制工艺的敞开式坟墓里，里头积满灰尘。一些大小不一、奇形怪状的黑团块组成一个拼图框，里面放着一张男士的画像，留着山羊胡子，表情诧异。那些黑团块就像是冷冻的昆虫粪便，我不由自主地停下来观看，怎么也猜不出这些黑团块是什么性质，由什么构成，派什么用场。那个门卫一直拖着脚跟在我身后，拉开一段距离，以示尊重。不过这时他走上前来，一只手背在身后，另一只手幽灵一般藏在上衣口袋里。看他喉结一动一动的样子，好像在使劲咽唾沫。

“这是什么东西？”我问道。

“到目前为止，科学上还没有定论。”他回答道。毫无疑问，是死记硬背来的答话。他接着用同样装腔作势的声调说：“这些东西发现于一八九五年，发现人路易·普拉迪耶，曾经是市议员、荣誉骑士勋章的获得者。”说着伸出一根抖抖索索的手指指了指那幅照片。

“很好，很好，”我说道，“不过这东西在博物馆占一席之地，是谁决定的？又是为什么呢？”

“那我请您往这儿看，看看这个头骨！”老头说得铿锵有力，显然要转移话题。

“我还是想知道这些东西究竟是什么材料做的。”我打断了他的话。

“科学上……”他又从头说开了，但突然停住不说了，生气地看着自己的手指，原来指头上沾满了玻璃上的灰尘。

我继续往前走，看到了一个中国的陶瓷花瓶，估计是哪一个海军军官带回来的。一组多孔化石；装在混浊酒精瓶里的一只淡白色的蠕虫；一张蒙蒂塞特镇十七世纪时期的红绿色地图；一组生锈了的三件套工具，用一根黑色丝带捆在一起—— 一把锹，一把鹤嘴锄，一把镐。我心神不定，想知道从前是怎么挖地的，但这一次我没想着从门卫那里问个清楚。他依旧不声不响地跟着我，很温顺，在陈列柜中间绕来绕去。过了第一个大厅，远处还有另外一个，看样子也是最后一个了。这后一个大厅的正中央放着一副巨大的石棺，像一个脏浴缸，四面的墙上挂满了画。

我的目光立刻被一幅画像吸引住了，画中一个男人，两边是很不好看的风景（有牛群，有某种田园“氛围”）。我凑近一看，大吃一惊，发现画中的景物竟然就是我一直以为只是随意胡编乱造的东西。那个男人是用很差的油彩描画出来的，穿一件齐膝大衣，留着络腮胡，戴一副大大的带链夹鼻眼镜，长得有点像奥芬巴赫[①]。尽管作品技法粗糙，平淡无奇，但我还是觉得从那个男人的五官里能隐约看出像谁，可以说，长得有点像我那位朋友。我在黑色背景上的红颜色里仔细搜索，终于在画上一角看到了“勒罗伊”字样的亲笔签名。这个签

① Offenbach（1819—1880），法国歌剧作曲家。

名和画一样，显得再平常不过。

我觉得肩后不远处有一股醋味，一转身便遇上了那位门卫老人亲切的目光。“告诉我，”我说道，“要是有人想买这里面的其中一幅画，他应该去找谁？”

“博物馆里的珍藏是这座城市的荣耀，”老人说道，“荣耀是不出售的。”

我怕他又发长篇大论，便连忙表示赞同，不过还是问了博物馆馆长的名字。他试图给我讲讲那副石棺的故事以转移话题，但我还是坚持要问馆长的名字。最后他给了我一个名字，叫戈达尔先生，还说了到哪里能找到他。

说实话，一想到原来朋友提到的那幅画真的存在，我很高兴。眼看着好梦就要成真，确实很有意思，即使那不是自己的梦。我决定不再耽搁，马上把事情搞定。我要是兴头一起来，没人能够挡得住。我迈着咚咚响的轻快脚步离开博物馆，发现雨已经停了，天空一片湛蓝。一个女人骑着一辆银光闪闪的自行车疾驰而过，长筒袜被雨水溅湿了，周围的小山包上还有浮云未散。街头的教堂又一次和我玩起了捉迷藏，可我机智地战胜了它。过沥青街道的时候，一辆红色大轿车满载着欢歌笑语的年轻人，呼啸而过，我差点没躲过它的滚滚车轮。一分钟后，我按响了戈达尔先生家金色大门上的门铃。原来他是个瘦削的中年先生，穿着高领衬衣，领结处有枚珍珠，长了一张与俄罗斯猎狼犬相似的脸。好像光长个狗脸还不够似的，就在我走进他那空间不大却装饰豪华的房间时，他正往信封上贴邮票，舌头舔着上腭的样子也太像个狗样儿了。桌上摆着孔雀石墨水瓶，壁炉架上有一个中国陶瓷花瓶。这花瓶，说来奇怪，很是眼熟。镜子上方交叉悬挂着一对钝头剑，他狭窄的灰白后脑勺映在镜子里。墙纸上是蓝色碎花图案，零星挂着军舰照片，打破了墙纸图案格局，显得好看一些了。

“你有何吩咐？”他问道，随手将刚才封好的那封信扔进了垃圾篓。这个举动让我很纳闷，但我明白这事我不便干涉。我简要地解释了一下来找他的原由，甚至也提及了我那位朋友愿意出资赎回的大致金额。我那位朋友倒是叫我别提钱的事，只问问博物馆这方面的规定就行。

“这是好事情啊，”戈达尔先生说，“只是这件好事情你搞错了——我们的博物馆里根本没有你说的这幅画。”

“你说根本没有这幅画是什么意思？我刚刚看过这幅画！古斯塔夫·勒罗伊的《一位俄国贵族的画像》。”

“我们是有一件勒罗伊的作品，”戈达尔先生一边说，一边翻阅一本油布面的笔记本，黑色的指甲停在了勒罗伊作品的条目下，“但那不是肖像画，而是田园风光画，名字叫《放牧归来》。”

我又说了一遍，我五分钟前亲眼见过那幅画，所以实在没有什么力量能让我怀疑它的存在。

“我同意，”戈达尔先生说，“但我也没有发疯。到今天为止，我担任这个博物馆馆长差不多二十年了，我熟悉这里的收藏目录，就像熟悉主祷文一样。这里说得清清楚楚，画名就叫《放牧归来》，也就是一群牛放完回来了。除非你朋友的祖父有可能被画成了一位牧人，否则我不能想象他的画像就在我们博物馆内。”

“他穿了一件齐膝大衣，”我叫了起来，“我发誓他穿着一件齐膝大衣！”

“你对我们博物馆总体印象如何？”戈达尔先生颇有疑虑地问道，“你喜欢那具石棺吗？”

“听我说，”我说（我觉得自己的声音已经发抖了），“请帮个忙，我们马上过去看看。我们定个协议，要是馆里有这幅画，你就卖给我。”

“如果没有呢？”戈达尔先生问道。

“没有我照付画钱。”

“那好，”他说，“就在这儿，拿上个红蓝铅笔，用红的那一头——请用红的一头——把你说的话给我写下来。”

我心情激动，就按他说的写了。他看了一眼我的签名，感叹俄国名字发音太难，接着也签上了他自己的名字，然后迅速折起那张纸，塞进了马甲口袋里。

“我们走。”他一捋袖口，说道。

路过一家商店，他进去买了一包看上去黏糊糊的牛奶糖。他执意要给我几颗，我断然拒绝了，他便硬往我手心里抖了几颗。我把手缩了回来，几颗糖掉在了地上。他停下脚步，捡起糖来，而后一阵小跑赶了上来。我们快到博物馆时，我们看见那辆红色的旅游轿车（现在里面空无一人）停在门外。

“哈，”戈达尔先生高兴地说，“看来今天游客不少。”

他脱下帽子，捧在胸前，端端正正地走上了博物馆的台阶。

博物馆里并非一切都好。里头传来喧闹的叫喊声、放浪的笑声，甚至还有扭打一般的声音。我们进了第一个大厅，那位年长的门卫正在教训两个捣乱分子。原来这两个衣服翻领上别着某种节日庆祝标志的家伙想把市议员发现的冷冻昆虫粪便从玻璃器皿中挖出来，使足了劲，脸憋得紫红。其他的年轻人，都是某个乡村体育运动组织的成员，正在大吵大闹，有些冲着酒精瓶里的蠕虫，另一些冲着头骨。其中一个对蒸汽散热器上的导管大感兴趣，原来他把那东西也当成了展览品。还有一个伸出了拳头和食指，瞄准了一只猫头鹰。他们一共三十来个人，又是闹，又是吵，把博物馆搞得又喧闹，又拥挤。

戈达尔先生拍拍手，然后指着一面告示牌念道：“博物馆参观者必须穿戴得体。”说完，他推开众人，朝第二个大厅走去，我紧随其后。这一伙年轻人跟在我们后面，转瞬蜂拥而至。我把戈达尔先生领到那幅画像前，他望着画惊呆了，胸脯膨胀起来，然后稍稍退开一点，仿佛远远观赏一般，他那女式的鞋跟踩到了某人的脚上。

“好美的画，”他由衷地赞叹道，“这样吧，我们就不必斤斤计较了。你是对的，馆藏目录一定有误。”

说话之际，他手指轻动，好像不由自主一般，将那一纸协议撕了个粉碎，纸屑宛如片片雪花，落进了一个大痰盂里。

“这画上的老怪物是谁？”一个身穿条纹运动衫的家伙问了一句。画面上，我朋友的祖父手持一支点着的雪茄，于是，另一个淘气小鬼掏出一支烟来，准备从画像上借个火。

“好了，我们谈谈价钱吧，”我说道，“无论如何，我们先离开这里吧。”

“请让让路！”戈达尔先生喊道，一边推开好奇的人群。

大厅尽头原来有一个出口，我先前没有留意到。于是我俩挤开人群，朝它走去。

“我不能做出决定，”戈达尔先生在一片嘈杂声中大喊道，“决定要有法律支持才好。此事我先得和市长商量，可是他刚刚去世，新市长还没选出来。你能不能买下此画，我有所怀疑，但我无论如何都愿意带你看看我们其他的馆藏珍品。”

我俩终于来到一个空间相对大点儿的厅里。一条长桌上摆着打开的书，压在玻璃面板下，黑黄的颜色就像是在烤箱里烘烤过半的样子，页面粗糙，生了黄斑。沿墙站了一排脚蹬长筒翻边靴子的士兵模型。

“好了，我们仔细谈谈吧。”我绝望地叫道，想把转来转去的戈达尔先生领到屋角一张长毛绒面的沙发上。可是这一次，门卫又坏了我的事。他用力甩着一只胳膊跟在我们后面跑，身后又跟了一群嬉笑打闹的年轻人，其中一个已经把一个伦勃朗风格的铜制头盔戴在了自己的头上。

“拿下来，拿下来！”戈达尔先生大喊。这时，不知道是谁推了一把，那件头盔咣当一声从那个讨厌鬼的头上掉了下来。

“我们再往前走。”戈达尔先生抓住我的衣袖，我俩进了古代雕塑展区。

一时间，我在一大堆巨大的大理石腿丛中迷失了方向。我一连在一个巨大的膝盖处绕了两圈才看见了戈达尔先生的身影，他也在旁边一个女巨人的白色脚踝后面找我。忽然，一个戴着圆顶硬礼帽的家伙从高处重重掉到了石头地板上，他一定是爬上了那座巨大的大理石女人像。他的一位同伴开始扶他起来，但两个人都酩酊大醉。戈达尔先生挥挥手让他们走，然后冲进下一个房间，那里展出东方织物，鲜亮华丽。猎狗在天蓝色的地毯上奔跑，一张虎皮上摆着弓和箭袋。

但说来奇怪，眼前的广阔空间和丰富色彩只让我感到压抑，管理也太粗疏了。也许是因为新进来的游客晃来晃去，也许是因为我急于离开这座没有必要转来转去的博物馆，想尽早找到一个安静、自由的空间好和戈达尔先生把正事谈完，所以我隐隐约约有了一种恐慌感。这时候我们已经转进了另一个大厅。这个大厅真的很大，这一点可以从厅里摆了一头鲸的全副骨骼判断出来。过了这个厅还有几个厅遥遥在望，里头闪现着巨幅画作的侧面光泽。画上是滚滚浓云，云中间飘着精致的宗教艺术形象，穿着蓝色和粉色的圣衣。所有这一切又好像忽然消失了，化成了薄雾般飘动的帷幔，枝形吊灯金光灿灿，装着照明设备的鱼缸里鳍边透明的鱼儿游来游去。我俩走上一段台阶，从上面的展厅往下一看，只见一群拿着雨伞的银发老人在观看一个巨大的宇宙模型。

最后，我们来到了一间专门展示蒸汽机演变历史的房间里，虽然灯光暗淡，却布置得富丽堂皇。这时我总算让我这位无忧无虑的导游暂且停下了脚步。

“够了！”我喊道，“我这就走，咱们明天再谈吧。”

我话还没说完，他就已经不见了。我转头一看，一架冒汗的蒸汽机机头那巨大的车轮离我不到一英寸远。接下来便是众多的火车站模型，我在这个模型阵里转来转去找回去的路，转了好长一段时间。湿漉漉的铁轨如扇散开，昏暗的远处闪着紫色的信号灯，多么诡异啊！可怜我的心，吓得突突直跳。突然间一切又变了：我面前伸展开了一条没有尽头的长廊，无数个办公小隔间暗藏其间，不知是干什么的人匆匆进进出出。我一个急转身，又发现自己进了上千件的乐器阵中，四面墙上全是镜子，镜子里映出一架连一架的大钢琴，正中间是一汪池水，一块绿色石头顶上摆放着一座俄耳甫斯铜像。水上主题到这里还没有结束，往后一看，喷泉和溪水阻住去路，水边湿滑，弯弯曲曲，要走过去实在困难。

时不时，不是水这边就是水那边，有石头台阶下到雾蒙蒙的深水里去。石头面上带着小坑，让我感到心惊肉跳。水下面传来了汽笛声、碗盘的碰撞声、打字机的咔嗒声、铁锤的敲击声，还有许多其他声响，好像下面也是某些展厅，要么已经展完了，要么还没有结束。接着，我又发现自己进了一片黑暗之中，不停地撞在叫不上名字的家具上，直到后来看见一盏红灯，这才走出了黑暗，来到一个在我脚下叮当作响的平台上。突然间，平台那边出现了一间明亮的客厅，家具全是高雅的帝国风格，但里面没有一个活人，没有一个活人……到这时候，我莫名其妙地恐惧起来。可是，每一次我试图转身，沿着走廊找到走过的路时，都会发现自己身处一个没有见过的新地方——要么是一间栽满绣球花的花房，破玻璃窗外是人造的沉沉夜色；要么是一间废弃的实验室，桌子上堆放着落满灰尘的蒸馏器。最后我跑进了不知做什么用途的房间，里面的衣帽架上挂满了黑大衣和俄国羔皮衣，压得衣架如同怪物一般。从远处一扇门里传来一阵鼓掌声，我猛推开门，里面却不是剧场，只是一片柔和的朦胧夜色，笼罩着亮闪闪的人造薄雾，雾中透出亮点，可以确信无疑，那是光线微弱的街灯。何止是确信无疑！我又往前走去，很快产生了一种准确的真实感，令人欣喜，我刚才还在其中冲来冲去的那些虚幻垃圾终于不见了。被我踩在脚下的石头是一条实实在在的人行道，上面落下了新雪，香气沁人心脾。白雪上留下稀疏的脚印，显出黑色的新痕。燥热地转腾了这么久之后，遇上如此平静凉爽的雪夜，我的第一感觉是愉快。不知为何，这样的雪夜如此熟悉，令人诧异。毫无疑问，我开始猜测自己究竟是从哪里出来的，为什么会有雪，还有沉沉夜色中零星闪着灯，很大却很昏暗，那究竟是什么呢？我仔细观察，俯下身来，甚至摸了摸路边一块凸起的圆石头，再看看自己的手掌，满是冰凉的水珠，好像要在手掌上发现答案似的。我感到全身轻飘飘的，穿得这么单薄，幼稚可笑，不过也清清楚楚地明白自己是刚从博物馆的迷宫里逃出来。这个意识很清楚，所以开始有两三分钟，我既不惊讶，也不害怕。我继续悠闲自得地观察，抬眼望望我身旁的这所房屋，突然看见通向地窖的铁栏和铁台阶渐渐没入雪中，我一下子惊呆了。我心中一阵刺痛，又一次被激起了好奇心，便瞅了瞅人行道，瞅了瞅人行道上覆盖的白雪，只见几道黑线沿着白雪伸向远处。我又看了看褐色的天空，只见天上不停地扫过神秘的亮光。还看了看不远处的厚重围墙。我觉得围墙那边地势突降，有水汩汩地流淌。再往前走，有一个黑洞，洞那边隐隐有灯，远远地一字铺开。我拖着浸透了的鞋在雪地里行走，走了不多几步，一直瞄着右手边那座黑乎乎的房子。只有一扇窗子亮着灯，柔和的灯光闪在绿色玻璃的暗影下。这儿，有一扇上锁的木门……那儿，肯定是打烊的店铺已经拉下的卷门……街灯的形状早已给我传达了于理不合的信息，借着灯光，我看清了店铺招牌的最后几个字——“……修理店”——可是不对呀，俄文字母“Ъ”不见了，总不是雪抹去的吧。[①]“不对，不对，我马上会明白过来。”我高声叫道。我浑身发抖，心怦怦乱跳，转身要走，又停住了。不知从哪里传来渐渐远去的马蹄声，雪落在一块稍稍倾斜的凸石上，像是给它戴了一顶无边软帽。树篱的另一侧有一堆柴禾，上面隐约可见斑斑雪迹。我已经知道了自己这是在哪里，确信无疑。可叹啊，这不是我记忆中的俄罗斯，而是当今真实存在的俄罗斯，我无法回去的俄罗斯，毫无希望地受着奴役之苦，我那毫无希望的故土家园。我穿着一身轻飘飘的外国衣服，人不人，鬼不鬼地站在十月冷漠寂静的雪夜，可能在莫伊卡河边，或在丰坦卡运河边，要么就在奥布沃丹尼

① 参见书末《注释》，第795页。

运河边。[①]我必须做点什么事，去个什么地方，赶快跑。我必须拼命保护自己脆弱的、不合法的生活。唉，多少次在梦中我有过这样类似的感觉！可现在，这是真的了！一切都是真的——雪花洋洋飞洒的天空、尚未封冻的运河、流动的渔屋、那种特有的暗下来的和亮着灯的方窗。一个男人头戴皮帽，腋下夹着一个公文包，从迷雾中朝我走来，惊恐地看了我一眼，从我身边走过去后又回头看了我一眼。我等着他消失不见后，极其迅速地把口袋里的所有东西往外掏。我撕碎了掏出来的纸片，扔在雪地上，又狠狠地踩进积雪里。那是一些文件、一份我妹妹从巴黎写给我的信、五百法郎、一条手绢、几支香烟。然而，为了摆脱流亡者的外壳，我恨不得扯下外衣、衬衫、鞋子，一身穿戴，全都撕成碎片，落得个赤条条一丝不挂。即使我因为痛苦加上寒冷已经浑身发抖，但我能做到的我就要做到。

不过算了吧。我是如何被捕的，就不要回忆了吧。被捕后受尽了折磨，也再别提了吧。只说说后来的事情就可以了：我付出了令人难以置信的耐心和努力，才重新回到国外，从那以后，我发誓不再受人之托替人办事，尤其是受精神错乱的人之托去办事。

① 这三条河皆为俄罗斯重要河流涅瓦河的支流。

忙　人

一个过于为自己的灵魂忙活的人会身不由己地面对一种平凡、忧伤却又奇怪的现象：也就是说，他亲眼看见一桩无关紧要的往事突然死亡。这桩往事如同住在简陋偏远的救济院里，一直平平静静、不为人知地存在着。如今由于偶然的机会，它闪烁了一下，还在动弹，发出反光——不过片刻之间，就在你的眼皮底下咽下了最后一口气，跷起它可怜的脚趾；还来不及承受这突如其来的转变，就进入了现实的刺眼强光。从此之后，你一无所有，只剩影子而已。往事的缩影，如今，唉，完全没有了当初令人信服的魅力。格拉夫伊茨基，一个脾气温和且惧怕死亡的人，记得童年时做的一个梦，梦中蕴含着一个简短的预言。不过他很久以前就不再觉得自己和童年的记忆有什么有机的联系了，最初每次想起时，那记忆就虚弱地赶来，接着就死了——现在他所记得的梦只是记忆中的记忆罢了。那个梦最初在什么时候呢？确切日子是不知道了。格拉夫伊茨基一边回答，一边推开沾有酸奶残滓的小玻璃罐，一只胳膊肘支在桌子上。什么时候呢？使劲想想——大约是什么时候？很久以前吧。大概是在十岁到十五岁之间：那段时间他经常想着死亡问题——尤其是在夜里。

这就是现在的他——三十二岁，小个头，但肩膀宽阔，耳朵薄而突出，半是演员，半是文学家，还是流亡报纸的时政诗歌写手，有一个并不十分有趣的笔名（会引起不愉快的联想，曾有一位不朽的漫画家笔名叫卡朗·达什[①]）。这就是现在的他。脸上戴着一副角质架深色眼镜，镜片里闪着邮件地址辨认人一般锐利的目光。左脸颊上有一个长着软毛的肉瘤。头快要谢顶了，几束暗褐色的头发直直地梳向脑后，其间能隐隐看出他淡粉色的头皮。

他刚刚在想什么呢？他被禁锢的思想不停挖掘的回忆是什么呢？是当年做过的一个梦。那个梦给了他一个警示。当年那个预言直到现在都没有阻碍他的生活，不过到了目前，它却不可阻挡地奔向终点，开始奏起持续不断、越来越响的轰鸣之声。

"你必须控制自己。"格拉夫伊茨基歇斯底里地吟诵道。他清了清嗓子，向紧闭的窗子走去。

坚持，坚持，再坚持。那个数字——三十三——正是那个梦的主题——让他魂牵梦萦，它弯曲的爪子像蝙蝠的利爪，深深地抓住他的灵魂，缠在他意识深处，无法挣脱。按照传说，耶稣活到三十三岁（格拉夫沉思着，站在十字形窗框旁边一动不动），也许梦中确实有个声音对他说过"你会死于基督死去的年龄"——还在一个屏幕上向他展示两根荆棘编成的数字三十三。

他打开窗子。屋外比屋里亮，不过街灯倒是已经亮起来了。平滑的黑云遮蔽了天空，只是在西边，赭石色的房顶间露出一道缝隙，箍着一圈柔和的亮光。再往远处，街上停着一辆小车，车灯如燃烧的眼睛，射出的光如同两道橘黄色的长牙，刺在灰白似水的沥青路面上。一个金发屠夫站在自己的肉店门口，望着天空发呆。

格拉夫的思绪如流水越过河中一块又一块石头，这时跳过了肉铺老板，移向摆在案台上的动物尸体，然后又移向某个对屠夫讲话的人。只听他说别的地方（太平间？医学院？）有人把尸体亲切地叫小猴子，或小猴崽。"他在拐弯处等你呢，你的小猴崽。""别担心，小猴子不会让你失望。"

"让我把各种可能性梳理一番，"格拉夫暗笑道，从他住的五楼

① Caran D'Ache，俄裔法国著名讽刺漫画家伊曼纽尔·普瓦尔（Emmanuel Poire，1858—1909）的笔名。

斜眼往下看见一处栅栏的黑铁尖，"第一号（最恼人的）：我梦见房子受到攻击，要么起火了，我一跃下床，心想（我们是睡成了傻瓜）我住的楼层和街道平行，那我就一头扑出窗外吧——结果掉进了万丈深渊。第二种可能性：不同的噩梦，梦中我吞下了自己的舌头——早知这事要发生的—— 一块肥乎乎的东西，在我嘴里倒翻一个跟头，憋得我喘不过气来。第三种情况：我随便走走，好像走过几条吵闹的街道——哈，那不是普希金吗，正在想象怎么个死法：

> 死在决斗中，死在流浪中，或死在波涛中，
> 或死在附近的山谷里……

如此等等。不过注意了——他一开始就说"死在决斗中"，这就意味着他有预感。迷信也许是戴着假面的智慧。我怎么做才能停止这样的想法呢？我在孤独中又能做什么呢？"

他来自普斯科夫，有一个小小的演出公司，一九二四年在里加结婚。当年演出的台词是什么？——该他上场之前，他摘下眼镜，给他死气沉沉的小脸上涂上油彩，这时有人看见的话，就会发现他长着一双灰蒙蒙的蓝眼睛。他妻子是一个高大强壮的女人，一头乌黑的短发，肤色发亮，但肥胖的后颈上长满了粉刺。她父亲是个家具商。婚后不久，格拉夫就发现妻子愚蠢粗俗，还是罗圈腿，每说两个俄语词，就要夹杂上十来个德语词。他明白他们早晚会分手，但他隐隐觉得她实在可怜，分手的决定就一拖再拖，直到一九二六年，她和拉奇普莱西斯大街上的一个熟食店老板一起背叛了他，他才下定决心离开，从里加搬到了柏林，在柏林的一家电影制片厂谈好了一份工作（该厂很快就倒闭了）。他穷困潦倒，孤苦伶仃，生活没有规律，每天泡在一家便宜的酒吧里，埋头写他的时政诗。这就是他的生活方式——日子过得毫无意义——空虚无聊，也就是三流的俄国流亡人士过的生活。可是大家都知道，人的意识并不取决于这样或那样的生活方

式。不论在相对轻松的日子里，还是在开始啼饥号寒的日子里，格拉夫伊茨基都过得还算快乐——至少在厄运到来那一年之前都算过得快乐。他可以称得上一个“忙人”，这给了他一种非常好的感觉，因为他忙活的事就是他自己的灵魂——既然是这样的情形，那就没有闲与忙的问题。我们在讨论生活的透气孔，一次被忘却的心跳，怜悯，突然想起的往事——那阵芳香是什么？它让我想起了什么？为什么就没人注意到，即使在最无聊的街道上，每一座房子也都不太一样？世界是如此丰富多样，房屋那么多，家具那么多，各样物品那么多，看起来毫无用处的装饰品也那么多——对，毫无用处，却充满无私的、一心奉献的魅力。

让我们实话实说。世上有许多人，其灵魂已沉沉入睡。相反，也有许多人，有原则，有理想——痛苦的灵魂饱受信仰和道德问题的折磨。他们不是敏感的艺术家，但灵魂就是他们挖掘的宝藏。他们用宗教良知的挖掘机越挖越深，原罪、小罪、伪罪如黑煤尘一般呛得他们头晕目眩。格拉夫不属于这类人：他没有特定的原罪感，也没有特定的原则。他自个儿忙碌，全为他自己，就像有些人研究绘画，有些人收藏小东西，有些人辨认复杂的手稿。手稿前后置换的地方很多，插入的东西也很多，页边上还像是胡思乱想地信笔乱画了不少，也随意删除了不少。这些删除了的东西烧毁了大量意象之间相互联系的桥梁——把这些被毁的桥梁再造出来，真是太有意思了。

现在他的研究被另外一些想法打乱了——这是他没有料到的，使得他万分痛苦——该如何是好呢？在窗前徘徊一阵后（尽最大努力寻找防守之道，抵御这个可笑、渺小，却又摆脱不开的想法：再过几天，六月十九日，他就到了童年之梦中提到的那个年龄），格拉夫轻轻离开渐渐昏暗下来的房间。房间里所有的物品都不再固定，而是随着昏暗的波涛轻轻地起伏，像是大洪水中漂浮的家具。天还没有完全黑——但不知为何，一看灯早早亮起，人的心也随之紧缩。格拉夫立刻注意到一切都不对劲了，一种奇怪的不安感觉蔓延开来。人群聚在街头，做着神秘的笨拙手势。他们走到街道的对面，到那里后又指指远处的什么东西，然后便一动不动地站在那里，模样诡异，如同动物冬眠。暮色昏暗，名词消失了，只有动词留下来——或者说只留下不多几个动词的古老形式。这样的情况可能意味深长：比如，意味着世界末日。突然，他感到全身每一个关节又麻又痛，他明白了：那里，就在那里，穿越楼房间狭长的街景，一艘飞艇漂浮而过，轮廓轻柔地映在明晰的金色背景中，在一朵灰色长云下面，很低，很远，很慢，也是灰色的，也是细长的。它移动得那么古雅，和傍晚无比美妙的夜空交融在一起，橘黄的光线，蓝色的剪影，看得格拉夫的灵魂都要出窍了。他把它当作是一种天体象征，一个古老的幽灵，让他想起了自己大限将至。他在心中默念这无情的讣告：我们尊贵的合作者……英年早逝……我们如此了解他……如见其幽默……如见其庄重……更令人难以置信的是，讣告从头至尾又转述了普希金……"那冷漠的大自然会闪闪发光……"——报纸的花朵，国内新闻的杂草，社论的牛蒡草。

在一个安静的夏日夜晚，他过了三十三岁。一个人待在自己的屋子里，穿一条长衬裤。裤子上有长条纹，像囚犯的裤子一样。他没有戴眼镜，眼睛眨巴着，庆祝他不请自来的生日。他没有邀请任何人，原因是害怕别人的突然出现，像一面小镜子被打破；要么是害怕谈论人生脆弱。客人的头脑里不知会想起什么来，一旦说起人生脆弱，肯定会使之成为不祥之兆。别走，且留片刻——你说得不如歌德好——不过还是别走。在这里，我们有个独一无二的人，有个独一无二的环境：书架上有久经风雨的旧书，有一小杯酸奶（据说可益寿延年），清洁下水管道用的簇毛刷子，一册厚厚的相片簿，灰白颜色，格拉夫把什么东西都往里面贴，开头贴着他的诗作剪辑，最后贴着一张俄国的电车票——这就是格拉夫·耶茨基周围的东西（格拉夫·耶茨基是他的笔名，是在一个雨夜等下一班船的时候想到的）。此刻，这个长着招风耳、嗓音嘶哑的矮个子男人正坐在床边拿着他刚刚脱下的紫色破洞短袜。

自此以后，他开始惧怕一切事物——电梯、草稿、建筑工地上的脚手架、街上的汽车、示威者、修理电车电缆的货车吊机平台，还有煤气厂巨大的房顶，怕这东西在他去邮局的路上经过时可能爆炸。邮局那里就更可怕了，一个大胆匪徒戴着自制面具，会来一通射击狂欢。他意识到他的思想状态很可笑，但又无可奈何。他试着转移注意力，去想些别的事情，却也是枉然。思绪就像一辆雪橇马车疾驰而过，就在每一道思绪后面的踏板上，站着无时无刻不在的马车夫斯马利。另一方面，他不遗余力地投给各家报纸的时政诗歌变得越来越戏谑，艺术性也越来越差（没有人温故知新，从他现在的诗作中注意到死之将近的预感），那些木然的对偶句，韵律让人想起农人和熊玩跷跷板的俄罗斯玩具，还让“shrilly”与“Dzhugashvili”押韵。[①]正是这些对偶句，而不是任何别的东西，最终变成了他本人最本质的写照，最能反映他的实际情况。

依常理，灵魂永生的信仰是禁止不了的。不过这里头有个可怕的问题，据我所知，这个问题还不曾有人提出过（格拉夫边喝啤酒边沉思）：灵魂要通往来世，会不会受到无端变故的阻碍，如同一个人要生在这个世界上，会遭遇各种不幸一般？难道人活着时就不能想想办法，采取一些心理的甚至物理的措施，帮助灵魂成功地通往来世？具体有哪些方法？人应该有何预见，有何储备，有何规避？可不可以把宗教（格拉夫争论道，他还游荡在昏暗下来的酒吧里，酒吧里已空无一人，椅子也在打哈欠，被放在桌子上睡着了）——把宗教，用神圣的图画盖住生活之墙的宗教——看作有助于创造有利环境的东西？（同样的道理，根据某些内科医生的说法，专门给一些胖脸蛋的好看婴儿拍些照片，用来装饰怀孕妇女的卧室，此法对其子宫中的胎儿大有益处。）但话说回来，即使采取了必要的措施，也知道了X先

---

① “shrilly”是英文词，意为“刺耳地”，“Dzhugashvili”是俄语人名，朱加什维利，斯大林的真名叫约瑟夫·朱加什维利。

生（喝这样或那样的牛奶，听这样或那样的音乐——也就是说喝啥听啥都可以）为什么安全地通向了来世，而Y先生（他的营养略有不同）为什么卡住没过去，死在这个世界上了——难道就不存在别的险情，正好发生在通往来世的那个关键时刻？这种险情不知为何就挡住通往来世的道路，从而毁了一切。请注意，就是动物或普通人，大限一到，也会悄然离去：不要打搅，不要妨碍我完成我困难而又危险的任务，就让我平静地向不朽的灵魂过渡吧。

所有这些想法已经让格拉夫颇感压抑，但还有更差劲、更可怕的想法，那就是压根就没有“来世”这回事，人生固有一死，就像巨大浴缸里的肥皂泡，在如雨喷洒的水龙头下方飞舞，最终破灭一样。格拉夫坐在市郊一家咖啡馆的露台上看着雨水管的喷头——雨下得很猛，秋天来了，他已经到了那个预言式的年龄，又过去四个月了，现在死亡将随时来袭——柏林附近的松林泥炭地阴沉昏暗，去那里是极其冒险的。不过，格拉夫心想，要是压根没有来世，那么与独立灵魂这种想法相关的一应事情也就随之消失了，也就不会有什么不祥之兆或警示之兆了。万事大吉，让我们变成唯物论者，所以说我这种遗传良好的健康之人也许能再活半个世纪之久呢，那么何必在意神经过敏的幻觉呢——它们只是我社会地位暂时不稳的结果，人之所以不朽，是因为他的社会地位不朽——资产阶级的伟大地位（格拉夫继续想，脑中此刻高声响起令人不快的激励之词），我们又伟大又强大的阶级一定会征服无产阶级这只九头蛇怪，我们这些奴隶主、粮商，还有他们的忠诚诗人，肯定会登上我们这个阶级的高台（请更激昂些），我们所有人，所有国家的资产阶级，所有大地上的资产阶级……各民族的资产阶级，起来，我们的石油狂人（或者黄金狂人？）kollektiv[①]，打倒平民的胡乱创造——现在，只要有“团结”意思的动词副词都可以入诗为韵，然后再来两句重复诗行：起来，各国各地的资产阶级！我

① 德语，团结起来。

们神圣的资本万岁！节拍延长（只要有“各国”字样的都延长），我们的资产阶级国际歌！这样的结果有趣吗？好玩吗？

冬天来了。格拉夫从邻居那儿借了五十马克，买了东西吃了个饱，因为他不打算给命运留下丝毫漏洞。那位古怪的邻居初来乍到，住了五楼两间最好的屋子，竟然自觉自愿（自觉自愿！）地给了他钱财资助。他叫伊万·伊万诺维奇·恩格尔—— 一个矮胖的好好先生，一头灰发，看起来很像大家心目中的作曲家或者国际象棋大师。但实际上，他代表着某个外国机构（非常外国，也许来自远东，或者来自天外）。有时在楼道里偶然相遇，他总是亲切地笑笑，有点怯生。可怜的格拉夫把这份好意解释为他的邻居是个没有文化教养的商人，与文学无缘，也没去过别的人类精神的度假山庄，一见他格拉夫伊茨基这个梦想家，便不由自主地肃然起敬。这份敬意挺受用，也挺吓人的。不管怎么说，格拉夫自己的烦心事太多，顾不上关注他的邻居。但他倒是有意无意地一直在利用这位老先生天使般的善心——比如，夜里没有烟抽，熬不住的时候，他就会敲恩格尔先生的门，讨根烟抽。但他并没有真正和他拉近关系，老实说，还从未请他进屋里一叙。（只有一次例外，那晚灯坏了，房东太太正好选了那晚出去看电影，这位邻居便带着一个崭崭新的灯泡过来，小心翼翼地给安上了。）

圣诞节，几位文学界的朋友邀请格拉夫参加一个yolka（圣诞树）晚会，晚会上听了各种谈话，他怀着沉重的心情自忖这是他最后一次看这些花花绿绿的小装饰了。又有一次，在宁静的二月子夜时分，他注目苍穹良久，突然觉得人类的意识如沉沉负重，压得他难以承受。人类的意识是不祥的、荒唐的奢侈品：一阵痛苦的痉挛，抽得他大口喘气，繁星点点的天空如怪物一般摇摆起来。格拉夫拉上窗帘，一只手放在胸口，另一只手敲响了伊万·恩格尔的房门。恩格尔带着亲切的微笑和一点点德国口音，递给他一些缬草药剂。顺便说一下，格拉夫进门的时候，正好看到恩格尔站在他的卧室中间，往一只杯子里滴那种镇静剂——毫无疑问，这是他自配自喝的。只见他右手拿着杯子，左手高高举起，握着暗红色的瓶子，默默地移动嘴唇，数着数：十二，十三，十四，然后突然加快，好似踮着脚尖飞跑一般，数到十五，十六，十七，然后又慢了下来，数到了二十。他身穿一件淡黄色的睡袍，一副夹鼻眼镜横跨在他专心致志的鼻子上。

又过了一段时间，到了春天，满楼梯全是乳香的气味。街道对面的人家有人去世了，黑亮黑亮的灵车在那家门口停了好长时间，宛如一架大钢琴。格拉夫噩梦连连。他觉得他所看见的各样东西都是不祥之兆，纯粹巧合的事情把他吓坏了。巧合无端，命在必然。命运的提醒那是绝对可靠的，命运的目标那是顽固不变的，命运用它黑色的线条坚持不懈地透出生命的笔迹，怎能叫人不信命？

这些巧合你越是在乎，它们就出现得越频繁。格拉夫已经到了这样的地步：他喜欢查找报纸上的印刷错误，有一次，他把一张报上的一句话“唱过一首歌，害过一场大病后”剪下来，把报纸扔了。几天以后，他看见同样的这张报纸，剪过的那个整整齐齐的小窗口还在，就握在市场上的一个女商贩手中，她用这张报纸给他包了一颗卷心菜。同一天晚上，远远望去，只见遥遥屋顶下一朵恶云，蒙蒙似雾，开始膨胀，渐渐吞没了初上的繁星，这情景让人突然觉得窒息一般沉闷，就好像背着一个巨大的铁铸箱子上楼——过了一会儿，没有任何预兆，天空失去了平衡，巨大的箱子压垮了楼梯。格拉夫赶紧关上窗扉，拉上窗帘，因为众所周知，穿堂风和闪电会引起霹雳。一个闪电闪过百叶窗，他用本国常用的计算方法计算闪电落在离此多远的地方：数到六时雷响起来，这就是说落到六俄里以外的地方。风暴加剧了。干打雷不下雨是最糟糕的。窗框抖得咚咚响。格拉夫去睡觉，但是他又想这会儿闪电会随时袭击楼顶，穿透七层楼，把他电成一个抽缩作一团的小黑鬼。他想得活灵活现，一骨碌跳下床来，心口狂跳（百叶窗外窗扉闪动，窗格的交叉十字在墙上映出一个游动的影子）。他从脸盆架上拿下一个重重的彩陶盆（擦得很干净），放在地板上，弄得黑暗中一阵叮当乱响。他哆哆嗦嗦地站进盆中，光脚趾擦着盆边，发出吱吱的声音。就这样折腾了整整一夜，直到天亮方才罢休。

在五月的雷雨中，格拉夫吓破了胆，深深坠入可耻的怯懦之中。清晨来临，他的心情发生了变化。他望望明亮的快乐蓝天，看看快干的沥青路面上暗淡潮湿的枝状花纹，意识到再过一个月就到六月十九号了，那一天他就三十四岁了。大地啊！他能撑到那个时候吗？他熬得过去吗？

他希望能熬过去。他饶有兴致地决定，进一步采取措施，不让命运索走他的性命。他不再出门，不再刮脸。他假装生病，饮食由房东太太来照顾。恩格尔先生常托房东太太给他送来一只橘子，一本杂志，或泻药粉，装在很雅致的小信封里。他抽烟少了，睡觉多了。流亡报纸上的填词游戏他都要做完，从鼻孔呼吸，睡觉前小心翼翼地在床边小地毯上铺开一条湿毛巾，为的是凉气一旦袭来，他就马上惊醒，免得他的身体梦游一般偷偷逃离思想的监视。

他熬到头了吗？六月一日。六月二日。六月三日。到六月十日，邻居隔着门问他是否安然无恙。十一日。十二日。十三日。就像那位举世闻名的芬兰长跑健将，在跑完最后一圈之前，扔掉了一路努力顺当跑来一直帮他计时的镀镍手表，格拉夫一见终点在望，突然改变了行为方式。他刮掉了草黄色的胡须，洗了个澡，邀请客人共庆六月十九日。

日历的小精灵狡猾地暗示提前一天庆祝生日（他出生在上个世纪①，那时候在旧历和新历之间相差十二天，而不是十三天，他现在就按十二天后的新历来算），他实在扛不住这个诱惑。他倒是给住在普斯科夫的母亲写了信，让她告诉他出生的确切时间。但她回信说得闪烁其词：“生在夜里，我记得疼痛难忍。”

十九号天亮了。整整一上午，他的邻居都能听见他在自己屋里

---

① 这里指十九世纪。俄国历法十九世纪旧历比新历早十二天，二十世纪早十三天。

走来走去，异常烦躁不安，甚至一听大门门铃响，就跑到楼道里，好像在等什么消息似的。格拉夫没有请这位邻居出席晚上的聚会——他们本来就不熟——但他倒是请了房东太太，因为格拉夫的天性很奇怪，既心不在焉，又很会谋算。后半晌，他出了屋，买了伏特加、肉馅饼、熏鱼、黑面包……回家的路上，过马路时，尽管抱着一大堆收拾不住的东西，步履不稳，他还是看见了恩格尔先生站在阳台上望着他，身子照在黄色的阳光中。

八点左右，格拉夫精心布置好餐桌，斜身探出窗子，就在此刻，出现了如下情景：在街道拐角处，一小伙男人聚集在酒吧门前，高声怒吼，随后突然发出几声清脆的枪响。格拉夫感觉到一颗流弹呼啸着掠过他的脸庞，险些打碎了眼镜，他惊恐地喊声“啊”，往后一缩身。门厅那边传来前门的门铃声。格拉夫全身发抖，摸索着走出屋子。就在此时，伊万·伊万诺维奇·恩格尔穿着浅黄色的睡衣，冲进门厅里。来人正是信使，送来了他等了整整一天的电报。恩格尔急忙打开电报—— 一看高兴得满面红光。

“Was dort für skandale？[①]”格拉夫朝信使问道。信使却一脸困惑，没有听懂　　毫无疑问，发问者的德语太差。格拉夫小心翼翼地朝窗外望去，只见酒吧门前的人行道上已空无一人，各店的工友坐在门廊附近的椅子上，一个光着小腿的女仆正在遛一条粉红色的宠物狗。

约摸九点，所有的客人都到了——三个俄国人，再就是德国房东太太。她拿来五只喝利口酒的杯子，还有一个她自己制作的蛋糕。她体型不好看，穿着唰唰作响的紫罗蓝色连衣裙，颧骨突出，脖子上长满斑点，戴着喜剧中丈母娘的假发。格拉夫的朋友是流亡文人，神情忧郁，都上了年纪，动作迟缓笨重，患有各种各样的病痛（他们讲这病那病，格拉夫听得心里受用）。他们三下两下就把房东太太灌

---

① 德语，那边在闹事吗？

醉了，自个儿也喝多了，还没有快乐起来。谈话当然用俄语进行，房东太太一个字也听不懂，但还是咯咯笑着，转动妆化得很差劲的眼睛卖弄风情，也没人理睬。她一个劲地自言自语，但谁也不听她的。格拉夫时不时在桌下伸出手腕看表，盼着附近的教堂塔楼敲响夜半钟声。他喝着橙汁，把着手腕上的脉。快到半夜时，伏特加酒劲发作，房东太太打着趔趄，大笑不止，拿出一瓶法国白兰地来。“来，为你的健康，老规矩。”客人中的一位冷冷地对她说。她乖乖听话，上去就和他碰杯。接着又朝另一位客人凑过去，那人却伸手挡开了她。

太阳出来时，格拉夫伊茨基和客人道别。他注意到门厅里的小桌上放着那封让他的邻居惊喜万分的电报，现在被撕开了，弃在一旁。格拉夫一念电文，不得其解：“SOGLASEN PRODLENIE（同意延期）。”然后他返回自己的屋子，稍事收拾，打了个哈欠，心中充满奇怪的无聊感觉（好像他根据当年的预兆计划好了一生的长度，现在只好把生命的建构重新来过），便在一把扶手椅里坐了下来，随手翻开一本破损不堪的书（某一位送的生日礼物）——是一本俄语的精彩故事和双关妙语的集子，在远东出版。“你儿子如何，诗人？”——“他如今是个悲伤人[①]。”——“什么意思？”——“他只写悲伤的对联。”渐渐地，格拉夫坐在椅子上打起盹来，睡梦中看见伊万·伊万诺维奇·恩格尔在一个花园模样的地方唱歌，抖动着一对毛茸茸的鲜黄色翅膀。格拉夫醒来时，明媚的六月阳光正在房东太太的酒杯里照出一道道小小彩虹，所有的东西不知为何都显得柔和明亮，高深莫测——好像有什么事情他没有搞懂，没有想通，现在再想为时已晚，另一种生活开始了，过去已经消亡了，死亡已经把毫无意义的记忆清除得干干净净。记忆中的往事只是偶尔从简陋偏远的老家隐隐传来，在那里，往事如烟，已经结束了它那不为人知的存在。

① 原文sadist，双关语，本义为“施虐狂”，此处由词中的“sad”引申出“悲伤”之义。

未知的领域

瀑布的声音变得越来越低沉，直到最后完全消失。我们继续前行，穿过了一座至今人迹罕至的原始森林。我们走着，一直走着，已经走了好长时间了——走在前面的是我和格雷格森，跟在后面的是我们的八个当地搬运工，一个紧跟着一个。最后一个是库克，每走一步都要发牢骚，提抗议。我知道格雷格森是在当地一位猎手的建议下聘用了他。库克坚持认为他已经为走出棕拉基做好了充分准备，在这一带，大家都是花半年时间酿造当地独特的酒，又用另外半年来喝这种酒的。不过这个库克是何许人也，仍然不清楚（也许是个逃亡水手？）——要么就是我走得太久了，已经开始忘事了。

格雷格森大步走在我身旁。他长得瘦长健壮，露着两只瘦骨嶙峋的膝盖。他扛着一副长柄的绿色捕蝶网，就像扛着一面大旗似的。那些搬运工都是当地的巴多尼亚人，身材高大，棕色的皮肤光滑闪亮，头发如鬃毛一般密实，两眼之间还有阿拉伯式的深蓝色图饰。这几个人我们也是在棕拉基雇到的，他们走起路来步履稳健。库克掉了队，落在他们后面。他大腹便便，一头红发，耷拉着下嘴唇，双手插在衣袋里，没扛任何东西。我隐约记得此次探险刚开始时他话还挺多，爱说点半文不白的笑话。从待人接物看，他身上既有傲气，也有奴性，活脱脱一个莎士比亚笔下的小丑。不过他的劲头没多久就蔫了下来，变得沉闷了，该他干的事情也不好好干。该他干的事情里有一项是当翻译，因为格雷格森听巴多尼亚当地方言的能力仍然很差。

天气热，令人有懒洋洋、软绵绵的感觉。瓦利埃根开花，发出扑鼻的香气。这种花颜色和珍珠母贝一样，团团簇簇如肥皂泡般，形成一座拱桥，搭在我们沿路走去的干河床上。枝繁叶茂的大树上缠着黑叶藤，形成一个通道，零零星星透进一丝丝雾蒙蒙的亮光。上方草木茂盛，密密实实连成一大片。花团悬垂，奇怪地纠结缠绕，黑压压看不清楚，里面灰毛猴子又打又闹。一只彗星模样的鸟一闪而过，宛如放了一道信号烟火，发出又细又尖的叫声。我不断告诉自己，由于长途跋涉，天气炎热，色彩多得晃眼，林中声音嘈杂，我的头才会昏昏沉沉。其实我心下明白，我这是生病了。我猜想这病是当地的热病。但我下决心不让格雷格森得知我的病情，所以就装出一副高高兴兴甚至欢天喜地的样子，结果招来灭顶之灾。

"这是我的错，"格雷格森说，"我压根就不该让他参与进来。"

我现在和格雷格森单独在一起。库克和八个土著人撇下了我们，悄无声息地消失了，带走了帐篷、橡皮船、日用品和采集到的标本。我们两个只顾自个儿在密林中忙碌，追捕迷人的昆虫。我想我们曾尽力去追赶那几个逃亡者——现在记不清楚了，但反正是没有追上。我们只好做出选择，要么返回棕拉基，要么按计划继续我们的行程，穿越至今一无所知的地域，朝谷拉诺山脉前进。一无所知的地域得胜了，我们继续往前走。我已经全身发抖，吃了奎宁药，耳朵也听不见了。我仍然采集一些不知名的植物，格雷格森虽然完全明白我们的危险处境，但还是继续捕捉蝴蝶和双翅类昆虫，热情丝毫不减。

还未走出半英里，库克突然赶上了我们。他的衬衣撕破了——明显是他自己故意撕破的——直喘粗气。格雷格森二话不说就拔出左轮手枪准备结果这个恶棍，但库克跪倒在格雷格森脚下，双臂抱头，开始发誓说是那些土著人强行带走他，还想把他吃了（他这是撒谎，巴多尼亚人不是食人族）。那些人本来生性蠢笨，又胆小怕事，我怀疑他稍加蛊惑，就轻而易举地劝得他们放弃了这前途未卜的旅程，只是他没料到他跟不上土著人有力的步伐，掉了队，赶又绝对赶不上，便回来找我们。因为他，我们丢失了采集到的珍贵标本。理应打死他。但格雷格森收起枪，我们继续前行，库克喘着气，踉踉跄跄地跟在后面。

树木渐渐变得稀疏了。我胡思乱想，苦恼不堪。有些树干长得好怪，上面盘着粗壮的肉色巨蛇，引得我定睛观看。突然间，我觉得我看见了两树之间有一座半开的衣橱，如在两指之间一般，衣橱的镜子闪着昏暗的光。但随后凝神细看，却发现原来只是一株合欢灌木闪着微光，让人看花了眼（这种灌木是一种带卷须的植物，结着大浆果，这种浆果有点像圆鼓鼓的李子）。走了一会儿后，树木整个分开了，天空宛如一面坚固的蓝墙立在我们面前。我们站在一面陡坡的顶部，下方是一大片茫茫沼泽，微光闪闪，水汽蒸腾。再远处便是淡紫色的山峦剪影，影影绰绰，但轮廓分明。

"我向上帝发誓，我们必须返回去，"库克带着哭腔说，"我向上帝发誓，我们会死在这些沼泽中的——我家中还有七个女儿，一条狗呢。让我们回去吧——我知道怎么走……"

他紧握双手，汗水从长着红眉毛的胖脸上滚滚流下。"回家，回家，"他反反复复念叨着，"你们带来的麻烦够多了。让我们回家！"

格雷格森和我开始沿着一道石子斜坡往下走。刚开始下坡时，库克站在坡顶就是不下来，远远望去，一个小白影，背后便是一望无际的莽莽森林。但后来他突然抬起双手挥舞，发出一声尖叫，跟在我们后面摇摇晃晃往下走了。

斜坡渐渐变窄，最后形成一个小山尖，像个长长的鸡冠，伸进沼泽地中。沼泽地透过水汽蒸腾的薄雾隐约可见。正午时分的天空，摘去了树叶的面纱，沉闷地悬在我们头顶上，压得人睁不开眼睛——对，沉闷得令人睁不开眼睛，除此之外，不知该怎么形容这样的天空。我尽量不往上看，但就在我的视野边缘触及之处，只见天上飘浮着幽灵一般的灰白影子，总和我不差先后，像是用来装饰欧式屋顶的石膏材料，刻有卷曲线条和玫瑰花饰。可是我抬眼直视时，这些影子就消失了，热带的天空好像又明朗起来，万里无云。我们还在沿着那个小山尖走，不过它越来越窄，随时会让我们偏离方向。山尖周围长着金黄色的沼泽芦苇，像百万把出鞘的剑在阳光下闪闪发亮。处处闪现着长条形的水洼，水面上密集着黑压压的蚊蝇。一朵很大的沼泽花儿，大概是兰花，萎靡不振地向我伸出它毛茸茸的唇，唇上仿佛涂了蛋黄一般。格雷格森挥动他的捕蝶网——他沉下身子，屁股几乎陷进凹凸不平的沼泽泥浆里去了，原来是一只巨大的凤尾蝶，锦缎般的翅膀呼啦一扑，从他身边飞走了。只见它飞过芦苇，朝一个微微闪亮的地方飞去，那里有一棵垂柳，枝条隐隐如帘。我绝不会，我对自己说，我绝不会……我移开目光，继续跟在格雷格森身旁往前走，一会儿翻过一块岩石，一会儿蹚过咂嘴一般吱吱作响的泥潭。尽管天气像温室一般闷热，我却感到阵阵寒意。我预见到我将顷刻之间土崩瓦解，天上和金色芦苇中的曲线和花纹看得人神智迷乱，最终将彻底控制我的意识。有时候，格雷格森和库克好像变成透明的了，这时我就心想，我的目光穿透他们，看到了墙纸，一望无际的芦苇便是墙纸上一成不变的图案。我打起精神，使劲睁大眼睛，继续往前走。库克走到现在，已经是匍匐爬行了，一边叫唤，一边拉着格雷格森的腿不放。格雷格森则不停地将他甩开，再往前走。我看看格雷格森，看看他坚韧的面容，暗自庆幸：我眼看就要忘记格雷格森是谁了，也要忘记为什么跟他在一起了。

与此同时，我们越来越频繁地往泥潭里陷，一次比一次陷得深。欲壑难填的泥潭不停地吞吸我们，我们要扭动身体，才能逃脱。库克不停地摔倒、爬行，虫子咬遍了全身，大疱小疱全部都肿了起来，往外渗水。上帝啊，不知有多少次恐怖时刻，淡绿色的水蛇受到我们汗气的吸引，腾空而起来追我们，库克那个尖叫真是钻心啊！那水蛇身子一紧一松，便飞出两码远，再一紧一松，便又是两码。不过我更担心的是别的东西：时不时出现在我的左边（不知为什么总是在我的左边)，藏在千篇一律的芦苇丛中，好像一把很大的扶手椅，其实是一个奇怪而又笨重的灰色两栖动物，格雷格森不愿意告诉我它的名字。它眼看就要从沼泽里一跃而出了。

“休息，”格雷格森突然说，“咱们休息一下。”

幸运的是，我们设法爬上了一个岩石小岛，岛周围全是沼泽地植被。格雷格森卸下背包，给我们分发了一些当地的小馅饼，闻起来像吐根树，还有十来个樱桃般的水果。我渴得要命，小樱桃的几滴汁少得像眼药水，能管什么用……

“注意了，好生奇怪，”格雷格森对我说，没有用英语，用了另一种语言，为的是不让库克听懂，“我们必须穿过那些小山包，可是你看，多奇怪——难道那些小山包是海市蜃楼吗？——它们现在看不见了。”

我从我的靠垫上抬起身来，把胳膊肘支在坚硬的岩石表面上……是的，他说得对，那些小山包的确看不见了，沼泽地上空只弥漫着蒸腾抖动的水汽。我周围所有东西又一次隐隐约约变得透明。我靠了回去，对格雷格森轻声说道：“也许看不出来，不过有什么东西一直想脱困而出。”

“你在说什么？”格雷格森问道。

我意识到我在胡言乱语，便停住不说了。我的头有点眩晕，耳朵里面嗡嗡响。格雷格森单膝跪地，翻他的背包，但背包里没有药物，我带的东西都用光了。库克一言不发地坐着，愁眉苦脸地抠岩石。透过他衬衣袖子上的一个破缝，他胳膊上的一个奇怪纹身露了出来：一只水晶酒杯，一把茶匙，纹得非常精致。

“瓦利埃病了——你有药吗？”格雷格森对他说。他们说的话我没有听得很清，但我能猜到大概的意思。等我凝神细听时，他们的话变得很可笑，不知何故漫无边际。

库克缓缓转过身来，那玻璃一样的纹身滑到他皮肤的另一边去了，悬在半空中；然后它越飘越远，我瞪大惊恐的双眼盯着它远去，但就在我一转脸时，它最后忽闪一下，消失在沼泽的雾气中了。

“你活该，”库克喃喃说道，“太可惜了。这事你我也会遇上的。太可惜了……”

在最后的几分钟里——就是说，从我们在这个石岛上休息时算起——他似乎变大了，膨胀起来了，现在他的状况很可笑，也很危险。格雷格森摘下他的太阳帽，掏出一块脏兮兮的手帕，擦了擦额头。他眉头部分是橙黄色的，再上去是白色的。然后他把帽子又戴上了，斜身靠近我说了一句“打起精神来”（就是这类打气的话）。“我们还要往前走。雾气挡住了小山包，但小山包肯定在这一带。我能肯定这沼泽地我们已经走过一半了。”（走过一半也只是个大概。）

“杀人犯。”库克压低声音说。那个纹身又出现在他的小臂上了，但不是整个杯子，只是杯子的一面——余下的没有足够的地方显示。只见它在空中抖动，幻影重重。“杀人犯，”库克抬起怒气冲冲的双眼，很痛快地又说了一遍，“我早说了，我们会困在这里的。黑狗吃肉，越吃越臭。咪，唻，发，唆。”

“他是个小丑，”我轻轻对格雷格森说，“一个莎士比亚笔下的小丑。”

“小丑，小丑，小丑，”格雷格森答道，“小丑，小丑——小丑，小丑……你听到了吧，”他继续说，冲着我的耳朵大叫，“你必须起来，我们必须前进。”

这块岩石就像床一样洁白柔软。我稍稍抬身，但身子一软，又倒回靠垫上。

“我们得抬着他走，”格雷格森说，声音很遥远，“帮我一把。”

“无聊，”库克答道（或许我听来如此），“不如趁他没风干，我们来点鲜肉吃吃。发，唆，咪，唻。”

“他病了，他也病了，”我朝格雷格森叫道，“你在这里陪着两个疯子。你自己一个人走吧，你会成功的……走！”

“要他一个人走，没那么容易。”库克说。

一片混乱之中又平添了种种迷乱的幻象，此刻悄悄地、坚定地飞舞在我的眼前。昏暗的顶棚一字儿排开，直上云霄。一把硕大的扶手椅从沼泽里升了起来，好像底下有什么支撑。光滑的鸟飞过沼泽雾霾，栖息下来时，其中一只变成了一个床柱的木把手，另一只变成一柄酒壶。我聚集起我全部的意志力，凝神定睛，要驱散眼前这危险的乱象。芦苇上方，飞着真实的鸟，拖着火红的尾巴。空气中响着昆虫的嗡嗡声。格雷格森正在驱赶一只杂色的苍蝇，一边赶，一边不忘辨别它的种类。最后他实在忍不住了，就把它捕进了网里。他的动作经历了奇怪的变化，就好像有人暗中操纵着他。我见他同一时间就做出了各种不同姿势，好像自己把自己甩出去一般，人仿佛是玻璃做的，一动就光影绰绰，样子各各不一。接着他又凝聚起来了，稳稳地站着。只见他抓住库克的肩膀不停地摇。

“你得帮我抬他，”格雷格森一字一顿地说，“要不是你背信弃义，我们哪会落到这步田地。”

库克还是没有说话，但脸渐渐涨得通红。

“听着，库克，你会为此后悔的，”格雷格森说，“我现在最后说一遍——”

就在这时，一件酝酿已久的事情突然发生了。库克像头公牛一般一头撞向格雷格森的胸口。两人都倒了下来。格雷格森不失时机地拔出左轮手枪，但被库克击落。于是两人扭在一起，抱成一团滚起来，发出震耳的喘气声。我望着他们，无可奈何。库克的宽背紧绷起来，脊梁骨透过衬衣清晰可见。不过突然间，他的背看不见了，能看见的是一条小腿，也是他的，长满棕红色的毛，暴起一道道青筋。这时格雷格森正压在他的身上，只见格雷格森的头盔跌落了，一晃一晃地滚远，像半个硕大的纸板做的鸡蛋。两人的身体扭打成一座迷宫，不知从这迷宫的何处，库克的手指抖抖索索蠕动出来，紧攥着一把生了锈却异常锋利的刀。这把刀插进了格雷格森的背，好似插进泥里一样，但格雷格森只是哼了一声，两人抱成团又滚了几滚。接下来我再看见我朋友的背部时，刀柄和上半段刀刃还露在外面。他的双手紧锁着库克的粗脖子，只听见那脖子在挤压之下嘎嘎直响，库克的腿也在一蹬一蹬地抽搐。他们使尽全力进行了最后一搏，这时露在外面的刀刃只有四分之一了——不，只有五分之一了——也不是，现在连五分之一都没了，刀刃彻底没入背中。格雷格森一直压在库克身上，这时安静了下来，库克也一动不动了。

我看着，这情景我觉得（我现在烧得迷迷糊糊）像是一场毫无害处的游戏，一阵儿后，他们就会站起来，缓过气息后，就会和和气气地抬着我穿越沼泽，去往凉爽的青葱小山，到达一个流水潺潺的阴凉之地。可是，就在我这要命的疾病进入最后阶段之际——因为我知道再过几分钟我将死去——就在这最后的几分钟，所有的事情突然间变得一清二楚。我意识到发生在我身边的并不是我头脑发昏而幻想出来的游戏，不是披着面纱的迷幻症。当初迷迷糊糊时，反复出现的是令人不快的景象，好像我自己在一个遥远的欧洲城市（墙纸、扶手椅、盛柠檬的玻璃杯）。我意识到，那显眼的房间是虚幻的，因为死后一切都是虚幻的：生命装模作样地匆匆凑到一起，设备齐全的房屋原本不存在。我意识到，眼前的情况是现实，现实就在那片奇妙的、可怕的热带天空下，就在那些剑光闪闪的芦苇中，就在蒸腾在芦苇上方的水汽里，就在簇拥在平坦小岛周围的厚瓣花丛中；就在这个小岛上，就在我的身旁，躺着两具紧紧纠缠在一起的尸体。一旦明白了眼下的情况，我发现自己体内有了力量，便爬到他们身边，从我的领路人、我的朋友格雷格森身上拔出那把刀来。他死了，真的死了，他衣袋里的小瓶子也破了，碎了。库克也死了，他那炭黑色的舌头从嘴里吐了出来。我掰开格雷格森的手指，把他的身体翻转过来。他的唇半张着，沾满血。他的脸，好像已经僵硬了，看样子没有刮干净。眼皮之间露出蓝莹莹的眼白。我最后一次清醒而又清晰地看到了眼前的这一切——他们磨掉了皮的膝盖，四周盘旋着成群的绿头苍蝇，其中的母苍蝇已经准备在他们的膝盖上找地方产卵了。我伸出瘫软的手摸索着，从我的衬衣口袋里掏出一本厚厚的笔记本。可是这时我全身瘫软无力，便坐下来，垂下脑袋。不过我还是战胜了这难捱的死亡之雾，抬眼往四面观瞧。蓝天，炎热，孤寂……我为永不还家的格雷格森深感惋惜——我甚至想起了他的妻子，他家的老厨师，他养的鹦鹉，还有许许多多别的事情。接着我又想起了我们的发现之旅，想起了我们发现的珍贵物品，尚未描述过的稀有动植物，如今这些动植物永远不会由我们来命名了。我孤独一人。闪闪芦苇渐渐朦胧，火红的天空渐渐暗去。我的目光随着一只纤细的甲虫移动，它正在爬过一块石头，但我没有力气抓住它。我周围的一切都暗淡下去，只剩下光秃秃的死亡景象——几件实用的家具，四堵墙壁。我最后的动作是打开那本被我的汗水打湿了的书，因为我一定要写下一番记述。可是，唉，书从我手里滑落了。我在毯子上找了个遍，却再也不见它的踪影。

重　逢

列夫有个兄弟，名叫塞拉菲姆，年龄比他长，身形也比他胖。尽管在过去的九年里——哦，不对，等等……上帝，是十年，十年多了——很可能他已经变瘦了，可谁知道呢。过一会儿我们就知道了。列夫离开了俄罗斯，塞拉菲姆却留了下来，离开留下都纯属偶然。事实上，列夫可以说是个左翼分子，而塞拉菲姆呢，刚从理工学院毕业，除了他专攻的学科领域，对其他事情概不关心；对于政治动向，更是谨言慎行……真是奇怪，太奇怪了，一会儿他就到家里来了！需要来一个拥抱吗？毕竟分别这么多年了……他是个专家。英文是specialist，简略成了spets。唉，这样掐头去尾简略了的词就像剁掉了的烂鱼头……

那天早晨，列夫接到一个电话，一个说德语的陌生女人告诉他说塞拉菲姆来了，想今晚过来拜访，因为他明天又要离开。虽然列夫早就知道他哥哥在柏林，但这消息对他来说，还是太过意外。列夫的一个朋友的朋友认识一个苏联贸易代表团的工作人员，因而他知道塞拉菲姆曾负责安排一些采购工作。他是个苏共党员吗？都十多年过去了……

这么多年来，他们始终不曾联系过。塞拉菲姆对他弟弟的情况一无所知，列夫对他哥哥的情况也几乎一无所知。有几次，列夫在图书馆偶然看到过一些烟灰色的苏联文件，上面有塞拉菲姆的名字。"鉴于工业化的基本前提，"塞拉菲姆长篇大论道，"是广泛整合我们经济体制中的各种社会主义经济成分，所以农村的快速发展也就成了当前极其重要和迫切的任务。”

列夫已经完成了布拉格大学的学业，虽然毕业有所推迟，也是情有可原的（他的论文写的是斯拉夫文化崇拜对俄罗斯文化的影响）。如今，他正打算在柏林闯出一番天地，却又不知道该如何闯荡才是。是像列什车耶夫建议的那样贩卖些小装饰品，还是像富克斯建议的那样做个印刷商？顺便说一下，那晚正是俄罗斯的圣诞节，列什车耶夫、富克斯以及他们的太太们打算前来聚会。列夫用他最后那点钱买了棵十五英寸高的二手圣诞树，另外还买了些深红色的蜡烛，一磅烤干面包，半磅糖果。他的客人们说好要带点伏特加和葡萄酒来。然而，他一收到那个遮遮掩掩、令人难以置信的消息——他哥哥要拜访他，就立刻取消了这次聚会。列什车耶夫夫妇外出了，他只好留话给女仆，说他有些突发事情要处理。当然，和他哥哥单独促膝而谈，已经是种折磨了，但情况有可能更糟……“这是我哥哥，俄国来的。”“很高兴认识你。对了，他们会不会又要呱呱乱叫了？”“你到底在说谁啊？我不明白。”尤其是列什车耶夫，他一向慷慨激昂，偏执难处……不行，这次圣诞聚会必须取消。

现在已经快晚上八点了，列夫在他那寒酸但却整洁的小屋里来回踱步，时而撞到桌子上，时而碰到单薄小床的白色床头板——尽管他生活拮据，但一向干净整洁。他身材不高，一件黑色西装早已穿得磨出了光泽，大翻领对他来说也显得太大了。他面净无须，鼻梁塌陷，貌不出众，眼睛窄小，略带迷离。他总是穿着鞋罩，为的是盖住他袜子上的破洞。最近他刚和妻子分居了。真想不到，她居然背叛了他！而且，看看她是为了谁做出这种事的吧，为了一个俗不可耐的人！为了一个一无是处的人！他把她的照片收了起来，否则他将不得不回答他哥哥提出的问题（“她是谁？”“我前妻。”“前妻，什么意思？”）。他把圣诞树也移走了，征得房东太太的同意后，把它放到了她的阳台上——否则，谁知道他哥哥会不会取笑一个流亡者的多愁善感呢。当初他为何首先买了棵圣诞树呢？无非是传统使然。宾客盈门，烛光摇曳，然后关掉电灯——这时就只有这棵小圣诞树独自发出幽幽的光，在列什车耶夫太太那美丽的双眸中映出明镜般的光泽。

他应该和哥哥聊些什么呢？是否应该轻松随意地告诉他内战期间自己在俄罗斯南部冒险的故事呢？是否应该开玩笑似的抱怨一下目前的贫穷状态（目前真是不堪忍受，令人窒息）呢？抑或应该表现得心胸开阔，以至于超脱了那些流亡者的怨愤，并且能够理解……理解什么呢？或许塞拉菲姆更乐意看到我一贫如洗，简单纯朴并且乐于与人合作的样子……可是和谁呢，和谁合作？或者，恰恰相反，他会攻击他、侮辱他、驳斥他，甚至极尽尖酸刻薄之能事？“从语法上说，列宁格勒只能指内尔城。”

他给塞拉菲姆画像：厚实的斜肩，巨大的胶鞋。他家别墅前的花园里到处是水坑，他们的父母去世，革命开始……他们从来没有特别亲密过——即便上学时也不亲密。那时他们各有各的朋友，各有各的老师……他十七岁那年夏天，塞拉菲姆与住在附近别墅里的一位律师的妻子闹了段很不光彩的绯闻。那位律师挥舞着拳头，歇斯底里地大喊大叫；而那个长着一张猫脸、并不年轻的女人，衣衫不整地在花园的林荫路上飞跑；花园后面什么地方传出恼羞成怒摔碎水杯的声音。还有一次，塞拉菲姆在河里游泳时差点淹死……这些就是列夫对哥哥比较真切的记忆，上帝知道这些加起来也顶不了多少。你常以为你可以准确无误地记住某个人的生动形象，然而当你逐一核实，就发现你所记住的很空洞，很贫乏，很肤浅——只是靠不住的表象，你的记忆其实是冒牌货。但不管怎么说，塞拉菲姆还是他的兄长。他吃起饭来食量惊人，做起事来有条不紊。还有什么呢？还有就是有天傍晚，在茶桌旁……

时钟敲了八下。列夫紧张地朝窗外望了一眼。外面下起了毛毛细雨，街灯笼罩在了氤氲的水汽里，人行道上残留着尚未化尽的白雪。这是个相对温暖的圣诞节。几条庆祝德国新年时留下的浅色纸带挂在街对面的阳台上，在夜色中瑟瑟飘动。这时前门门铃突然响起，列夫顿时觉得有一股电流直冲太阳穴。

塞拉菲姆比以前更高更胖了。他一边夸张地大口喘着气，一边抓起列夫的手。两人都满脸堆笑，却都没有说话。他穿着一件厚厚的俄式大衣，领子是阿斯特拉罕羊羔毛做成的，用钩子固定在大衣上，戴着一顶国外买的灰色帽子。

“到这边来，”列夫说，“脱下外衣吧。来，我给放这儿。我这地方好找吗？”

“我是乘地铁来的，”塞拉菲姆气喘吁吁地说，“还行，还行。这么说这就是……”

他有点夸张地舒了一口气，坐到了扶手椅上。

“茶马上就好。”列夫赶紧说道，边说边摆弄洗涤池里的酒精灯。

“天气真是糟糕。”塞拉菲姆一边抱怨一边搓手。其实外面相当暖和。

酒精装在一个铜质球体里，拧一下大头螺钉，酒精就会渗进一个黑色的凹槽。但每次只能渗进一点点，然后拧紧螺钉，再拿火柴一点。一股微弱的淡黄色火苗蹿了出来，沿着黑槽流动，最后渐渐地熄灭了。这时再打开阀门，随着噗的一声响（金属底座处有一个高高的锡制茶壶，壶侧面有个很大的黑点，好像受过伤一般），就冒出来一股与刚才的黄火苗极不相同的蓝青色火苗，形状宛如一个饰有锯齿状边的蓝色皇冠。列夫对酒精灯的工作原理并不知晓，对此也毫无兴趣，只是按房东教的照做而已。塞拉菲姆一开始只是扭过头来看他摆弄酒精灯，不过他因身子发福，头只能扭到一定程度，于是后来干脆起身靠近，两人一起探讨这一设备。塞拉菲姆一边解释着它的工作原理，一边用手轻轻来回拨弄着螺钉。

“嗯，你过得怎么样？”他问道，然后又躺回到他坐着有点挤的扶手椅上。

“这个嘛——你也看得出来，”列夫说，“茶马上就好了。你要是饿了，我这里还有点香肠。”

塞拉菲姆谢绝了，使劲地擤了鼻子，谈起柏林来。

“他们已经赶超美国了，”他说，“看看这儿的交通就知道了。这个城市发生了巨大的变化。你知道，一九二四年我在这儿待过。”

“那时我住在布拉格。”列夫说。

“我知道。”塞拉菲姆说。

沉默。两人都紧盯着茶壶，仿佛那里马上会有什么奇迹发生似的。

“水快开了，”列夫说，“先吃点糖果吧。”

塞拉菲姆拿了点糖，左边的脸颊动了起来。列夫还是不想坐下，因为一坐下就意味着要正式聊天了。他宁愿站着，或是在餐桌与床、床与水槽之间来回转悠。几片枞树叶散落在已经褪色的地毯上。突然，微弱的嘶嘶声停了。

“灯坏了。”塞拉菲姆用俄语说。

“我们能修好的，”列夫急忙说，“一会儿就能修好。”

原来是瓶子里没酒精了。“真可恶……你看，我得去房东那儿弄点酒精来。”

他出门穿过走廊，朝房东住处走去——真是傻到家了。他敲了敲门，但没人应答。不给一盎司的关注，便是一磅的蔑视。为什么会突然想起这句话？那是学童时代的一句格言，受到取笑不予理睬时就这么说。他又敲了敲门。到处一团漆黑。房东出去了。他摸着黑往厨房走去。厨房早就锁上了，似乎料到他会来一般。

列夫在走廊里站了一会儿，与其说他是在考虑酒精的问题，不如说是趁机享受一下独处的那份轻松。回到那个气氛紧张的房间，跟一个安心坐在那里的陌生人促膝而谈，那是何等的痛苦。跟他能聊些什么呢？聊一聊以前某一期《自然》杂志里论法拉第的文章吗？不行，这行不通。他返回房间，看见塞拉菲姆站在书架旁，翻看着那些破书残卷。

“荒唐，”列夫说，“真是闹心。看在老天的分上，请原谅。也许……”

（也许水马上就开了？不，水才刚刚温热呢。）

“没关系。说实话，我并不是很喜欢喝茶。你读过很多书吧？”

（他是否应该下楼去小酒馆买些啤酒呢？可是钱不够，那里也不能赊账。真该死，他把钱都花在糖果和圣诞树上了。）

“对，读过一些，”他大声说，“真不好意思，太不好意思了。要是房东在……”

“算了，”塞拉菲姆说，“我们就不喝茶了。就这么着吧。对，就这么着。那你的情况大致如何？身体怎么样？感觉还好吗？健康是最重要的。我嘛，不怎么看书。”他斜眼瞥了一眼书架，继续说道，“没有时间看。那天在火车上我碰巧看到……”。

走廊里的电话突然响了起来。

“请原谅，”列夫说，“这有烤面包和焦糖，你自己先随便吃点。我很快就回来。”他急匆匆地出去了。

“你怎么了，老兄？”电话里传来列什车耶夫的声音，“你在干什么？发生什么事了？你生病了吗？什么？我听不见，大点声。”

“有点意外的事，”列夫答道，“你没有收到我的口信吗？”

“哪有什么口信！赶快准备。今天是圣诞节。酒都买好了，我妻子还为你准备了礼物。”

“不行啊，”列夫说，“我真的很抱歉……”

“你可真古怪！听着，我不管你现在正做什么，赶紧停手。我们马上就过来。富克斯两口子也在这里呢。要不这样更好：你到这里来。奥莉娅，安静点！我都听不清电话了。你说什么？”

“不行，我有……我很忙，就这样吧。”

列什车耶夫爆出一句国骂。“再见。”列夫对着已经挂了的电话尴尬地说道。

现在塞拉菲姆已将注意力从书本转移到墙上的一幅画上去了。

“是个生意上的电话，真是烦人，”列夫苦笑了一下，“不好意思啊。”

“你生意很忙吧？”塞拉菲姆嘴里问道，眼睛却没有离开那幅石版画——画里是一个红衣女子和一条墨黑色贵宾犬。

“唉，也就是混口饭吃——给报纸写点文章，各种事情都写，”列夫含糊其辞地说，“你呢——你不会在这里待很久吧？”

“我很可能明天就走。我顺便过来看看你，也就几分钟时间。今晚我还要……”

“坐下，请坐下……”

塞拉菲姆坐了下来。他们又沉默了一会儿，两个人都有点口渴了。

“刚才我们谈到书，”塞拉菲姆说，“因为总有这样或那样的事情，我简直没有时间看书。不过那天在火车上，因为无事可做，就随便拿了本书看。是本德国小说。内容当然很无聊，不过故事还算有趣。是写乱伦的。故事大致是这样的……”

他详细地复述了一遍书中的故事，列夫一边频频点头，一边盯着塞拉菲姆结实的灰色西装和丰润光滑的脸颊，边看边想：兄弟阔别十年，重逢就为讨论纳德·弗兰克写的庸俗废话，这值得吗？他讲得无聊，我听得无趣。对了，我们都想想，我原来想说什么来着……记不起来了。这是个多么令人痛苦的夜晚啊！

“对，我想我读过这本书。对，当下这是时髦话题。你再随便吃点糖果吧。没有茶，我真的过意不去。你说你发现柏林变化很大。”（真不该说这个——他们已经讨论过这个话题了。）

“变得美国化了，”塞拉菲姆说，“美国式的交通，美国式的高楼大厦。”

停顿了片刻。

“我有件事情想请教你，”列夫支支吾吾地说道，“我知道这不是你的研究范围，不过这本杂志里……有些地方我不明白。比如，这里——他搞的这些实验。”

塞拉菲姆拿起杂志，开始解释：“这有什么复杂的？在磁场形成之前——你知道什么是磁场吧？那就好，在磁场形成之前，存在着所谓的电场。把电力线置于一个平面上并使之穿过振荡器。注意，根据法拉第学说，磁力线是呈闭合状的，而电力线则永远是开放的。给我支铅笔——哦，不用了，我自己有一支……谢谢，谢谢，我自己有一支。”

接下来的好长时间里，他一直一边画图一边讲解，而列夫则毕恭毕敬地频频点头。他提到了杨、麦克斯威尔、赫兹等等，真是一场标准的讲座。最后他要了杯水。

“你看，我该走了，”他舔了舔嘴唇说，把杯子放到桌子上。“到时间了，”说着从腹部的什么地方掏出一块厚重的表，“对，到时间了。”

“哦，别啊，再待会儿吧，”列夫嘟囔着，但塞拉菲姆摇了摇头。他站起来，往下拽了拽马甲，然后又盯着石版画中的红衣女子和黑色贵宾犬看了看。

“你能想起它的名字吗？”他问道，这时他脸上露出了今晚第一次发自内心的微笑。

“谁的名字？”

“哦，你知道的——季霍茨基，过去常常带着个小女孩和贵宾狗来我们家。那小狗叫什么名字来着？”

“等一下，”列夫说，“等一下。对，的确如此。我马上就能想起来。”

“那条狗也是黑色的，”塞拉菲姆说，“很像这只……我衣服放哪了？哦，在这儿呢，找到了。”

“我想不起来了，”列夫说，“嘿，它叫什么名字来着？”

“没关系，管它呢。我得走了。嗯……很高兴见到你……”塞拉菲姆尽管身体肥胖，可他很麻利地穿好了衣服。

"我送送你。"列夫边说边拿上他那件破旧的雨衣。

巧的是他们同时清了清嗓子，结果都不好意思起来。接着两人一路沉默着下了楼，走到大街上。外面正下着毛毛细雨。

"我打算乘地铁走。它到底叫什么名字来着？它身子是黑色的，爪子是彩色的。我的记性真是太差了。"

"它名字里有个字母k，"列夫回答说，"我敢肯定——名字里有个字母k。"

他们穿过了街道。

"天气真潮湿，"塞拉菲姆说，"嗯，嗯……难道我们永远也想不起来了？你说名字里有个字母k？"

他们过了街道拐弯。街灯，水坑，黑黝黝的邮政大楼。那个年老的女乞丐像往常一样站在邮票自动出售机旁，伸出一只托着两个火柴盒的手。街灯的微光映照着她凹陷的脸颊，一滴明亮的水珠在她的鼻孔下方颤动。

"真可笑，"塞拉菲姆说道，"我知道那名字就在我的某个脑细胞中，可就是想不起来。"

"叫什么来着……是什么名字呢？"列夫插话说，"真可笑，我俩都记不起来……你记得吗，有一次它走丢了，你和季霍茨基带来的那个女孩还在树林里走了好几个小时找它。我确定它名字里有一个k，可能还有个r。"

他们到广场了。在广场的对面，一块镶嵌着珍珠马蹄铁图案的蓝色玻璃正在闪烁——那是地铁的标志，沿着石阶就可以下地铁了。

"那女孩真是个天生尤物，"塞拉菲姆说，"算了，不管了。你自己保重，我们或许还会再见面的。"

"好像是塔克……还是特里克……都不对，我还是想不起来。没指望了。你也保重。祝你好运。"

塞拉菲姆摊开手掌，挥手告别，然后拱起宽阔的后背，消失在夜色深处。列夫开始慢慢地往回走，他穿过广场，经过邮局和那个女乞丐……突然，他猛地停了下来。他记忆深处的某个地方动了一下，仿佛里面有个很小的东西被唤醒了，然后它开始骚动起来。那个词虽然还不明晰，但它的影子已经从角落里溜出来了。他很想一脚踩住那个影子，免得它再次逃之夭夭。哎呀！太迟了，突然，全都消失了。不过就在此刻，他的大脑不再紧绷，那东西又动了起来。这一次它比较清晰，像寂静的房间中一只老鼠从裂缝中钻了出来，一个活生生的单词轻轻地、悄悄地、神秘地出现了……“伸出你的爪子，乔克。”是乔克！乔克，多么简单的一个词啊……

他不由自主地回头张望，心想此刻坐在地铁上的塞拉菲姆可能也记起来了。真是一场令人沮丧的重逢。

列夫叹了口气，看看表，发现时间还不算太晚，就决定去列什车耶夫家。他只要在他家窗下拍拍手，他们就会听到，让他进去的。

嘴对嘴

小提琴仍在呜咽着演奏，倒像是一曲激情与爱的赞歌，但伊琳娜和深深被打动了的多利宁已快步移向出口。春天的夜晚吸引着他们，弥漫在他们之间的神秘气息吸引着他们。两颗心宛如同一颗心在跳动。

“把你衣帽间的票给我。”多利宁说。(删去)

“拜托，让我去取你的帽子和风衣。”(删去)

“拜托，”多利宁说，“让我去取你的东西。”(在“你的”和“东西”之间插入“还有我的”)

多利宁走向衣帽间，出示了他的小票之后(改为“出示了两张小票”)——

写到这里，伊利亚·鲍里谢维奇·塔尔陷入了沉思。在这里磨磨蹭蹭不好，实在不好。刚刚出现了一个令人欣喜若狂的高潮：孤独年老的多利宁与一个陌生姑娘之间迸发出了爱情的火花。那姑娘身穿黑衣，恰巧和他共用一个包厢，于是二人决定逃离剧院，远远离开那些女装和军服。作者臆想在剧院外的某个地方有个库佩钦斯基或者察斯基公园，那里花香虫鸣，陡壁林立，繁星满天。作者急不可耐地要将他的男女主角置于这星光灿烂的夜空之下。可是衣服总归得取，这就有伤情趣。伊利亚·鲍里谢维奇重读了自己写的东西，鼓起脸颊，盯着水晶镇纸，最终决定牺牲情趣，据实而写。但这样写并不简单。他的所学局限于抒情，描写自然、抒发情感那是得心应手，但要写日常琐事，就觉得困难重重。比如如何开门关门，如何在来人众多的屋子里握手寒暄，一两个人如何向很多人打招呼等。还有更麻烦的事，伊利亚·鲍里谢维奇用起代词来老是指向不清。比如用“她”这个代词，该词用法很逗，在同一个句子中既可以指女主角，又可以指女主角的母亲或姐妹。所以为了避免重复一个名字，就经常要写成“那位女士”或者“她的对话者”，尽管前后并没有出现对话。对他来说，写作是一场与日常用品之间的不平等竞赛。奢侈品写起来好像容易得多，但即使是奢侈品也时不时起来造反，让他卡壳，弄得他无法自由行动——这会儿，好容易写完了更衣室的忙乱，又马上要写手握一支精致手杖的男主角。写了手杖闪闪发亮的丰满圆头后，伊利亚·鲍里谢维奇由衷地开心，可是，唉，他没有料到，下面就要写多利宁双手摸着年轻姑娘柔软的身躯，要抱着伊琳娜蹚过一条春天的小溪，这时拿这么贵重的手杖怎么办。对这东西只字不提也不妥，真是难死人了。

多利宁也就是“有点老”，伊利亚·鲍里谢维奇·塔尔很快就五十五岁了。多利宁“极为富有”，但他的生财之道如何，没有详细交代。伊利亚·鲍里谢维奇经营着一家浴室装修公司（顺便说一下，正是那一年，有几家地下车站墙壁开裂，公司受委任用瓷砖补墙），收入颇丰。多利宁住在俄罗斯——很可能是俄罗斯南部——在大革命很久之前初遇伊琳娜。伊利亚·鲍里谢维奇住在柏林，于一九二〇年携妻带子移民过来。他从事文学创作时间很长了，但成果不多。为一个当地商人写过讣告，登在《哈尔科夫先驱报》（一九一〇）上，那位商人因其自由主义观点而闻名一时。还写过两首诗，同样刊载于该报（一九一四年四月和一九一七年三月）。再就是出版了一本书，内容还是那篇讣告和那两首诗——当时内战正打得如火如荼，出一本这样的书算是很不错了。最后，刚到柏林时，他写了一篇小文章《跋山涉水的旅行者》，刊载在芝加哥出版的一份简陋的流亡日报上。

不过那份报纸很快如烟雾一般消失了，投向其他报刊的既没有退稿，也没有回音。接下来的两年中创作沉寂下来：妻子患病去世，通货膨胀，生意千头万绪。他儿子在柏林上完高中，进入了弗莱堡大学。如今到了一九二五年，他开始步入老年，这个生意兴隆但总体上又十分孤独的人心里痒痒的，又想当作家了。那渴望极为强烈——唉，不为名声，只为引起读者的热心关注——于是他决心放手去做，写一部长篇小说，并自费出版。

小说中的男主角是心情沉重、悲观厌世的多利宁，听到了新生活的号角（就在衣帽间几乎决定命运的一停之后），陪伴着他那位年轻的伴侣走进了四月之夜，写到这里小说的题目已经有了，就叫《嘴对嘴》。多利宁让伊琳娜搬进他的公寓，不过到现在两人还没有任何男欢女爱的事情。他心中所愿是她自动来到他的床前，冲他喊道：

"接受我吧，接受我的童贞，接受我的痛苦。你的孤独就是我的孤独，不论你的爱是长是短，我都做好了一切准备。到处春光明媚，召唤着我们莫辜负大好青春。天空和苍穹展现出神圣的美，我爱你。"

"极富感染力的一段，"尤夫拉茨基说，"我敢说爱得坚如磐石。很有感染力！"

"这不无聊吗？"伊利亚·鲍里谢维奇·塔尔翻过角质架眼镜看了一眼，说道，"无聊不？实话实说。"

"我觉得他会糟蹋了她。"尤夫拉茨基沉思道。

"Mimo, chitatel, mimo（错了，读者，你错了）！"伊利亚·鲍里谢维奇回答道（误用了屠格涅夫的话）。他自鸣得意地笑笑，把手稿甩甩放下，盘起两条肥腿，这样坐更舒适一些，然后接着往下读。

他把小说一点一点地读给尤夫拉茨基听，慢得就像创作时写的速度一样。尤夫拉茨基是在一次慈善募捐音乐会上偶然遇到的，当时是个流亡记者，说是"有名有姓"，其实有十来个笔名。伊利亚·鲍里谢维奇原来认识的人都是德国产业圈子里的人，但现在他参加流亡人士的会议，听讲座，看业余戏剧，还学着以文会友。他和尤夫拉茨基尤其投缘，觉得他的见解条条新鲜，虽说尤夫拉茨基的见解不过是我们都熟悉的时下话题而已。伊利亚·鲍里谢维奇经常邀请他，两人一起喝白兰地，谈论俄国文学。准确点讲，是伊利亚·鲍里谢维奇谈论，请来的客人只是如饥似渴地听，零零星星捡点笑料，以后用来款待自己的朋友。说来也是，伊利亚·鲍里谢维奇的见解分量不轻。他说起普希金来头头是道，但他对普希金的了解主要来自三四部歌剧，倒对普希金有个总体把握，发现他"庄严平静，无法打动读者"。他对当前的诗歌情况了解甚少，只记得两首诗，都是有政治倾向的。一首是维恩伯格（一八三〇至一九〇八）写的《大海》，还有斯基塔列茨（也就是斯捷潘·彼得洛夫，生于一八六八年）写的著名诗行，尾韵用"dangled"（上绞架）和"entangled"（卷入革命阴谋）相押。难道伊利亚·鲍里谢维奇喜欢拿"颓废派"打趣逗乐？对了，他喜欢，但必须指出，他倒是坦承他不懂诗。不过他爱谈论俄国小说。他尊敬卢戈沃伊（二十世纪初一位二流的乡土作家），欣赏柯罗连科，认为阿尔奇巴舍夫[①]会使年轻读者堕落。说到现代流亡作家写的小说，他总是信手一挥，打个俄罗斯"百无一用"的手势，连说"枯燥，枯燥"，听得尤夫拉茨基心醉神迷，如痴如狂。

"作家嘛，就得有激情，"伊利亚·鲍里谢维奇反复地说，"还要有同情心，敏感，公正。也许我是个跳蚤，无足轻重，但我有我的信条。至少要让我笔下的一个词嵌入读者的心。"一听这话，尤夫拉茨基便抬眼偷偷瞟他，心里不无痛苦地想明天说不定又要听一场同样的报告。一人捧腹大笑，一人有苦难言。

终于到了这一天，小说的初稿完成了。朋友建议去咖啡馆，伊利亚·鲍里谢维奇用庄重的口吻神秘地回答说："不可能。我正在修改润色。"

他的修改润色有一部分是对一个过于频繁出现的形容词发起

---

① Artsybashev（1878—1927），俄国小说家，作品主要描写精神颓废者的生活，有些也反映了沙皇统治的黑暗。十月革命后流亡国外，死于华沙。

攻击，就是“molodaya”一词，“年轻”的意思（阴性词），时不时拿“yunaya”一词来换，这个词意思是“青年人的”，他读来带着地方口音，好像多了一个辅音，变成了“yunnaya”一般。

几天后的傍晚，库达姆大街上的一个咖啡馆，红绒长沙发，两位绅士，随便一瞧，好像是两个生意人。一个满脸敬意，甚至神情肃穆，不抽烟，胖脸上一副深信不疑、古道热肠的样子。另一个——瘦高个，浓眉倒竖，两道考究的皱褶从三角形的鼻孔垂下，一直通到下嘴角处，嘴上叼着一支还没有点燃的香烟，斜着突在一边。只听第一个人用平静的声音说：“我灵机一动，已经想好了结局。他死了，对，他死了。”

沉默。红绒长沙发柔软舒适。大型落地窗外，一辆半透明的电车一闪而过，宛如鱼缸里一条艳丽的鱼。

尤夫拉茨基打着了打火机，点燃了香烟，从鼻孔里喷出烟来，说道：“告诉我，伊利亚·鲍里谢维奇，为什么不先在文学杂志上来个连载，再出书？”

“可是，你看，我没那么大面子。连载出书的总是那么一些人。”

“胡说。我有个小小计划。容我三思。”

“那我当然高兴……”塔尔迷迷糊糊地低语道。

几天以后在塔尔的办公室，那个小小计划亮相了。

“把你的东西寄给，”尤夫拉茨基眯起眼睛，放低声音说道，“寄给《阿里昂[①]》。”

“《阿里昂》？那是什么？”伊利亚·鲍里谢维奇紧张地轻拍着他的手稿说。

“不是什么可怕的东西。是最好的流亡评论期刊的名字。你不知道这个期刊？啊呀呀！今年春天出了第一期，第二期预计秋天出版。伊利亚·鲍里谢维奇，你应该紧跟文学的潮流啊！”

① Arion，古希腊半传奇性诗人和乐师，据说他创作了庆祝酒神节时唱的赞美歌。

“可是怎么和他们联系呢？只要寄给他们就可以了吗？”

“正是。把书稿直接寄给编辑。期刊是在巴黎出版的。你不会从没听过加拉托夫这个名字吧？”

伊利亚·鲍里谢维奇羞愧地耸耸肥肩。尤夫拉茨基满脸失望地解释说：“他是个作家，大师，开创了新的小说形式，结构错综复杂。加拉托夫就是俄国的乔伊斯。”

“乔伊斯。”伊利亚·鲍里谢维奇呆板地跟着他重复了一遍。

“首先把书稿打出来，”尤夫拉茨基说，“看在上帝的分上，了解一下这家杂志吧。”

伊利亚·鲍里谢维奇去了解了。在一家俄罗斯流亡书店里，有人递给他一卷厚厚的粉红色书。他买下了这本书，自言自语地说：“年轻的事业。要鼓励。”

“年轻的事业结束了，”店主说，“统共也就出了一期。”

“你有所不知，”伊利亚·鲍里谢维奇笑着答道，“我确定无疑地知道下一期将在秋季出版。”

一到家，伊利亚·鲍里谢维奇就拿出一把象牙白的裁纸刀，整整齐齐地裁下几篇该杂志的文章。裁的过程中发现了一篇晦涩难懂的散文，是加拉托夫写的，另有两三篇短篇小说，是几位不太知名的作家写的。还有几首朦胧诗，再就是一篇署名提格里斯的文章，讨论德国产业问题，极有见地。

唉，稿子寄去他们也不会用，伊利亚·鲍里谢维奇苦恼地想。他们都是一伙的。

虽然如此，他还是在一家俄语报纸的广告栏里找到了一位叫洛班斯基的女士（速记员兼打字员），把她叫到自己的公寓，怀着无限深情开始对她口述。念到激情沸腾时，便抬高声音——还不时瞥一眼洛班斯基女士，看看她对小说的反应。她俯身对着写字板，手里的铅笔疾走如飞—— 一个小巧的女人，皮肤黝黑，前额上长着疹子。伊利亚·鲍里谢维奇在书房里大步绕圈，说到某一段引人入胜之处，就会紧紧围着她绕圈子。第一章快结束时，他的叫声震得屋子发抖。

“他的昔日岁月在他看来整个就是一个可怕的错误，”伊利亚·鲍里谢维奇吼道，接着又用办公时的普通声音说，“将今天所述打出来，明天备用。打五份，宽边距。希望明天同一时间在这里见面。”

那天晚上，伊利亚·鲍里谢维奇躺在床上不停地想，给加拉托夫寄去小说时该对他怎么讲（“……期待您严格的评判……我的作品在俄国和美国都发表过……”）。第二天上午——真是命运垂青，伊利亚·鲍里谢维奇收到了来自巴黎的信：

> 亲爱的伊利亚·鲍里谢维奇：
>
> 我从一个我俩共同的朋友那里听说你完成了一部新的巨著。因为我们下一期要登点令人耳目一新的东西，《阿里昂》编辑部会很有兴趣看到你的作品。
>
> 多么奇怪啊！前两天我还无意中想起了登在《哈尔科夫先驱报》上的你的小画像。

“有人记得我，有人要我的作品，”伊利亚·鲍里谢维奇心慌意乱地说道。慌乱之下跌坐进扶手椅中，侧身给尤夫拉茨基打电话——高兴得忘乎所以，拿着电话听筒的手支在书桌上，另一只手伸展开来做了一个很大的手势，脸上笑开了花。他拖长声音说“喂，老兄，喂，老兄”——突然间桌子上各种发亮的物品开始晃动，连接在一起，溶解在一片湿漉漉的海市蜃楼中。他眨眨眼睛，所有的东西又回到了原来的位置上。尤夫拉茨基无精打采地回答说：“哎，好了，作家老兄。时来运转，常有的事。”

五堆打好的稿子越堆越高。多利宁办了一桩又一桩事，至今没得到女友的芳心，不料发现女友看上了另一个男人，一个年轻的画家。有时候，伊利亚·鲍里谢维奇在自己的办公室口述小说，德国打字员在别的房间打字，听见吼声远远传来，觉得奇怪，老板是世上少见的好脾气，他这是在训谁呢？多利宁和伊琳娜推心置腹地谈了一次。伊琳娜说她永远不会离开他，因为她非常珍视他美丽而孤独的心灵，然而可惜啊，她的身体却属于另外一个人。多利宁听了，默默地欠欠身。最后的那一天终于到来，他立了个对她有利的遗嘱，然后开枪自杀（用的是一杆毛瑟枪）。也就是在这一天，洛班斯基女士拿来了最后一批打字稿，伊利亚·鲍里谢维奇面带快乐的微笑，问该付她多少钱，还打算要多付点。

他如醉如痴地又读了一遍《嘴对嘴》，然后交了一份给尤夫拉茨基，请他修正（洛班斯基女士对书稿已经做了精心的编辑，凡有和她的速记记录不相吻合之处都一一标明）。尤夫拉茨基要做的事只是用红色铅笔在开头几行中照自己的心思加个逗号而已。伊利亚·鲍里谢维奇虔诚地将那个逗号转到了他给《阿里昂》的终稿之中，最后给小说署了个笔名。这个笔名由“安娜”演变而来（安娜是他死去的妻子的名字）。他将每一章都用一个细长的夹子夹好，又附上了一封长信，最后连稿带信都装进一个结实的大信封里，称好重量，亲自带到邮局，挂号寄出。

伊利亚·鲍里谢维奇将邮局的收据塞进钱包，准备战战兢兢地等上好几个星期。然而，加拉托夫的回信来得出奇地快——第五天就到了。

亲爱的伊利亚·鲍里谢维奇：

编辑部收到您寄来的材料，惊喜若狂。我们很少有机会拜读如此清晰刻画人类灵魂的作品。你的小说，用歌唱芬兰悬崖的诗人巴拉丁斯基[①]的话讲，用独特的面部表情打动了读者。它散发着“苦涩和柔情”。有一些描写，例如一开头对剧院的描写，与我国经典作家笔下的描写不相上下，从某种意义上讲，甚

① Yevgeny Baratynsky（1800—1844），俄国诗人，生于贵族家庭。一八一九年初进入军队服役，驻守芬兰，写下了咏颂芬兰的著名诗歌《芬兰》。

至有所超越。我这么说是负责任的，这个责任我完全明白。你的小说本可能会是我刊的一个真正亮点。

伊利亚·鲍里谢维奇心情稍稍安定下来后，立刻步行去了蒂尔加滕公园[①]——没有坐车去办公室。到了公园，他坐在一条长凳上，望着苍苍大地上的起伏弧线，想着他的妻子，想象她知道了这消息该有多高兴。过了一会儿，他去见尤夫拉茨基。他正躺在床上抽着烟。他们一起逐行分析那封信。分析到最后一行时，伊利亚·鲍里谢维奇小心地抬起眼睛，问道："告诉我，你认为他为何用'本可能会'而不用'将会'？是不是他以为我高兴得昏了头，不把小说给他们发表了？要么这么说仅仅是讲究措辞而已？"

"恐怕另有原因，"尤夫拉茨基答道，"毫无疑问，这种情况是为了顾全面子而瞒下了什么隐情。其实这家杂志快要倒闭了——对，我刚刚得知的消息正是如此。你知道，流亡公众消费的东西都是垃圾，《阿里昂》则意在高端读者。那么好了，后果便是倒闭。"

"我也听到不少传言，"伊利亚·鲍里谢维奇忐忑不安地说道，"不过我原以为那是竞争对手散布流言，要么纯属无稽之谈。难道真有这种可能，第二期永远不出了？这也太可怕了！"

"他们没有资金。刊物讲究理想，不偏不倚。这样办刊物，唉，只有死路一条。"

"可是怎么……怎么会这样呢！"伊利亚·鲍里谢维奇叫道，打了个俄国人泼水的手势，表示沮丧无奈。"他们难道没有接受我的作品吗？他们难道不想刊登它吗？"

"是呀，太糟糕了，"尤夫拉茨基平静地说，"顺便告诉我……"他转移了话题。

那天晚上伊利亚·鲍里谢维奇苦苦思索，暗自忖度。第二天早

① Tiergarten，柏林市中心的绿地公园，昔日为皇家猎场。

上给他的朋友打了电话，向他提出财政性质的问题。尤夫拉茨基的回答听音调无精打采，意思却说得极其到位。伊利亚·鲍里谢维奇又深思了许久，第二天让尤夫拉茨基向《阿里昂》出了个价。他提出的金额被接受了，伊利亚·鲍里谢维奇往巴黎转了一笔款。他收到了回复，并附信一封，说是深表谢意，还透露消息，大意是下一期《阿里昂》一个月后出版。附言中还提出了一个很有礼貌的请求：

> 请允许我们印上“该小说由伊利亚·安年斯基创作”的字样，不印您原来建议的“伊·安年斯基”字样。不然的话，会引起误解，以为是被古米廖夫[①]称为“皇村最后一只天鹅”的那个作家。

伊利亚·鲍里谢维奇回复道：

> 对，理所应当。我只是不知道已经有作家用过这个名字。我非常高兴我的作品能刊登。烦请杂志出版后尽快寄给我五本。

（他想到了一位老表姐，还有两三个生意上的熟人。他的儿子不懂俄语。）从此他的生命开始了一个新纪元，这个新纪元成了他的一句口头禅“顺便说说”。从此要么在俄文书店里，要么在侨民艺术朋友的聚会上，要么就在西柏林一条大街的人行道上，总会有个你不怎么认识的人和气可亲地跟你搭话。他文质彬彬，和善友好，戴着角质架眼镜，握着手杖，挡住你和你闲聊，说说这个，又说说那个，不知不觉间从这个话题或者那个话题绕到文学上来，然后会突然说：“顺便说说，这是加拉托夫写给我的信。对——加拉托夫。俄国的乔伊斯

① Nikolay Gumilyov（1886—1921），俄罗斯杰出诗人，现代主义阿克梅派宗师。出身贵族，才华卓越，酷爱冒险和猎奇，曾游学欧洲，并三次深入非洲探险。著有《珍珠》、《征服者之路》等诗集和一系列诗评。一九二一年被秘密警察逮捕并杀害。

加拉托夫。”

你拿起信来溜了一眼：

> ……编辑部……惊喜若狂……我国经典作家笔下……我刊的一个真正亮点。

“他把我取自教父的名字搞错了，”伊利亚·鲍里谢维奇呵呵一笑说，“你看作家都是这样的：心不在焉！期刊将在九月出版，那时你就可以读到我的小作品了。”说罢将信放回钱包，匆匆离去，神色不无忧虑。

失意文人，受雇记者，已被人遗忘的报纸特约评论员，纷纷嘲笑他，言语粗野。这种乱叫声只有虐猫的小混混才会发出，这样的火花只会闪现在情场失意的小老头眼睛里，也只有这种人才讲特别肮脏的故事。当然了，这都是在他背后戳戳点点，但戳点得极为放肆，不管场合，极尽高声大嗓之能事。不过他犹如发情期的松鸡一般，世上有何动静一概不知，所以这些戳戳点点他很可能一句也没听见。他我行我素，握着手杖，俨然一位小说新秀的姿态，还开始给他儿子用俄语写信，信里的绝大多数词语翻译成德语，夹在字里行间。办公室里的人都知道伊·鲍·塔尔不但是个优秀人才，也是一位Schriftsteller[①]。他的一些生意伙伴向他吐露恋爱秘密，作为他可能用到的主题。对他来说，只要感到一阵热风吹来，那就是马上要从前厅或后门拥入大批移民乞丐了。公众人物满怀敬意向他打招呼。伊利亚·鲍里谢维奇真的是受到了尊敬和名誉的包围，这个事实不容否认。凡是俄语背景的文化人聚会，没有一次不提他的名字的。至于他的名字是怎样被提到的，又遭到什么样的讥笑，那都无关紧要：重要的是事情本身，方式方法无所谓，这才是智者本色。

① 德语，作家。

到了月底，伊利亚·鲍里谢维奇不得不离开柏林去出一趟枯燥的公差，因此他错过了几家俄语报纸上刊登的关于《阿里昂》第二期即将出版的广告。当他回到柏林时，一个方方正正的大包裹已经在门厅的桌子上等着他。他没有脱外套，立马打开了包裹。粉色的、厚厚的、很酷的一大摞。封面上印着“阿里昂”几个紫红色的大字。一共六本。

伊利亚·鲍里谢维奇伸手打开一本。书啪啪作响，听来悦耳，但就是打不开。没长眼，这是新书！他又试了一遍，瞥见一些极为陌生的外文短诗。他把那些没切齐的书页从右往左翻——碰巧翻到目录栏。他的目光迅速掠过篇目和作者名，却没见自己，他不在目录栏里！书又翻不利索了，他加了点劲，翻到目录的末尾。照样没有他！仁慈的上帝，这怎么可能啊？不可能啊！肯定是出了意外，从目录栏里略去了。这样的事常发生，常发生啊！他这时正好在书房，便抓起他的白色小刀，将它插入书的肥厚肉中。目录上先是加拉托夫，这是自然之事，然后是诗歌，再后是两则故事，接着又是诗，再接着是散文，再往下便是无关紧要的小东西了——述评、评论等。突然间一阵万事皆空的感觉袭来，伊利亚·鲍里谢维奇浑身瘫软。事已至此，无法可想。也许他们要登的东西太多了。他们会在下一期把他的小说印出来。啊，那是肯定的！可是那又是新的一段等待——罢了，我就等吧。柔软的书页在他的拇指和食指间一页一页地翻过。好漂亮的纸张。唉，这也至少有我的绵薄之力。总不能坚持要求印自己的，不印加拉托夫或别人的吧——还有这里，突然间冒出这样的句子，温暖人心的亲切句子，犹如手按在臀部的俄罗斯舞蹈，舞步轻盈，旋转着远去，远去：“……她那稚嫩的、还没有成型的胸脯……小提琴仍在呜咽着演奏……两张小票……春天的夜晚开着一辆小轿车来迎接他们——”翻到反面一页，果然不出所料，就像铁轨过了隧道继续前行一般：“风的呼吸宜人而又多情……”

“怎么回事，我竟然没有早早料到！”伊利亚·鲍里谢维奇失声叫道。

这一篇题目是“一部长篇小说的序言”。作者署名是“安·伊利因”，括号里写着“待续”。短短一点东西，占三页半纸，然而是多么美好的一点点啊！是序曲，好高雅。“伊利因”这个名字也比“安年斯基”好听。要是署成了“伊利亚·安年斯基”，那才叫乱呢。不过为什么题目是“序言”而不是“《嘴对嘴》第一章”呢？唉，算了，这都不重要。

他又把那点东西读了三遍。然后他把杂志放到一边，在书房里踱步，随心地吹了一阵口哨，好像任何事情都没发生过一般。对了，那本书躺在那里——不就是一本书吗——谁在乎呢？于是他冲了过去，一口气又把那点小东西读了八遍。然后他到目录里去找“安·伊利因，二百〇五页”，找到了二百〇五页，又把他的“序言”再读一遍，尽情享受一词一句。他就这么反复玩味了好长时间。

从此以后，拉住个人让看的不再是那封信，而是这本杂志了。伊利亚·鲍里谢维奇经常腋下夹着一本《阿里昂》，只要碰到一个熟人，便打开那卷杂志，翻到已经习惯自动演示的那一页。一些报纸对《阿里昂》进行了评论。第一条评论根本就没有提伊利因这个名字。第二条提到了：“伊利因先生的《一部长篇小说的序言》肯定是开了个玩笑。”第三条只说了伊利因和另一个作者是该杂志的文学新人。最后，第四位评论者（登在一家好像是波兰什么地方的小刊上，印制精美，注重学术品位）这样写道：“伊利因的作品以真诚取胜。作者以音乐为背景，描绘了爱情的萌生。该作品有众多不容置疑的好品质，其中一条应该提及，那就是高妙的叙事风格。”一个新纪元开始了（在“顺便说说”的纪元和展示杂志的纪元之后）：伊利亚·鲍里谢维奇总是从钱包里掏出这些评论来。

他很开心，又买了六本《阿里昂》。他很开心，沉默很容易诠释为惰性，诋毁很容易诠释为敌意。他很开心。“待续。”后来一个星期天，尤夫拉茨基打来了电话：“猜猜”，他说，“知道谁想和你讲话么？

加拉托夫！对，他在柏林已经待了两天了。我把话筒给他了。”

一个从来没有听过的声音接话了。是一个有磁性的、悦耳的、柔和的、富有魅力的声音。定好了见面时间。

“明天下午五点在我这儿见，”伊利亚说，“你今晚不能来真是遗憾。”

“真是遗憾，”那个有磁性的声音又说道，“你看，朋友们硬拖着我去看一部可恶的戏剧——《黑豹》，不过我也有好久没有见到亲爱的叶连娜·德米特里耶芙娜了。”

叶连娜·德米特里耶芙娜·加里纳是个风韵犹存的老演员，从里加来，在柏林的一家俄语剧院里担任全部剧目的女主角。演出八点半开始。伊利亚·鲍里谢维奇独自用过孤寂的晚餐后，突然看了一下手表，会心地笑笑，叫了一辆出租车去了剧院。

那个所谓的“剧院”其实就是一个大厅，用来讲演可以，不适合演戏。表演还没有开始，一张不正规的海报上，叶连娜斜倚在豹皮上，豹子是她的爱人为她猎杀的，这个爱人后来把她也杀了。俄语交谈声在寒冷的大厅里响起。伊利亚·鲍里谢维奇把他的手杖、圆顶高帽和大衣交给了一位穿一身黑衣的老太太，老太太给了他一个标着号码的衣帽牌，他接过来顺手滑进马甲口袋里，然后悠闲地搓着手环顾大厅。附近站着三个人：一个有点眼熟的年轻记者；另一个是年轻记者的夫人（棱角分明的瘦女人，戴副眼镜）；还有一个陌生人，穿着华丽的西服，脸色灰白，留着一撮黑色的小胡子，长着一对绵羊般的漂亮眼睛，目光柔和，多毛的手腕上戴着一条金手链。

“可是为什么呢？这是为什么啊？”那个女士轻快地对他说，“你为什么把它发表出来呢？因为你知道……”

“事到如今，就不要再攻击那个不幸的人了，”说话人中的一位说道，声音是富有磁性的男中音，“是啊，他才能平庸，没什么希望，这我承认，不过我们也显然有理由……”

他放低声音又说了些什么，那位女士把眼镜咔哒一合，厉声反驳道:“不好意思,但是在我看来,如果你们只是因为他在经济上资助了你们就登他的作品的话……”

“Doucement, doucement。[①]不要泄露我们编辑部的秘密。”

这时伊利亚·鲍里谢维奇遇上了那个年轻记者——也就是那个瘦女人的丈夫,记者愣了片刻,接着猛地哼了一声,晃着整个身子推着他妻子走开了。那瘦女人还在高声说着:“我并不在乎倒霉的伊利亚,我在乎的是做事的原则……”

“有时候做事只好牺牲原则。”衣着华丽、声音好听的公子哥冷冷说道。

不过伊利亚·鲍里谢维奇已经不再听了。他眼前飘起一团迷雾,东西隐约可见。他极度沮丧,还没有完全弄清这桩事情的可恶性质,但他又本能地试图逃避,尽可能远离那些可耻的、可恶的、令人无法容忍的事情。他先朝朦胧昏暗的地方移动,那边卖的座位也是朦胧昏暗的。但紧接着他突然转身,差点撞上了急匆匆朝他走来的尤夫拉茨基,然后往衣帽间走去。

他看见了那个黑衣老太太。七十九号衣帽间。就在下边。他急不可耐,行色匆匆,大衣的一只袖子刚穿上,另一只胳膊便挥向后面准备伸进衣袖。这时尤夫拉茨基赶上了他,身边还有另一个人,另一个——

“见见我们的主编吧。”尤夫拉茨基说。这时加拉托夫一转眼珠,不想让伊利亚·鲍里谢维奇清醒过来,便装着帮他穿衣的样子,不停地拨弄他的衣袖,嘴里飞快地说:“因诺肯季叶·鲍里谢维奇,你好吗?很高兴认识你。开心一刻啊。让我帮帮你吧。”

“看在上帝的分上,都到一边去吧,”伊利亚·鲍里谢维奇低声咕哝,扯着衣服,推开加拉托夫。“让开。恶心。我受不了。真恶心。”

“显然闹了误会。”加拉托夫飞快插话道。

---

① 法语,轻点声。

“都到一边去！”伊利亚·鲍里谢维奇叫道，使劲挣脱身子，从柜台上一把抓起礼帽，冲了出去，边走边穿大衣。

他沿人行道大踏步走去，边走边前言不搭后语地嘀咕。后来他双手一摊：他忘了他的手杖！

他机械地继续往前走，不一会儿，脚下无声无息地绊了一下，他停住了脚步，好似钟表的发条停了一般。

等演出一开始，他就回去取手杖。现在必须等几分钟。

小汽车飞驰而过，有轨电车摇响铃铛，夜色清澈、干爽，灯火闪闪，多好看的装点。他缓缓朝剧院走去，心下思忖，人老了，孑然一身，没什么好光景了，人老了就得掏钱买快乐。他还心想，也许就在今晚或明天，加拉托夫无论如何会来解释，劝说，讲道理。他明白凡事都得宽容对待，否则“待续”就无从谈起。他也告诉自己，他要得到完全认可，只有等到死后了。于是他打起精神，把他最近得到的所有零碎赞誉收拾成小小一堆，然后缓缓来回踱步，踱了一会儿后，返回剧院去取他的手杖。

菠　菜

在圣彼得堡大厦里最大的房间是图书馆。彼得开车上学之前都要往图书馆里看看，跟他父亲道声早安。里面是钢铁的噼啪声，鞋底的刮擦声：每天早晨他父亲都要应付马斯卡拉先生，一个年长的法国人，极其矮小，戴着橡胶拳击手套，长着黑鬃般的毛发。每个星期天，马斯卡拉来给彼得教授体操和拳击——他经常由于消化不良而中断课程：一去就是半个钟头，穿过秘密通道，穿过书架丛中的峡谷，穿过昏暗幽深的楼道，前往一楼的一个厕所。彼得把自己发烫的细手腕塞进巨大的拳击手套里，伸展四肢躺在皮扶手椅上等老师回来，听着寂静中的嗡嗡轻响，眨着眼睛抵御瞌睡。冬日早晨的灯光似乎总是呆滞的黄褐色，照在松香气味的油布上，照在靠墙排列的书架上，照在紧紧挤在书架上没有防护的书脊上，照在黑色绞架一般的梨形拳击球上。平板玻璃窗外，轻柔的雪花密密实实地缓缓飘落，优美的宁静中显得有点枯燥。

最近在学校里，地理老师别列佐夫斯基（写过一部小册子，《清晨之地：朝鲜和朝鲜人》，文中附有十三幅插图，一幅地图）捋着他的黑色小胡须，出人意料、不合时宜地告知全班，马斯卡拉正在给彼得私授拳击课程。大家都盯着彼得看，看得他不好意思，脸涨得通红，甚至有点浮肿起来。课间休息的时候，那个最强壮、最粗野、最落后的同学休金走到他身边，咧嘴一笑说道："来，表演一下你是怎么打拳的。""让我一个人静会儿。"彼得轻轻答道。休金从鼻子里"哼"

了一声，冲彼得的小肚子就是一拳。彼得十分恼怒。他照马斯卡拉先生所教，一个左直拳，打得休金鼻子流血。休金片刻间头晕目眩，接着一条手帕上全是血点子。从震惊中回过神来后，休金扑倒彼得，开始又撕又打。尽管全身受伤，彼得还是觉得很满足。血继续从休金的鼻子里流出来，流了自然史整整一堂课，算术课上不流了，宗教学课上又滴滴答答流开了。彼得觉得很有意思，悄悄地从旁观察。

那年冬天，彼得的母亲带着彼得的姐姐玛拉来到芒通镇。玛拉确信自己会死于肺结核。他姐姐是个没完没了爱说刻薄话的年轻女士，死了后彼得倒没觉得痛苦，但他母亲走了后，他却忍受不了。他非常想念她，尤其是晚上。他很少见到父亲。父亲在一个被称作国会（那里两年前天花板塌了下来）的地方忙碌。还有一个叫立宪民主党的东西，既和党没关系，也和立宪民主没关系。曾几何时，彼得不得不到楼上单独吃饭，由一位谢尔登小姐作陪——这位小姐黑头发，蓝眼睛，打着一条横道的针织领带，穿着一件肥大的衬衫——楼下怪物一般膨胀起来的衣帽架旁堆积了整整五十双橡胶手套。他要是从前厅往放着丝面土耳其沙发的侧房走去，就能突然听见——还得是远处的什么地方有位男仆打开门的时候——刺耳的喧闹声，像动物园的嘈杂声，还有他父亲遥远却清晰的说话声。

在一个阴沉的十一月早晨，彼得的学校同桌德米特里·科尔夫从他的花书包里掏出一本廉价的讽刺杂志递给彼得。开头几页的一页上有一幅卡通画——绿色为主色调——画的是彼得的父亲，还附有一首广告歌。扫了一眼歌词，彼得看到中间的几句：

V syom stolknavenii neschastnom
Kak dzentelmen on predlagal
Revolver, sablyu il’ kinzhal.

在这次不幸的殴斗中

他表现得像一位绅士
交出了左轮手枪、匕首，要么是重剑。

“这是真的吗？”德米特里低声问（已经上课了）。“你说‘真的’是什么意思？”彼得也低声回问。“你们两个安静。”俄语老师阿列克谢·马特维奇打断他们说。这位老师农夫模样，讲话结巴，嘴唇上方长着一个奇形怪状的瘤，穿着螺纹裤子的腿很有名气：走起路来双脚缠绕——右脚放在左脚该放的地方，反之亦然——不过尽管如此，他的走路速度还是极快的。现在他坐在桌子旁，翻动他那小小的笔记本，过了一会儿眼睛盯在远处一张课桌上。只见这张课桌后面站起了休金，这情景宛如一个苦行僧瞥见一棵树长起来一般。

“你说的‘真的’是什么意思？”彼得轻轻地又问了一遍，把杂志放在大腿上，斜眼瞪着德米特里。德米特里往他身边靠靠。与此同时，留着平头、穿着俄罗斯黑哔叽衬衫的休金怀着毫无希望又不甘心的心情开始了第三遍的课堂回答：“《木木》……屠格涅夫的短篇小说《木木》……”“那是关于你父亲的一点消息，”德米特里压低声音回答道。阿列克谢·马特维奇把课本（一本中学文选）往桌上砰地一拍，用力之狠，震得一支钢笔跳将起来，笔尖冲下直刺地板。“那边在干什么？……干什么……你们两个窃窃私语些什么？”老师说道，不连贯地迸出嘶嘶喘气的话语，“站起来，站起来……科尔夫，希什科夫……你们到底在那边干什么？”他走上前来，麻利地一把夺过杂志。“这么说你们在读下流书……坐下，坐下……下流书。”他把战利品放进了他的公文包。

接下来，彼得被叫到黑板前，要他写出一首应该默记的诗的第一行。他写道：

……uzkoyu mezhoy
Porosshey kashkoyu……ili bedoy……

（……在一片杂草丛生的窄地边
长满了三叶草……或者是疼痛……）

这时传来一声刺耳的尖叫，惊得彼得手中的粉笔掉下来。

“你在乱写什么呀？分明是lebedoy，为什么写成bedoy？那是菠菜——一种有黏性的野草。你的心思逛到哪里去了？回到你的座位上去！”

“喂，那是真的吗？”德米特里不失时机地低声问道。彼得假装没有听见。他全身发抖，无法控制。他的耳里不停地回响那句“左轮手枪、匕首，要么是重剑”的诗行，眼前不停地看见那幅尖刻讽刺他父亲的淡绿色漫画。绿色在一处溢出了轮廓线，另一地方却没有填满——印色时的一个疏忽。就在最近，在他骑车上学之前，就有了那种钢铁的噼啪声，鞋底的刮擦声……他父亲和那个剑术教练，双双穿着带衬里的护胸，头戴钢丝面具……一切早都看惯了——法国人的小舌音喊叫，rompez，battez！[①]他父亲强劲的动作，金属片的晃动和叮当声……暂停了：喘息声和笑声，他从潮湿的粉色脸上摘下凸起的面具。

下课了。阿列克谢·马特维奇带走了那本杂志。彼得还坐在那里，脸色像粉笔那么苍白，把他的桌子盖掀起又放下。他的同学们，又恭敬又好奇地簇拥在他周围，逼他讲出详情。他什么都不知道，自己也想从大家劈头盖脑的问题中有所发现。他能理清的是有一位图曼斯基，国会议员，坏过他父亲的名誉，他父亲提出和他决斗。

又两节课拖过去了，这时到了午休时间，可以在院子里打雪仗。根本没有任何原因，彼得就把冻土块包在自己的雪球中，这是他从来没有做过的事。在接下来的一节课上，德语老师努斯鲍姆发火了，冲着休金（他这一天可是倒了霉了）。彼得觉得喉咙里一阵难受，便请

① 法语，后退，进攻！

假去了厕所——免得在人前流泪。洗手池边孤独地挂着一条毛巾，脏得不可思议，也黏得不可思议——倒不如说是一具毛巾的尸体，不知经过了多少双湿手的匆忙揉捏。彼得望着镜子中的自己，望了一两分钟——脸哭得都变了形，照照镜子是恢复过来的最好办法。

学校三点放学，他心想要不要三点之前就回家，不过还是打消了这个念头。自制，自制是座右铭！教室里的风暴平息了。休金红着耳朵回到自己的座位上，不过非常平静，抱着胳膊坐了下来。

又过了一节课——然后放学铃响了。放学铃和前面几次下课铃不同，响得长一点，声音粗一点。北极服、短皮袄、带着御寒耳罩的裘皮帽，一个个飞快地滑了过去。彼得跑过院子，钻进隧道一般的院门，跳过学校大门上的鹰钩板。没有派来接他的汽车，他只好上了一辆出租雪橇。雪橇手瘦臀平背，略微斜身坐在低一点的车夫座位上，赶马前进的方式非常古怪：他总是假装从长靴裤腿里掏出马鞭来，或者手一抬，做个招呼人的手势，其实没有冲着任何人，这么一来，雪橇就往前猛冲一下，颠得彼得书包里的铅笔盒咔嗒咔嗒响。这一路走得又闷又难受，心里也越发着急。天空飘起大片的雪花，匆匆成形，形状不一，落在雪橇手脏兮兮的雪橇服上。

他家里，自从母亲和姐姐走了后，每天下午都静悄悄的。彼得上了坡度平缓的宽楼梯，楼梯的第二个转弯平台上放着一张孔雀绿的桌子，桌上摆着一个供客人放名片用的花瓶，花瓶上又摆着一尊维纳斯的仿制雕像。有一回他的几个表亲给这尊雕像穿上了一件长毛棉绒的衣服，戴上了一顶缀着假樱桃的帽子，从此以后这尊雕像就有点像普拉斯科维亚·斯捷潘诺夫娜，一个贫穷的寡妇，每个月的月初都要来拜访。彼得上了楼，喊他的家庭女教师的名字。可是谢尔登小姐有位客人来喝茶，是韦列坚尼科夫家的英语家庭女教师。谢尔登小姐打发彼得去准备第二天上午要上的功课，叮咛他别忘了先洗手，再喝牛奶。她的门关上了。彼得心情极度郁闷，像是闷在棉絮里一般透不过气来。他在育儿室里晃悠了一会儿，然后下到二楼，往父亲的书房里偷看。书房里悄无声息，令人难以忍受。忽然发出一声脆响——掉下一叶蔫了的菊花瓣。巨大的写字台上各种熟悉的物品不引人注意地闪着微光，摆放得整整齐齐，如同天体一般有条不紊：几张六英寸的照片、一颗大理石蛋、一个硕大的墨水瓶。

彼得走过书房，进了他母亲的起居室，在飘窗里站了好久，透过加长的窗扉往外观瞧。在这个地区，现在几乎是半夜了。淡紫色的球形灯周围雪花飞舞。下面可见雪橇黑沉沉的轮廓，载着弓背的乘客，在夜色中驶过。也许是凌晨时分了？雪橇驶过往往是在清晨，很早很早。

他走到一楼。一片悄无声息的荒野。在图书馆里，他紧张地匆忙打开电灯，黑影消失了。他在靠近书架的一个角落里坐下来，想翻翻*Zhivopisnoe Obozrenic*（《书画艺术》的俄语说法）厚厚的合订本，好让头脑忙起来。阳刚之美取决于浓密的八字胡和颌下络腮长髯。我从少女时代就饱受黑头粉刺之苦。快乐牌音乐会演奏手风琴，二十个声部，十个调节阀。一群牧师，一座木头教堂。一幅油画，画的是传说中的外乡人：一位先生在擦他的书桌，一位女士围着一条长长的毛围巾，略微站开一点，正在往她五指分开的手上戴手套。这一本我已经看过了。他抽出另外一本，马上看到一幅两个意大利剑客的决斗图：一个发疯般突刺，另一个横跨一步避开剑锋，回手一剑直刺对手的咽喉。彼得砰的一声合上又厚又沉的画册，僵在那里，像个大人一般两手紧抵太阳穴。每一样东西都显得可怕——寂静、一动不动的书架、放在橡木桌上的光滑的哑铃、黑色的卡片索引箱。他垂着头，一阵风似的穿过一个个昏暗的房间，又回到育儿室，躺在长沙发上，一直躺到谢尔登小姐记起他的存在。楼梯上传来了开饭铃声。

彼得往楼下走时，父亲由罗森上校陪同从书房出来，这位上校曾经和彼得父亲死去多年的妹妹订过婚。彼得不敢看父亲。父亲的宽大手掌，散发着熟悉的热气，摸在儿子的一侧头顶上时，彼得脸一红，差点儿流下泪来。就是这个人，世上最好的人，就要和某个神秘的什么斯基决斗，简直是不能想象、不能忍受之事。用什么武器？手枪？剑？为什么没人说起此事？仆人们知道吗？家庭女教师知道吗？远在芒通镇的母亲知道吗？上校站在桌边，像往常一样说笑话，声音又粗又短，如砸核桃一般。可是今天晚上，彼得笑不起来，倒是脸涨得通红，为了不让人发觉，便故意把餐巾掉到桌子底下，弯腰去捡时，好在桌子底下悄悄回回神，恢复正常的脸色。不料爬出来时脸红得更厉害，他父亲眉头一抬一抬地老看他。父亲显得高高兴兴，不慌不忙，有条不紊地按着吃正餐的规矩来。喝酒也是如此，端起一只金色的带柄矮脚杯，小心翼翼地一饮而尽。罗森上校还在一个劲地说笑话。谢尔登小姐不会俄语，便沉默不语，使劲地挺胸。只要彼得一弓背，她就在他的肩胛下使劲戳一下。饭后甜点是开心果冻糕，他特别不爱吃的东西。

晚餐后父亲和上校上楼去了书房。彼得神情太怪，引得父亲问道："怎么啦？你干吗闷闷不乐？"彼得鬼使神差地做了个断然回答："没有，我没有闷闷不乐。"谢尔登小姐领他去睡觉。刚一熄灯，他就把脸埋进枕头里。奥涅金脱了斗篷，兰斯基一上黑板就像个黑口袋一般栽倒在地。能看见重剑拔出，直指意大利人的脖子后根。马斯卡拉喜欢讲他年轻时的遭遇：再往下半厘米，肝脏就刺穿了。明天的作业还没有做完，卧室里完全黑暗下来了，他还得早早起床，很早很早。最好不要闭眼，要不然会睡过头的——事情肯定安排在明天。唉，我要旷课，我要逃学，我要说——嗓子疼。母亲只会在圣诞节回来。芒通镇，蓝色图画的明信片。我要把最新的一张插入我的相册。一个角已经插进去了，下一个……

彼得和平时一样八点左右醒来，也和平时一样听到一阵叮当响声：那是管炉子的仆人——已经打开了炉子的风门。彼得匆匆冲了个澡，头发还没干，便下了楼，看见父亲和马斯卡拉练拳，和平常的一天没什么两样。"嗓子疼？"彼得说完后他跟着说了一遍。"对，心里乱糟糟的。"彼得说道，声音很低。"注意了，你讲的是实话吗？"彼得觉得再要解释太危险：防洪的闸门眼看要被冲开了，丢人现眼的洪水就要汹涌而出。他默默地转身走开了，一会儿后坐进了豪华轿车，书包放在大腿上。他觉得很难受。一切太可怕，不可挽回。

他磨蹭来，磨蹭去，反正第一节课迟到了。他在外面站了很久，一只手在教室的玻璃门后面高高举起，可是没让他进去。他在走廊里走来走去，后来一抬身坐在一个窗台上，隐隐约约想做他的作业，不料想着想着就想起这句话来：

……拿着三叶草，也拿着有黏性的菠菜

他开始千百次地想象决斗的事是如何发生的——在一个寒冷黎明的晨曦中。他该如何去发现约定的日期呢？他怎样才能得知详情？就瞒着他一个人吗——不，就算瞒着也瞒不住啊——只要知道了，他就可以提出建议："让我替你去吧。"

下课铃终于响了。休息室里挤满了吵吵闹闹的人。他听到德米特里·科尔夫的声音忽然近了："喂，你开心吗？你开心吗？"彼得困惑地看看他。"楼下的安德烈有一份报纸，"德米特里兴奋地说，"走吧，我们还有时间，让你看看——你这是怎么了？我要是你……"

前厅里老门卫安德烈坐在凳子上看报。他抬起眼睛，微微一笑。"都在这儿呢，都写在这儿呢。"德米特里说。彼得拿起报纸，手抖得看不真切，但事情还是看明白了："昨天午后不久，在克列斯托夫斯基岛上，G.D.希什科夫和A.S.图曼斯基伯爵进行了决斗，结果很幸运，没有流血。先开枪的图曼斯基伯爵没有击中目标，他的对手则把手枪抛向空中。决斗双方的助手是……"

这时防洪闸门打开了。门卫和德米特里·科尔夫试图让他冷静下来，可他一再把他们推开。他一抖一抖地抽搐，捂着脸，喘不过气来，从来没流过这么多眼泪。请不要告诉任何人，我只是身体不适，受得了——接着又抽抽搭搭地哭开了。

音　乐

门廊里到处是男式和女式的外套，一串急速的钢琴声从客厅里传出来。门厅里的穿衣镜中映出维克多的身影，正在拉直领带上打的结。女仆使劲地往上够，要把他的外衣挂起来，可是没挂牢，连另外两件也带了下来，这样她只好从头再来。

维克多踮着脚尖轻轻走进客厅，音乐声一下子变得响亮起来，颇有气势。坐在钢琴前面的是沃尔夫，是这个家里的稀客。其余的人——共有三十来个，姿势各异地听着音乐，有的握拳托腮，有的对着天花板喷云吐雾。灯光摇曳，照在一动不动的客人们身上，宛如朦胧的画面。女主人笑容可掬，老远就示意维克多坐到一个空位子上去。这是一张有竖条靠背的小扶手椅，几乎被遮在大钢琴的影子下。他谦让地摆手回应——没关系，没关系，我站着就行。但没过多久，他还是往女主人建议的那个方向移动过去，小心地坐下来，又小心地抱起双臂。演奏者的妻子半张着嘴，眼睛飞快地眨巴，准备翻乐谱，刚才已经翻过一页了。曲调渐渐升高，如德国西南部的山林一般，一段上坡，一道断口，然后像是杂技小演员一组一组地表演高空秋千。沃尔夫的眼睫毛又细又长，有光泽的耳朵呈淡淡的紫红色。他敲击琴键的速度非同寻常地快，也非同寻常地有力，打开的琴键盖漆光闪闪的底部映出他那双忙碌的双手，幽灵一般变幻莫测，甚至有点像小丑一般滑稽。

维克多知道的乐曲也就是十来首传统曲目，所以任何一首他不知道的曲子在他听来都像是一种外语在叽里呱啦地对话：你想至少听出个大概意思，可就是听不明白，只听见叽里呱啦一溜而过，什么都没听清；耳朵跟不上趟，就开始厌倦起来。维克多想专心致志地听，但很快就不由自主地盯住沃尔夫的双手，看那双手幽灵般闪动在琴盖上。当琴声如滚滚雷鸣时，演奏者的脖子就鼓起来，撑开的手指紧绷，嘴里还轻哼了一声。有一处他妻子乐谱翻得太快，他立刻用张开的左手手掌在乐谱上拍了一下，让那一页暂停片刻，然后亲自翻页，速度快得不可思议，才见翻页的手又和另一只手一起在任他拿捏的琴键上纵横驰骋。维克多仔细观瞧此人：高耸的鼻子，突出的眼睑，脖子上生疮后留下了一个疤，一头绒毛般的金发，宽肩样式的黑色夹克衫。有一阵，维克多想重新关注音乐，但他注意力集中不起来，很难专心听下去。他慢慢转过头，掏出香烟盒，开始审视其他的客人。在那些陌生的面孔中，他发现有些是熟人——好心人胖子科恰罗夫斯基就在那儿，我要和他点头打招呼吗？他倒是点头了，不过冲谁点的就说不准了。原来是冲另一个熟人什玛科夫的，他点头回应。我听说他要离开柏林去巴黎了——这事得问问他。沙发床上是丰满的红头发安娜·萨莫伊罗夫娜，两个老太太分坐两边。萨莫伊罗夫娜闭着眼睛半躺着，她的丈夫，一个咽喉科医师，坐在扶手椅上，胳膊肘支在椅子的扶手上。他手里没拿什么东西，那把玩在手指间闪闪发光的东西又是什么呢？啊，对了，是一副夹鼻眼镜，配有和契诃夫一样的带子。再过去一点是一个留着胡子的驼背男人，一只肩膀隐在暗处。这是个有名的音乐爱好者，这会儿听得很专心，食指伸直了抵在太阳穴上。维克多怎么也记不起他的姓名来。鲍里斯？不对，不是那名字。鲍里谢维奇？也不是。还有很多人。不知道哈如琴夫妇来了没有。来了，就在那边。没有朝这边看。再过去一点，就在他们的正后方，维克多看到了自己的前妻。

他赶紧垂下目光，不自然地弹弹香烟，要弹掉烟灰，其实烟头上还没有蓄下烟灰。他的心一沉，又像个要打出一记上勾拳的拳头一般冲了上来，然后缩回去再次出拳，接下来便是狂跳乱蹦，和音乐发生了抵触，盖过了音乐。他不知道该向哪边看，斜眼一瞥演奏者，却没听见声音：沃尔夫似乎在敲打一个无声的键盘。维克多胸口憋得难受，便直起身来深吸一口气。这时音乐又响了起来，仿佛喘着气匆匆来自遥远的地方，他的心也恢复了比较正常的跳动。

他们两年前分手，在另外一个小镇上。那里晚上能听见大海呼啸，他们婚后就一直住在那儿。他的眼皮仍然垂着，尽量不去想过去的雷霆风暴，只关心眼前的琐事。比如，她肯定几分钟前看见了自己，他刚才是踮着脚尖，跨着大步，悄无声息地走过整个房间，才坐到这个座位上的。这就好比有人看见了他脱衣服或干什么蠢事一般。他刚才溜来溜去，撞来撞去，全然不知就在她的眼皮之下。她看着他是何感受？厌恶？轻蔑？好奇？这么想了一阵，转念又想女主人或别的人是否也注意到他进来时的情形。前妻怎么到这里来了？是一个人来的还是和新丈夫一起来的？那他，维克多，现在该怎么办：就这么坐着还是往她那边看看？不行！现在往那边看是不行的。首先，这间屋子很大，空间却受到限制，他先得习惯一下她的存在——因为音乐包围着他们，音乐变成了禁锢他们的监狱。在这样的监狱里，他们注定都是音乐的俘虏，除非钢琴家停止建造这个监狱，停止堆砌声音的拱顶。

刚才看到她时那短暂的一瞥，让他看到了什么呢？没看到多少：她避开的目光，苍白的脸颊，一绺黑发，还隐隐得到一个次要的印象，好像她脖子上挂着珠链一类的东西。就这么一点点！但就这幅草草素描，这个没画完整的图像，已经是他的妻子了。灯光和阴影瞬间交汇，已经形成了独一无二的实体，非她莫属。

一切似乎那么久远了！那个激情的夜晚，陶醉的天空下，在网球俱乐部凉亭外的平台上，他和她疯狂地坠入爱河。一个月后，就在他们的婚礼之夜，雨下得那么大，连海浪声都听不见了。那是何等的幸福啊。幸福——好一个潮漉漉、湿答答、水渍渍的词，如此鲜活，如此顺从，又哭又笑，我行我素。第二天早晨，花园里绿叶闪闪，大海几乎无声，乳白色、银光闪闪的大海疲惫了。

烟卷燃到头，该扔烟蒂了。他转过头去，心又一次停止了跳动。有人动了一下，挡住他的视线，几乎完全看不见她了。挡他的那人掏出一块手帕，死人一样苍白。不过一会儿后，那个陌生人的胳膊老是错开，就时不时地又看见她了。对，一下一下出现得很快。不行了，我没办法再看了。钢琴上摆着一个烟灰缸。

声音的障碍仍然很高，难以逾越。那双幽灵般弹钢琴的手，映在琴盖的油漆底部，还在继续曲曲扭扭地弹。“我们会永远幸福”——那句话说得多么动听啊！多么闪亮啊！她全身像天鹅绒那般柔软，真想像捧起四肢蜷缩的小马驹一样抱起她来。拥抱她，裹住她。然后呢？怎么才能彻底地占有她？我爱你的肝，爱你的肾，也爱你的血液细胞。她回应说：“别讨厌了。”他们的生活既不富裕也不贫困，几乎全年都去海边游泳。冲上粗石沙滩的水母在风中发抖，克里米亚的悬崖在浪花中闪现。一次，他们看到渔民们抬走一个溺水者的尸体，尸体赤裸的双脚从盖着的毯子下面伸出来，看起来很吓人。晚上，她经常做可可饮料。

他又看了一眼。她现在垂下眼皮坐着，腿交叉起来，指关节支着下巴：她很懂音乐，沃尔夫肯定在演奏某部名曲，优美极了。维克多望望她白皙的脖子，又望望她膝盖柔软的弯角，心想我恐怕得失眠好几晚了。她穿一条轻薄的黑色连衣裙，他看着眼生，她脖子上的项链在灯光下不停地闪烁。是的，我要失眠，那就只好再不来这里了。一切都无济于事：两年的苦苦适应，心情差不多平静了——现在又得从头开始，要努力忘记一切，忘记那几乎已经忘却的一切。要忘记的一切中今晚更在首位。突然间他觉得她在偷偷看他，就把头转到一边去了。

音乐肯定要结束了。要是暴风雨般的急促和弦出现，通常意味着临近曲终了。又一个迷人的词：结束……撕裂，逼近……雷霆撕裂天空，沉云逼近终结。春天来了，她变得少言寡语，非常奇怪。她说话几乎连嘴唇都不动。他问："你怎么了？""没什么，没什么特别的事儿。"有时她眯起眼睛盯着他看，神情古怪。"究竟怎么了？""没什么。"每到黄昏，她就像死人一般一动不动，你对她无计可施。幸亏她是个瘦小的女人，要不然这么下去就会长得又重又笨，宛如石头做的一般。"你不会死也不告诉我到底是怎么回事吧？"就这样过了差不多一个月。然后，一天早晨——对，是她生日的那个早晨，她轻描淡写地说，好像说个微不足道的小事一般："我们分开一段时间吧，不能这样下去了。"邻居家的小女孩突然进来了，想让我们看看她的小猫（流浪猫中唯一一只活下来的，其余的都给淹死了）。"走开，走开，等会儿再看。"小女孩走了。漫长的沉默。一会儿后，他缓缓地、默默地拧她的手腕——他恨不得把她撕碎，恨不得把她的全身关节噼里啪啦都给卸开。她哭了起来。于是他在桌旁坐下，假装看报纸。她出去进了花园，不一会儿又回来了。"我再也不能隐瞒下去了。我要把一切都告诉你。"她告诉了他，全告诉了他，带着奇怪的惊讶神色，好像在讲另一个女人的事情，为另一个女人而惊奇，还要他听了也和她一样惊奇。说到的那个男人体格健壮，内向低调，经常来打牌，喜欢说自流井的事情。第一次是在公园里，以后在那男人的住所。

余下的事情如今都记不清了。只记得我在沙滩上散步，一直到天黑。是的，音乐的确快要结束了。我在码头上扇了那人一个耳光，那人从地上捡起帽子说："你要为此付出沉重代价。"然后就走了。我也没有向她道别。要是想着宰了她，那可就太傻了。活下去，好好活着。就像现在一样活着，就像现在坐着一样活着，就这样永远坐着。嗨，瞧我，求你了，求你看看我。我原谅你了，全原谅了，因为我们迟早都要死，那时候一切都明白了，一切也就都原谅了——那为何还要迟迟不肯原谅呢？看我，看我，转过你的眼睛来吧，也转过我的眼睛，转过我的宝贝眼睛吧。不行，音乐结束了。

最后几个复杂沉重的和弦——又是一个和弦，刚够喘个气的工夫，又是一个。在这个结尾和弦之后，音乐好像彻底交出了自己的灵魂。演奏者瞄准了一个个键，像猫捉老鼠一般精准，弹出了一个简单的、相当独特的小小金色音符。音乐造成的障碍消解了。鼓掌。沃尔夫说："好长时间没有弹奏这首曲子了。"沃尔夫的妻子也说："你们知道的，我丈夫好长时间没弹过这支曲子了。"咽喉科医师走上前去，用他的大肚子挤他，推他，对他说："精彩！我一贯认为这是他写的最好的曲子。结尾的地方你将声音的色彩现代化了，我认为有点太过。不知我说清楚了没有，不过，你明白的……"

维克多正在朝门的方向看。那边一位身材小巧的黑发女士，面露无可奈何的笑容，与女主人道别，女主人惊讶不已，叫道："我们不听告别的话，大家马上都要去喝茶，然后还要听一位歌唱家演唱呢。"可是那位女士还是一脸无奈的笑容，朝门口走去了。维克多意识到，刚才的音乐，宛如狭小的地牢一般，共鸣的声音把他们锁在了一起，他们不得不面对面相隔二十多英尺坐在一起，那实际上是令人难以置信的幸福，神奇的透明罩子把他和她拥在一起，圈在一起，这才使他有可能与她呼吸着同样的空气。现在一切都破碎了，散开了，她要出门走了，沃尔夫也盖上钢琴了，迷人的拘禁再也不可能恢复了。

她走了。好像没人注意到他的反应。一个叫伯克的人过来向他问好，轻声说道："我一直在看你。音乐招你惹你了？知道吗，你刚才看样子厌烦得很，我都替你难为情。也许你对音乐根本没兴趣？"

"才不是呢。我刚才并没有厌烦，"维克多尴尬地答道，"只是我听不大懂，也就鉴赏不来。顺便问一下，他弹奏的是什么乐曲？"

"你说什么曲就什么曲，"伯克用纯粹外行的语调故弄玄虚地低声说，"《少女的祈祷》，要么叫《克莱采奏鸣曲》，随你的便。"